EL ASESINATO DE UNA ESPERANZA

(una historia de Thomas Briggs)

STEVEN H. JACKSON

TELEMACHUS PRESS

Este libro es una obra de ficción. Los nombres, personajes, lugares y acontecimientos son producto de la imaginación del autor o están usados de manera ficticia. Cualquier parecido con personas, acontecimientos o escenarios reales es pura coincidencia.

EL ASESINATO DE UNA ESPERANZA

Diseño de Tapa: Telemachus Press, LLC

Ilustraciones de Portada:
Copyright © istockphoto.com/Rich Legg (Fondo)
Copyright © istockphoto.com/Stephan Klein (Contorno hecho en tiza)
Copyright © istockphoto.com/David Wilson (Cinta amarilla de la policía)
Copyright © istockphoto.com/www.bubaone.com (Caduceo)

Traducido por Graciela Prieto

Editado por Sophia S. Michas y Dr. Fred Tarpley

Marketing y distribución: Yorkshire Publishing

Publicado por Telemachus Press, LLC

Visite nuestra página web: http://www.telemachuspress.com

ISBN: 978-1-935670-36-0
ISBN: 978-1-935670-35-3 (eBoook)

Impreso en los Estados Unidos de Norteamérica.

10 9 8 7 6 5 4 3 2 1

Agradecimientos

Un agradecimiento muy especial a Graciela Prieto por el excepcional trabajo y la energía puesta en la traducción de "Death of a Cure."

EN MEMORIA DE MI HERMANO
Timothy Douglas Jackson
16 de septiembre de 1959 -11 de enero de 2007

"Un desafortunado efecto secundario de la esperanza es la decepción"
Anónimo

PRÓLOGO

Los conocemos como humanitarios. Estamos seguros de que lo son. Estamos convencidos; su vocación es indudable. Han renunciado al éxito en la industria y en el gobierno que estaba seguramente a su disposición .Este pequeño sacrificio es por nosotros, pero más importante aun, por todos los que amamos. Son servidores de un bien mayor. A cambio, les confiamos nuestro tiempo, nuestro talento y nuestro dinero...todo lo que podamos darles. Llegan a los corazones de nuestros niños, nuestros amigos, nuestros compañeros de trabajo. Todos ellos buscan patrocinantes, quienes contribuyen con, aún más, dinero. Esperamos que nos guíen en el sufrimiento- la abrumadora devastación emocional que nos paraliza a medida que nuestras vidas se descarrilan, cuando alguien que amamos es abatido por una enfermedad cruel y devastadora. Los llevamos a un nivel superior. Son los mejores. Necesitamos que así sean. Son los guardianes de nuestra esperanza.

Pero ¿es nuestro sueño de una cura realmente su misión? ¿Hemos sido engañados? ¿Podría ser una cruel duplicidad, un engaño personal, espectacular en su audacia, aunque para ellos, no sea más que un maléfico medio de llegar a un fin egoísta? Una falsedad perpetrada contra la confianza, haciéndose cómplice de puestos de poder; una esperanza que enceguece la verdad. ¿Son sus estilos de vida, su posición, el dinero, la verdadera motivación? ¿Han visto la enfermedad, nuestro enemigo, como su benefactor? ¿Cuán lejos llegarían para proteger al enemigo?

¿Matarían?

EL ASESINATO DE UNA ESPERANZA

LA PREVENCIÓN DE UNA CURA

Unos momentos antes de su muerte, el doctor Ronald Briggs había estado parado detrás de su escritorio, solo, a punto de terminar su día. Alguien, que alguna vez había sido su amiga, ahora un enigma, entró a su oficina poco iluminada. El revólver semiautomático parecía amenazador a la luz de la lámpara del escritorio. Aunque la mano que sostenía el arma no era grande, la sujetaba firmemente. El revólver estaba firme y su objetivo, inquebrantable. Los dos se inmovilizaron cuando se vieron cara a cara.

-No estoy lista para una cura-. Fue una simple declaración. Briggs esperaba más, quería excusas, racionalizaciones, pero ninguna fue dada. La agenda personal había sustituido la de la organización, la misión. Un sospechoso hecho que ya no se ocultaba.

Briggs no se había sorprendido por la repentina aparición en su oficina, pero sí, un poco, por el arma. Respondió tranquilamente con una voz inusitadamente cansada y resignada.

-¿Cuánto hace que te dejaron de importar las personas que creen en nosotros? ¿Alguna vez te han importado?

Ignorando su pregunta, la intrusa le dio una orden.

-Dame la copia de seguridad que hiciste esta tarde. Sé que la tienes contigo.

Sin mirar, Briggs buscó lentamente en el bolsillo de su chaqueta del laboratorio y sacó un DVD apretujado dentro de un estuche plástico amarillo rayado. Contenía el nuevo material, información crucial que se convertiría en parte de la copia de seguridad de esta semana, la documentación de su reciente éxito en la búsqueda de la cura de la CID. Lo colocó en su escritorio, al lado de él. La luz de una enorme lámpara reflejó en un círculo, el revólver y el estuche amarillo. No hubo ningún movimiento espontáneo de la asesina para recuperarlo, para sacar del mundo el estuche que contenía el secreto de los trabajos internos de la CID y el proyecto para hacerlo ineficaz.

Con voz firme, le habló a Briggs nuevamente.

-No tiene que ser así.

Su adversario estaba parcialmente oculto, escondido en la sombra, se veía, a la luz directa de la lámpara, solamente una mano y el revólver que sostenía. Briggs no pudo ver una expresión. No pudo examinar su cara para encontrar alguna debilidad de la que pudiera aprovecharse. Ojalá Tommy estuviese aquí. No le preocupaba que su hermano compartiera su peligro, él también estaría en peligro. No, ni por un momento. Tommy sabría que hacer. Sus roles se invertirían, no habría riesgo ni peligro. El hermano menor se pararía delante de Briggs como lo había hecho en dos oportunidades anteriores. De alguna manera, adelantándose con una acción atemorizante y con cierta rapidez, terminaría con esto de una manera tan fácil como cuando Briggs se hacía el nudo de la corbata. Tommy expondría momentáneamente una parte de sí mismo, su verdadero ser, a su hermano mayor- una parte que Tommy se había esforzado mucho por mantener bajo control, fuera de vista, incluso de Ron. Especialmente de Ron.

En lugar de esa esperanzadora situación hipotética, Briggs se quedó sin saber qué decir, sus emociones seleccionando palabras simples en respuesta al desafío.

-¿Quieres decir que no vas a matarme?

-Tal vez no me dejes opción, pero depende de ti. Conozco tu secreto. El que nos escondes, todo este tiempo pensando que eres mucho más listo que todos.

En su voz oyó algo que no había oído antes. Las palabras no eran simplemente palabras sino que contenían cierto desprecio, maldad, odio que parecía extrañamente darle placer; tan diferente a una persona que no demuestra emoción. Por primera vez, Briggs tenía miedo. La maldad era la realidad: todo el resto era una fachada, un mecanismo para engañar tanto al ingenuo como al sofisticado.

No sé de qué hablas. -Briggs acusó destruyendo toda esperanza.

-Guárdalo para tus empleados y los pasantes de verano .El gran Dr. Briggs, tan perfecto, en todos los sentidos. Sé lo que realmente eres, no intentes hacerte el moralista conmigo. Sé lo de tu amiguita. Conozco tus planes de llevar los derechos de desarrollo a SynapTherapies. Estoy al tanto de tus acuerditos internos con CNEG.

Las palabras, la acusación, deberían haber sido dichas con cierta emoción, pero salieron con una voz monótona y calma. Habían sido ensayadas.

-La cura vale más que la reputación de cualquier persona.- respondió, con cierto desafío en su voz, casi olvidando que la pistola apuntaba a su corazón y que podría ser usada.

La impostora se le acercó, el arma proyectando una fuerza virtual lo hizo retroceder hasta la ventana abierta. El ruido familiar y generalmente reconfortante de la calle de la ciudad parecía más fuerte de lo habitual, el pavimento de alguna manera parecía más cerca.

-Supongo que estaba equivocada. Desenmascararte y llevarte a la ruina junto a tu nueva amiga, no seria suficiente. Puedo borrar la información pero no puedo borrar tu mente.

Las palabras fueron practicadas, pronunciadas sin emoción, una conclusión anticipada. Nada de lo que Briggs pudiera haber dicho, habría cambiado lo que estaba por suceder. Otros habían decidido su destino. Aún así, sus adversarios podrían posteriormente tener un falso consuelo de que se había hecho un esfuerzo para evitar su muerte. Pero en el final, no hubo opción. Ningún otro resultado hubiera sido aceptable.

Al retroceder, Briggs sintió el alféizar de la ventana –no quedaba otro lugar dónde ir. Cerró los ojos. Esperó el disparo que nunca se hizo. Su completa sorpresa a lo que venía después.

* * *

Caer veinticuatro pisos lleva sólo segundos. Sin embargo, en esos breves momentos, no experimentaba miedo aunque sabía su destino con rigurosa certeza. En cambio, una imagen ocupó rápidamente su mente, desplazando la indignación que había sido su constante compañera por más de un año. Era la de una paciente, una joven en Texas llamada Connie que tenía la CID, la enfermedad que había sido el trabajo de su vida, una pasión personal y profesional. La joven era memorable por su carácter, su coraje que había sido probado por el progreso doloroso y mortal de la CID. Luego, la presencia reconfortante de la joven, sobreviviendo sólo un momento, se desvaneció rápidamente.

Tan físicamente paralizante como era el momento, los últimos instantes de vida de Briggs eran de una triste aceptación. Se había dado cuenta de que su colega, a veces su mentora, era capaz de semejante traición. Su empleadora era una farsante institucionalizada que traicionaba la confianza del inocente.

Ignorar el engaño y la decepción que lo rodeaba a medida que se acercaba a la cura parecía ser lo correcto- el camino. La ruta que siempre había tomado, siguiendo sin excepción los mismos consejos que le había dado a Tommy cuando era más joven y cuando buscaba a su hermano mayor como guía.

-Solo haz lo correcto. Deja que el mundo haga el resto.-una regla simple.

Esta noche, el principio que regía su vida, sólo había logrado autorizar al enemigo a cometer atrocidades más grandes, que culminaron en este momento-su muerte. Algo más importante que su propia vida-la muerte de una esperanza.

* * *

El equipo de emergencia era competente y llegó rápidamente al lugar del hecho. Sin embargo, no había nada que hacer. Un cuerpo que cae más de 60 metros de altura alcanza casi la mitad de la velocidad de un paracaidista en velocidad terminal. El Dr. Ronald Briggs cayó boca arriba en la acera de concreto, a más de 90 kilómetros por hora. Con el rotundo impacto traumático en su cabeza, en su espalda, en todo su torso, la muerte fue instantánea. La vida real no es como la de los dibujos animados-los cuerpos no rebotan. El cuerpo desplomado del Dr. Ronald Briggs yacía inmóvil en la fría noche de Manhattan, como si el mal hubiera triunfado nuevamente.

VISITA

Anoche hubo una colisión, que involucró a un submarino de ataque nuclear, que estaba atravesando las Islas Spratly en el Mar del Sur de China. Estaba en una misión de espionaje; un intruso oculto, silencioso, sagaz, cuidadoso entre los sospechosos. El USS Hawaii, un novísimo submarino clase Virginia, estaba dañado pero seguía funcionando. El Hawaii no había colisionado con otro buque. La parte superior de un inexplorado monte submarino había detenido su marcha violentamente a las 3 a.m., lo que le provocó varios daños. Debido a su sensible ubicación, permanecía sumergido dirigiéndose despacio hacia un centro de reparación. La desventura bentónica del Hawaii no sólo había sido informada al Comandante de la Fuerza de submarinos de la Flota de los EE.UU. en el Pacífico sino también reportada en un canal inferior poco conocido para nuestro equipo, que no está encuadrado en ningún organigrama militar públicamente difundido. No tenemos una sigla elegante que identifique nuestra unidad de servicio compuesta por especialistas de todas las ramas militares.

Al menos, una de las heridas graves requirió una cirugía de emergencia más allá de la destreza puesta a bordo. La Marina me necesitaba, Teniente Coronel (Dr.) L.T.Briggs, CMEU (Cuerpo de Marines de los Estados Unidos), arrojado inmediatamente a bordo de manera inadvertida. La misión establecida del grupo, era una exitosa inserción encubierta que proporcionara apoyo médico, científico o de ingeniería. Mi objetivo personal era una extracción exitosa, encubierta o no.

Antes de la salida, cada uno de los tripulantes del Hawaii debía firmar un documento que les recordaba, de manera poco amistosa, los castigos que recibirían si compartían ciertos aspectos de su vida en la Marina. Castigos descriptos deliberadamente con palabras como "traición" y el favorito de todos: "condena a prisión obligatoria sin posibilidad de libertad bajo palabra". La sensibilidad se debía a la presencia del Hawaii en las Islas Spratly. No era una visita aprobada por ninguno de los grupos beligerantes que reclamaban soberanía sobre el archipiélago y sus extraordinarios recursos, todavía no explotados en su mayor parte. Aprendí esto en mi reunión informativa-firmé los mismos papeles y como el resto de la tripulación, no obtuve ninguna copia.

Otro miembro de nuestro equipo, el mayor William Sánchez del Ejército de EEUU, que rotaba conmigo por Yokosuka en la Bahía de Tokio, me ayudó con el próximo paso de mi misión. La especialidad de Bill eran las armas de destrucción masiva. Se junto conmigo en nuestra oficina y me ayudó a reunir equipo que nuestro grupo había escondido en Yokosuka. Billy tomaba cuidadosamente nota de lo que había sido quitado del depósito y enviaría su lista por correo electrónico a nuestro equipo de reabastecimiento. Aunque esto no era más que otro ejemplo del poderoso monstruo del papeleo militar, era necesario debido a la naturaleza de nuestras misiones. Cuando llevamos equipo a una misión, casi nunca se devuelve y uno podría necesitar requisar el mismo material a la semana siguiente. Mi equipo de salto para esta misión era un arnés y una tela como si fuera un toldo estándar redondeado para volar a baja altura. Miré con tristeza la rampa de viento de parafoil del locker contiguo que era más elaborada.

-¿Sin parafoil?-preguntó Billy. Eran mucho más divertidos pero el salto no me mantendría lo suficientemente en el aire como para hacer una plataforma dirigible que valiera la pena. Sin mencionar el hecho de que no habría ningún punto de referencia al cual dirigirse.

-Quizás, la próxima vez.-respondí.

El equipo armado de buceo era bastante convencional, un equipo de circuito abierto que cualquier buceador habría reconocido. Al ser de alguna manera responsable por el dinero de los contribuyentes, me olvidaría del lujoso rebreather.

-¿Sin rebreather?- preguntó Billy con una gran mirada de dolor en su cara. No era necesario. Nadie vería mis burbujas en la oscuridad y no iba a necesitar el tiempo extra, bajo el agua, que me ofrecía ese juguete caro.

-Quizás la próxima vez.-respondí de nuevo, con poca convicción.

-No impresionarías a una chica de alterne de Kabukicho con esta basura-dijo de manera indignada; haciendo referencia al barrio rojo local y al hecho de que las herramientas elegidas no eran para nada futuristas.

-Tal vez pueda arreglármelas utilizando mi atractivo aspecto.-dije esperanzado.

-¡Es poco probable, infante de marina!-replicó Billy, con una sonrisa.

Nos llevó menos de veinte minutos reunir el equipo de salto y buceo. Los instrumentos quirúrgicos y las medicinas nos llevarían un poco más. Como médico militar, viajo con una colección bastante completa de herramientas de diagnóstico y suministros médicos. Para este viaje, con una cirugía abdominal anticipada, más cosas serían necesarias. Estaba probablemente llevando cuatro veces más instrumentos quirúrgicos y productos farmacéuticos de lo que serían necesarios, pero no tendría el lujo de enviar a buscar más después de abordar el submarino. Mejor pecar de prudente. Billy no fue de gran ayuda al reunir el equipo médico pero no dejaba de utilizar su sarcasmo a medida que anotaba las cosas que sacaba del escondite. De mi casillero personal, tomé un par de trajes de faena sin marcas, que pudieran identificar quién era o de qué país provenía, además de un pequeño bolso que contenía una máquina de afeitar, un cepillo de dientes y otras cosas similares.

En raras ocasiones, par la misión, contamos con Fuerzas Especiales, o con una presencia militar abrumadora, que nos escolta hasta el país enemigo. Dado que estamos típicamente sin apoyo operativo, todos en mi grupo toman la seguridad personal seriamente, y como todos mis pares, en mi vida pasada, yo era uno de los pistoleros. Hubo más de una ocasión, en la cual, si yo quería ser parte de la misión, tenía que convertirme en un miembro más del equipo y no sólo en el doctor como si fuera una gran carga . La mayoría de los de mi grupo han tenido experiencias similares. Debido a esta hipersensibilidad sobre mi seguridad personal, lo próximo a empacar era una Beretta modelo 96FS de-cocker ajustada calibre .40 S&W que cargaba once rondas, diez en el cargador y una en la recámara. Billy agregó cuatro cargadores extras que cargaban diez rondas más cada uno. No tomé el arma del abastecimiento -ya tenía una conmigo. Además de la pistola, puse un par de sorpresas más. Unas sorpresas cortantes.

Billy asintió dando su aprobación, como si finalmente se hubieran tomado algunas buenas decisiones.

-Tampoco confío en los cabezas de burbujas-bromeó.-Todo ese tiempo en el mar podría hacer que tu flacucho trasero se parezca demasiado al de una sirena.

No me preocupaba demasiado cómo defenderme en el submarino, sino en completar mi misión, sin que ningún cabeza de burbujas se interpusiera. Por supuesto que si terminaba en un ambiente hostil, el arma que llevaba conmigo no sería suficiente, pero era razonablemente todo lo que podía ser empacado. Estaba seguro de que una vez a bordo del submarino todo lo que había llevado conmigo se convertiría en algo visible para todos y que un disparo sorprendería. Los submarinistas pueden ser un grupo demasiado sensible. Debe ser por las interminables semanas que pasan sin ver el sol. No iba a compartir con la tripulación el comentario de Billy sobre las sirenas.

Empacamos todo en uno de nuestros botes estándar color verde militar. Los botes eran cilíndricos, de alrededor de un metro cincuenta de largo y de treinta centímetros de diámetro. Una vez cerrados quedaban sellados y no dejarían pasar ni el agua del océano ni la arena del desierto. También tenían un extremo puntiagudo y podían penetrar la copa de los árboles como así también cualquier choza del tercer mundo-tuvimos un par de incidentes bochornosos que prueban eso. Sin darse cuenta, se podría empacar más de la cuenta, haciéndolos increíblemente pesados. Lo única que le faltaba era unas ruedas.

Vacié mis bolsillos, puse todo en mi casillero personal y saqué otro set de trajes de faena. Mi transporte llegó y el conductor me ayudó a llevar mi bote y la mochila que contenía mi equipo de buceo y salto a un pequeño camión. Billy miraba y hacía un gran esfuerzo para no entrometerse en mi camino. Su ayuda sólo se limitaba a tomar nota y al abuso verbal. En la descripción de su trabajo, no se mencionaba nada sobre levantar y transportar. Hicimos un corto trayecto hasta la línea aérea, donde subí a la aeronave de transporte Globemaster C17.

El jefe de carga miró mi bote sabiendo que él y mi conductor tendrían que cargarlo a mano. Me miró rápidamente con desagrado; yo sabía lo que seguía.

-¿Es ese su equipo?- me preguntó con cierta actitud. Convenientemente también olvidó decir "Señor" debido al hecho de que mi mono no tenía insignia de rango. Sabía que él estaba al tanto de que yo era un oficial, pero lo pasé por alto.

Lo miré con furia; la mejor defensa consiste en un buen ataque. –Sí, sólo la mochila y el tubo.

Era obvio que prefería un cargamento; hasta una carga de un tanque principal de combate M1 de 70 toneladas, con tal que pueda ser rodado hasta subirlo a bordo.

La idea de un equipaje con ruedas estaba ganando un adepto.

Me despedí de Billy y pronto el "nene" fue abrochado a su asiento; le dieron las instrucciones de seguridad al único pasajero (yo) y luego se realizó el despegue, todo con un poco de fanfarria. El vuelo de seis horas en un transporte ruidoso, me dio mucho tiempo para estar solo, con mis pensamientos.

* * *

Podría llegar a hacer esto 1000 veces y siempre experimentaría ansiedad antes del gran momento. Solo James Bond es James Bond. El resto de nosotros es, considerablemente, menos tranquilo.

Iba a entrar solo-casi siempre operábamos solos. Ésta sería la quinta vez que me lanzaba en paracaídas al océano y tocaba la puerta de un submarino, pero era solamente la segunda vez que lo hacía de noche. El factor noche le agregaba significativamente un grado de dificultad pero con eso no ganaría la compasión de mi jefe, el General Marlon F. X. Fitzhue, quien se autoproclamó protector del mundo entero.

Mentalmente, repetí lo que había aprendido de mis previas inmersiones bajo el agua. Hice un buen plan después de estudiar cuidadosamente el objetivo. Estaba bien entrenado y tenía un poco más que algo de experiencia en este tipo de ejercicio. Aun así, repasé cada detalle que podría afectar operacionalmente mi habilidad de abordar el submarino de manera segura. Todo eso me llevó menos de una hora y me dejó mucho tiempo sin saber qué hacer. En ese instante, lo peor que podía hacer era volver a analizar el trabajo. Enfocarme durante las próximas cinco horas en mi salto y mi inmersión, sólo me causaría una ansiedad innecesaria.

Mi hermano Ron apareció en mis pensamientos, como a menudo lo hace, cuando estoy por hacer algo que él consideraría peligroso. ¿Qué diría si me viese ahora? Intentaría esconder su preocupación detrás de una risa forzada y me haría saber, como innumerables veces lo había hecho antes, que su hermano menor no había realmente terminado su adolescencia. La emoción en su vida estaba limitada a la visión a través de un microscopio con una escaramuza tensa y ocasional en el salón de juntas. Me diría que la emoción en mi vida me podría llegar a matar. Le respondería que, algún día, sus colegas del salón de juntas lo matarían del aburrimiento. Se suponía que me llamaría anoche pero no tenía noticias suyas. Habría un mensaje de él, esperándome a mi regreso de la misión.

* * *

La rampa trasera del avión de carga se abrió lentamente. Estaba más que preparado para terminar con esta parte, sabiendo que mis pulsaciones se calmarían en el instante que abandonara la aeronave, aun más, cuando llegara a estar bajo el agua.

Cuando llegó la hora, el jefe de carga gritó:-¡Ahora!- y me dio una palmada en la espalda. Parado, de manera inclinada detrás del bote que contenía mi equipo, empujé con toda mi fuerza y saqué el tubo, de un metro y medio de largo, a la oscuridad que envolvía al avión. La letra pequeña prometía que mi cuerda de apertura automática del paracaídas, estaría amarrada al avión y que automáticamente desplegaría el paracaídas. A pesar de que el avión estaba a menos de 150 metros por encima del Pacífico, no había nada que ver durante mi caída libre en la oscuridad absoluta- no, mis ojos no estaban cerrados, sólo eran inútiles. Serían de una pequeña ayuda hasta realmente estar bajo el agua y sólo después de ponerme la máscara de buceo.

Contaba con el tiempo, apenas suficiente, para formar un arco con mis brazos y piernas hacia atrás, como mis instructores de salto me habían entrenado muchos años atrás, cuando de repente fui suspendido en el aire por el paracaídas, que se abrió. Casi instantáneamente después de que éste se abriera, otro tirón, para nada sutil, me jaló cuando el bote llegó al final de la cuerda. Creo que subí medio metro. Estaba nublado, la luna y las estrellas completamente cubiertas. Sin luz por encima del horizonte que me diera un marco de referencia de arriba o abajo, era imposible decir a qué distancia estaba de la superficie. Las agujas luminosas del altímetro, fijado al soporte de aluminio sobre mi cuerpo, eran apenas visibles. El jefe de carga y el avión de transporte, ahora vacío, se habían ido. El tirón del bote cedió cuando impactó en la superficie, flotando por unos instantes. Al chocar con el agua en forma brusca cerca de él, la velocidad descendiente me forzó a bajar más de 4.5 metros. Llegó la hora de sacar el regulador de su contenedor, ponerlo en mi boca, respirar el aire embotellado y destapar mis oídos. Lo siguiente fue sacar la máscara de buceo del bolsillo, ponérmela, sacar el agua de ésta y luego librarme del arnés del paracaídas. Mis ojos me ardían, por el agua salada.

Tranquilízate Tommy.

El bote me siguió en mi descenso como si fuera un cachorro obediente. A 9 metros, todo estaba tranquilo otra vez , aunque muy oscuro. Nueve metros era la profundidad elegida porque era lo suficientemente profundo para que el océano estuviera calmo, pero no tan profundo, para que el tanque de veinticuatro metros cúbicos se secara rápidamente. Sacar el localizador del otro bolsillo marcó un momento clave, como si sin él, fuera imposible encontrar al submarino.

Nadé en la dirección que me indicaba la aguja brillante. Después de alrededor de 76 metros, como contabilizó mi contador de patadas, mi baliza emitió una alarma sonora, el Hawaii estaba cerca. Con la luz encendida mientras descendía hasta llegar a los veinticinco metros, tal como fui instruido, me moví en dirección al submarino. Después de nadar otros veinte metros, vi el submarino aparecer suspendido inmóvil, frente a mí. Mi posición era cerca de la proa a babor. Al doblar a la derecha, mis patadas lentas y medidas, me llevaron a lo largo del submarino justo sobre la curvada cubierta.

Moviéndome en dirección a la popa hasta la entrada debajo del agua del submarino, la cámara de entrada y salida, que estaba delineada por la luz de mi linterna de buceo, me provocaba diversas emociones. Entrar al submarino sería un alivio, pero al mismo tiempo, iba a tener que entrar por la esclusa de aire, que no sólo era una cripta que producía claustrofobia, sino que también era solamente la única parte de mi corto viaje que dependía completamente de las acciones de otros, algo a lo que temía, aún más que a la pequeña y oscura cámara cerrada. Abrir la escotilla externa requería accionar la palanca de mando y levantar la cubierta. Tironeé mi bote hacia mí, lo empujé por la escotilla abierta y fui detrás de él. Me paré, me saqué mis patas de rana de última generación y las dejé a un lado. Me estiré hasta la escotilla y la empujé hasta cerrarla, lo cual aseguró el mecanismo de la cerradura. Después de golpear el interior de la escotilla con la parte trasera de mi cuchillo de buceo, podía escuchar el sonido del agua corriendo y sabía que la tripulación estaba drenando agua fuera de la cámara. A pesar de que el nivel de agua alrededor mío descendió, mantuve el regulador en mi boca, respirando normalmente. Mejor dicho, tan normal como se puede respirar al estar atrapado en una cripta de acero y observando como el suministro de aire disminuye. Mi ritmo en la respiración puede haberse acelerado un poco. No me gustan los lugares pequeños y puede que haya cerrado los ojos.

El volante de la escotilla interna comenzó a girar y finalmente el portal interno se abrió, descargando los últimos galones de agua de mar. Un oficial, en un uniforme de trabajo, me miró de manera curiosa cuando el regulador se cayó de mi boca. Sin tener idea de lo que él estaba pensando, mis palabras eran menos que poéticas.

-Hola-dije. OK, podría haber sido más elocuente. Fue una entrada extraña; pero no podía ser al estilo de Neil Armstrong.

LA OPERACIÓN DE SKI

-Fue muy amable de su parte visitarme, Coronel.- Había estado practicando esa frase.

-Soy Johannson, el segundo comandante. ¡Bienvenido a bordo!

Al decir "segundo comandante", el Teniente Comandante Gary Johannson había querido decir que era el oficial ejecutivo y el segundo al mando del barco después del capitán. Los submarinos son siempre buques, nunca barcos. Los submarinistas, quienes por razones, que sólo ellos conocen, se ofrecen voluntariamente a ser miembros de la tripulación de submarinos, son exigentes con la distinción. Nunca he preguntado por qué, pero usted obtendrá por seguro una corrección si dice barco. Los que yo conocí son aún más graciosos con la pronunciación de la palabra submarinista. Es siempre sub-ma-ri-nis-ta, nunca sub-ma-ri-ne-ro- ; diferencias importantes en el reino de los cabezas de burbujas. Personalmente, creí que la versión con "marinero" era la que mejor sonaba.

Johannson era un sueco grandote de cabellos muy rubios, quien probablemente se golpeaba el cráneo con muchos de los espacios, reducidos en altura, a bordo del submarino. Siempre se lo veía con una sonrisa de oreja a oreja y parecía ser uno de aquellos muchachos perpetuamente alegres. O, tal vez, sólo estaba feliz de tener al doctor que podía curar a su compañero de tripulación y dispuesto a realizar su trabajo. Todos están contentos por mi llegada, aunque siempre aparece algún muchacho malo, que no quiere que alguien como yo ejerza su trabajo.

Estaba feliz de sacarme el equipo mojado y darme un enjuague de agua fresca. Lo hice en la sala de los torpedos con agua fría, que salía de una manguera y que apuntaba hacia mí y luego drenaba a través de una rejilla, hacia algún lugar abajo fuera del alcance de mi vista. La tripulación del submarino no estaba preocupada con respecto hacia dónde iba el agua, yo tampoco lo estaba. Después de secarme con una toalla y romper el sello impermeable del bote, el interior seco del mismo me proveyó de ropa interior, faena, zapatos y medias. Recuperé mi equipo médico, dejando los artículos personales restantes en el bote. Siempre con una sonrisa, Johannson había examinado en detalle cada artículo a medida que lo sacaba del bote. Ordenó a los dos marineros que llevaran el resto de mi equipo a su camarote, donde yo dormiría en un catre entre él y el ingeniero en jefe. Me preguntaba si el arma estaría cargada la próxima vez que la viese. Johannson me llevó rápidamente a la enfermería. No sé que pasó con el bote, no lo volví a ver- otra pieza de equipaje perdido que explicar. Más tarde, mi pistola descargada y cuatro cargadores vacíos aparecerían mágicamente atascados en la parte superior de mi bolso médico. Tal vez, las balas terminaron en el bote.

A lo largo del camino pasamos por el comedor de la tripulación donde pusieron en mis manos una taza de café caliente y luego proseguimos por varios pasillos iluminados. El buque no daba la sensación de pequeñez y claustrofobia de sus predecesores eléctrico-gasoleros. A pesar de que pasamos solamente por al lado de un par de marineros, ambos sentían curiosidad por el recién llegado, aunque sabían para qué estaba aquí. Esto cambió cuando nos acercamos a la enfermería. Había mucha actividad además de algunas caras muy serias.

-¿Cuántos hay en la lista final de heridos?-pregunté.

-Treinta y nueve que requieren más que un apósito o una aspirina. Todos a bordo están, de alguna manera, un poco alterados. Fue un choque fuerte y nos deslizamos hacia una parada sin ninguna advertencia.- Johannson respondió tranquilamente.-Si el buque hubiese estado 3 metros más profundo, habríamos golpeado al costado del monte , en lugar de la parte superior con pasto y estaríamos todos muertos.- Por primera vez, su cara perdió su sonrisa habitual.

Se recuperó rápidamente. –Pero ahora que, la Infantería de Marina de los Estados Unidos ha sido, lo suficientemente amable de enviarnos al "Súper doctor", directamente del cielo, ¡estamos a salvo! ¡Gracias Jesús!-exclamó Johannson recuperando rápidamente su alegría e invocando a algún difunto predicador sureño.

Luego, comenzó a cantar en voz alta "From the Halls of Montezuma" anunciando nuestra llegada. La mayoría de las palabras eran erróneas.

La enfermería estaba desbordada aunque la mayoría de los heridos estaban siendo tratados en sus literas. El Doctor Orr y cierto apoyo médico voluntario estaban en constante movimiento, yendo de un lado a otro, de paciente en paciente. Me presentaron al Teniente (Dr.) Raymond Orr y a su adecuado equipo de comprometidos asistentes. Le dije al teniente que nos olvidáramos del rango y pronto nos convertimos en Ray y Tom. Estaba contento con la informalidad, estaba contento de que yo estaba allí, estaba mucho más feliz de lo que había estado en las últimas 24 horas. En lo que respecta a mi vida personal, casi nunca tengo ese efecto en la gente. Tal vez, mi desprecio a los cabezas de burbujas necesitaba ser repensado.

El Oficial Electricista de 1ª Clase Terry Kawalski, "Ski" para sus amigos, estaba bastante drogado y aunque estaba pálido, no parecía estar sufriendo mucho dolor. Desnudo hasta la cintura, tenía una gran venda alrededor de ella. Ray me entregó el informe con las notas que se habían hecho desde el accidente. En el registro figuraba tanto su entrenamiento médico como el militar. La marca, modelo y número de serie del generador eran parte del paquete, como también lo era la descripción de la argolla izadora sobre la cual, Kawalski había caído. Además, se incluía un bosquejo de la argolla de acero y la hoja de metal levantada sobre la parte del equipo, que había atravesado la pared intestinal. Ray sospechaba que el bazo se había dañado y requería extirpación. Si la herida hubiese destrozado completamente el bazo con posterior hemorragia, Ray habría intentado una cirugía de emergencia por sí solo y probablemente se habría deshecho de eso.

Después de haber decidido que todavía tenía tiempo, hizo algo muy inteligente y esperó. Ese tiempo de reflexión le dio opciones- Yo era la opción elegida. A juzgar por los órganos vitales, algunos exámenes y mi propia evaluación, era obvio que teníamos que mirar por dentro.

La planificación de la cirugía de extirpación del bazo requería que el paciente se vacunara contra neumococo, gripe H y meningococo, el protocolo para una esplenectomía. Ray me ayudó a preparar a Kawalski y a anestesiarlo. Mi nuevo amigo subalterno y doctor monitoreaba sus órganos vitales y hacía el rol de anestesiólogo/cirujano asistente mientras yo hacía el corte. Debido al trauma, realizamos una cirugía abierta. Después de la inspección, se volvió obvio el hecho de que el bazo debía ser extirpado y así se hizo, sin mucho problema-no es una cirugía difícil.

Desconectarlo de las arterias me permitió extraerlo, liberándolo de los ligamentos que lo mantenían en su lugar. Cosimos el abdomen, dejándole al Oficial Electricista de 1ª Clase una cicatriz para asustar a sus futuros nietos. Sin embargo, no era merecedor del Corazón Púrpura ya que no había sido herido en combate. Si no aparecían complicaciones, después de su recuperación, Kawalski haría otra vez lo que sea que hicieran los Oficiales Electricistas de 1ª Clase a bordo de submarinos nucleares. Con un poco de suerte, yo me habría ido mucho antes de que él recuperara la energía para decirme qué era. Oí a todo el equipo médico y a algunos miembros de la tripulación decir que, la Infantería de Marina había, una vez más, sacado de apuros a la Marina-todos podían dormir profundamente. Aunque algunas miradas pensativas y serias continuaron, mi pequeña broma implicaba la seguridad que los espectadores necesitaban para saber que su compañero de tripulación iba a lograrlo. No habría habido ninguna broma si hubiera alguna preocupación. Las buenas noticias se esparcirían rápidamente como un chisme.

Con cuidado, llevamos al paciente a una de las tres literas fijas de la pequeña enfermería, las otras dos estaban ocupadas por marineros heridos. Era hora de hacer que Ray se fuera y enviarlo a descansar.

-Vaya a descansar, teniente.- le ordené, hablándole como coronel nuevamente.

-¿Qué? ¿Y dejar la seguridad de mi tripulación en manos de un Infante de Marina?

Mientras que lo empujaba por la puerta y lo llevaba hasta la escalerilla, me ponía al día con la situación de los pacientes más graves de una manera increíblemente rápida. Finalmente, se rindió, hizo un gesto de agradecimiento con la mano y se fue a dormir a la vez que un oficial subalterno lo arrastraba de la manga de la camisa. Era un buen doctor- la tripulación había sido bien atendida y ellos lo sabían.

Revisé a los otros dos pacientes en la enfermería-sobrevivirían. El oficial ejecutivo había estado dándole al capitán, a quién yo todavía no había conocido, las últimas novedades sobre la cirugía. Johannson me guió por el buque para ver a los otros marineros heridos. Usamos la excusa de que era muy fácil perderse. No había necesidad de expresar con palabras lo que los dos sabíamos-no era una gran idea para un desconocido (aún para un hermano de oficial) pasear por un submarino nuclear sin un guarda- por lo menos hasta que ellos llegasen a conocerme mucho mejor.

Después de ver y evaluar a los treinta y ocho heridos restantes, un proceso que llevó más de seis horas, estaba contento de que el Hawaii no había sufrido víctimas fatales. Compartir esto con el capitán lo hacía ver como una buena excusa para conocerlo.

Johannson, quien se había convertido en Gary después que decidimos llamarnos por nuestros primeros nombres, me llevó al cuartel de oficiales. El capitán del submarino, el Comandante Richmond, se uniría pronto.

Coloqué mi trasero en una cabina, no acepté beber café pero sí, jugo de naranja. Ray entró viéndose mucho mejor y bien descansado. Me agradeció- la cuadragésima quinta vez desde mi llegada a bordo. Le dije-No es nada-por la cuadragésima vez y se fue a chequear, otra vez, a todos los que yo ya había visto.

El Comandante Mike Richmond apareció de manera silenciosa y me miró. Era bajo de estatura como mi hermano pero más tranquilo como yo. Después de las presentaciones, me agradecieron por cuadragésima sexta vez, pero esta vez el capitán. Nunca había visto al Comandante Richmond antes, pero era obvio que tenía algo que decirme y estaba incómodo con lo que sea que fuese.

-Coronel, he estado en contacto con el COMSUBPAC (*Comando de Submarinos de la Flota del Pacífico de los Estados Unidos*) y tengo algunas noticias. Usted tiene un hermano, el Doctor Ronald Briggs, en Nueva York. ¿Es correcto?

Malas noticias era lo único que podía ser. Los asuntos familiares no son transmitidos ni a mí ni a ninguno de los miembros de mi grupo, a menos que sea una noticia realmente mala y se daban una vez que la misión haya sido completada. La sensación de náuseas, que había comenzado en mi estomago, se estaba expandiendo. Estaba intentando con mucho esfuerzo controlar la respiración y podía sentir mi piel que se enfriaba.

-Comandante Richmond, ¿mi hermano está muerto?

TRÁNSITO

Richmond me dijo que no tenía detalles sobre la muerte de Ron. Tres días después de mi salto al Pacífico, nos reunimos con un grupo de combatientes terrestres, en una parte menos vergonzosa del Pacífico. Una de las naves era un buque de asalto anfibio con un gran personal médico e imponentes instalaciones. Supervisé la transferencia de nueve de los heridos más graves del *Hawaii a* un centro médico más grande, aunque ,probablemente, no mejor. Después de entregar los casos a los nuevos doctores, hice un pequeño viaje en helicóptero hasta una aerolínea.

El viaje de regreso a Yokosuka parecía haber sido en un abrir y cerrar de ojos. Me despacharon como parte del cargamento a bordo de un avión bimotor turbohélice. El capellán de la base, un desconocido para mí, me puso al corriente con los detalles, que no eran muchos, de la muerte de Ron. La línea oficial era que él había saltado por la ventana de su oficina.

Iba a ser un largo viaje de regreso desde Japón a los Estados Unidos e iba a adormecer mi trasero. En lo mejor de los casos, viajar así es una prueba de resistencia. Algunas personas me han dicho que puedo ser un viajero hosco. Por supuesto que esto no es cierto Soy súper amigable-solo tienen que pedírmelo. En mi situación actual, no estaba seguro qué era peor, el viaje o llegar a Nueva York. Desear la realidad de una vida sin Ron, su muerte todavía un hecho no aceptado y lo que era aún peor, muerte por suicidio, era algo que me estaba consumiendo mental y físicamente, lo cual me dejaba vacío y me alejaba de todo lo que me rodeaba. El estar a medio mundo de distancia lo hacía, de alguna manera, irreal. Estaba seguro de que al enfrentarme cara a cara con el funeral, los socios de Ron y ocuparme de su apartamento en Manhattan, eliminaría cualquier barrera que mi subconsciente hubiera construido, dejándome finalmente enfrentado con el hecho de que ya no estaba. No importaba cuán largo sería el viaje a Nueva York, pasaría demasiado rápido.

De forma inmediata, pedí una licencia de emergencia por duelo y luego compré un boleto, de último momento, a Nueva York en un asiento de primera clase en una aerolínea con base en Asia, que ya había usado mucho. El precio me hizo pensar que había comprado la aerolínea, en lugar de sólo un asiento. Por lo menos, la idea de una aerolínea de servicio, incluía realmente un servicio. Qué concepto. Tendrían más de cuarenta auxiliares de vuelo y un sobrecargo en un 747. En primera clase, la proporción era un auxiliar de vuelo por cada seis pasajeros. Si uno levantaba sin querer una ceja, mágicamente un auxiliar de vuelo se aproximaría a su asiento. En mi caso, asiento al pasillo, 3B.

En mi caso particular, esta aerolínea me divertía. Todos los auxiliares de vuelo eran mujeres entre 18 y 24 años. Todas tenían la misma forma y tamaño-diminutas, talle uno de vestido. Tenía que haber una fábrica que las hiciera en algún lugar, una cadena de montaje donde damas malasias pequeñas y siempre sonrientes se cayeran de una cinta transportadora .No sé qué hacía la aerolínea con ellas cuando cumplían los veinticinco. Tal vez regresaban a la fábrica para renovarse y reacondicionar su sonrisa. Eran, consecuentemente, tímidas y en todos los vuelos que había tomado, noté que todas tenían nombres extraños. No eran raros porque eran asiáticos , sino que eran extraños porque eran americanos. Mejor dicho, americanos de los años '50. Las dos auxiliares de vuelo que me atendían en este vuelo, tenían gafetes que decían "Mabel" y "Ethel". Detuve a Mabel y le pregunté cuál era su nombre real. Se puso muy incómoda y miró nerviosamente a su alrededor antes de contestarme.

-Aerolínea dio nombre.

-Entonces, ¿cuál es su verdadero nombre?

Volvió a chequear el pasillo y murmuró algo muy exótico sin esfuerzo.

-¿Por qué no puedes usar tu nombre verdadero? Es muy bonito- añadí rápidamente.

-Aerolínea no quiere ofender americanos.

Sorprendente.

-Los americanos deberían ser mas humildes.- dije, tal vez, de manera un poco severa. Disfruté de una fantasía rápida acerca de destruir a un antiguo burócrata oriental que había viajado a los Estados Unidos cincuenta años atrás y que era el "modificador de nombres" oficial debido a sus sofisticadas palabras. Yo era cirujano; lo podía cortar en pedazos.

Bajó los ojos, ella no estaba segura de lo que mis palabras querían decir y tenía miedo de que la hubiesen oído. Mientras se alejaba, le sonreí intentando cambiarle el humor y luego, asegurándome que nadie nos pudiera oír, le agradecí e hice mi mejor esfuerzo para usar su verdadero nombre. Me sonrió. Era una sonrisa grande en la cara de una pequeña dama.

Me concentré en dormir. En este vuelo, no necesitaba tener charlas con auxiliares de vuelo o con cualquier otra persona. Lo único que necesitaba era dormir. No es un problema, en general, para mí, dormir en un avión. Dormir a cualquier hora en cualquier lugar nunca es un problema para mí. Para vuelos transoceánicos, las aerolíneas han hecho de la primera clase un lugar muy razonable donde dormir. Los asientos se reclinaban totalmente y se convertían en una cama con un pequeño divisor , que nos separaba del resto del mundo. Sin embargo, esta noche no estaba funcionando.

Me levanté y caminé a lo largo del avión un par de veces. Esto es algo que rara vez hago, pero que debería hacer. Los viajeros que vuelan largas distancias pueden tener coágulos en las piernas si permanecen demasiado quietos. Todos deberían levantarse y caminar cada cuatro horas y beber mucha agua para mantenerse hidratado. El hecho de volver a mi asiento y no ver la película, hizo que evitara otra visita de la auxiliar de vuelo. Esta vez, su nombre era Mildred que estaba chequeando si los pasajeros necesitaban algo y si funcionaba el audio de la película. Finalmente, no estoy seguro cuando caí en un mundo lleno de pesadillas, reviviendo, una y otra vez, el momento cuando me dijeron que Ron había muerto.

Los dos hermanos Briggs eran muy diferentes físicamente. Ron era de estatura pequeña, elegante, con un alto nivel de energía a punto de una constante ebullición. Siempre lucía una corbata de moño y una inmaculada camisa blanca ,que nunca estaba desabrochada. Yo medía unos treinta centímetros más, de hombros más anchos y era considerablemente menos tenaz de lo que Ron era. Nunca he podido lograr que Ron vaya a cazar o a pescar conmigo. Esa forma de ser habría puesto en peligro su cordura.

A pesar de nuestras diferencias de personalidad, éramos muy unidos. Al ser hijos de padres adinerados, no tuvimos que preocuparnos mucho por la situación económica, lo cual nos permitió tener profesiones e intereses diversos. La mayoría se lo debíamos a nuestro padre. Él no iba a permitirnos que descansáramos en los laureles de la familia e hizo de la educación y el hecho de que seamos alguien, una prioridad; una prioridad en un internado y a la distancia pero una prioridad al fin. Demostrando un buen sentido común, mamá no se entrometía en las decisiones de papá en lo concerniente a establecer objetivos personales. Nuestros padres murieron en un accidente cuando yo tenía ocho años y Ron era alumno de último año en la escuela secundaria. Ron terminó la escuela y entró a la Facultad de Medicina; a una de las mejores.

Mi pequeño gran hermano era verdaderamente un gran doctor, científico y filántropo .Mi orgullo por él era sincero. Fue por Ron que mi carrera militar fue desviada a la Facultad de Medicina y a la residencia. Sin embargo, él era realmente el médico talentoso; yo era un mecánico, un reparador. A pesar de su exuberante naturaleza y su rápida forma de andar, tenía la paciencia intrínseca necesaria para que la experimentación científica resulte un éxito, siendo él el propulsor en cada momento. Yo lucho, día a día, para tener paciencia a largo plazo en algo. Aunque generalmente me vea medio dormido, siempre soy inquieto e impaciente con el mundo. Ron es el muchacho agradable; yo no puedo tolerar a los tontos por mucho tiempo. Como doctor aprendí cirugía para poder solucionar problemas y seguir adelante. Ron compartía historias graciosas con sus amigos. Yo compartía técnicas de cacería de aves acuáticas. Ron se dedicaba a la ciencia y a la cura de una de las enfermedades más debilitantes de la humanidad. Yo perseguía chicas y buscaba la próxima misión-la humanidad podía cuidarse por sí sola.

Después de la preparatoria y la escuela superior, donde recibí frecuentes visitas de Ron, entré al Cuerpo de Marines como cadete. Mi título en ingeniería poco impresionaba a mis instructores .Seis meses después del comienzo de mi entrenamiento, me gradué y me dieron el mando de mi primer pelotón como nuevo alférez. Mi camino a la aventura comenzó con mucho crecimiento. Treinta y nueve soldados y un sargento de pelotón sospechaban, merecidamente, de mi capacidad de liderazgo. Aprendí rápidamente y contaba con un sargento de pelotón muy experimentado para mantenerme alejado de los problemas.

Por medio de un par de golpes de suerte, fui seleccionado para el entrenamiento en el reconocimiento en fuerza; fuerzas especiales del Cuerpo de Marines. Pensábamos que éramos realmente de lo malo, lo peor. Después de todo, las unidades de Infantería se veían igualadas a los otros equipos especiales de servicio. Reconocimiento en fuerza era un poco superior.

Dos horas corriendo con el mejor de los mejores, me hizo sentir el dolor de trasero más grande del mundo , pero aún así, Ron me toleraba. En una de las visitas mientras me recuperaba de una lesión que había sufrido en el entrenamiento, Ron me presionó nuevamente con la Facultad de Medicina. Hicimos una apuesta sobre el examen de pre-admisión, el MCAT (Medical College Admission Test), el cuál yo debería haber rendido para ser aceptado en la Facultad de Medicina. Las reglas eran simples. Tenía que hacer mi mejor esfuerzo, tomar un curso de preparación y si obtenía una puntuación superior a la que habíamos acordado mutuamente, tenía que darle una oportunidad a la Facultad de Medicina. Si obtenía una puntuación más baja, entonces Ron me dejaría en paz y feliz con mis compañeros de Iinfantería de Marina. Responder 146 preguntas me llevó cuatro horas. Obtuve dos puntos más arriba del objetivo.

Después de haberle presentado a mi comandante mi puntuación del MCAT, se puso contento de que yo entrara a la carrera de medicina. Pedí una licencia temporaria con la promesa de regresar. El gobierno ofreció pagar los gastos de educación y hasta continuar con, en ese entonces, el salario de teniente a cambio de algo más que mi vida después de la graduación, la pasantía y la residencia. Lo rechacé porque no necesitaba el dinero y aunque planeaba volver al ejército, quería mantener mis opciones abiertas y no extender el período de mi contrato. Después de un año de pasantía, fui aceptado a realizar un programa de residencia quirúrgica en una institución muy respetable, donde Ron era muy conocido. A pesar de que nunca lo admitió, Ron debe haber intervenido por mí.

Al regresar a la Infantería de Marina, como capitán recién ascendido y como único médico en la fuerza, dejé mi vida de "come serpientes" por recorridos quirúrgicos en las unidades médicas del Ejército y la Armada donde comer serpientes habría sido una manera de perfeccionar la cocina. Sin embargo, el trabajo era gratificante y tal vez, finalmente yo estaba creciendo. Noticias de mi inminente madurez deben de haber llegado hasta los miembros superiores de la Infantería de Marina. Afortunadamente para mí, ellos intervinieron y merecidamente pusieron un alto a esa evolución. Dos años después de servir como cirujano militar , la Infantería pidió firmemente y con varias amenazas no tan encubiertas, que yo fuese voluntario en un acantonamiento en un nuevo grupo compuesto de oficiales de cada rama del ejército, las cuales combinaban habilidades en la línea de frente con especialidades médicas o de ciencia/ingeniería. Resultó ser lo mejor que me podría haber pasado. En los últimos seis años, mi puesto combinaba felizmente mis dos vidas militares. Era uno de cinco doctores en el grupo y el único que sabía lo que significaba "Semper Fidelis"-el resto estaba atrofiado en su desarrollo ya que no tenían el beneficio de ser un infante de Marina. Esto era algo que yo les recordaba continuamente. Además de mis habilidades quirúrgicas, mi nuevo mando agregó cursos intensivos en medicina interna y enfermedades infecciosas y de armas biológicas a mi curriculum vitae. Ron fue de gran ayuda con estos extras, ayudándome con las llamadas telefónicas que recibíamos casi a diario.

La satisfacción de una curiosidad a un nivel inferior, me mantuvo en juego durante la Facultad de Medicina y la residencia. Había sido lo mismo con ingeniería en la escuela superior. Para mí, descubrir cómo funcionan las cosas me quita el trabajo de aprender. Sin embargo, sin el apoyo constante de Ron, mi tiempo en USAMARID aprendiendo sobre bacterias, virus y genética habría sido una pesadilla. Tenía la esperanza que mi entrenamiento me hubiese preparado adecuadamente para evaluar lo que Ron había estado tramando.

Todo eso parecía haber pasado un millón de años atrás. Perder a Ron hacía que todo lo demás sea insignificante. Luché con los hechos de su muerte. ¿Suicidio? ¿Por qué Ron se mataría? Tuvo que haber habido un accidente. Él nunca hubiese terminado con su vida. Estaba seguro. ¿Estaría equivocándome?

UNA ESCALA EN L.A.

Tras perder mi vuelo de conexión en Los Ángeles, tuve que pasar la noche allí. Mientras esperaba el servicio de transporte al hotel, no tuve otra opción que reírme viendo los intentos civiles en la seguridad del aeropuerto. Entre tanto, parado en la acera, miraba cómo la Administración de Seguridad de Transporte aprobaba el hecho de que los policías sacaran a una mujer joven ,que intentaba recoger a su marido en auto. Conducía una minivan con dos niños sentados en la segunda fila. Su cabello rubio estaba recogido en una cola de caballo. Dio varias vueltas alrededor del área de arribos, antes que el servicio de transporte al hotel llegara ,y con cada vuelta, se ponía más nerviosa, probablemente preocupada por la demora en el vuelo de su esposo. Su forma de manejar se tornaba impaciente a medida que se mezclaba con el tráfico ,que entraba y salía.

Al final de una fila de al menos quince taxis parados al lado de la acera, había una parada de taxi con muy poca actividad dada la hora de la noche. Cada taxista tenía un turbante en la cabeza. Uno estaba al lado de su auto sobre una alfombra de rezo enfrentando, hasta lo que él creía, La Meca, con la frente tocando la alfombrilla y el trasero apuntando al cielo.

Déjenme entender esto: "Suzie, la ama de casa", en compañía de sus hijos, es forzada a dar vueltas por el aeropuerto mientras que taxistas del Medio Oriente esperan ,sin ser molestados, en la puerta de entrada. No quiero poner en práctica el "prejuicio" como algunos sensibleros lo llamarían pero esto era de alguna manera estúpido. La próxima vez que quiera explotar un aeropuerto, vestiré un atuendo islámico y apareceré en un taxi lleno de explosivos, mientras rezo al lado del mismo. Mi plan anterior de disfrazarme de ama de casa suburbana, con niños, era obviamente una mala idea. Al aproximarme al uniformado, dije una obviedad.

-La población, en general, tendría cierto respeto por ustedes si, colectivamente, tuvieran una neurona.

-¿Qué? ¿Qué le pasa?-preguntó.

- No hay ninguna garantía de que la rubia en la minivan no sea una terrorista, pero la mayoría creería que Ahmed, el que está allí, tendría más posibilidades de serlo.

-Tiene una licencia de taxista. Pueden esperar al lado de la acera si tienen licencia.-recitó de un libro de reglas.

-¿El chequeo de antecedentes viene con la licencia?

-No sé.

-¿Realmente chequeó que el conductor tiene licencia?

- ¡No tenemos que hacer eso!- me gritó, con su boca abierta al final de la oración. Se estaba irritando y estaba a punto de darme una conferencia sobre los peligros de interferir con sus muy importantes obligaciones con respecto a la seguridad.

Afortunadamente, mi transporte llegó antes de que se hiciera un arresto. Después de un corto viaje, el hotel apareció y realicé el check-in. Mientras me dormía, imágenes de taxistas terroristas me alejaban de mi hermano mayor.

* * *

A la mañana siguiente, todavía bajo los efectos del jet-lag, me fui al aeropuerto de Los Ángeles, para la etapa final del viaje. Para cuando el avión aterrizó en el aeropuerto de Nueva York, todavía estaba sin descansar lo suficiente. Me dirigí al sector de reclamo de equipaje , sin parecer ser de interés para nadie. Mientras esperaba en la correa transportadora de equipaje, hubo otro comportamiento extraño del grupo de viajeros. Casi todos los pasajeros piensan que es necesario pararse justo al lado de la correa transportadora de equipaje en movimiento. Cuando, finalmente, el equipaje gira entorno de ellos, se matan para sacarlo de la correa, debido a que están apretujados unos contra otros. Las maletas con sobrepeso se convierten en armas de energía cinética.

Siempre me dio la impresión de que si se alejaban unos tres metros, no sólo iban a poder ver sus maletas fácilmente sino que, cuando tengan que ir a buscarlas, podrían dar un paso adelante y sacarlas sin golpear a nadie.

Un comportamiento, aún peor, es cuando los padres se paran al lado de la correa transportadora de equipaje con sus hijos. Estoy seguro de que si le hago un lavado de cerebro a uno de sus angelitos, estarían dispuestos a demandarlos.

Esperé, como un centrocampista que evalúa la línea de defensa, mi única maleta de mediano tamaño, buscando una abertura en la pared conformada por los pasajeros que estaban esperando el equipaje. Sacar mi maleta y no pegarle un mamporro en la cabeza a ninguno de los leminos fue algo difícil, pero logré no enviar a nadie al hospital.

Al alejarme, vi todo más claro: Oficialmente, me había convertido en alguien insoportable; aún para mí mismo.

EL APARTAMENTO

Mientras iba rápidamente desde la correa transportadora de equipaje hasta el puesto de taxis, intenté permanecer en mi mundo, sin interactuar con nadie. Es un juego de mente que los hombres hacen cuando están bajo estrés. Concéntrese en las tareas e intente sentirse bien por el hecho de estar logrando algo, no importa cuán trivial sea. Poniendo mi mano en mi billetera por razones obvias, atravesé la multitud. Una cosa con la que se puede contar en un aeropuerto es que la gente mira para todos lados , excepto, para donde está caminando. Se puede ser atropellado mientras un pasajero mira el cartel electrónico de arribos y salidas, mientras busca un baño, un puesto de lustrabotas, a un empleado de una aerolínea, la puerta para la conexión de un vuelo, un lugar para comprar esas revistas de chismes de Hollywood con la que no puede vivir o cuando busca a un amigo, que se suponía lo iría a buscar al aeropuerto. Las personas miran para todos lados excepto al frente. Miran a todos lados, excepto a mí-al hombre que están a punto de llevarse por delante. No pueden detenerse a mirar. Siguen de largo. Son viajeros.

Casi me tropiezo con un perro, que alguien había sacado de un equipaje, y me caigo. Estaba buscando desesperadamente un lugar para liberar el agua que había tomado en un pequeño y lindo tazón, que estaba en su pequeña y linda caseta durante el vuelo. Estaba mirando a toda la gente que no me estaba mirando y que no estaba prestando atención a la vida debajo de ellos. Lo siento por ti, amigo. Espero que lo haya logrado.

Al dirigirme directamente a la puerta de salida y no a la principal, aunque eso no parecía ser un problema para mis compañeros viajeros, evité dos veces lograr la conversión religiosa.

Camino a la salida, el sistema de altoparlantes advirtió a los pasajeros que no aceptaran viajes de agentes de "servicio terrestre" dentro de la terminal.

Lo repetían una y otra vez. Era una advertencia interminable para aquellas personas de las afueras de la ciudad, los verdaderamente ingenuos. "Por favor, no acepten ofrecimientos de transporte terrestre dentro de la terminal. Esto es ilegal y no está permitido por las autoridades aeroportuarias".

Antes de llegar a la puerta, taxistas sin licencia me pararon tres veces intentando hacer negocios conmigo. Agradecí con la cabeza y zigzagueé por entre el mar de conductores que pregonaban sus servicios "ilegales y prohibidos". Obviamente, no habían estado escuchado los anuncios. Probablemente, no pudieron oírlos por el alboroto que estaban haciendo, intentando vender sus servicios.

Tenía la impresión de que si esta actividad era realmente ilegal y no estaba permitida, por lo tanto, no les tomaría mucho tiempo a las autoridades aeroportuarias detenerla. Los conductores gitanos no ocultaban, ni siquiera mínimamente, lo que estaban haciendo. Un lobato decidido, intentando obtener su insignia al mérito por "parar el crimen", podría haber atrapado a dos docenas de infractores en diez minutos. Como toda empresa de seguridad en viajes para masas, era una fachada que escondía la verdad detrás de mentiras, apoyadas por burócratas y políticos con el esfuerzo de hacer sentir seguros a los contribuyentes.

La noche, intempestivamente húmeda y calurosa de Nueva York, redujo la eficiencia de mi sistema personal de refrigeración basado en evaporación/transpiración. Iba a sudar mucho por nada. El pronóstico había dicho que estaría más fresco a partir de mañana. Una ciudad fresca y seca era mejor que una ciudad calurosa y pegajosa.

No había nadie en la parada de taxis, y por lo tanto, comenzó la parte más peligrosa de mi viaje desde que salí del *Hawaii*; el viaje en taxi hasta el centro de la ciudad. El conductor de mi taxi, Farouk, se desvió en la intersección de Manhattan más cercana al apartamento de Ron, a mitad de la 70 Street y Central Park West. Después de 40 dólares más propina, llegamos.

Farouk no intentó ni entablar conversación ni estafarme. En mi opinión, Farouk era una buena persona. De manera silenciosa, le deseé suerte, ya que él trabajaba para enviarle dinero a su familia , que se encontraba en su ciudad de origen, cualquiera que ésta fuera.

Después de caminar los últimos 100 metros hasta el edificio donde Ron vivía, mejor dicho, había vivido, el portero, a quien recordaba vagamente de mi último viaje, me dejó pasar. Él me recordaba.

-Hola Coronel-dijo. Esto me impresionó porque yo no estaba usando mi uniforme.-Siento lo de su hermano. El era amigo de todos aquí.

Leí su gafete.-Gracias Antonio. Creo que mucha gente lo va a extrañar.-Como la mayoría de los hombres, luchábamos por intentar hablar sobre un tema emocional a la vez que intentábamos tocar el tema como hombres.

-Si necesita algo mientras está aquí…

-Se lo haré saber. Gracias nuevamente.

Caminé por el piso de mármol hasta el escritorio de seguridad, donde un guardia me entregó una llave extra. Tal vez, afortunadamente, no conocía a la dama detrás del escritorio. Después de mostrar mi identificación, se determinó que yo estaba en "la lista". Al encontrar los elevadores correctos, subí al décimo primer piso y luego bajé por el pasillo hasta la unidad de Ron.

Nueva York, una ciudad realmente no muy grande, siempre será un lugar confortable para mí. Me gustan los lugares al aire libre, con mucho espacio y sin aglomeraciones. Me gusta poder ver a la gente y saber quién se me acerca. Cuando cierro la puerta, siento la paz de un santuario alejado de las calles ruidosas; aunque más no sea, un santuario temporario. Esa buena sensación se convertía en pasajera a medida que miraba alrededor de la habitación. Todo me recordaba a Ron y eso, me hacía recordar su muerte. Habíamos pasado muy buenos momentos aquí. No había ni un lugar sucio. Todo estaba limpio y ordenado. A pesar de que ésta no era nuestra casa familiar de Boston, el apartamento era un lugar lo suficientemente agradable para estar durante los días de trabajo, especialmente porque estaba en el medio de cuatro millones de Manhattanianos. Ron tomaba el Amtrax Acela Express en la estación Penn en Manhattan para viajar a nuestra casa y se bajaba en la estación South Boston. Siempre partidario del igualitarismo, un viaje rápido en el subte de Boston conocido como el "T", lo llevaba cerca de nuestra gran casa y del recinto que nosotros todavía compartíamos. El condominio de Nueva York era ciertamente mucho mejor que un hotel mientras Ron trabajaba en la ciudad. Probablemente, una buena inversión también-Ron no tomaba decisiones financieras tontas. Nuestra casa familiar en Boston era mi única conexión. Ron solía burlarse de mí, diciendo que ese era sólo un lugar donde yo almacenaba mis declaraciones de impuestos atrasadas. La consideraba algo más que eso; un poco más que eso.

Al abrir un gran número de cerraduras y picaportes del típico apartamento de Nueva York, me hizo sentir ,debidamente, inseguro. El apartamento tenía dos habitaciones para huéspedes. Una era realmente para huéspedes y, aunque Ron no lo admitiera, la otra la tenía sólo para mí. Él insistía en que dejara ropa aquí, para que no tuviera que empacar mucho cuando lo visitaba. Como siempre, las sábanas habían sido cambiadas y las toallas estaban limpias. Mi hermano mayor siempre trataba de que yo me sintiera como en casa. Estoy seguro de que nunca le había agradecido correctamente. El no lo consideraba importante.

A pesar de estar cansado, todavía no estaba listo para ir a dormir. Viajar cansa, agota ,a la vez que afecta el sueño. Deambulé por la habitación, buscando algún indicio que me ayudara a comprender por qué se habría quitado la vida. Además de la habitación principal y las dos habitaciones para huéspedes, había una cocina grande con un área para comer, un comedor formal, una sala de estar y un estudio grande. Este lugar le había costado mucho dinero. Los muebles eran contemporáneos y costosos; por lo menos eso creía. No sé mucho de decoración interior y una amiga mía que trabaja para el FBI me dijo que yo tenia " el sentido del gusto solamente en la boca". Ella cree que es gracioso.

A Ron le gustaba cocinar y era buen cocinero. La cocina parecía tener aparatos profesionales. Yo no era experto en eso. El comedor tenía una mesa con sillas para sentar a diez personas con una vista compartida con la sala de estar, que daba al Central Park. Un poco al norte, se podía ver de día, la Reserva Jacqueline Kennedy Onassis.

Siempre que estaba en la ciudad, Ron organizaba alguna reunión e invitaba gente que quería que yo conociese. Constantemente intentaba arreglar alguna cita con alguna mujer. Solía divertirme pensar cuánto me llevaría, después de que comenzaran a llegar los invitados, descubrir cuál era mi pretendida de esa noche. La mayoría de las veces, la pobre chica era demasiado sofisticada para querer algo conmigo. Ella se daría cuenta de eso al poco tiempo de conocerme. Se supone que los doctores tienen clase; yo, con frecuencia, decepciono. Logré sorprenderlo un par de veces al hacer que mi cita de la noche anterior salga de mi habitación y se convierta en mi cita de desayuno. Sin saber que su hermano había tenido una invitada que había pasado la noche allí, se trastabillaba con cada palabra y si uno lo observaba, parecía que nunca antes había hecho huevos revueltos.

Después de chequear la habitación principal y los closets, finalmente me dirigí al estudio. Lo dejé para lo último porque éste era el lugar que más solíamos disfrutar juntos y el que más me recordaría de lo que lo iba a extrañar. Pasábamos las noches trabajando con cualquier proyecto que Ron tuviese. Ese pequeño ambiente de negocios era perfecto para dos hermanos, cada uno haciendo su mejor esfuerzo para presumirle al otro; Ron intentaba ser el maestro y yo intentaba probar lo que sabía. En la pared, sobre dos estantes, habían dos helicópteros modelos radio controlados, que fueron construidos por Ron y a los que adoraba. Los llevábamos al parque y los hacíamos volar como si fuéramos dos niños. Me los hacía volar a mi primero ya que yo tenía experiencia con los modelos del mundo real. Uno de los estantes estaba vacío y me preguntaba qué había pasado con el helicóptero que se suponía que debía estar allí. Tal vez se había estrellado contra algo. Eso había pasado más de una vez. Me hizo pensar- ¿Por qué Ron se había estrellado contra el piso?

Al acostarme, mis últimos pensamientos fueron acerca de por qué Ron no me había contado si tenía algún problema. Lo que era aún peor, ¿y si él lo hubiese intentado y yo no lo hubiese escuchado? Perdón, hermano mayor.

EL CENTRO DE LA CIUDAD

Me desperté hambriento-una señal de que había dormido bien. Después de tomar una ducha rápida y de afeitarme, una caminata de siete cuadras me llevó hasta una rotisería, donde Ron y yo habíamos estado muchas veces. Encontré la rotisería sin perderme. Estar una sola vez en un lugar era suficiente para volver a encontrarlo. Más aún, si el lugar servía buena comida. Una de las cosas buenas, aunque no suficiente para que me enamore de Nueva York, son los desayunos y Arno´s Deli los hacía mejor que cualquier otro lugar. Entré, me senté, me tomaron la orden y me sirvieron rápidamente. La comida era buena y abundante. Me tomé mi tiempo para comer mientras miraba la calle por la ventana. No estaba sentado junto a la ventana. Nunca lo hago. Puede ser un residuo ocupacional que se filtra en mi vida privada. Puede ser mi impresión, pero uno puede ser paranoico y pensar que la gente está allí afuera para atraparte.

En los últimos días, he estado en contacto a través de correos electrónicos con la casa funeraria que tiene el cuerpo de Ron. Les di instrucciones de no hacer nada más que salvaguardar el cuerpo y esperar a que yo llegue. Me preguntaron dos veces pero, intencionalmente, no les dije la fecha exacta en la que planeaba llegar a Nueva York, sólo les dije que estaba al otro lado del mundo y que ya estaba en camino. No quería que nadie me viera porque tampoco quería que ninguno de los compañeros de trabajo de Ron supiera de mi fecha de llegada. No era porque no confiaba en ninguno. No conocía a nadie lo suficiente como para confiar. Eso llegaría más tarde. Lo que quería hacer era llegar y hablar con la policía sin contar con ninguna ayuda y sin importar las buenas intenciones. Si anoche hubiese llegado hasta la Sociedad de la CID, alguien me habría encontrado, me habría seguido por todas partes y habría insistido en ayudarme. Lo último que quería era un guardaespaldas.

Mi primera parada fue la jefatura de policía decimoséptima en la East 51 entre la Third Avenue y Lexington, a cuatro cuadras al norte de las oficinas de la Sociedad de la CID. Un patrullero de esa jefatura fue el primero en responder cuando Ron murió. Descubrir esto no fue nada fácil. Cuando estaba en Yokosuka, pasé la mayoría de mi tiempo libre, antes de mi vuelo a Nueva York, hablando por teléfono. Todo comenzó con llamadas al Departamento de Policía de Nueva York, luego tuve que luchar con buzones de voz hasta que finalmente pude hablar con una persona. La mujer, al otro lado de la línea, fue sorprendentemente servicial y pudo identificar no sólo la jefatura y su ubicación, sino que también los nombres de los detectives asignados al caso.

Aunque Ron estaba obviamente muerto en el lugar, el protocolo indicaba que debía ser llevado al Centro Médico de la Universidad de Nueva York. El conductor de la ambulancia no se apresuró ya que el destino de Ron era sabido con certeza, aunque no había sido puesto todavía por escrito. No había razón para apurarse, o peor aún, agregar otra víctima fatal a la lista de esta noche. Ron fue declarado muerto en la sala de urgencias y luego una ambulancia lo llevó al Laboratorio de Criminalística de Nueva York para ser evaluado y para determinar la causa de su muerte. Era normal que un cuerpo fuese llevado al centro de la ciudad cuando su muerte no había sido por causas naturales. Yo quería hablar con los detectives Sento y Broon.

La decimoséptima era fácil de encontrar. Había dos docenas de patrulleros estacionados diagonalmente frente a ella y banderas a los costados de las escaleras, que llevaban hasta la puerta. Subí los escalones de a dos. Me dirigí al mostrador y pregunté por cualquiera de los dos detectives. Me pidieron que esperara en el lobby. En menos de cinco minutos, y para mi sorpresa, el comandante de la jefatura llegó.

Se presentó: -¿Dr. Briggs? Jim O'Dale. Ojalá nos hubiésemos conocido en otras circunstancias.

Respondí apropiadamente y estreché su mano. Hablamos de cosas triviales mientras subíamos las escaleras hasta su oficina. La jefatura estaba llena de teléfonos que sonaban constantemente y se estaban llevando a cabo muchas reuniones, en las oficinas por las que pasamos. Él me aseguró que compartiría conmigo todo lo que el departamento de policía supiese sobre el incidente. No lo llamó suicidio. O'Dale parecía auténtico en su preocupación con respecto a mí y a las circunstancias alrededor de la muerte de Ron. Si estaba actuando, era buen actor. Casi inmediatamente, me di cuenta de que era sincero y que no estaba actuando.

-Conocía a su hermano -dijo, con voz calma. Esto me sorprendió pero ese hecho respondió a mi pregunta sobre sus motivos y me explicó por qué él, y no los detectives, se había reunido conmigo. –Me lo encontré en distintas ocasiones en las oficinas de la Sociedad de la CID cuando hice varias visitas oficiales. Llegamos a conocernos y cenamos media docena de veces. No lo había visto por alrededor de un mes , pero el hecho de que no pueda levantar el teléfono y escucharlo al otro lado de la línea ,deja un vacío. Sé que mi relación con él no era para nada comparada a la suya. Hablaba de usted todo el tiempo. Realmente lo siento mucho.

Ron era increíblemente amigable con todo el mundo, pero no habría ido a cenar con O'Dale si no le hubiese tenido cierto respeto.

-Estoy muy contento de que haya pasado por aquí. Si se siente con ganas, me gustaría hablarle de la investigación y ver si puede añadir algo más a lo que sabemos.-dijo.

Esto se veía mejor. –Por supuesto, Capitán. Haré cualquier cosa para ayudar y no quiero esperar. Estoy seguro que el tiempo es clave en esta investigación.

Se veía un poco incómodo al escuchar mi respuesta. -He trabajado en muchos suicidios. Esta ciudad saca a relucir cosas de la gente. A veces, cuando se examina un poco, se puede ver que tal hombre o tal mujer es completamente capaz de quitarse la vida. Sin embargo, muchos de ellos han sido una verdadera sorpresa. Mucho más de lo que usted pensaría. El hombre no era ese tipo de personas. Su familia y sus amigos están impactados. Es muy fácil para un policía hacer oídos sordos. Pero el caso de su hermano, tal vez porque yo lo conocía y me agradaba, me conmocionó. De repente me encontré diciendo las mismas cosas trilladas que oímos de manera rutinaria. Como no era ese tipo de personas, él tenía toda una vida por delante. ¡Qué pérdida! Probablemente las mismas cosas que usted había estado pensando. Por eso, aunque mis hombres digan que para ellos es un suicidio, por ahora, lo mantendré abierto como posible homicidio basándome sólo en una creencia personal. Todo lo que sabemos hasta el momento es que Ron salió por la ventana ,que normalmente mantenía abierta en esta época del año. No parece haber habido ninguna pelea en su oficina y nadie ha aparecido con ninguna información, que indique que alguien querría matarlo.

-Capitán, miles de veces me he preguntado si lo que usted acaba de decir es sólo otro ejemplo de que mi hermano no pudo haberse suicidado; sólo soy otro familiar conmocionado por lo sucedido. Me estoy esforzando por ser objetivo, pero no lo estoy logrando. Por lo menos, no por ahora. La parte frustrante es que a menos que encuentren un asesino, la opción por defecto es que él se suicidó. No es el final que quiero para esto.

-Es un proceso de eliminación-explicó pacientemente. -Identificamos a todos los que podrían haber tenido la oportunidad y buscamos un motivo. Si no podemos relacionar oportunidad con motivo, entonces suicidio se convierte en el veredicto oficial ,simplemente porque no tenemos nada que llevar al abogado del distrito. En cuanto a quienes pudieron haber tenido la oportunidad, tengo una lista.

-¿Una lista?

Sacó una carpeta de archivo manila del cajón de su escritorio.-Aquí tiene. Éstas son todas las personas que estaban en el edificio cuando Ron murió-. Todavía no había mencionado la palabra suicidio u homicidio, manteniendo abiertas sus opciones.

-Los que están marcados en rojo son los empleados de la Sociedad contra la CID. Los que están en verde son empleados con otros inquilinos del edificio. El grupo que está en amarillo, el último grupo, son los visitantes. ¿Puede darme algún dato de alguien en esa lista?-preguntó.

Miré la lista. Debido al hecho de que había sucedido después de las horas normales de oficina, la lista no era larga. Había once nombres en rojo y alrededor de setenta y cinco en verde. Luego di vuelta la hoja y vi la lista de los visitantes. Había más de cien nombres.

-¿Cómo consiguió esto?-pregunté porque había más de una copia del registro de visitantes tomada de seguridad.

-Es del registro de la seguridad del edificio. Todos los que trabajan allí llevan un identificador por radio frecuencia. Se llama RFID. Son registrados por el sistema cuando pasan por el escritorio de la seguridad, al entrar y salir del edificio. Los visitantes deben firmar la entrada. Agregamos el registro del manual de visitantes a uno generado por la computadora que rastreaba el del RFID. Hay un hueco. Casi ningún visitante firma la salida aunque se supone que debe hacerlo y como no llevan el RFID tampoco son registrados por el sistema. Sólo se van. Por eso, la mayoría de los nombres de los visitantes en la lista son de personas que habían entrado y salido. Puse a Sento y a Broon a localizar a los visitantes para intentar eliminar a aquellos que se habían ido del edificio. Estoy seguro de que piensan que es una pérdida de tiempo.

-Reconozco un par de nombres de la lista roja. Ron había hecho ,algunas veces, comentarios pasajeros de sus compañeros de trabajo. Aquí no veo nombres de personas que yo haya conocido personalmente.

-¿Los que están en esa lista no les caía bien a Ron?-preguntó el Capitán O´Dale.

-El estilo de Ron era súper optimista-y el siempre decía "todos son fantásticos"-respondí.

-Sí, yo tenía la misma impresión. Habría sido un tipo bárbaro con quien trabajar.

-Sólo puedo pensar en un par de veces, en las que él permitió que un poco de frustración saliera a la luz. Una vez se quejó de una mujer que era su compañera. Al jefe de personal le gustaba la presidenta de la Sociedad contra la CID. No recuerdo su nombre. Él le caía mal a ella. Había también un investigador externo que puso a prueba su paciencia. Tampoco recuerdo el nombre de él.

En ninguno de los casos mencionó algo específico. Supongo que era la política normal de trabajo y ya tenía bastante con eso.

-Eso es lo que probablemente era. ¿Va a ir a su oficina?- preguntó.

-Más tarde o mañana a la mañana.

-Oficialmente no puedo permitir que vea o que tenga esta lista. Por otra parte, la copia que está sosteniendo podría no regresar a esta carpeta; no llevamos registros de las copias-dijo con una mirada amenazadora.

Doblé la lista a lo largo y la guardé en el bolsillo interno de mi chaqueta. No hizo ningún comentario.

Le pregunté al Capitán O'Dale:-¿En qué puedo ayudar?

CRIMINOLOGÍA FORENSE

Salí de la decimoséptima, tomé un taxi y me fui directamente al laboratorio de criminalística de la ciudad. O'Dale había llamado a la oficina del juez de instrucción para alertarlos sobre mi inminente visita. Les dijo que me esperaran-no preguntó si era conveniente. Cada vez me agradaba más.

Existe una idea popular equivocada sobre la investigación forense. Es un error basado en el número de shows televisivos que tratan sobre los investigadores forenses y el rol que juegan los laboratorios de criminalística en llevar lo nefario a la justicia. La gente parece creer que cada crimen en Norteamérica tiene, de alguna manera, un presupuesto forense que permite incontables exámenes de laboratorio y un trabajo técnico ilimitado. Una sorprendente ciencia representada con interpretaciones animadas en 3D del trauma que afecta las tripas de la víctima, junto con un software especial que sólo existe en la mente de los escritores de los shows y que descubrirá a todos los criminales. No funciona de esa manera.

Una simple aritmética revela la verdad. De acuerdo al presupuesto de la ciudad, que se encuentra fácilmente en internet, el Laboratorio de Criminalística de Nueva York tiene un presupuesto anual de operaciones departamentales de un poco más de 20 millones de dólares. Seamos conservadores y supongamos que sólo un tercio de eso son costos fijos se destinan a mantener la planta física, a pagar al personal administrativo y a hacerle mantenimiento al costoso equipo. Es probablemente la mitad, pero seré benévolo. Eso nos deja con alrededor de trece millones de dólares para el trabajo científico y los insumos-los costos directos asociados a la resolución del crimen. Ahora consideremos los crímenes mayores con los que los cinco departamentos de Gotham tienen que lidiar: Homicidio y homicidio sin premeditación, violación forzada, asalto, robo y hurto mayor. La ciudad de Nueva York reporta más de 200.000 delitos mayores por año. Eso asciende a sesenta y cinco dólares por delito. Sesenta y cinco billetes verdes no compran muchas pruebas científicas. Lamento desilusionar.

En realidad, la mayor parte del presupuesto se gasta en casos importantes, en los que los abogados de distrito obtienen una mención favorable en los medios de prensa y televisión. Sospeché que el caso de Ron no tenía el perfil elevado requerido para garantizar cualquier exceso de asignación de recursos. Era un importante médico y científico pero, sin un empujón de arriba, no se iba a poder hacer mucho en este laboratorio. No tiene una gran lógica. Los números no mienten.

El laboratorio de crímenes utilizo un truco básico: decir que el cuerpo de Ron estaba tan dañado por el impacto contra el piso que había muy poco por hacer; sólo se podían realizar unos análisis de sangre y de otros fluidos corporales. Me reuní con un asistente del juez de instrucción, llamado Dr. Philip Michaelson. Se presentó con una actitud aburrida y no atinó a estrechar mi mano. Me llevó hasta la sala de conferencias cerca del lobby.

-Aunque lamento su pérdida, Dr. Briggs-dijo mecánicamente y con un extraño énfasis en la palabra "Dr.", casi como si no creyera que fuese uno -No estoy seguro de que pueda ayudarlo -. El tono de su voz no se sentía como si él se lamentara por algo; sólo parecía lamentarse por el hecho de que alguien le había ordenado hablar conmigo.

-¿Qué sabe?-pregunté, todavía siendo el tipo agradable que yo mismo sabía que era.

-Sería obvio, para cualquier doctor, saber que un traumatismo de fuerza abrupta producido por una caída como esa, habría matado a su hermano instantáneamente. El impacto en su cabeza fue mortal y fue la inmediata causa de muerte. La pérdida de sangre producida por las fracturas expuestas y el daño interno habrían ocasionado su muerte rápidamente aun cuando no hubiera tenido la herida en la cabeza. No había nada que los paramédicos pudieran hacer ; si la razón por la que usted está aquí es que está considerando realizar una acción legal contra la ciudad. Hicimos un análisis completo de sangre y no encontramos rastros de droga u alcohol-dijo, utilizando un tono que implicaba que daba por terminada nuestra reunión. Pensé por un momento en hacerle experimentar los efectos de un traumatismo abrupto o tal vez una fractura expuesta-¿qué tal un fémur?

-Quiero ver el informe-dije, tratando de controlar mi voz y mirando la carpeta que tenía bajo el brazo.

-Será dado a conocer más tarde. Dárselo a usted, en este momento, violaría nuestro protocolo. Esta situación es de lo más inusual. Nunca hablamos con familiares. Sólo compartimos nuestras conclusiones con oficiales del departamento de policía y con los miembros de la oficina del abogado de distrito. Hicimos una significativa excepción con usted-. Bajó el tono aún más, a medida que dejaba en claro que a él no le agradaban aquellos que violaban un protocolo. Estaba por meterse el protocolo en el trasero. Sólo que él no lo sabía.

-Dr. Michaelson, he hecho un largo viaje para estar aquí. Estoy seguro de que no conozco sus procedimientos y le pido disculpas por cualquier inconveniente que mi visita le haya causado.

Me acerqué a Michaelson poco a poco y le hablé en un tono monocorde y tranquilo. Puse cara de piedra y me incliné, acercándome a él. Comenzó a hacerse para atrás, igualando mi movimiento. Se le empezaron a notar los primeros signos de preocupación.

Mientras hablaba, continué acercándome a él. Se daba cuenta, cada vez más, de mi violación a su espacio personal y eso se estaba convirtiendo en un problema para él, un problema importante, especialmente para un neoyorkino. –Pero déjeme decirle lo que no voy a hacer. No voy a llamar a mi amigo de la decimoséptima, no voy a llamar a la oficina del alcalde, no voy a llamar a una conferencia de prensa, no voy a pedir intervención Divina. Lo que voy a hacer es apelar a su sentido de humanidad para que ayude a un compañero médico y al hermano de un excelente hombre que ha fallecido recientemente. Mi plan es ayudarlo a que me entregue el informe que yo, gentilmente, le he pedido. Debería mencionar que mis planes siempre tienen éxito.

Durante todo el tiempo que continué acercándome a este gusano, lo mire fijamente sin pestañar y con la mirada clavada en sus ojos. Me incliné, acercándome más y más y lo miré de una manera intimidatoria. Parecía haberse encogido dos talles.

Rápidamente me ofreció la carpeta. Tenía manchas de sudor. Imagínenselo.

-Tome-. Dijo tartamudeando y tratando de moverse hacia atrás hasta el rincón. Era sorprendente lo servicial que era ahora. Me estaba arrepintiendo de todas las cosas que había estado pensando de los empleados públicos. Tomé la carpeta y le sonreí.

-Gracias. ¿Quiere que vuelva?

Negó rotundamente con la cabeza.

-Entonces creo que deberíamos mantener esta pequeña reunión entre nosotros.

Por la forma enérgica de asentir con la cabeza, deduje que estaba completamente de acuerdo. Salí del edificio.

Todavía no sabía exactamente qué pensar sobre la muerte de Ron. Mi instinto me gritaba que él no se había quitado la vida. Al mismo tiempo, me preguntaba si estaba en lo correcto ¿Podría llegar a ser objetivo en este caso?

Era sensacional tener de mi lado a un comandante de distrito, curtido en batallas, pero a la vez, me preguntaba si él, también, podía ser objetivo. Se había hecho amigo de Ron y a pesar de que era obviamente rudo y experimentado, Ron pudo habernos engañado a todos mientras vivía algo terrible. Era perfectamente capaz de esconder algo malo, con tal de no cargar con sus problemas a otros. Era perfectamente capaz de pensar que él no necesitaba la ayuda de nadie. Arrogancia-un rasgo de familia.

Yo necesitaba ayuda. Cuando estaba afuera del edificio, parado en la esquina, decidí que era hora de que uno de los hermanos Briggs no cayera en la trampa de la arrogancia. Necesitaba a alguien que tuviera destrezas de investigación, que tuviera experiencia en el trabajo policial y que no conociera a Ron. Necesitaba a alguien que yo conociera lo suficientemente bien como para saber el significado de sus palabras, no lo que sus palabras pudieran llegar a significar, cuando las decía. Necesitaba a alguien en quien confiar. Alguien en quien confiar sobre los procedimientos policiales. El problema era que yo no podía confiar en ella con respecto a nosotros - de hecho yo tampoco confiaba en nosotros. Fue sólo debido a la muerte de Ron que regresé de mi misión temporaria en Asia; una misión con el objetivo de poner distancia entre nosotros - era mi objetivo, no el de ella.

Sabía exactamente quien era esa persona y estaba seguro de que conseguiría el apoyo que necesitaba. Sin embargo, era una llamada telefónica que no quería hacer. Después de dudarlo por un minuto y poner en orden mis pensamientos, saqué el número de mi mente, sin tener que buscarlo en mi teléfono móvil y marqué el Edificio Hoover de Washington DC. Marqué la extensión y la voz robótica me pasó correctamente la llamada.

-Agente Especial Rigatti-dijo. Su voz era "su voz oficial de FBI" pero con un interesante acento europeo.

Aquí vamos. -¿Marilena? Es Tom.

-Thomas, ¿dónde estas? – preguntó suavemente. -¿Estás de regreso en el país? – no sonaba enojada y ni siquiera fría con mi llamada. Tenía todo el derecho de estarlo.

-Volví a Nueva York anoche.

-Salió en el *"Post"*. Dime lo que sabes. – No me dio la condolencia automática que la gente da cuando sufres una pérdida. En su mente, Ron estaba muerto. Estaba preocupada por el presente y por mí. Lamentarse por algo que había pasado hace una semana, no ayudaría. Era su forma.

-Me reuní con la policía esta mañana y acabo de salir del laboratorio de criminalística. Tengo que ir a la funeraria a hacer los arreglos-. Hablando de mis actividades recientes, permítanme esquivar la cuestión emocional, por lo menos por ahora. No la podría distraer por mucho tiempo.

-¿Qué sabes? -preguntó.

-Gente competente ha compartido datos conmigo. En mi bolsillo, tengo una lista de gente que pudo haber estado cerca de Ron cuando cayó por la ventana -ya sea por voluntad propia o no. Tengo información forense elemental y de segunda mano. Tengo una gran lucha interna acerca de si Ron pudo haberse suicidado o no. Lo que no tengo es, una lucha interna con respecto a lo que le haré a la persona que lo haya matado , si llegara a descubrir que fue asesinado.

Mis dos últimas oraciones eran un indicio de mi relación con Marilena. Había muy pocas personas a las que les hablaría de lo que estaba sintiendo. Ella estaba en una pequeña lista, una lista recientemente reducida en número.

-Te conozco Thomas y me imagino que serás muy directo en tu investigación. Aún más que lo de costumbre, según el enojo que oigo en tu voz.

-Sí. Directo-. Sonreí al mismo tiempo que pensaba en Michaelson.

-Si tu hermano fue asesinado, podrías acorralar al asesino-.aconsejó.

No estaba seguro de por qué eso sería un problema. – Tiene sentido . Lo hare en poco tiempo.

-Ya estás cometiendo errores. Ni siquiera sabes si tienes un adversario y ya lo estás subestimando. Una investigación policial exitosa se basa en investigar y hacer un seguimiento. Esto no es una acción militar. La fuerza bruta no funcionará - por lo menos, por ahora. Podría llegar más tarde una confrontación para obtener una respuesta. Odio desilusionarte, pero probablemente eso no será necesario. Necesitas ser el doctor y hermano benévolo. Solamente estás aquí para presentar los respetos finales y ocuparte de sus asuntos .No permitas que la gente te vea como una amenaza. Haz que hablen contigo. Si Ron tuviera un asesino, deberías hacerle creer que has aceptado que su muerte fue un suicidio. Permite que cualquier exceso de confianza lo tenga él, no tú.

Por supuesto que ella tenía razón. Esa fue la razón por la que la había llamado. Sabía que tendría razón. Ella diría lo que necesitaba escuchar. Ella me diría lo que necesitaba hacer.

-No soy bueno en lo sutil-dije.

Se rió y puntuó cada palabra. -¡Decir sólo eso es quedarse corto!- . Después de un instante y volviendo a la normalidad dijo: -Tendrás que adaptarte. ¿Cuándo vas a su oficina?

-Mañana a la mañana. No tengo cita. Voy a ir sin anunciarme.

-Llama a alguien y dile que vas a ir. Déjalos que estén preparados. No presiones. Todavía no, por favor.

Estuve callado por casi sesenta segundos. Ella no interrumpió mis pensamientos y me dejó dar el siguiente paso.

-Necesito ayuda.

Respondió sin titubeos. -Estaré allí mañana.

APOYO VOLUNTARIO
DE ASISTENCIA MÉDICA

Michaelson no había llamado a la policía. Yo había estado parado frente al edificio del laboratorio de criminalística, a la vista de todos, por más de veinte minutos mientras hablaba por mi teléfono móvil. Hasta el momento, la ley local no había llegado ni me había arrestado. Si iba a presentar una queja oficial contra mí, quería terminar con eso cuanto antes y no preguntarme si más tarde,cuando volviera al apartamento,habría o no, una interacción con lo mejor de Nueva York .

Caminé un par de cuadras hasta un lugar que conozco en la 19 th y Park donde sirven un gran filete. Era hora de almorzar y se me había abierto el apetito. Intimidar empleados públicos abre el apetito. No era la primera vez. Otros me han dicho que no tengo respeto por mis compañeros profesionales. A veces, puede ser.

El restaurante era una típica churrascaría de lujo de Nueva York. A pesar de tener manteles blancos de lino brillantes, el personal de servicio bien entrenado y carne de calidad, era un ambiente ruidoso y escandaloso. El tipo de lugar donde uno se podría sentar en el centro de una vorágine y estar solo con sus pensamientos. Debe ser por la combinación de ruido y cielo raso que, si uno estuviera acompañado, se podría tener una conversación razonable sin ser escuchada en la mesa de al lado. Mi estilo de lugar. Había mucho que ver alrededor. Yo era invisible para todos, excepto para la camarera.

Después del almuerzo, marqué el paso rápidamente y caminé alrededor de sesenta cuadras hasta volver al apartamento en el Central Park West. Una caminata rápida me ayuda a pensar. También me ayudó a fijar la infusión de proteínas que mi tracto gastrointestinal estaba tratando de alojar. Había hecho lo correcto en decirle a Marilena que tenía algunos datos, pero éstos ni siquiera habían comenzado a responder mi pregunta fundamental: ¿Pudo Ron haberse quitado la vida? ¿Qué más había logrado hoy? Tenía un nuevo amigo en un puesto de mando en el departamento de policía. Tenía un nuevo enemigo en la oficina del juez de instrucción. Un día equilibrado. Podría llegar a necesitar a O'Dale para que pague mi fianza si Michaelson se pone firme en su acusación. Una baja probabilidad.

Al volver al apartamento de Ron- todavía lo consideraba su lugar a pesar de que pasaría a ser mío- prendí la computadora de su estudio. Mi plan era pasar el resto del día investigando antes de ir a su oficina mañana. No sabía mucho sobre AVAM, el tipo de organización para la que él trabajaba, pero era algo que debía ser rectificado. Sabía aún menos sobre la Sociedad contra la CID. Una indudable falta de información.

Revisé mi correo electrónico porque sabía que Marilena me enviaría información de su vuelo. Tuve que entrar al sitio de mi proveedor de correo electrónico y usar el buscador para chequear mi correo electrónico, ya que no había instalado la información de mi cuenta de correo electrónico personal en la computadora de Ron. Ella llegaba mañana por la tarde a bordo de un avión que la transportaba desde Reagan hasta La Guardia. Tomé nota de la aerolínea, número de vuelo y horarios de llegada antes de responder que la esperaría en el área de reclamo de equipaje. Cada uno tenía el número de móvil del otro para coordinar en tiempo real.

A primera vista, su correo electrónico parecía bastante inofensivo. Sin embargo, al leerlo con más detalle, era un poco problemático. Después de citar su información de vuelo, agregó un pequeño párrafo:

"Estoy contenta de que me hayas llamado, y habría estado muy triste si le hubieses pedido ayuda a otra persona. Resolveremos esto juntos.

Por siempre, M"

Marilena era el enlace entre el departamento y nuestro grupo. Habíamos trabajado en muchas operaciones juntos; yo en el campo de batalla y ella, la mayoría de las veces, en el centro de comando. Me había sorprendido, porque a diferencia de su predecesor, ella había realmente venido a nuestra base de operaciones y dos veces, participado en el campo de batalla. El tipo, antes de ella, era una voz en el teléfono que constantemente pedía que lo pusieran al corriente de lo que estaba sucediendo. Ella era sumamente competente y de todos los agentes federales, era la primera a la que no queríamos dispararle. No le llevó mucho tiempo lograr ganarse el respeto de todos.

Nos habíamos hecho amigos y disfrutábamos la compañía del otro. El problema fue que empezamos a atraernos demasiado. Le puse fin a nuestra relación extracurricular después de varias cenas y salidas a bailar. Las relaciones de trabajo están fuera de discusión. De ningún modo soy un santo en cuestiones de hombres y mujeres, pero no iba a arruinar mi trabajo con una relación interna. Era difícil explicarle esto a Marilena, y luego de que nuestro contacto después del trabajo terminara de manera abrupta, ella se puso un poco fría. Realmente nunca salimos de su irritación y de mi miedo. Lo mejor que pudimos hacer fue limitar estrictamente nuestra interacción a lo laboral. El desaparecer y trabajar de voluntario para la misión occidental del Pacífico, no había ayudado en nada.

Mi motivo de ayuda, teniendo en cuenta mi tema personal, había cambiado las reglas de compromiso. Teniendo en mente nuestra reciente historia, el último párrafo era desconcertante. O, tal vez, yo estaba prestándole demasiada atención a sus palabras. No tenía idea de lo duro que había sido para mí alejarme de ella, o aún peor, hacer algo que la hiciera enojarse conmigo. Había estado aterradoramente cerca. Este infante de marina iba a tener que estar completamente alerta para mantener esto ,de manera profesional. Ella me había superado ampliamente, me había superado en número y me había superado en armamento. Si yo no tuviese cuidado, Marilena me alteraría la vida en gran manera. Una vida con la que estoy extremadamente feliz, muchas gracias.

Dejando de lado la imagen de Marilena- algo difícil de hacer- comencé mi investigación sobre las AVAM. Una AVAM es una organización de apoyo voluntario de asistencia médica. Está organizada a efectos fiscales como una organización "sin fines de lucro" con un enfoque específico en algo que tiene que ver con la asistencia médica, generalmente con una enfermedad crónica. La AVAM es el apoyo para quienes sufren una enfermedad.

Proporciona un sentido de comunidad, desarrolla recursos para pelear y con esperanza, curar la enfermedad al mismo tiempo que provee confort y asistencia a los afligidos. Algunos ejemplos son la Sociedad Americana contra el Cáncer, la Asociación Americana del Corazón y la Fundación para la Investigación en Diabetes Juvenil. Recaban fondos empleando muchos métodos, que van desde la más sofisticada filantropía hasta la organización de eventos callejeros ,tales como carreras ciclísticas y caminatas patrocinadas. El último método era el más efectivo pero la propuesta de la alta sociedad captó la atención de la prensa. Una parte del dinero recaudado sería utilizado para la investigación para encontrar la cura, otra parte sería usado para programas que ayuden a los integrantes y otra parte sería usada para dirigir el negocio.

Y, era un negocio. Sabía que el negocio de Ron, la Sociedad contra la CID, recaudaba millones de dólares al año. Lo que no sabía era la cantidad exacta o cómo se gastaba el dinero. Aquí fue donde comencé. Esto era todo lo que sabía sobre las AVAM y era un poco vergonzoso. Usted pensará que como doctor, tendría que haber sido un conocedor en materia de apoyo a la asistencia médica. O, por lo menos, ser un poco menos ignorante en el tema. En cierto modo, no soy un gran médico. Traté de sentirme mejor con respecto a esto. Si alguna vez, usted se encuentra colgado de un arnés de paracaídas debajo de las copas de los árboles de la selva y está sangrando a causa de una herida de bala, yo sería el mejor doctor que usted podría encontrar. Sí, esto le sucede a todos, tarde o temprano. Ni siquiera yo lo creo. Estoy seguro de que nunca seré sirviente de un bien mayor que ayuda a las masas.

Me siento bastante cómodo viajando por la autopista de la información a pesar de que mi trabajo, de alguna manera, me convirtió en un conocedor de internet. Hice algunas salidas involuntarias y di algunas vueltas incorrectas. Usar un buscador requiere algo de intuición que sólo se consigue con la experiencia aunque algunas personas parecen tener el don desde el primer día. Un par de experiencias previas fueron memorables;

perturbadoramente memorables. Una vez, tuve que buscar un taller de reparación para un pequeño bote inflable. Nunca use la palabra "inflable" en el buscador. Nunca.

Lo primero que descubrí es que un negocio "sin fines de lucro", es un gran negocio. Las palabras "sin fines de lucro" siempre me han producido picazón, definitivamente una herencia de mi padre, que fue capitalista al máximo y estaba orgulloso de serlo. Sin embargo, después de examinar a algunas de estas organizaciones de beneficencia multimillonarias y hasta multibillonarias, podría llegar a reconsiderar mi evaluación. Parecía que generar muchos ingresos, mientras que no se demostraba oficialmente ninguna ganancia (pero de todos modos se guardaba mucho dinero para usarlo más tarde), era el nombre del juego. La expresión "sin fines de lucro" era definitivamente un término equivocado.

El mundo "sin fines de lucro" parecía estar dividido en dos campos. El primero está relacionado con la asistencia médica ,cuyo objetivo moralmente noble ,es la destrucción de alguna terrible enfermedad. El segundo está relacionado con cualquier cosa excepto con la "asistencia médica". Estos grupos no son tan piadosos. En realidad, salen y pelean directamente, sin ninguna excusa, por una causa parroquial, con derecho a las armas, buscando jubilados, defendiendo una industria indefendible, una convicción religiosa o una acción política. En ambos ruedos, con o sin asistencia médica, es increíblemente sorprendente el flujo de dinero en efectivo de las legiones de creyentes.

Se ha hecho tan grande el segmento de negocios "sin fines de lucro" que se ha convertido en una industria en sí misma. Incluso, encontré varios sitios que clasifican a las organizaciones de beneficencia, permitiéndole a los donantes conocer el destino de su dinero. Una línea del negocio estaba basada, únicamente, en el hecho de que habían algunas organizaciones "sin fines de lucro" en existencia. Se hacía referencia a ellas de manera colectiva en las páginas que estaba leyendo, llamadas "Organismos de Control". El Organismo de Control más grande y con más seguidores, tenía un sistema de clasificación. Por curiosidad, revisé y vi que la AVAM de Ron fue premiada con tres de cuatro estrellas. Me preguntaba cuán importante era eso y lo que significaba para la Sociedad contra la CID.

Miré este sitio con más detenimiento para ver cómo determinaban el número de estrellas ,que premian a una organización "sin fines de lucro" en particular. El mecanismo parecía ser objetivo y bueno, pero confiaba solamente en una fuente de información. Esto no era algo bueno, incluso para un tipo que no sabe de finanzas como yo. La única fuente era el formulario 990 de declaración de impuestos anual, completado por una organización "sin fines de lucro". Aunque no sé nada sobre el cumplimiento de las obligaciones fiscales de una organización benéfica, parecía extraño que ellos sólo tomaran en cuenta la declaración de impuestos. No hubo ninguna inspección del equipo directivo, de la eficacia de la investigación patrocinada, de los programas constituyentes o de las áreas funcionales.

Crecer en la casa de mi padre y oír su pelea a gritos de todos los años a la noche mientras que discutía el informe anual, era la base de mi preocupación. Solía intimidar a los contadores hasta que la información financiera fuese clasificada de acuerdo a su gusto. Yo no era tan ingenuo como para creer que ,en este mundo lujoso de las organizaciones "sin fines de lucro", el mismísimo vudú de la contabilidad no estaba controlado. El dinero es la fuente de todo poder político y de la forma que se lo informa ,es lo que mantiene las paredes del palacio en su lugar.

Descargué un par de formularios 990 de aquellas organizaciones de beneficencia que conocía. Leer algunas de ellas, me dio aún más seguridad de que cualquier análisis, basado únicamente en sus declaraciones de impuestos, iba a valer muy poco la pena. Las declaraciones financieras eran similares a las que vi en un informe financiero comercial. Como admití anteriormente, no soy un experto financiero pero Ron me hizo examinar muchas de las cosas que la familia poseía e hizo todo lo posible para explicármelas. Había algunas diferencias importantes entre los informes de las organizaciones "sin fines de lucro" y los informes de las comerciales con las que yo estaba más familiarizado y de las cuales debía aprender.

La otra parte de las AVAM que me interesaba, era saber cómo recaudaban fondos para la investigación de la cura de las enfermedades. Casi universalmente, el mecanismo era la obtención de un subsidio financiero. La palabra "subsidio" no era nueva para mí. Antes de comenzar a trabajar en la Sociedad contra la CID, Ron era un médico académico involucrado en la investigación de la neurología. Sus laboratorios vivían y morían de subsidios. El subsidio era su cuerda de salvación, su suministro de oxígeno. Una gran parte de su vida implicaba solicitar y volver a solicitar subsidios de dinero. Charlar con las organizaciones para obtener un subsidio de dinero, era la otra parte de su vida. En algunas ocasiones, cuando se estaba quedando sin dinero del subsidio, nuestra familia se convertiría en un cedente improvisado, dándole al laboratorio un poco de respiro. Ron siempre consultaba conmigo antes de usar nuestro dinero y actuaba como si necesitara mi permiso. Nunca tuve que pensarlo dos veces, no necesitaba detalles y siempre confié en su juicio de que era dinero bien gastado para una buena causa. Teníamos más de lo que podíamos gastar en varios órdenes de magnitud. Además, apaciguaba mi culpa por mi vacío filantrópico personal con algo bueno y barato.

Cuando salí de Internet, me sorprendió lo tarde que era. Mi último pensamiento antes de irme a la cama , tenía que ver con la felicidad que sentía por no ser contador. Tuve una pesadilla ,en la cual estaba atrapado en una habitación con unos tipos que usaban viseras verdes. ¿Todavía necesitaban ese tipo de cosas mientras estaban frente a una computadora?

ADN EN UNA NOTA AUTOADHESIVA

El guardia me miró de manera intimidatoria. –No sé lo que usted está tratando de sacar. No me tome por idiota-.dijo con un tono amenazador en su voz. Su compañero, al notar el intercambio de palabras se acercó a él y me miró también de manera hostil sin necesidad de saber por qué.

-No sé de lo que me está hablando-. Le respondí con cierta indignación en mi voz. Le había tendido una trampa al guardia. Podría llegar a necesitar su ayuda y una manera rápida de ponerlo de mi lado, era avergonzarlo y que sintiera que me debía algo – no tenía tiempo de ganarme su confianza por lo tanto, debía robársela. Al acercarme al escritorio del guarda de la oficina central de la Sociedad contra la CID, le dije entre dientes que el Dr. Briggs me estaba esperando.

-El Dr. Briggs está muerto- dijo enérgicamente, con un tono que implicaba que lo sabía, que todos lo sabían, que yo lo sabía y que no era cuestión de broma; o lo que era peor, que era parte de un subterfugio perverso para escabullirme dentro del edificio.

-No necesito que usted me diga que mi propio hermano está muerto-. Dije rápidamente con una respuesta planificada con anticipación, fingiendo no notar a su compañero y perforando su mirada con mis imperturbables ojos.

-¿Su hermano? Pensé que usted había dicho que el Dr. Briggs lo estaba esperando.

-Dije que yo era Dr. Briggs y que me estaban esperando – mentí inexpresivamente.

-Discúlpeme. Realmente lo siento. Lo eché a perder con Ron, quiero decir, con nuestro Dr. Briggs. Siento que haya perdido a su hermano. Me agradaba mucho- a todos nos agradaba mucho. Todo el tiempo venía a conversar con nosotros. Supongo que estoy un poco sensible. Lo último que quiero hacer hoy, es ofender al hermano de Ron.

Trataba de salir del embrollo lo antes posible, sus palabras parecían estar entrelazadas. Quería dejar atrás la ofensa de la cual se sentía responsable. Su gafete decía Wm French y parecía tener alrededor de cincuenta años.

-No se preocupe. No hay problema. Entiendo. Ha sido un shock para todos los que lo conocían- dije, uniéndome al ritmo de sus palabras y perdonándole la vida. Me relajé y le hice saber que había sido un error comprensible y lo que era aún más importante, había sido un arrebato basado en sus sentimientos sinceros hacia Ron.

-Todos vamos a extrañar a Ron. Siempre que uno de nosotros tenía un problema médico, le podíamos consultar a él. Usted sabe, cosas como, ¿mi doctor , me está diciendo la verdad? Me dijo esto. ¿Qué debería preguntarle? Especialmente si se trataba de alguno de nuestros hijos. Algunos de los cerebritos que vienen aquí no nos dan ni la hora. Sabemos que nos miran con desprecio. En cambio a Ron, le importábamos-concluyó y apartó la mirada por un instante.

-¿Le importaría que yo volviese en otro momento y habláramos?-pregunté.- Me gustaría saber más sobre la vida de Ron aquí y de sus amigos. He estado fuera mucho más tiempo del que hubiese deseado y siento que necesito saber más sobre su vida aquí.

Su cara se iluminó con una gran sonrisa. – ¡Por supuesto! Estoy aquí todos los días hasta las 6pm-hizo una pausa y agregó- ¡Ahora ya lo recuerdo!

-¿Nos hemos visto antes? ¿Le dicen Bill?

-No, Will. No creo que nos hayamos visto antes pero Ron hablaba de usted.Estaba muy orgulloso de usted. ¡Las historias que nos contaba! Su hermano menor, ¡el corajudo doctor de la Infantería de Marina!

Era un título que no había oído antes. Le dije que me llamara Tom y que lo buscaría en los próximos días. Dijo que me estaría esperando y lo confirmó con un fuerte apretón de manos. Ya éramos compadres.

Habiendo hecho un nuevo amigo, me dirigí al elevador. Me sentía un poquito más canalla que de costumbre. Después de que tachara a Will de mi lista, me disculparía.

Salí del elevador y vi a la recepcionista llamada Suzie Ling, la asistente administrativa de Ron. Suzie y yo habíamos hablado, literalmente, varias cientos de veces. Ella había sido el conducto entre los hermanos. Sabía la fecha de nuestros cumpleaños, lo que nos gustaba, lo que no nos gustaba, el estado de nuestras vidas románticas y muchas otras cosas que me habrían molestado si no hubiese llegado a conocer a esa excelente muchacha. Nos habíamos visto en la casa de Ron en tres o cuatro oportunidades.

Caminamos el uno hacia el otro. Éste era su territorio y estábamos rodeados de sus compañeros de trabajo. Había planeado no saludarla para que ella no tuviera que responder preguntas chismosas. Ella tenía otros planes, de pronto me encontré recibiendo un fuerte abrazo, un abrazo tan grande como el que puede dar una dama que medía 1,52 cm (el cual ,en su caso, era un abrazo bastante grande) y luego me tironeó para abajo y me dio un beso en la mejilla. Obviamente, no le importaba lo que los otros pudieran pensar. Yo debería haberlo sabido .

-¡Estoy tan contenta de que estés aquí!-dijo con una sonrisa sincera.

-Gracias. Es fantástico verte- respondí.

-Vayamos a hablar-. Se dirigió al recibidor y la seguí.

Caminamos hacia un escenario típico de una oficina. Por lo menos, como pensaba que debería ser una oficina exclusiva. No pasé mucho tiempo allí. Una gran cantidad de cubículos se abrieron frente a mí, con oficinas privadas y paredes duras que cubrían el perímetro y con ventanas al mundo exterior. Había columnas cuadradas que sostenían el techo y en las cuales había almanaques, relojes y extintores.

La oficina ya había pasado por una remodelación, de la que Ron me había hablado. Suzie y yo habíamos hecho bromas al respecto, por teléfono. Los trabajadores se burlaban de los esfuerzos que hacía la gerencia para crear un ambiente más abierto y para que los trabajadores más importantes, puedan estar más accesibles a todo el mundo. Las oficinas privadas habían sido construidas con una pared de vidrio, permitiendo a todos los que estaban en los cubículos, verlas. Un dechado de virtudes y responsabilidad sentados estoicamente detrás de sus escritorios, encerrados en su batalla contra la CID. Cada escena una ilusión óptica.

Por supuesto que los cubículos tenían divisores, que evitaban que los ocupantes examinaran las oficinas, excepto, cuando entraban a ellas. Seguramente, permitía a los jefes controlar a los subalternos, vigilarlos mientras iban y venían y cronometrar el tiempo de sus descansos. Ron me había contado que un cliente se había llevado por delante una de las paredes de vidrio , la cual se rompió y él se cortó en varios lugares. Supuestamente, y únicamente debido al accidente, las paredes debieron ser grabadas con algunas ilustraciones que alertarían de la confiable y peligrosa barrera transparente. Me preguntaba cuánto le habían pagado al diseñador de interiores para que el nuevo look en la interacción directivo/subordinado estuviese combinado con su falta de sentido común. Varias de las paredes de vidrio habían sido decoradas, en el ínterin, con "notas autoadhesivas", pequeños cuadrados amarillos que parecían estar suspendidos en el aire, como una advertencia a los peatones confiados. Algunos trabajadores habían arreglado los cuadraditos amarillos de sus peceras, con diseños que anticipaban el próximo adorno. Algunas de las paredes de vidrio lucían un sólo cuadrado amarillo, el inseguro ocupante se inclinaba a lo seguro, sin exponerse a un ridículo artístico.

Pasamos por unas dos docenas de oficinas y casi las últimas diez, tenían placas con la inscripción de PhD o MD. Debe de haber sido el equipo de investigación que respondía a Ron. Su oficina era la última de ese grupo. De manera involuntaria, contuve la respiración y entré a la oficina después de Suzie.

Lo primero que me pregunté fue cómo era posible que, con todos los viajes que había hecho a Nueva York, nunca antes había estado en la oficina de Ron. Él nunca había estado en mi única, y rara vez usada, oficina en la Base de la Fuerza Aérea MacDill en Tampa. Pero por otro lado, si él lo hubiese intentado, alguien le habría disparado antes de que llegase allí. Yo no había tenido ese obstáculo y por lo tanto, no tenía excusa.

Miré alrededor. Busqué señales de su vida allí. Él había pasado bastante tiempo en este lugar. Esta oficina era más grande que las otras. Era de alrededor doce por dieciocho con un sólo escritorio, una pequeña mesa para reuniones, y sillas para los clientes, las cuales usamos para sentarnos.

-Voy a empacar las cosas personales de Ron. No había tenido el valor de hacerlo antes y había estado usando la excusa de que tú deberías tener la oportunidad de verla tal como él la tenía. Te daré todo pronto. Te lo prometo.

-Sé que lo harás. -respondí.

Miré alrededor. Ron tenía cosas por todos lados. A diferencia de su apartamento, su vida laboral estaba abarrotada. La mesa de reuniones solamente reunía a un grupo de organizadores profesionales ,que representaban una intervención. Un montón de papeles, pilas de revistas, correo abierto y sin abrir, informes leídos parcialmente, propuestas del personal para revistas científicas que esperaban recibir comentarios, notas autoadhesivas pegadas a las paredes y al monitor de su computadora y cientos de otras tareas que habían girado por la cabeza del Departamento de Pruebas Clínicas y de Investigación, fueron botadas a la basura. Colocada de manera precaria sobre una pila de papel en una de las paredes del departamento, había una canasta de regalo que recién había llegado con un agarra-nota vacío todavía dentro- la nota no estaba y seguramente se encontraba tapada con todos los otros detritos de la oficina. Ron pudo haberla encontrado. Pudo haberla recitado de memoria sin encontrarla.

Lo último que miré, el objeto que me obligué a mirar, la razón por la que había venido, era la ventana. Una lámpara de escritorio, demasiado grande pero que le proveía a Ron de la luz que necesitaba sin importarle la decoración de mal gusto, bloqueaba mi vista de la ventana. Me paré y caminé en dirección a la ventana. Era alta. Era de las que se deslizan. Se levantaba verticalmente, la mitad de la parte de abajo se deslizaba hacia arriba.

-Siempre mantenía esa ventana abierta, aun en invierno. Tenía, al menos, una rajadura. Le gustaba que el ruido de la ciudad entrara y decía que necesitaba aire-. Suzie me hablaba mientras miraba el piso, miraba al escritorio, miraba a cualquier lado excepto para la ventana.

Miré detenidamente la ventana. Se podían ver agujeros donde parecía haber habido algún equipo , alrededor de 12 centímetros arriba de la mitad inferior de la ventana de bisagras. Era obvio que había habido algún dispositivo de restricción, que impediría que alguien abriese la ventana, más del ancho de su mano. Ron no habría dudado en sacarlo. Los cierres habrían hecho un "plink" a medida que eran tirados bruscamente al bote de basura.

Volteé hacia Suzie. –Sé que trabajó hasta tarde. ¿Habrá estado abierta la ventana en ese momento?

-Sí, especialmente a la noche. A Ron le gustaba la brisa fresca de la noche.

-El alféizar es demasiado alto para que él se cayera accidentalmente por ahí-dije. Ella asintió con la cabeza. No fue un accidente. Alguien lo empujó, pero ¿quién? Suzie no había contemplado el asesinato. Estaba incómoda pero no demostraba que tenía miedo de estar allí, de estar en la oficina.

-¿Cuándo te enteraste de la muerte de Ron? –pregunté.

-A la mañana siguiente. Cuando llegué aquí, había policías por todos lados. Me hicieron algunas preguntas. Me preguntaron acerca de su agenda del día anterior. Estaba tan alterada que no recordaba mucho. Cuando se fueron, cerraron la puerta con llave y pusieron la cinta amarilla de lado a lado. Por primera vez estaba feliz de estar en mi cubículo. No quería mirar esa cinta amarilla en todo el día.

Su voz estaba quebrada y sus ojos con lágrimas. Me di vuelta, simulando examinar la ventana, otra vez, para que ella tuviera un poco de privacidad.

Después de examinar la ventana por unos momentos, caminé por la habitación y me senté en el escritorio de Ron. Su vista a los cubículos era poco inspiradora. Entendí la necesidad de una ventana abierta. Una pequeña entrada a una viciada oficina particular diferente. Algo de ruido de fondo era una intrusión deseada. Al mirar hacia atrás, desde la ventana hasta la pared de vidrio, podía ver que la particular marca de arte de "notas autoadhesivas" de Ron, que impedían la laceración de los clientes, era una selección diagonal de cuadrados multicolores que formaban un fragmento molecular de doble hélice de ADN. Parecía como si dos o tres parejas de bases se hubieran ido a pique y hubiesen encontrado la manera de llegar al piso.

Genética. El foco de su vida laboral conmemorado por 3M.

AGITADO

Suzie me dejó solo en la oficina de Ron, sentado en su escritorio y sin saber qué hacer. En esta oficina, en cualquier oficina, soy un extraño. Estaba a modo de investigación y luchando contra mi falta de destrezas detectivescas y contra una ira que no desaparecería.

Necesitaba una salida. Necesitaba una forma de utilizar la frustración que estaba hirviendo dentro mío. Algunas personas hablan de cierre y de cómo un funeral provee de eso a la familia y a los seres queridos. Un funeral no haría nada por mí; era una pérdida de tiempo y no era la forma en la que yo quería recordar a mi único hermano. Hasta que yo estuviera convencido de lo contrario, Ron tenía un asesino. Estoy esperando con ansias nuestro encuentro. Cierre, claro que sí, yo le daré un cierre.

Encontré el botón de encendido y apagado en la computadora de la oficina de Ron y la encendí. Sólo por probar, ingresé la misma clave que él usaba en la computadora de su casa. Sin sorpresas, el proceso de carga continuó. Estaba seguro que la computadora de la oficina de Ron estaba protegida con clave, sólo porque un administrador de red se lo requería. No pasaba por la cabeza de mi hermano que alguien fuera capaz de husmear o robar. ¿Por qué tenía clave? Hasta las cerraduras de su condominio habían sido instaladas por su dueño anterior. Creo que Ron se había olvidado que las cerraduras estaban allí. Convencerlo de usar una clave en la computadora de su casa, porque tenía información financiera almacenada en el disco rígido, había sido difícil. Accedió, sólo, para hacerme feliz. Yo lo obligaba a cambiarla cada vez que venía a Nueva York-un protocolo de seguridad forzado por su hermano y sincronizado con la computadora de su oficina que le permitía memorizar sólo una clave.

El cliquear sobre el ícono del programa de correo electrónico hizo que su carpeta de correo entrante y su estructura de directorio de correo, se abrieran. Sus directorios de correo eran la antítesis de su oficina. Había archivos de carpetas ,sumamente organizados, que identificaban prolijamente los diferentes grupos de correos, que estaban almacenados adentro. Era increíblemente extenso el volumen de correos electrónicos. Él debe recibir 1000 correos electrónicos por cada uno de los que yo recibo, y la mayoría de los míos son correo basura. Su software de correo era parte de una serie de programas más extensos, que también administraban su calendario, sus tareas y sus contactos- un completo administrador de vida para un ejecutivo ocupado. Me provocaba picazón. Buscando un poco, finalmente encontré lo que estaba buscando. OK, hice trampa al usar realmente el menú de ayuda y obtener la ayuda prometida. Hice click en el menú de "archivo" y me desplacé hacia abajo. Al seleccionar "exportar" se abrió un cuadro de diálogo y le indique al programa que copiara todo, el calendario, los contactos, los correos electrónicos, la lista de tareas e hice una copia de seguridad para transferirlo en un formato que entendiera para que ,luego, no perdiese mucho tiempo en eso. De todos modos, almacené este archivo en el escritorio y luego lo envié a mi cuenta personal para abrirlo más tarde en el apartamento. Pensé en mandarlo a la cuenta personal de correo electrónico de Ron y no a la mía, sabiendo que un registro de la transmisión quedaría en el servidor de correo de la Sociedad. No quería levantar sospechas. Un correo electrónico de la cuenta de correo de su oficina a su cuenta personal, podría parecer inofensivo. Por lo general, los oficinistas no tienen idea de que una vez que un correo electrónico se escribe y es enviado, copias de él, tenazmente, flotan por el ciberespacio. Encontrarlos y deshacerse de ellos es casi imposible. Si no pregúntenle a la multitud de ejecutivos codiciosos, acusados por sus accionistas y enviados a prisión por los correos electrónicos que quedaron atrapados en sus computadoras . Descarto la eficacia de este subterfugio ya que el correo electrónico tendría fecha impresa, hora y fecha de cuando estuve en la oficina, sin mencionar que es una fecha mucho después de su muerte. Finalmente, si a alguien le interesara saber, se descubriría que fui yo quien lo envió. No quería causarle problemas a Suzie. De esta manera nadie sospecharía que ella tenía la clave de Ron y que había sido enviado usando su computadora. Mejor que todos me señalen a mí y no que la atención esté puesta en ella.

Mirar los nombres de las carpetas en su disco rígido no fue de mucha ayuda porque estaban abreviados al punto de ser enigmáticos. También había enlaces a discos compartidos en la red. Cliquee el sobre, fisgoneando los datos en su computadora; llegar a la red de su organización sería una gran infracción. Mientras me preguntaba si esto realmente me molestaba, una voz aguda y femenina me habló bruscamente desde la puerta.

-¿Quién es usted? ¿Qué está haciendo aquí adentro?-exigió.

Al levantar mi mirada, vi una mujer alta y angular de unos cincuenta años. Su cabello me llamó la atención. Tenía varios tonos de marrón con brillantes mechones rojos, el pelo corto a los costados y algunas extensiones arriba puestas de punta desde el frente hacia atrás, como si pareciese un gallo. Tenía ambas manos en su cadera dobladas en las muñecas con el dorso de sus manos haciendo contacto. Estaba ligeramente inclinada hacia delante desde la cintura, fulminándome con su mirada y esperando una inmediata respuesta. Una gallina llena de furia.

Sin hacer ningún gesto, me recliné en la silla y me crucé de brazos. Esperando intencionalmente lo suficiente como para echarle más leña al fuego, finalmente respondí.

-Soy un invitado oficial.

Su mirada no se suavizó pero, tal vez, uno de sus músculos faciales se relajó. Estoy seguro de que fue más una pequeña medida de desilusión, que de alivio ,el hecho de que no haya atrapado a un intruso real. Por tres segundos, ella se quedó pensando qué hacer mientras que sus labios continuaban presionados, transformándose, aún más, en pequeñas líneas horizontales.

-Debe salir de esta oficina inmediatamente. Podría tener alguna relación con el *Doctor* Briggs, pero eso no aprueba su presencia en una oficina privada. Podemos ofrecerle una sala de reuniones, una vez que confirmemos su relación con él, pero no puede permanecer aquí y no puede estar hurgando en una computadora de la Sociedad.

-¿Quién es usted?-pregunté sin mostrar la menor intención de levantarme de la silla.

-No es que importe pero soy Margaret Townsend, vicepresidente ejecutiva.

La ignoré por unos instantes y con indiferencia, miré el monitor de la computadora como si ella nunca hubiese hablado. El correo electrónico que contenía la copia de seguridad se mostraba como "enviado". Abrí la carpeta de "correos enviados" y borré el mensaje.

-¡DEJE LO QUE ESTÁ HACIENDO EN ESTE INSTANTE! -gritó, completamente enfurecida.

Echándome hacia atrás, en la silla, puse mis pies sobre el escritorio. -¿Planea conseguir ayuda o piensa sacarme usted misma? –si fumara, habría sacado uno y lo habría encendido.

Los ojos casi se salieron de su cara y su boca quedó abierta. –Entonces, voy a llamar a seguridad-declaró.

-¿Están armados?-pregunté, impidiendo que se fuera de la oficina.

-¿Qué?-dijo tartamudeando-la confusión se hacía cada vez mayor.

-¿Están armados?

-No sé. ¿Importa? Lo arrestarán por entrar sin autorización.

-Será mejor que llame a la policía para que los ayude. ¿Quiere que llame a mi amigo, el Capitán O'Dale, el comandante de la comisaria decimoséptima? Estoy seguro que le encantaría enviar a algunos de sus uniformados para ayudar. Él es muy servicial-. Dije inexpresivamente.

-¿Está con la policía? -preguntó con muchísima precaución, ahora convertida en una voz exigente.

-Peor-respondí.

-¿Peor?

-Sí. Los militares.

Me miró fijamente, ahora la confusión era completa.

-No sufra, querida-dije, poniéndome de pie. –Me iré.

Caminé tres pasos a lo largo de la oficina y la miré con desprecio. Dio un paso atrás, ahora el miedo le ganaba a la confusión. Era más alta que la mayoría de las mujeres y de la misma altura que la mayoría de los hombres. Sin embargo, mi metro noventa me dio una elevación de ventaja. Mis ojos no pestañaban y la miraban fijo. Solía tomar su altura como una ventaja para dominar a sus compañeros de trabajo. Esto era inesperado.

-En mi opinión, su considerada recepción me ha ahorrado muchos verdes -dije en un tono sarcástico y con una sonrisa.

Ella había pasado de la confusión a un total desconcierto. Yo lo estaba disfrutando. –No tengo idea de lo que quiere decir-ella contestó con un poco de irascibilidad, intentando retirarse de la oficina.

-Déjeme explicarle. Acaba de insultar a un donante multimillonario de esta organización. Le haré saber al presidente de mi sede que, a causa suya, el hermano del Dr. Briggs, EL OTRO DOCTOR BRIGGS ha optado por desviar la filantropía de su hermano. Estoy seguro que ella hará que su error garrafal esté en la agenda de nuestra próxima reunión.

-Espere, espere. ¡No sabía que usted fuera su hermano! ¡Usted debe entender!

-Entiendo muy bien. Lo único que no entiendo es como Ron logró soportarla.

Pasé por la puerta, hice un giro que habría hecho que un instructor de Paris Island esté orgulloso y fui directo al elevador del hall de entrada. Dejé a Townsend sin palabras- probablemente la primera vez- y parada en el pasillo, apretando sus puños, mirando a los costados rápidamente y no sabiendo qué hacer.

Me puse rápidamente al lado del cubículo de Suzie. El alboroto había atraído público. Ella, junto con otros veinte, se habían parado para mirar por encima de las divisiones. Suzie me miró con una expresión de preocupación. Le guiñé el ojo y ella, casi ahogándose, me sonrió. Rápidamente, se dejó caer en la seguridad de su cubículo como un perro de las praderas que se había subido, había olido el peligro y tácticamente se había retirado. Los otros perros la copiaron.

Cuando estaba entrando al elevador, la recepcionista colgó teléfono y me miró de manera afligida.

-¡Dr. Briggs! ¿Puede esperar, por favor? La señora Townsend acaba de llamar y quiere hablar con usted en su oficina. Por favor no se vaya - sus palabras fueron rápidas y parecía estar preocupada.

-¿Me ha mandado a llamar? Eso sí que está bueno.

. La recepcionista apenas pudo contener la risa que le causaba mi caracterización. No creía que Townsend tuviera muchos amigos entre los rangos de trabajadores.

Antes de que dijera algo más, di la vuelta y fui directamente al lugar de dónde había venido. Parecía que yo me estaba comportando como un niño bueno y que estaba haciendo lo que una perra ejecutiva a cargo de todo, me había ordenado. Cuando di vuelta en la esquina, ya no estaba siendo observado por la preocupada recepcionista. En lugar de ir hasta la oficina ejecutiva, abrí la puerta que conducía al hueco de la escalera, bajé los veinticuatro escalones rápidamente y llegué al hall de entrada. En aproximadamente cinco segundos por escalón, logré mi descenso en dos minutos. Abrí la puerta del hall de entrada y salí al área de seguridad. Will no estaba en su escritorio y su compañero estaba ocupado con otra persona. Salí por la puerta giratoria del hall de entrada, doblé a la derecha y fui directo a la zona residencial de la ciudad. Confusión y frustración serían, otra vez, parte del día de Margaret Townsend. Espero que no se enoje con la recepcionista, por no tratar de agarrarme en el elevador. No te preocupes, Maggie. Regresaré. Y entonces, podrás preocuparte.

Me había buscado problemas. Era una linda sensación, pero no sabía por qué.

CIRCUMVENIO INFRACTUS DEMYELINATION

Es una maravilla de la ingeniería. Nada en el universo conocido es tan complejo, es capaz de llevar a cabo tantos procesos físicos y químicos en un paquete tan pequeño pero móvil. Es el ensamblaje de diez sistemas generalizados que funcionan juntos como una unidad armoniosa. Es auto curativo, frágil y sin embargo, sumamente adaptable a través del tiempo. Para la mayoría, los funcionamientos internos son un misterio. Cada uno de nosotros tiene uno. Solemos darlo por sentado. El cuerpo humano, omnipresente, pero cada uno, único.

Mi comprensión del cuerpo humano, aunque considerable comparada con la mayoría de la gente que no está relacionada con la medicina o la ciencia de la salud, era, a mi juicio, todavía primitiva. Aún queda tanto por aprender. Hay tantas áreas de la medicina que recién hemos comenzado a explorar.

Hoy en día, los investigadores médicos han determinado que una enfermedad crónica, generalmente, tiene una base genética. La falta de cromosomas, cromosomas extras, cromosomas con pedazos dañados o duplicados o incluso, intercambiados entre cromosomas son parte de las enfermedades hereditarias. Los genes son también factores estables que se encuentran entre nosotros y los factores del medio ambiente, ya sean buenos o malos.

El problema de aprender sobre los cromosomas y los genes es que implica estudiar sobre el Ácido Desoxirribonucleico o ADN. La mayoría de nosotros ha visto lindos dibujos de la hélice doble entrelazada. Puede que hayamos aprendido que el programa maestro de nuestro cuerpo que dirige nuestro desarrollo, apariencia y resistencia a la enfermedad está desplegado en los 3 millones de aminoácidos que contienen nuestra representación exacta del genoma humano. Esto suena sumamente organizado con una estructura muy precisa. Desafortunadamente, nada que ver. Justo debajo, es un caos. A mí, nunca me pareció que haya ninguna estructura organizativa de los contendidos de ADN. Usted no encontrará un programa similar de subrutinas reunidas en base a una función. Los genes que regulan esto son esparcidos al azar, haciendo imposible cualquier movimiento lógico de las instrucciones del programa. Un programador que mira lo que hay en un ramal de ADN, no encontrará ni un enfoque orientado al objeto ni una descomposición funcional basado en los objetivos del programa. Era demasiado generoso llamarlo código spaghetti. Tan importante como la genética es a la medicina y aunque me obligué a aprender todo lo que podía soportar para convertirme en el mejor doctor que pudiese, nunca me iba a gustar. Denme algo roto para arreglar- esa es una pelea que puedo ganar. Demasiados genes machos me recuerdan muchísimo a los espías corruptos de inteligencia con los que tengo que tratar. Nada concreto, nada de lo que tenga alguna vez que depender y muchas excusas acerca de la sutil complejidad y del dominio de ellos y lo brillantes que son como sabuesos en este mundo místico. Solía oír la frustración en la voz de mi hermano cuando me contaba acerca de la dificultad en definir la ciencia real que, supuestamente, subyace tras algún reclamo de un investigador. Él tenía paciencia para eso. Yo no.

Necesitaba descubrir el estado actual de la investigación para encontrar una cura para la CID. Debido a mi breve parada en la oficina central de la Sociedad contra la CID, tenía algo de tiempo extra en el cronograma de la mañana. Caminé de regreso al apartamento, crucé el centro de la ciudad y pasé por el extremo del Central Park. Al pasar por los edificios de torres y atrapado por la serenidad del parque, planeé mi próxima jugada. Marilena no iba a llegar hasta casi dentro de cinco horas. Había tiempo para ir al gimnasio y luego investigar un poco. El desayuno me daría energía para el día; el almuerzo no era una prioridad.

Me cambié en el apartamento y caminé menos de dos cuadras hasta el gimnasio ,del cual era miembro. La hora de ejercicio estaba dividida en partes iguales de cardio y entrenamiento con pesas y me hizo sentir humano otra vez. Mientras me vestía en el vestuario, noté que mi teléfono celular había recibido numerosas llamadas del mismo número. Era el prefijo de tres dígitos de la oficina de Ron. No era sorprendente que alguien de la Sociedad contra la CID estuviera intentando, con insistencia, comunicarse conmigo. El indicador de mensaje en espera parpadeaba ineficazmente. Sonreí y dejé que siga parpadeando.

Después de volver al apartamento de Ron, prendí la computadora personal de Ron. Dudaba de que alguien me intentara detener esta vez. Ejecutar el buscador de internet me permitió entrar a varios sitios médicos que uso cuando estoy investigando en este campo. En esos casos, generalmente estoy tratando de aprender más sobre un agente patógeno o una técnica quirúrgica que me ayude en mi trabajo. Hoy, iba a mirar un material más amplio.

La CID había sido una parte familiar de mi vida aunque nadie de mi familia la había tenido. No éramos un grupo de alto riesgo debido a nuestro linaje y a la resultante genética. La había estudiado brevemente en la escuela de medicina, durante mi rotación de neurología como residente y había aprendido mucho más en discusiones que había tenido Ron sobre su trabajo. Si había una conexión entre la muerte de Ron y su participación en la Sociedad, necesitaba saber específicamente en qué estaba trabajando y con quién estaba trabajando. Empecé con una actualización rápida de la CID sólo para crear el marco idóneo. Para hacer esto, apagué mi proceso de pensamiento como doctor cirujano y lo reemplacé con un proceso de pensamiento como médico clínico, desarrollado en menor medida.

Para comenzar, el cuerpo humano está protegido por un sistema inmune sumamente sofisticado. El sistema inmune interactúa con todos los otros sistemas en el cuerpo. Es nuestra última línea de defensa y entra en acción cuando algo malo penetra la derma o involuntariamente está embebido junto con el aire que respiramos, el agua que bebemos o la comida que comemos. El sentido inmunológico detecta la invasión y reúne las defensas. No pude evitarlo. Siempre pensé en el sistema inmunológico en términos militares como si fuera mi propio ejército personal, el Cuerpo de Marines. En mi mente hay grupos de reconocimiento que detectan e informan la incursión de unidades enemigas en territorio amigo. Un sistema de control, comando y comunicación asimila la información y determina una respuesta adecuada. Se envían órdenes para crear anticuerpos y glóbulos blancos. La infraestructura del cuerpo produce tropas rápidamente, las pone en un sistema de transporte en el vaso sanguíneo , donde se enganchan y se lanzan en paracaídas al campo de batalla. La velocidad de respuesta y la aplicación demostrada por el sistema inmunológico, haría que cualquier planificador de logística del Pentágono sintiera envidia. Al desembarcar en el frente, las tropas son intrépidas y se lanzan por sí mismas a los invasores con un compromiso kamikaze a la causa-defensa de la patria. El sistema era cualquier cosa, excepto simple e increíblemente eficaz.

Saber un poco sobre el sistema inmunológico ayuda a comprender muchas enfermedades crónicas que afligen a los seres humanos. Existen cientos de estas afecciones, desde alergias hasta lupus, algunas leves, algunas terribles que causan que el sistema inmunológico del cuerpo,generalmente bien intencionado, se vuelva loco. Los sistemas inmunológicos de pacientes afligidos con una de estas afecciones han decidido que alguna parte saludable del cuerpo, que se supone que debe estar allí, es realmente una invasora con malvadas intenciones. El sistema inmunológico ataca esa parte del cuerpo como si fuera el enemigo. De acuerdo a mi analogía militar, la oficina central recibe inteligencia dañina y un fuego amigable comienza a sacar a los buenos muchachos. Con una enfermedad crónica, la información nunca se corrige y el daño autoinfligido continúa y continúa.

Algunos ejemplos de las afecciones autoinmunes más conocidas son lupus, artritis reumatoidea, la enfermedad de Crohn, también conocida como enfermedad intestinal inflamatoria crónica, esclerosis múltiple (EM), cirrosis y coagulación intravascular diseminada, más conocida como la CID. Curiosamente, para muchas personas, el VIH no es una enfermedad autoinmune. En el caso del SIDA, un virus afecta el cuerpo, se esconde, muta, se duplica como parte del ADN del anfitrión y luego ataca el sistema inmunológico, reduciéndolo finalmente al extremo, donde se convierte completamente ineficaz. La diferencia es simple: las enfermedades autoinmunes causan que el sistema inmunológico ataque otro cuerpo saludable, el virus del VIH ataca el sistema inmunológico con síntomas que se presentan como una inmuno deficiencia adquirida.

El descubrimiento de la CID fue hecho por un médico griego, cuyo nombre no recuerdo. El mantuvo sus raíces al darle a la enfermedad un nombre derivado del lenguaje griego. *Circumvenio* traducido como "rodear", *Infractus* que significa "roto" o "defectuoso". La *demyelination* o *desmielinización* era su referencia al mecanismo defectuoso que afecta el sistema nervioso. En otras palabras, aquello que rodea los nervios se rompe debido a la desmielinización.

Es muy importante lo que rodea a nuestros nervios en nuestro cuerpo. Cuando la gente habla de su cerebro, a veces se refieren a él como "la materia gris". Lo que rodea a la materia gris es "la materia blanca". Se la llama mielina. Es una sustancia grasa que aísla a nuestros nervios, evitando que se disparen o que se anulen indiscriminadamente y no sólo, cuando se les ordena. La desmielinización es la pérdida de esta importante sustancia aislante. La pérdida de mielina es también la causa de esclerosis múltiple (EM) y se cree que desempeña un papel en la fibromialgia. A diferencia de EM, la CID afecta el sistema nervioso periférico y central –hasta lo que yo sé, es la única enfermedad neurológica que lo hace. Lo que es aún más, se cree fuertemente que la CID tiene una base genética, pero su aparición requiere algún disparador que todavía no está determinado, ya sea de otra enfermedad o de un factor ambiental que todavía no fue descubierto. Solamente ataca en la adolescencia, afligiendo tanto a hombres como a mujeres por igual, pero sólo a aquellos ninos que tienen alguna ascendencia de Europa del Este en las últimas 8 a 10 generaciones. Los pacientes vivirán otros diez o treinta años teniendo síntomas no diferentes a EM antes de morir.

Estaba considerando entrar a la red de la Sociedad desde afuera. Después de esta mañana, estaba seguro que cualquier intento desde la oficina de Ron no sería posible. Tener amigos intelectuales que me defiendan, no sería un gran problema. Mientras tanto, miraría desde afuera. Busqué el nombre de Ron y me sorprendí. Estaba más que orgulloso al ver cuantas referencias se hacían de él y de sus logros. La mayoría de las publicaciones, eventos, premios eran nuevos para mí. Ojalá me hubiese contado.

Parecía que Ron había estado colaborando recientemente con un equipo de investigación en una prestigiosa institución en Boston. Su principal colaboradora era Caroline Little, PhD, MD, y la mayoría del resto de las letras del alfabeto. Un artículo, recientemente publicado, describió la búsqueda de marcadores genéticos compartidos por el paciente y sus padres. Se estaba haciendo un avance real. El artículo daba a entender que el resultado global de este trabajo sería la determinación del gen o genes ,que causan la susceptibilidad a la CID. No habrían hecho esta declaración, a menos que, detrás de escena, realmente estuvieran acercándose a los datos genéticos. El nombre de la Dra. Little era nuevo para mí. Ron nunca lo había mencionado. Sin embargo, recientemente me había comentado por teléfono que había estado pasando un mal momento por una mujer de un cargo alto, cuyo "ego era el más grande del mundo". Tal vez, se estaba refiriendo a ella. Decidí que visitaría a la Dra. Little en el futuro.

Después de fisgonear por casi dos horas, tuve que irme directamente al aeropuerto de La Guardia. Marilena era, obviamente, capaz de llegar al apartamento por sí sola-en algún lugar de ese entrenamiento avanzado del FBI, debe de haber una sección de transporte de taxi urbano de alto riesgo. Sin embargo, le había prometido estar allí en persona y eso era lo que haría. Una parte de mí estaba ansioso de verla lo antes posible y no esperar su llegada, en la ciudad. Esa era la parte que me molestaba. Necesitaba tener una charla seria con esa parte. Concluí mi investigación por el momento y bajé las escaleras.

Mientras bajaba por la escalera, pensé en la CID, en el enemigo de Ron y en el deseo por terminar con la enfermedad.

La CID es una tragedia para cualquier familia. La carga financiera del manejo y tratamiento de la enfermedad es inmensa; la carga emocional de los padres y del niño inconmensurable. Ron iba a terminar con esto. Él creía que una cura sería inevitable. Me dijo varias veces que en diez años, veinte como máximo, la CID se convertiría en una enfermedad como la polio; parte del pasado, no parte del futuro de alguna persona. Con la muerte de Ron, las probabilidades de ese resultado habían disminuido.

UNA PEQUEÑA AYUDA DE MI AMIGA

Mi amigo de siempre, el portero Antonio, me había contratado un servicio de autos para mi viaje de ida y vuelta a La Guardia. Me juró que el conductor, convenientemente su tío Ricardo, era "el único tipo de Nueva York en quien se puede confiar detrás de un volante" y que "iba a estar tan seguro como si estuviera en una iglesia". Opté por no contarle que una vez en Bosnia, me habían disparado mientras estaba en una iglesia. El tirador había fallado y ninguno de mi grupo había sido herido. La iglesia no le impidió tirar. No creo que haya fallado porque estábamos en la iglesia. Mi contestación hizo que él no le disparara a nadie más, nunca más.

A las 2pm, estaba en frente del apartamento, subiéndome a la limosina para mi prometido viaje rápido a La Guardia. Mi conductor, "el único tipo de Nueva York en quien se puede confiar detrás de un volante", parecía tener alrededor de noventa años. Esto no era una buena señal. Sin embargo, las apariencias pueden ser engañosas y en este caso, lo eran.

Para un tipo que estuvo treinta años en seguridad social, era dinámico y lleno de energía.

-¡Llegaremos rápidamente, Coronel! –exclamó, inclinando la cabeza y gritando más fuerte de lo que creí necesario. Esperaba que su audición fuera el único sentido que hubiese disminuido con el tiempo.

-Gracias. Tenemos mucho tiempo. No hay prisa-.defendí mi causa, sin necesidad de que él alardee sobre sus habilidades de manejo que comenzaron con el modelo T. No debí haberme preocupado. Ricardo conducía cuidadosamente pero lo suficientemente agresivo, como para sobrevivir al combate urbano,como los neoyorquinos consideraban el manejar en Manhattan.

El auto tenía un compartimiento de pasajeros grande, del tipo donde hay un asiento trasero y las piernas se pueden estirar sobre un pequeño espacio alfombrado. También, había un bar, bien completo, con un balde de hielo que había sido recién llenado. La limosina estaba limpia y debe haber estado bien equipada con aislación acústica porque estaba muy silenciosa.

Ricardo me dejó solo con mis pensamientos. Nos abrimos camino hacia el lado este mientras conducíamos hasta la 125th y luego cruzamos el puente hasta la Grand Central Parkway, que nos llevó directo al aeropuerto. Ricardo tenía razón. El viaje fue rápido.

Me dejó en la acera y me dio una tarjeta con su número de celular. Estábamos en un lugar donde podía esperar y no tenía que dar vueltas debido a que era un vehículo comercial. Las fallas de seguridad de TSA (Administración de Seguridad del Transporte) no son para nada coherentes. Fui directo al área de reclamo de equipaje. Se suponía que el vuelo de Marilena había llegado hacía cinco minutos. Miré la pantalla para saber de dónde ella y sus maletas aparecerían mágicamente. El estado del vuelo mostraba que había llegado un poco antes. Ya podría estar en el área de reclamo de equipaje. Justo en el momento que estaba pensando esto, oí una voz familiar.

-¡Eh, señor! ¿le daría a una chica un aventón?

-Me di vuelta y respondí. –No sé, señorita. Tengo que pensar en mi reputación. ¿Qué pensará la gente?

-¡Ja! Su reputación no se podría dañar ni con un hacha en las manos de un abogado picapleitos.

-¡Ay! Supongo que la verdad siempre duele.-dije con una sonrisa. Nuestros intentos mutuos de humor, aunque no tan buenos como para una comedia en horario estelar, nos permitieron reconectarnos y posponer una conversación más seria-por lo menos, por ahora.

Ella me dio una sonrisa de 1.000 vatios y contestó.

-No se preocupe. Ser visto conmigo hará que usted se mueva en la dirección correcta.

-Gracias, necesito mejorar mi reputación.

La miré, esperando ver un juego cómplice de una charla pícara en los ojos de una amiga. Pero era más que eso. Ella me estaba estudiando, buscando algo más. Sus habilidades de adivinación y discernimiento estaban a toda marcha. Tal vez, ella estaba tratando de medir el estrés por el que yo había pasado, o quizás estaba tratando de ver si había algo más en mi llamada que una simple necesidad de obtener sus habilidades profesionales, o tal vez, yo estaba leyendo más en su mirada de lo que en realidad era. No sé. ¿Qué sabe un hombre de estos temas? Yo era un ferviente creyente de que los hombres son de Marte y las mujeres son de otro universo ,no necesariamente paralelo. Dejando de lado mis incapacidades, estaba feliz de que ella estuviera allí. En su mayor parte.

Hay muchas mujeres en el mundo, pero sólo unas pocas realmente nos dejan sin aliento. Marilena constantemente causaba insuficiencia respiratoria garantizada entre todos los afortunados que llevan el cromosoma "Y". Aunque su estatura era sólo de un metro treinta y siete centímetros, llamaba la atención. Era voluptuosa y su piel era de color aceituna, beneficiándose de su ADN mediterráneo, tenía el cabello grueso y de color caoba e irradiaba una intensidad alrededor de ella ,que desafiaba cualquier descripción.

Cuando pasaba entre una multitud o entraba a una habitación, capturaba las miradas de todos los presentes. Tenía esa etérea cualidad de "presencia" en cualquier grupo. Marilena no tenía que decir mucho; sólo tenía que usar sus ojos y su postura para expresarse. Hoy, tuve que librar mi primera guerra con mi lascivo interior. ¡Enfócate Tommy! Piensa Mujer Pollo.

El abrazo que nos dimos es el que se espera de dos amigos; siendo que uno fue el que sufrió una gran pérdida. Aún con la diferencia de estatura, nos complementamos bien. Después de que me pareció un tiempo apropiado, intenté soltarme. Ella se quedó unos segundos más antes de dar un paso hacia atrás para examinarme otra vez.

-Te ves bien, Thomas-dijo con aprecio.

-No soy el único al que todos están mirando.

-¿De qué estás hablando? Soy agente especial del FBI. Paso desapercibida- dijo con una expresión seria.

-Sí, claro.

Su habilidad para mezclarse con la gente y pasar desapercibida fue obstaculizada por la combinación de su clásica belleza, sus curvas verdaderamente excepcionales y por la ropa que estaba usando. Llevaba una pollera corta, por encima de sus rodillas. Su blusa blanca y con un corte europeo a la moda era lo suficientemente brillante y mínima como para hacerla, extremadamente interesante. Sabía que se había vestido para mí. Era su estilo habitual. Previamente le había puesto el nombre de "provocadora con clase".

Caminamos del brazo hasta la cinta transportadora de equipaje (¿ya no estábamos allí?), donde vi su equipaje. Lo agarré y fuimos directo a la puerta, los otros pasajeros nos dejaron el camino libre. No tenía problemas en hacer el papel de una dama, permitiéndome hacer las cosas tontas y abrir la puerta.

Llegamos al auto y Ricardo comenzó a conducir , con cuidado, en medio del tráfico que iba hacia el oeste ,de regreso a la isla. Marilena se sentó de lado para poder verme a la cara. Era una postura que sólo una mujer podía hacer. Si yo lo hubiese intentado, me habría roto algo al pasar el primer bache. La alfombra de la limosina ahora se veía mejor con sus piernas sedosas extendidas sobre ella, un poco dobladas y un poco cubiertas como si se hubiese apoyado sobre una de las caderas , enfocándose hacia mi.

-Cuéntame-comenzó.

Realice en quince minutos y sin parar, una disertación de mis actividades y observaciones, de mis momentos de brillantez y de mis momentos de torpeza, a quién había puesto en mi lista, con quién me había enojado y también, hablé sobre el hecho de que todavía no había podido responder la premisa básica de que había sido un suicidio.

Me miró pensativa y me sorprendió con su respuesta:

-No está mal. Aunque hiciste todo por instinto, algunas de las cosas que has hecho, pueden ayudarnos. Pero primero, antes de entrar en la boca del lobo, tenemos que sentarnos y planear el resto de la investigación.

-¿Eso significa que crees que hay algo que investigar? ¿Crees que Ron pudo haber sido asesinado? – pregunté, un poco esperanzado.

-Creo que necesitamos establecer una hipótesis de que pudo haber sido asesinado- habló con cierta determinación. Si fue asesinado o no, no es importante. Si lo fue, encontraremos al asesino. Si se quitó la vida, apuntaremos a eso con un alto grado de seguridad como para convencerte. Personalmente creo, de acuerdo a lo que me has contado de tu hermano y de lo que has investigado, que fue asesinado.

Sentí que tenía una pequeña esperanza. O´Dale me había dicho más o menos lo mismo, pero no había significado lo mismo para mí.

-¿Realmente crees eso?-pregunté.

-Sí. Los investigadores de homicidio experimentados te dirán que cualquiera puede quitarse la vida, sorprendiendo a todos a su alrededor, por lo tanto, no es una buena idea basar una suposición como ésta en una evaluación subjetiva de la personalidad de la víctima, en su estado de ánimo o su lugar en la vida. Sin embargo, eso es exactamente lo que voy a hacer porque voy a agregar un importante ítem a la lista de factores inconmensurables y no cuantificables.

-¿Qué es?- pregunté sinceramente con la esperanza de que ella tuviera algo concreto para terminar con mi trastorno emocional por la muerte de Ron.

Se sonrió, mostrándose tan segura de sí misma como podía, y dijo sin alterar la voz:

-No sólo fue tu hermano mayor sino que también fue un padre suplente-él suplantaba a tu madre y a tu padre. A decir verdad, tú eres el hombre más decidido y terriblemente terco que conozco. Darte por vencido no es parte de tu vida. No lo conocía, pero seriamente dudo de que eso haya sido parte de la vida de él. Si hubiese tenido sólo el cinco por ciento de esa cualidad que tú tienes, él nunca podría haber considerado el suicidio, como una opción. Podría apostar que su ADN familiar habría prevalecido por sobre cualquier circunstancia. Y, más allá de cualquier desafío que él estuviese enfrentando, hay un tema que no podemos ignorar. *¡Simplemente él nunca te habría abandonado!* Sé que te consideras un tipo duro, pero en su mente, todavía eras su hermano menor, el hermano que siempre lo necesitaría. Eras su primera, su más importante y su última prioridad. Si hubiese tenido algún problema que lo hubiese llevado a tomar la decisión de quitarse la vida, su responsabilidad con respecto a ti, habría invalidado cualquier decisión egoísta.

-¿No crees que él se lo habría guardado, habría intentado ocuparse del asunto por sí solo, para lograr superarlo de alguna manera?

-¿Lo habrías ayudado en esa situación?-preguntó.

-Si hubiese sido algo tan malo, sin duda.

-¿Por qué?

-No guardábamos secretos entre nosotros. Cuando era pequeño, después de la muerte de nuestros padres, él me protegía de muchas cosas. Pero, cuando fuimos más grandes, siempre podíamos contar el uno con el otro. Habría hablado con él. Sin duda.

-Entonces, aquí está tu hermano. Un hombre, de muchas formas, no tan diferente a ti, con un desahogo natural y leal para discutir cualquier cosa. Un hombre, que estoy segura, reconoció en su hermano menor pero ya no tan menor, a alguien con una tremenda fuerza que se uniría a él en cualquier lucha, sin ninguna duda. Habría dejado de lado su ego y no se habría preocupado en sentirse avergonzado frente a ti. Habría creído que había una solución. Estoy segura.

Eso era. Sus palabras no describieron un consuelo. Era lo que yo había querido creer. Me liberó. Ron no había estado intentando decirme algo. No había estado intentando decirme que me necesitaba-que yo estaba demasiado absorto con mi propia vida como para oír una llamada de ayuda. Una llamada que si hubiera venido de mí, él habría escuchado. Esto era lo que había querido escuchar desde el primer momento pero necesitaba escucharlo de boca de otro, de alguien inteligente y objetivo y de alguien que no diría eso sólo para hacerme sentir bien. Alguien que me diría la verdad, duela o no.

-Si fuera una apuesta, ¿cuáles son las probabilidades de que estés en lo cierto?- pregunté, siempre intentando cuantificar las cosas.

-Novecientas. Noventa y nueve a una.- contestó sin dudarlo.

-¿Tantas?

-Más.

Se acercó a mí y tomó mi mano. La sostuvo firmemente , me miró a los ojos y me dijo:

-Lo primero que debes hacer en este momento es creer en la memoria de tu hermano. Sin importar el problema con el que tuviera que haberse enfrentado, nunca, bajo ninguna circunstancia, te habría dejado por voluntad propia.

La miré a los ojos. Había fuego allí. Había dado en el clavo. También había confirmado la creencia de que yo necesitaba de su ayuda. Sin importar lo que habría tenido que enfrentar, Ron nunca me hubiese dejado; un hecho obvio que yo no había considerado. Sabía que, en los próximos días, Marilena me ayudaría de muchas maneras, pero lo más importante que ella podría haber hecho por mí, ya lo había hecho. Marilena- la dueña de lo obvio. Mi confusión se había disipado. Ella no podría haber resuelto el caso por teléfono. Ella lo sabía cuando hablamos ayer. No intentó comunicármelo en ese momento, sabiendo que debía ser cara a cara.

Para otros mi hermano se había ido, pero para mí estaba de regreso. Ron, no te voy a defraudar. Mejor que eso, nosotros no vamos a defraudarte.

DISCULPA

Ricardo nos llevó al apartamento sin problemas. Parecía un chofer profesional que limitaba los movimientos extremos del acelerador o del freno. En algún momento, había ido a la escuela de conductores y le habían enseñado que los pasajeros no debían sentir ningún cambio de dirección o velocidad. Cuando obtuve mi licencia de conducir en Boston a los dieciséis años, el chofer de la familia y encargado me llevó a hacer un perfeccionamiento del funcionamiento automovilístico. Me enseñaba, de hombre a hombrecito, que aplastar a una chica contra el tablero, la puerta del auto o las alfombras, no me garantizaba que ésta me correspondiese. Cuando él se concentró en los aspectos hormonales del manejo, robó mi atención. Al principio, me reí pero luego descubrí que hablaba absolutamente en serio cuando fingía que había un huevo entre el pie y el acelerador. Romper el huevo demostraba una mala manera de manejar. ¿Un huevo? Nunca había oído nada sobre el huevo del acelerador en el curso de manejo. Más de dos décadas después, tuve que empezar a apreciar el huevo, por lo menos cuando otra gente maneja y además, agradecí el hecho de que Ricardo era conocedor en el tema del huevo.

Aun más, había decidido que Ricardo se convirtiese en mi chofer en Nueva York. Intercambiamos números de celulares. Parecía haberle gustado la idea de tener un trabajo semi-regular. Lo que era más probable, él esperaba ver a Marilena nuevamente. La proximidad de ella mantendría sus niveles de testosterona a niveles de una persona menor de noventa años.

Llegamos al Central Park West justo cuando comenzó a llover. Tres porteros se acercaron rápidamente con paraguas al auto y nos proporcionaron un refugio móvil, por miedo a que comenzáramos a disolvernos frente a sus ojos. Por supuesto que ellos caminaron al lado de los enormes paraguas y nunca mostraron ningún signo de estar disolviéndose. Marilena mostró todos los signos de agradecimiento y agregó tres hombres inesperados a su club personal de fans. No iban a tener nunca oportunidad.

Al entrar al vestíbulo, Marilena se detuvo a medio camino. Miró rápidamente alrededor, observando el lugar. Me detuve y la miré, pensando que algo estaba mal. Rápidamente, eché un vistazo al lugar buscando la amenaza pero aún así, no veía nada o a nadie fuera de lugar.

-¿Tu hermano vivía aquí?- preguntó.

-Bueno, no en el lobby. Arriba.

Ignorando mi sarcasmo, continuó:

-No es un "lobby" ordinario. No dijo "lobby" de la manera que los norteamericanos locales dicen.

Miré otra vez el lobby por el que había caminado cientos de veces. -¿Cuál es el problema?- ella fue directamente al elevador sin contestarme. Me apuré para alcanzarla. Uno de los porteros había llamado al elevador y la puerta se abrió cuando llegamos. Nos deseó buenos días como siempre lo hacía, la puerta se cerró y fuimos hacia arriba. ¿Me estaba perdiendo algo?

Puse la llave en la cerradura del apartamento y entramos. Marilena miró a su alrededor ,con esa mirada inescrutable que tenía en el lobby. Lentamente caminó por el apartamento, entrando brevemente en cada habitación. No dijo ni una palabra. Me paré y observé, sin tener idea de lo que estaba causando su extraño comportamiento. Ella hizo una segunda pasada y observó los muebles y los cuadros, todavía sin decir palabra. Finalmente, se dio vuelta para mirar la vista en dirección este al Central Park. Se quedó inmóvil. La dejé con su inspección, sabiendo que tarde o temprano, bajaría a tierra- con suerte, antes de la cena.

-Thomas, ¿sabes lo que debe haber costado comprar este lugar y amueblarlo?-preguntó, volviéndose hacia mí.

-Realmente, no. Supongo que los apartamentos en este edificio son caros. Puede que hayamos hablado de esto cuando él lo compró.-respondí.

-Pero tu hermano era un médico investigador, no un especialista en ejercicio.

-Sí, lo era.

Entonces, me di cuenta qué era lo que la tenia tan mal. Desde que conocí a Marilena, nunca le había hablado mucho de mis antecedentes familiares. Recuerdo haberle contado que Ron y yo estábamos solos debido a la pérdida de nuestros padres. Estoy seguro de haberle contado que Ron era neurólogo y que trabajaba en el campo de la investigación.

Al no mencionar que nuestros padres eran adinerados, nunca había sido evidente cómo un teniente coronel podría haber pagado sin problemas por las cosas que hicimos juntos; especialmente por una que no tiene obligaciones financieras visibles. La mayor parte del tiempo que estábamos juntos, yo usaba uniforme; y si no, la ropa que elegía usar, no era la de un muchacho rico. Además, ya sea que estuviéramos en el centro de operaciones en la base de Tampa o en el campo juntos, en el ambiente de trabajo se tenía que pasar los más normal posible y no había forma de deducir la situación financiera de nadie. Teniendo en cuenta lo que había visto, ella comenzaba a ver que su ex y su futuro- con la esperanza de serlo- novio, no necesitaba su trabajo. Observé como sus rasgos se agudizaban. ¡Ay! Cuando una mujer, especialmente una que sabe que es bastante astuta en clasificar a la gente, piensa que te tiene clasificado, categorizado y encasillado y luego descubre una gran desalineación, todo puede echarse a perder en un segundo. Esto es aún más cierto si la desalineación en su evaluación es por algo en lo que tú eres totalmente inocente. Por supuesto que si crees que un hombre puede ser absolutamente inocente de alguna manera, esto es mucho menos absoluto.

-¿Eres rico, Thomas?

Nos conocíamos lo suficiente como para saber que la pregunta no era inapropiada.

-Bueno, a papá le fue bien en un par de negocios. Ni Ron ni yo tuvimos que pedir dinero para ir a la escuela de medicina.

-¿Por qué no me lo dijiste? –preguntó, leyendo en mi esquiva mirada más de lo que yo quería que ella viese.

-No tengo problemas de dinero, por lo tanto, no me preocupo por eso. No es un tema que alguna vez haya surgido, hay temas siempre muchos más divertidos de qué hablar y eso es todo.

Todas las palabras en esa oración intentaron salir a la vez.

-Si estuviese sin un centavo, lo habrías sabido.- dije, tratando de suavizar el tema. Observó mi cara para ver si estaba mintiendo. Al decidir que estaba siendo sincero con ella, se tranquilizó. Por el momento, estaba fuera de peligro. Todavía no era hora de hacerme el gallito. Hasta que este tema estuviese terminado, sería mejor que demostrara mi lado honesto. Desafortunadamente, mi lado sincero, más parecido al lado oscuro de la luna, no tenía mucha luz.

-Si vamos a buscar razones detrás de la muerte de tu hermano, debes hacer algo más que eso.- dijo, empezando a sonreír. Aunque su justificación fuese verdadera y su sonrisa me dijera que yo estaba un poco librado de esa situación incómoda, ella todavía seguiría buscando motivos personales para investigarme. Ésta era, ciertamente, un área que faltaba en el entrenamiento inicial para agente de reconocimiento del FBI.

El dinero era un tema de conversación que me ponía muy incómodo. Obviamente, no era lo mismo para ella. Por lo menos, preguntar acerca del dinero familiar no era un problema para ella. Yo vivía bien, pero no creía que una herencia me separara de mis amigos o de las personas con las que trabajaba. Aunque agradecía mi herencia, no era algo con lo que yo me midiese. Era mi dinero, para gastar, pero era el dinero familiar.

A pesar de que yo hubiese preferido responder a generalidades, sabía que ella no iba a desistir hasta conseguir los detalles.

-Ron y yo compartíamos, por igual, la propiedad familiar.- dije-El valor total sube y baja con el mercado, el mercado de los bienes raíces, o como se llame. Él estaba más informado que yo. La última vez que hablamos de eso, estaba por encima de novecientos-.

-¿Millones? ¿Novecientos millones?-susurró, con sus ojos cada vez más abiertos.

-Sí.-dije, encogiéndome de hombros.

-Dios mío. Nunca lo supe. Nunca me dijiste nada.

- ¿Habría cambiado algo?-pregunté.

- Tal vez, habría sido lindo que le contaras a la dama con la que estabas- dijo, pensativamente- Pero, por otro lado, puedo ver que este es un tema un poco incómodo para ti.

-No es tan sencillo.

-Tranquilícese, Infante de Marina. Me alegro que no lo hayas mencionado. Puedo tener un poco de curiosidad femenina con respecto a tu estado bancario. Es una parte básica de la genética femenina. Pero, me gusta aún más que, en todos tus intentos infantiles para impresionar a una chica, no hayas usado tu chequera.

No estaba seguro a dónde iba esto. En un esfuerzo para no parecerme al muchacho decente del que ella hablaba y mantener las cosas en equilibrio, dije:

- Me gusta vivir bien. Me gusta no preocuparme por el dinero. No planeo abandonar eso.

No funcionó. Estaba vencido. Se acercó, ladeó un poco su cabeza , sonrió y dijo:

-Es bueno saberlo. No me sentiré tan mal cuando compres la cena esta noche.

-Por supuesto. Cualquier lugar a donde desees ir- dije, tartamudeando.

-Entiendo que la casa familiar, que has mencionado de Boston, es algo más que un rancho ¿No? –continuó.

-Beacon Hill. Personal de tiempo completo. Puedes comerte un sándwich de tocino, lechuga y tomate a las 2 am.

-¿Es una invitación?

Mi teléfono celular sonó; realmente fui salvado por la campana. Pánico anticipado.

Generalmente chequeo el identificador de llamadas antes de responder. Supongo que el que llama, esto se aplica a mí también cuando llamo a alguien, está asumiendo que ambos podemos y queremos hablar justo en ese momento. Tal vez, cuando el teléfono suena, no quieres hablar. Tal vez, no quieres hablar con esa persona. Todo esto, para mí, está bien. Si yo te llamo y tú no quieres hablar conmigo en ese momento, entonces no contestes.

No hay problema, hablaremos más tarde. Pero en este caso, tal vez como una forma de desviar la conversación con Marilena para que yo pudiera ponerme al día mentalmente, abrí la tapa del teléfono lo más rápido posible. Se me cayó el teléfono y tuve que levantarlo. Por favor, que la llamada todavía esté.

-Hola.

-¿Dr. Briggs? ¿Está ahí?- una voz preguntó. Era una voz femenina a la cual había categorizado como "medio femenina". No era una voz femenina en cualquier extremo del espectro. El espectro que está limitado por un soprano cadencioso en uno de los extremos y terminaba en una lujuriosa, más profunda voz en el otro extremo. Estaba en el medio. Medio femenina. Una voz medio femenina que no conocía. Con la suerte que tengo, salí de Guatemala y me metí en Guatepeor.

-Sí, lo siento. No la escuchaba al principio.- Marilena sonreía al escuchar la mentira que cubría mi torpeza. Aún más, era una torpeza que ella sabía que había causado.

-Estoy feliz de que haya respondido- la persona que me llamó dijo con un voz honesta. –Soy Alison Montgomery.

Las últimas cuatro palabras me volvieron a la realidad. Conocía el nombre. Alison Montgomery era la presidenta de la Sociedad contra la CID y la persona a la que Ron respondía. Yo nunca la había conocido, pero Ron hablaba a menudo de ella. Había jugado un papel decisivo para que él deje su puesto académico y dirija el Departamento de Pruebas Clínicas y de Investigación en la Sociedad.

-¿Es un buen momento para hablar?-preguntó.

-Por supuesto.-dije a medida que caminaba hacia la ventana y miraba hacia afuera. Miré hacia el sudeste, en dirección a la oficina central de la Sociedad contra la CID. Me preguntaba si podía verla desde allí.

-Para comenzar, quiero expresar mi pésame por la pérdida de su hermano. Era más que un miembro superior de nuestro equipo. Era un verdadero líder y era el amigo más valioso en la sociedad. Aunque no voy a comparar mi pérdida con la suya, ambos fuimos separados de un gran hombre. Por favor, permítame decirle que lo siento otra vez.

Le di las palabras de agradecimiento apropiadas por sus sentimientos y sus amables palabras.

Continuó: -Habiendo dicho esto, puede imaginarse el dolor y la vergüenza que siento después de conocer los detalles que rodearon su visita de hoy, aquí. Decir que estaba devastada, no era para nada exagerado. Acabo de expresarle mi enojo a la persona que le pidió a usted que saliera de la oficina de su hermano. Honestamente, espero que este incidente no se interponga entre nosotros.

-No sé por qué debería, Señora Montgomery.

-Me gustaría reunirme con usted lo antes posible y hablarle de una idea, con la espero que esté de acuerdo.

-OK-dije vacilando.

- La sede de nuestra organización en Nueva York va a organizar un evento social de gala muy importante con el objetivo de recaudar fondos, mañana a la noche en el Plaza. ¿Podría asistir por favor? – sin esperar a escuchar mi respuesta, continuó-Haré arreglos para que se siente en la mesa de la presidenta. Será una noche muy especial con cena, música, baile y mucha gente, importante para la Sociedad, asistirá. Honestamente, espero que usted sea uno de ellos. Me gustaría volver a empezar y tenerlo a usted como mi invitado personal a esta gala de verano. En este momento, no hay nada más importante para mí que hacer las paces y conocerlo a usted.

Lo pensé por un momento. No iba a decir que no. Era una oportunidad de entrar demasiado importante para dejarla pasar, especialmente por razones insignificantes. Aún así, tenía que presionar un poco. Después de todo, ella había mezclado una disculpa con una invitación a un evento benéfico con la esperanza de que me convirtiera en una de esas personas "muy importantes para la Sociedad".

-¿Puedo llevar a alguien?- Marilena se sintió animada, sus ojos parecían que me clavaban puñales.

Le siguió una corta vacilación. ¿Estaba contando invitados y pensando a quién sacar de su mesa o estaba tratando de decidir si era apropiado preguntar quién era esa persona? De cualquier forma, se recuperó rápidamente. –Por supuesto, espero con ansias conocer a su acompañante también. –dijo, dándome la oportunidad de revelar "el nombre de mi acompañante". Miré a "mi acompañante" al otro extremo de la habitación que se había acurrucado en el sofá grande . Me guiñó el ojo. No planeaba compartir con ella su nueva designación, dada la naturaleza de nuestra interrumpida conversación.

-Estoy seguro que,para ella, también será un placer conocerla. – Marilena sonrió y negó suavemente con la cabeza, reprendiéndome por ser amable.

Después de esperar lo suficiente como para saber que no iba a darle el nombre, Montgomery dijo:

-Haré que mi asistente lo llame mañana, para darle los detalles. Mientras tanto, espero verlo con ansias mañana por la noche. Hay una recepción a las 7.30 pm y una cena, una hora más tarde. Nuestros invitados hombres vestirán un atuendo formal.- la última parte fue la manera más sutil, que alguna vez haya oído de boca de una mujer, de decirle a un hombre que debía usar esmoquin. Verdaderamente impresionante.

Nos despedimos y colgamos. Miré a Marilena.

-¿Te gustaría ir conmigo a un evento de gala mañana a la noche?

-Me encantaría. Puedes comprarme un vestido de fiesta apropiado, mañana por la mañana.

-¿Eh?- dije, tragando saliva.

TACOS ALTOS

Marilena entró al comedor,donde yo estaba sentado, intentando ponerme al día con las noticias. Hablamos sobre la fiesta de mañana de la Sociedad y de lo que necesitábamos para prepararnos. Un evento más urgente era la cena de esta noche. Antes, había llevado su maleta a la desocupada habitación de huéspedes. Ella había estado desempacando durante los últimos diez minutos mientras yo esperaba, escuchando mi estómago gruñir.

-¿Estás cargado?- me preguntó, queriendo saber si yo tenía un arma de fuego. Asentí con la cabeza. Ella sabía que yo siempre estaba armado. En un vuelo comercial no tengo que chequear mi arma. Tengo los papeles en orden, firmados por los debidos oficiales de gobierno, haciendo de esto un fiasco.

La examiné, desviando mi atención hacia el programa de noticias de la noche. La parte femenina del equipo de presentadores era un figurín; el compañero masculino una reflexión sombría dc los eventos del día. No estoy seguro de por qué lo llaman las noticias. Todas las noches hablan, más o menos, de las mismas cosas. Crimen , corrupción, la crueldad del hombre hacia el hombre y en algún lugar cerca del final, una historia de interés humano de poca trascendencia que, se supone, restaura nuestra fe, la cual cubre la civilización con una capa , aunque fina, y forma una barrera que nos protege ,sin importar la raza, el color, las creencias o el origen nacional. Sin embargo, nos lo venden todo con una sonrisa y unas bromas ensayadas. Se supone que creamos que una comedia ligera es improvisada aunque la charla de relleno termine, justo a tiempo, para pasar los importantes comerciales patrocinados.

Parada al lado de la ventana, Marilena revisó su pistola. Sacó el cargador y revisó que estuviese lleno. Puso el cargador sobre la mesa. Retiró la tapa asegurándose que un cartucho errante no haya encontrado su camino al cargador.Llevaba un arma porque el FBI la obligaba. Nunca había disparado en cumplimiento del deber o hasta donde yo sé, en el trabajo nunca sacó el arma de su funda, cartera o de donde sea que ella la guardase. Parecía que la cambiaba de lugar todo el tiempo. No le tenía miedo. Creo que sólo odiaba el tamaño de algo que no tenía planes de usar. En una ocasión, cuando estábamos juntos en el campo de batalla, justificó el uso del arma de fuego. La dejó enfundada y luego me explicó que otra arma, incluso una sujetada competentemente por ella, no iba a ser de mucha ayuda. La pistola semiautomática que ella llevaba, la única que creo que tenía, era una Glock 23,con .40 S&W, la mínima carga permitida por el FBI en la recámara. No llevaba un cargador extra. Hacía muchos años que el FBI había dejado de usar la "9 mm" después de que un tiroteo salió mal. Durante una balacera en Miami, un agente intentó dispararle al conductor de un auto a través del parabrisas a una distancia corta. La bala no penetró el vidrio de seguridad. Estudios posteriores demostraron que para que el plomo atraviese el vidrio, se debería tener más capacidad de disparo que la previamente elogiada "9 mm".

Contrario a la creencia popular, hoy en día, un agente del FBI es más probable que se haya graduado en la Facultad de Derecho o de una carrera para contador público. Aunque a veces se requieran habilidades físicas o de armas de fuego, el trabajo es más cerebral que físico. Marilena se había resistido a la tendencia académica. Su educación había sido liberal, con poca exposición a débitos y a créditos. Como mucha gente que creció en Europa, había aprendido a hablar varios idiomas y podía hablar con fluidez, articular, leer y escribir, que yo sepa, en siete. Tal vez, más. En cambio yo, masacré tres idiomas y carezco simultáneamente de fluidez, articulación, lectura y escritura. Mis tres logros lingüísticos son inglés americano, un poco del inglés de Boston y lo suficiente de español mexicano para meterme en problemas en un bar de mala muerte en Ciudad Juárez.

Además de sus habilidades lingüísticas, tenía la capacidad de manejar problemas delicados, minimizando la vergüenza en todas las fiestas. Los empleados de las embajadas europeas que esperaban que apareciera el fantasma de J. Edgar Hoover, siempre se sorprendían y se ponían cómodos cuando una dama, obviamente de descendencia europea, llegaba, representando al Tío Sam. Ella obtuvo resultados, ganó respeto y siempre era popular ,evitando que pequeños problemas se convirtieran en grandes problemas. Con frecuencia, la convocaba un embajador ,que quería su participación en un tema de rápida acción y no la de un federal promedio y con dificultades culturales.

Debido a que el FBI la había entrenado en lo básico de defensa personal mientras estuvo en Quántico, no estaba en duda su habilidad para protegerse de un belga, bosnio o británico demasiado amoroso. Si Marilena sabía cómo tratarlos, no necesitaba estar armada. Se obligaba a sí misma a ir al mínimo de práctica requerida por la agencia. Creía completamente que su función en el FBI, no necesitaría arma. En los últimos seis años, fue destinada a Washington DC como parte del departamento de coordinación diplomática de la agencia. En su departamento, los agentes trabajaron en casos que involucraban a diplomáticos extranjeros y en delitos que involucraban al dignatario o a sus dependientes. Su única responsabilidad adicional era nuestro equipo. El FBI necesitaba un enlace con nosotros y de alguna manera, alguien pensó que todos los enlaces eran iguales y el equipo de ella fue el que recibió el llamado. Esto era extraño ya que mis pares y yo estamos lo más lejos posible del embajador francés de lo que se puede estar y todavía seguir en el planeta. Pensamiento gubernamental en su máxima expresión.

Sólo para burlarse de mí un poco, me dijo con una sonrisa:

-La mía tiene todas sus balas pequeñas.

-¿Todas sus balas?

-Sí, todas.-dijo, divirtiéndose con la respuesta obviamente ingeniosa.

Lo dijo de esta manera porque no eran sólo balas y ella lo sabía más que nadie. La bala de plomo es sólo una de las cuatro partes del cartucho, las otras son el estuche, el cebo y el propulsor. Lo que se pone dentro del cargador, es el cartucho o si se prefiere, una ronda de balas. Sonrió mientras miraba en su cartera, sabiendo que el arma se metería al fondo, debajo de todas las otras cosas importantes que tiene una chica. Si "sacar algo rápido" puede ser definido como cualquier cosa en menos de tres minutos y puedes conseguir que alguien sostenga toda la basura que debe salir primero, entonces ella calificaba como una "artista de rápida extracción". No era Harriet, la sucia. Luego estaba el arma. Había elegido la Glock porque era fea-una herramienta de una apariencia brutal sin ningún encanto físico. Esto casi justificaba el hecho de ocultarla. En más de una ocasión, la había llamado "Bloque" debido a sus lados cuadrados y a su apariencia ultra utilitaria.

-En algún lugar, en tu familia hay gente de un país que fabrican buenas armas de fuego, tanto largas como cortas. Todavía no sé por qué una chica italiana con clase no luce un arma italiana elegante. – dije, pensando en mis escopetas Benelli además de mi Beretta compatible con la carga obligatoria del FBI.

- No hay nada aceptablemente elegante en ninguno de los cañones para mi empleador, quien quiere que me esconda detrás de mi delicada persona.-dijo con cierta falsa altanería.- Hay más posibilidades de que pierda esta maldita cosa, a que la llegue a utilizar alguna vez.- La funda panqueque en la pretina de mis pantalones evitaba que yo perdiese la mía.

Salimos del condominio y nos fuimos a cenar. Bajar por el elevador era en contra de mis reglas generales, que establecían que se debía evitar los elevadores siempre que fuera posible. Todos podíamos usar las escaleras para hacer un poco de ejercicio. Una rápida evaluación de las sandalias de taco alto de Marilena eliminó la opción de las escaleras. El salir por la puerta del lobby captó la atención del grupo de porteros del turno noche ,quienes habían sido puesto al corriente por los del turno diurno y no querían perderse al "bombón" que estaba con Briggs. El club de fans había agregado nuevos miembros. Pronto tendríamos los suficientes como para formar una asociación.

El restaurante que había elegido quedaba a sólo cuatro cuadras al sur y había tenido en cuenta el tipo de zapatos para la elección; incluso consideré aquellos zapatos de taco alto. Por supuesto que un brazo iba a estar disponible para brindarle apoyo de camino de ida y vuelta al restaurante. Moví a Marilena a mi lado derecho, ubicándome entre ella y la calle, como había sido instruido por mis mentores en la escuela secundaria cuando estaba haciendo el entrenamiento para jóvenes caballeros. Se agarró de mí y fuimos disfrutando la fresca noche .Parecía que la humedad y el calor de ayer habían desaparecido.

Cruzamos la primera intersección. Habíamos dado menos de diez pasos a lo largo de la acera cuando, de repente, vi un carruaje tirado por un caballo que venía hacia nosotros. De repente el conductor dominó al caballo y se detuvo. Cerca de nuestra calle un motor de un auto aceleró fuertemente anunciando que se estaba aproximando a nosotros. Me moví tan rápido como pude. Me di vuelta hacia Marilena, la levanté en el aire y corrí rápidamente, lanzándonos a ambos por encima de una cerca de arbustos. Aterrizamos en la tierra, uno al lado del otro. Los arbustos, ahora detrás de nosotros, parecían estar estallando en la tierra, algunos como si tuvieran mente propia. Sin detenerme, agarré fuertemente a Marilena y tomé impulso. Rodamos entrelazados por el césped, cambiando rápidamente de lugar, izquierda a derecha, de arriba a abajo. Marilena ya no era una participante cautiva en un desvío doloroso y no planificado. Ella rodó conmigo, ayudando enérgicamente a movernos de la calle como si fuéramos una sola persona. A mis ojos, el mundo se había convertido en un panorama rotativo del cielo, una suave pared de granito gris, un pasto verde debajo de nosotros, y arriba, arbustos transportados por el aire, arrancados de la tierra congelada en trayectorias peligrosas. Intenté, todo lo posible, enfocarme en la parte del montaje giratorio, que era el auto homicida, el cual, ahora, penetraba el follaje de defensa, decidido a perseguirnos y aplastarnos. Tomé un aspersor de riego y lo llevé en mi espalda. Ignoré el dolor e hice todo lo posible para que sigamos moviéndonos. El auto, que aparecía y desaparecía de nuestra vista, estaba cerca del inamovible edificio al cual nosotros nos estábamos acercando rápidamente; la fachada de piedra se había convertido en un segundo peligro para nuestra vida. A través del cerco de arbustos, la bestia de metal de un color amarillo borroso y con un paragolpes de cromo, estaba a muy poca distancia. Marilena sufrió el último choque con la pared de granito del edificio. Un choque rígido. Su cabeza fue protegida de la pared de piedra por uno de mis brazos que la rodeó. A su vez, mi codo envió un shock eléctrico a mi hombro. No había otro lugar donde ir. Marilena estaba contra la pared y de frente a mí. La atraje hacia mi cuerpo mientras empujaba con fuerza hacia la piedra, haciendo todo lo posible para protegerla. Sus ojos estaban bien abiertos. Tenía miedo. Sin embargo, nunca los cerró mientras miraba, fijamente, al metal que se estaba moviendo. Su cuerpo, inmóvil contra mí, esperaba que el auto nos aplastara. El auto giró- ahora en dirección paralela a nosotros y al edificio – haciendo volar por el aire el plantío de arbustos y giro hacia la calle, ahuyentando la proximidad del granito. Oí al vehículo en retirada, quejarse con dos crujidos metálicos a medida que bajaba del cordón de la vereda. Luego se fue.

REEVALUACIÓN

Hice un inventario físico rápido. Una impaciente investigación apresuró los caminos neurales hacia las distantes extremidades. Rápidamente, el sistema sensorial interno informó que, en lo concerniente a los dolores, el daño estaba limitado a golpes y moretones. Me concentré en los sentidos externos ya que sabía que, a veces, un trauma con riesgo de vida podía ser indoloro. Con las luces de la calle que proyectaban un tenue brillo, no podía ver mucho. Esas luces no me hacían las cosas más fáciles. De mi experiencia sé que una profunda laceración, del tipo que puede causar hemorragia, generalmente se la detecta por el sentido del olfato; el lugar de la herida que todavía no indica daño con dolor. Una pérdida de sangre significativa tiene un olor metálico. Es un olor característico que huele como a una hoja o tubo de cobre, que ha sido recientemente cortado. Únicamente después del olor, se sentirá la resbaladiza humedad del plasma y de los corpúsculos que confirman lo que tu nariz ya sabe. No olí nada metálico.No pude detectar ninguna extravasación.

No habría podido ver el auto que casi nos mata, aunque hubiese hecho el esfuerzo de ponerme de pie rápidamente. Estaba seguro de que no podría alcanzarlo aún cuando todavía estuviese a la vista. Mi preocupación estaba enfocada en Marilena y en la posibilidad de un daño en la columna vertebral. Si estuviese gravemente herida, entonces necesitaría cuidado. Era hora de un movimiento prudente y no de un movimiento impulsado por adrenalina.

-¿Estás herida?- le pregunté al oído, sin soltarle la mano, sin dejar que se mueva. Ella estaba inmóvil, esperándome.

-Por todos lados- dijo, con enojo más que con dolor, pero completamente consciente. No se estaba desvaneciendo.

- Todas las partes están bien. ¿Puedes sentir cada mano y cada pie? Pruébalos por separado.- le dije, con voz calma.

-Sí. Puedo sentirlas y moverlas.

Por ahora, todo bien. –Voy a deslizar y sacar mi brazo. Quédate quieta. Trata de no moverte.- logré sacar mi brazo izquierdo de abajo de sus hombros. Mi antebrazo sentía dolor donde había estado el guardabarros, entre su cabeza y el granito. Mi codo comenzó una nueva serie de shocks eléctricos. Logré no arrancarle el cabello que estaba atrapado debajo de mí. Apoyándome sobre mis manos y rodillas, saqué mi pequeña luz LED de 9 voltios de mi bolsillo. Más tarde, encontraría la marca de un moretón allí. La encendí. Hice un escaneo de todo su cuerpo. Su vestido estaba rasgado en la parte del hombro, los nylons destruidos y un taco de una de las sandalias, estaba doblado 90 grados.

-¿Me puedo levantar?- preguntó, de manera bastante amable, una vez que yo ya había revisado toda su ropa.

-No.- respondí sin mucha delicadeza.

Usé mis manos para verificar si había algún daño y hubo dos pequeñas quejas de dolor y una risita tonta que intentó ocultar. Deslicé mis manos debajo de ella, una debajo de la caja torácica y la otra en el muslo medio. La tironeé con cuidado. Ella se desplazó por el pasto, alejándose de la pared y luego sostuve su cabeza y su columna a medida que la daba vuelta y la colocaba sobre la espalda. Intentó levantar la cabeza, como primer paso, para poder sentarse.

-Dame un minuto.-le ordené. Iluminando su cara con la linterna, cuidadosamente chequeé sus pupilas; estaban reactivas y uniformes. –No veo nada serio, pero lo sentirás más tarde.-dije con un evidente alivio.

La ayudé a sentarse y le saqué una hojita seca de su pelo. Me miró: -Aunque agradezca la preocupación profesional con respecto a mi salud y la oportunidad que te ha dado manosearme, ¿no deberías permitirle a alguien hacer lo mismo contigo?

-Es demasiado pronto para los paramédicos y soy bastante bueno en la autoevaluación. – Su expresión parecía no creer la última parte.-No te preocupes, soy bastante cabeza dura. Estoy bien.- Tomó mi linterna e hizo una inspección por sí misma. Al darse cuenta que no iba a desmayarme sobre ella, lo dejó pasar.

Mi próxima preocupación era preservar la escena. Mi Beretta se había movido y la volví a su lugar. Busqué la cartera de Marilena y la encontré a unos tres metros de distancia. Me levanté y la agarré, no me preocupaba que algún transeúnte levantara su cartera pero si, su Glock. Para cuando había regresado, Marilena ya estaba parada mirando las huellas de las llantas en el pasto que iban hasta la calle, donde el barro había dejado sus huellas. Tomó su cartera y sacó su celular. Con la cámara prendida, sostuvo el teléfono de frente al terreno.

-No hay suficiente luz aquí en el césped. – dijo, señalando la deficiencia de la mayoría de las cámaras de teléfonos celulares.

Fuimos hacia la acera. Varios curiosos se habían detenido y uno de ellos nos dijo que había llamado al 911. Le agradecí. Marilena tomó varias fotos de las huellas de las llantas que se veían mejor cerca de la luz de la calle. Miramos los arbustos y no pudimos encontrar ninguna parte del auto atascada entre ellos.

El primer policía, mejor dicho, la primera mujer policía llegó y exigió saber qué había pasado. ¿Qué habíamos estado haciendo? Marilena percibió que mi respuesta iba a ser, por lo menos, peleadora y probablemente ofensiva. Ella mostró su insignia identificativa y del FBI, ambas en fundas de cuero, la sostuvo en su mano para mostrársela a la oficial para que la examine.

-Soy la agente especial Rigatti.-dijo con su voz oficial, de policía a policía. Un taxi amarillo casi nos atropella. – utilizando un tono acusatorio y amenazando a la policía como si este incidente hubiera podido ser evitado si se hubiera cumplido mejor la ley. Además, ella debe de haber visto el auto amarillo mejor que yo. —Estábamos caminando por la acera cuando salió de la calle.

-¿Ustedes saltaron por encima de estos arbustos?-la uniformada preguntó, de manera incrédula.

-Sí.-respondí.

-¿Conocía al taxista? ¿Cree que fue intencional?-Ambas preguntas me sorprendieron.

-No.-respondí otra vez. Marilena levantó un milímetro su ceja, tal vez dos.

-¿Alguien aquí vio algo u obtuvo el número de patente? ¿el número de taxi? —ella se dirigió con poco entusiasmo a la pequeña multitud y obtuvo miradas en blanco y encogidas de hombros como respuesta a su problema. Mirándonos a nosotros, continuó: -Bueno, casi un golpe y un atropello, pero no sucedió ninguno. ¿Alguno de ustedes quiere presentar una queja o ir al hospital?

Nos negamos y ella habló por radio. Su reporte a su supervisor parecía tener más que ver con el daño a la propiedad que con nosotros. Al escuchar a la policía y al ver su falta de entusiasmo al reportar el evento, se podría pensar que los atropellos a los peatones son algo común. Luego caí en la cuenta de que lo eran. Adoro esta ciudad.

Dimos nombres, direcciones, información de contacto y volvimos al apartamento. Demasiada preocupación interdepartamental entre lo más fino de Nueva York y el FBI. Estaba menos que impresionado. Una vez más, me ubiqué entre Marilena y la calle. Esta vez, mi cabeza estaba en un pivote, buscando a conductores homicidas.

Hicimos una cuadra y media sin problemas. El primero de los porteros del turno noche salió a abrirnos la puerta. Cuando vio que el vestido de Marilena estaba rasgado y que llevaba en la mano el zapato que le quedaba, sus ojos se abrieron y su boca, también. No me echó un primer vistazo, más bien, un segundo.

-Señora, ¿Qué sucedió? ¿Está herida?- preguntó con voz, sinceramente, preocupada. Resulto ser mejor que la policía.

-Estamos bien. Un auto se subió a la acera y casi nos atropella.- explicó.

-¡Ay! ¡Dios mío! Tenemos un doctor de guardia. ¿Quiere que lo llame?

-No, gracias.- respondió-Tengo a mi médico personal justo aquí.

-Claro, el Dr. Briggs-hizo una pausa. Luego, me miró.- ¿Está usted bien, Dr. Briggs?

Y así se fue por el lobby, el ayudante contratado, muy preocupado por la dama y poco por mí. En cierto momento, cuando parecíamos tener el número más grande de encargados preocupados, Marilena me miró con una sonrisa diabólica y dijo lo suficientemente alto para que todos la oyeran.- Con seguridad sabes como divertir a una chica. –Por segunda vez, esa noche, estaba preocupado por mi seguridad personal.

Subimos al apartamento, dejando a un pequeño grupo de porteros enojados, que defendían la entrada de cualquier ataque, cada uno de ellos preguntándose por qué no había hecho lo suficiente para proteger a esa preciosa dama.

-¿Quieres una aspirina?- le pregunté con una sonrisa.

-¿Es todo lo que ustedes, los médicos, saben?

-Primer año, primer día, primera clase en la facultad de medicina. –respondí.

- Tristemente, creo que voy a tirar este vestido, uno de mis favoritos, a la basura. Me comprarás dos mañana. Me voy a dar un baño caliente. ¿Crees que puedas mantener a cualquier conductor demente a raya hasta que yo termine?

-No hay problema. Los oiremos acelerando el motor a medida que suban las escaleras. Eso nos dará bastante tiempo para atrincherarnos.

Se fue. Iba a dejarla usar el baño de huéspedes primero y esperar mi turno. No estaba, todavía, en mí usar el baño de Ron. Aunque ella no había cerrado la puerta, intentar utilizar la ducha mientras ella estuviese en la tina, era buscar problemas. De todos modos, tenía algo importante que hacer y no quería esperar.

Saqué mi pistola de mi funda panqueque y saqué la de Marilena de su cartera. En el cuarto, ahora convertido en taller, descargué y desarmé cada arma. A pesar de su comentario previo, su arma había sido recientemente limpiada y ligeramente aceitada. Una lupa con luz permitió una inspección cuidadosa de cada pieza, asegurando que no había partes rotas o dobladas. Limpiarlas y rearmarlas me obligó a hacer una inspección aún más minuciosa. Una vez que volvieron a una supuesta condición operable, hice un tiro en seco con cada arma. Dejando de lado las bromas sobre autos asesinos que subían las escaleras, me sentí mucho mejor después de recargarlas.

Luego, después de una ducha, fui al comedor y me senté junto a Marilena en el sofá.

-Dos preguntas.-dije.

-¿Y cuáles son?- preguntó, sabiendo cuál era una de ellas; en lo que respecta a la otra, era curiosidad.

-¿Conductor inepto o asesino torpe?

-Asesino, pero no torpe. Estuvo cerca, muy cerca.- dijo, sombríamente.-Por cierto, gracias.

-De nada.

-¿Qué fue lo que viste o escuchaste que te hizo mover tan rápido? Estaba caminando al lado tuyo, pensando en cómo hacerte olvidar de la muerte de tu hermano, aunque sólo sea durante la cena, y de repente volé por los aires. No fue hasta que estaba rodando por el pasto que vi al taxi persiguiéndonos por el césped.

-El tráfico en Central Park Oeste corre en sentido único. Va en sentido hacia el norte y nosotros estábamos caminando en sentido contrario,-dije.

-Y…

- el auto detrás nuestro se estaba acercando y estaba de nuestro lado en la calle. Estaba al lado del cordón de la vereda, conduciendo en sentido opuesto. El conductor del coche me dio la pista.

-No es que me esté quejando pero ¿por eso actuaste? ¿por un auto que iba en sentido contrario en una calle de sentido único?

-Mi instinto de conservación es altamente afinado. Morir en una calle de Nueva York sería malo para mi reputación. Salté para mantenerme a salvo rápidamente. Parecía conveniente llevarte conmigo. – dije, dándole, otra vez en vano, poca importancia. Es un mecanismo de defensa usado por aquellas personas que tienen trabajos, a veces, peligrosos. Si puedes bromear acerca de que nos salvamos por un pelo, entonces tu memoria no se interpondrá y mortificará.

-¿Estás de acuerdo conmigo? –preguntó, refiriéndose a que creía que fuimos un objetivo y no que habíamos estado en el lugar equivocado.

-Sí. El conductor hizo un gran trabajo persiguiéndonos después de subirse a la acera. No estaba borracho. Logró volver a la calle por entre la bomba de incendio y un poste de teléfono. Se acercó a la pared del edificio tanto como pudo. No, no fue un accidente seguido por alguien que quiso abandonar la escena.

-Esta noche no, pero mañana quiero ver tu lista; la que el jefe del precinto te dio con la lista de los sospechosos. Quiero compararla con todos los que has estado hablando.-dijo, volviendo a su modo de investigadora después de un intento de asesinato. Era más fuerte de lo que parecía.

-¿Cuál es tu segunda pregunta?-preguntó, recordando.

-¿Tienes hambre todavía?

Estaba feliz de oírla reír. -¿Estás pensando en comida?

-Sí. Tengo que ponerle combustible a mi cuerpo. Un hombre no puede vivir de promesas incumplidas sobre cenas finas, ¡un hombre necesita pizza!

Se río y dijo que ella se encargaría. Marcó el número del lobby y le preguntó a uno de los miembros de su club personal de fans cómo "conseguir una pizza". Con una promesa entusiasta, nuestro grupo de porteros puso la operación en marcha, con un nivel de atención y energía que habría impresionado hasta a la NASA.

Más tarde, tomamos una cerveza helada para tragar la masa de pan con pepperoni y salchichas de una pizzería, que aparentaba ser al estilo de Chicago, situada convenientemente aquí en Nueva York. Hablamos de cualquier cosa excepto del problema que teníamos que resolver y por el cual estábamos aquí. Hasta que no tuviéramos más respuestas, no había otra cosa de qué hablar.

Ella llevó la conversación hasta mi infancia y mi adultez con Ron. Al principio, creí que estaba intentando llenar algunos agujeros acerca de mi vida. Pero cuanto más exploraba, más obvio se tornaba que quería que yo hablase de Ron. Cuando me di cuenta, me sorprendí a mi mismo haciendo lo que ella me pedía y no intenté callarme, aunque me había dado cuenta que me estaba manipulando. Era reconfortante hablar con Marilena de él. Le conté cosas que nunca hubiese imaginado que se las revelaría a alguien. Cuanto más hablaba, más disminuía la ira que sentía por dentro. Ella lo sabía.

Horas más tarde, sin ninguno de los dos querer estar solo, nos sentamos juntos a mirar las noticias. Se había traído el edredón de su cama al sofá. Tenía mi brazo alrededor de ella y se recostó sobre mí, usándome como apoyo y almohada. No era sexual. Eran simplemente dos personas que se mantenían cerca después de una experiencia horrible. De alguna manera, la televisión se apagó y dos amigos cansados, después de haber compartido un hecho muy aterrador, se durmieron. La seguridad, sentida por cada uno de manera diferente, se había incrementado por la presencia del otro.

LA FUNERARIA

Es un efecto secundario profesional. Me despierto en lugares extraños, a veces, no recuerdo cómo llegué allí. Te acostumbras a eso y pensar que algún día tendrás una forma rutinaria de vida, asegurada por los estándares sociales, es realmente inquietante. Me desperté brevemente veinte minutos antes cuando Marilena se desenredó y se corrió cuidadosamente del sofá, volviéndome a dormir inmediatamente a medida que ella se escabullía. Había tratado de no despertarme; eso habría sido imposible. Ahora, en la cocina, ella hacía su mejor esfuerzo para no hacer ruido. Sin embargo, no podía ocultar el aroma a salchicha frita. Por como olía, no quería que ella lo hiciese.

Levantarme requería estirar todas las torceduras que había adquirido en mi noche anterior en este mueble de cuero y no en un colchón. Me dolía un poco el hombro derecho, después de haber estado aguantando el peso de la mujer toda la noche. No me iba a quejar por eso. Sin embargo, podía hacer mención a la colección de dolores que habían surgido por la gimnasia del día anterior. Todavía sentía un adormecimiento en mi brazo izquierdo, donde había golpeado la pared de granito. Estaría feliz cuando la parestesia desapareciese.

Fui a mi habitación y me puse unos shorts y una sudadera. Después de lavarme rápidamente los dientes, fui a la cocina. Me sorprendí al ver que Marilena se había puesto una remera de la USCM, con la fotografía de Chesty, el buldog inglés y, a menos que estuviera equivocado, esa remera me pertenecía. Debido al tamaño, ella se perdía adentro, lo cual cubría de manera grata las mangas cortas que le llegaban hasta los codos. Además, cuando se movía, Chesty se tornaba muy animado, evidenciando que, debajo, no había nada. Si la Infantería de Marina pudiera utilizar esto, como una herramienta de reclutamiento, tendrían que echar con un palo a los futuros reclutas más motivados. Opté por no hacer ningún comentario al respecto y sólo esperaba que la remera fuese la que quedaba limpia en mi bolso. Se estaba poniendo cómoda conmigo, demasiado cómoda.

Ella había descubierto donde estaban las ollas y los implementos de cocina. Aunque habíamos cenado varias veces en restaurantes, nunca antes la había visto cocinar. Me saludó con una sonrisa y parecía estar feliz de estar preparando una comida.

-¡Buenos días!- dijo alegremente.

-Buenos días, infante de marina.-respondí, resignándome al hecho de que no me quedaban más remeras limpias. OK. Ella se veía mejor en ella de lo que yo me vería.

Sonrió y pasó la comida de las ollas a los platos. Como soy una persona a la que no le gusta cocinar, siempre soy sumamente agradecido cuando alguien prepara algo de comer para mí. Di el correspondiente agradecimiento, el cual ella aceptó con más placer de lo que hubiese esperado. Una hora después, estábamos bañados y resplandecientes. Lavé los platos mientras ella hacía unas llamadas telefónicas. Marilena reapareció justo a tiempo para mostrarme dónde se guardaban las cosas de cocina. Solamente volvió a lavar dos cosas. Eran las diez en punto cuando salimos para la funeraria.

Ambos vestíamos ropa informal y llevábamos zapatos cómodos para caminar mucho. En este caso, caminamos once cuadras. Localicé sin dificultad a "Franklin y Franklin", una casa construida con piedra caliza de color rojizo. Debido a que la puerta estaba al nivel de la calle, era al revés de la mayoría de los negocios que ahora ocupaban una antigua mini mansión. Un tramo de escalera, incluso uno pequeño, habría dificultado el hecho de que su clientela de personas mayores asistiera a los funerales. La gente joven, aquellos que no tienen problemas con las escaleras, ya no asisten. Nos recibió Oliver Franklin, cuarta generación de embalsamadores, con un frío apretón de manos.

-¿Coronel Briggs?- preguntó retóricamente.

-Sí. Le presento a la señorita Rigatti. –añadí. Hizo una reverencia en dirección a Marilena. Todos los encargados de funerarias deben de pertenecer al mismo sindicato, donde adquieren los mismos gestos, que serían extraños si alguien, excepto ellos, los fingieran.

-Siento mucho conocerlo en este momento de dolor personal y familiar.- dijo, recitando sus líneas aprendidas de memoria. A menos que me comportara de una manera no esperada, él conduciría toda la reunión empleando un espeluznante piloto automático.

-Déjeme acompañarlo adentro para terminar con los arreglos del difunto. –dijo.

Al referirse a Ron como el "difunto", no tenía que preocuparse por confundir mi relación con el cuerpo; otro auto mecanismo que escondía el hecho de que esto era para él sólo otro cuerpo, mientras que a la vez, fingía entender nuestro dolor .

Lo seguimos por el pasillo hasta la "Sala Conmemorativa Taft", identificada por el grabado tan pulido en la entrada. Se habían preparado para la venta con una calma preparada. Al entrar, nos enfrentamos con ocho ataúdes, todos abiertos a la mitad y forrados con satén. Estaban colocados en orden desde cajas simples, aunque muy lustradas, en una punta hasta unos féretros más ornamentados en la otra. El ataúd de la punta era el objetivo de venta. Antes de que él comenzara a hablar sobre las características, ventajas y beneficios de los diferentes ataúdes, lo interrumpí.

-No estoy interesado en féretros. ¿Dónde está el cuerpo? –Le pregunté tranquilamente pero con voz firme.

-Eso no es aconsejable. Es traumático para la mayoría de la gente ver a sus seres queridos antes de que terminemos nuestro trabajo. Siempre es mejor esperar hasta que vistamos y preparemos el cuerpo. Creo que sería bueno que eligiera el cajón para su ser querido antes de ver el cuerpo. Verlo antes sería completamente innecesario.

-Quiero ver el cuerpo ahora. – lo fulminé con la mirada. Marilena lo miró con el ceño fruncido.

-Si es indispensable...- dijo, cediendo pero con un tono condescendiente.

Me dirigí a la puerta y él, intentando permanecer a cargo, tuvo que moverse rápidamente para ponerse delante de nosotros y de esa manera, guiarnos. Probablemente fueron los dos metros más rápidos que había caminado en quince años. En el camino, entristecí a Franklin, al decirle que mi hermano sería cremado: no necesitaba ningún ataúd y no estaba dispuesto a comprar una urna cara. No pudo ocultar su dolor, esta vez sincero, por no haber concretado la venta de un ataúd caro.

Bajamos dos pisos por ascensor. Aparecimos en un pequeño corredor que conducía a varias habitaciones con mesas de acero inoxidable, que se veían desde el pasillo. El aire tenía olor a fluidos antisépticos y de embalsamamiento. Al entrar en una de las habitaciones, Franklin se disculpó de la boca para afuera. –En general, no tenemos visitantes en las salas de preparación porque parecen ser un lugar indiferente. Pero si usted necesita ver el cuerpo ahora, aquí es donde hacemos nuestro trabajo para mantener la dignidad de los restos.

Había llegado el momento. Caminé hacia la mesa donde un cuerpo dañado, pálido y pequeño de un hombre de cincuenta años aproximadamente, yacía con una sábana que lo cubría del pecho a los pies.

La sangre de las heridas del cuerpo había sido parcialmente limpiada pero el traumatismo del impacto en la acera estaba, todavía, muy visible. Dos pares de ojos me miraron cuando me paré al lado de la mesa. Franklin buscaba alguna reacción de shock para decirme "se lo dije" y Marilena buscaba alguna señal que le indicara que yo necesitaba apoyo o protección por la realidad de la muerte de mi hermano. Los sorprendí a los dos.

Era un cuerpo. Era sólo un cuerpo. Pudo haber sido Ron en algún momento, ya no lo era. No me causaba dolor. No me causaba sensación de pérdida. Yo no era el hermano de ese objeto y mis intereses eran forenses. Para demostrar esto, arranqué de un tirón la sábana y cayó al piso. Dos personas en la habitación inhalaron, repentinamente, cuando el cuerpo quedó totalmente expuesto. Yo no era ninguno de los dos. Examiné el daño, comenzando por la cabeza; prueba de nuestra debilidad humana. Sin previo aviso, levanté el cuerpo hasta ponerlo en posición sentada, el rigor lo había dejado unos días antes y no ofrecía resistencia.

-¡Coronel Briggs! ¿Es eso necesario? –Franklin exigió. Otra vez, lo ignoré. Cada vez se hacía más fácil.

Miré la parte trasera del cuerpo, examinando la parte de atrás de la cabeza y las áreas del torso, que habían absorbido casi todo el daño visible. La caja torácica que normalmente hacía un excelente trabajo protegiendo los órganos del estómago y pecho, había fallado. Un cartílago roto había atravesado la espalda, rasgando la piel y dejando un tejido interno expuesto.

Era la confirmación de lo que había leído en el informe del laboratorio. Necesitaba verlo por mi mismo y era mi verdadera razón por la cual estaba allí. Una razón que no había compartido con Marilena. Era la base de un hecho importante que le contaría después. Sus labios estaban apretados, sus ojos se movían de un lado a otro entre el cuerpo de Ron y la pared, que estaba a su derecha, a la vez que luchaba entre sus lealtades hacia mí y su deseo de mirar a cualquier lado, excepto a la forma desfigurada y grotesca. Aunque ella era una persona fuerte, esto estaba lejos de ser un caso de rutina y era comprensiblemente perturbador para cualquier persona con una sensibilidad normal. Mi sensibilidad era anormal. Lamentaba que ella estuviese allí, pero no podía haber evitado que fuese. Puse el cuerpo en posición horizontal nuevamente y examiné sus miembros, prestando especial atención a sus manos y pies. Ella volvió a enfocarse en mí, mirando cada uno de mis movimientos, sin decir nada que podría poner en riesgo la compostura que estaba tratando de mantener.

-¿Tiene la ropa que llevaba? –le pregunté a Franklin sin alzar la vista.

-No, así es como lo trajeron. –Su voz lacónica y no del todo molesta por lo que yo había estado haciendo, comprobó que su arrebato anterior sólo había sido parte del show. Él convivía con cuerpos muertos y no le molestaban en lo absoluto.

Como un operario de Nueva York, los había visto doblados y mutilados. Éste no era gran cosa. En el mejor de los casos, era sólo otro cuerpo que facturaría honorarios por los servicios y una comisión por un cajón. Era el negocio de la muerte.

EN CUERPO Y ALMA

Estábamos sentados en el bar del Hotel Carlyle. No le había contado a Marilena, pero ésta era una parada habitual para mí, aunque nunca había estado allí durante el día. Era un buen lugar para conversar tranquilamente sin ser escuchados. El área para sentarse del bar era amplia pero las mesas, casi todas dobles con sillas altas y tapizadas en cuero, estaban separadas por grandes plantas y con divisiones hasta el techo, convirtiendo cada una en un lugar íntimo. Eran pequeños espacios, un poco oscuros, que no permitían que el sonido se escapara. El servicio era excepcional y discreto. Casi que uno podía pasar por alto los cuarenta dólares que se le sumaban a los tragos excesivamente caros, a los bocadillos en miniatura y a la propina que una persona tenía que pagar, sólo por entrar. Y tengo que admitir que, cuando estaba en la ciudad con una cita que necesitaba un poco de estímulo para acelerar la noche, era éste el lugar que me ayudaba a cerrar el trato. Era elegante, confortable y garantizaba que todos se sintieran a gusto. Le daría a Marilena la posibilidad de recuperar su aliento.

Después de firmar una orden de cremación, tomé a Marilena del brazo, la llevé fuera de la sala velatoria y salimos rápidamente a la calle. Le hice señas a un taxi y le pedí que nos llevara a la calle Madison y la East 76 th. Marilena recuperaba de a poco su color pero todavía estaba pálida y, atípicamente, callada. Me quedé cerca de ella por las dudas que tuviera un traspié o se tambaleara.

Después de que llegamos, ella pidió, con tranquilidad, una copa de Chablis. Era apenas un poco después del mediodía y muy temprano para que yo tomara un trago, pero pedí una copa de lo mismo que estaba tomando Marilena para que no tuviera que beber sola. Cien centímetros cúbicos la ayudarían a recuperarse.

Beber a sorbos sin realmente tomar, me daría la posibilidad de hacer algo con mis manos. Habría algunos momentos tensos después.

-Lo siento. Te decepcioné. –dijo, sorprendiéndome porque yo no creía que lo hubiese hecho. –No sé por qué no me preparé mejor. He visto cadáveres antes. Una vez, me afectó y debería haber sabido que esto no iba a ser fácil.

-¿Quieres contarme de la vez que te afectó?- le pregunté con delicadeza.

-He visto varios cuerpos como parte de las investigaciones, una vez en la escena, el resto de las veces en hospitales y morgues. Con excepción de esa vez, todos fueron lo que yo había anticipado; cuerpos pálidos y fríos. Uno tenía un orificio de entrada de una pistola de pequeño calibre y el resto no había muerto por violencia física. No quiero que se crea que ver un cuerpo para mí es habitual, no lo es. Las veces que tuve que hacerlo, era exactamente lo que suponía que era. Excepto esa vez; la que todavía me da pesadillas, la que sucedió hace tres años. Esa me sorprendió, me tomó desprevenida, como hoy.

-¿En qué era diferente?

- Cinco miembros de una familia habían muerto en un incendio ocasionado por un pirómano. –dijo, amargamente. –Los cuerpos estaban completamente carbonizados.

-No tienes que decir nada más. También lo he visto. Es horrible si no estás acostumbrado; si es que alguien alguna vez puede acostumbrarse.

-Todavía tengo terribles pesadillas y esto es algo que no le he contado a nadie. Necesito que esto quede entre nosotros. La agencia me enviaría a un equipo de psiquiatras inmediatamente.

-Podría ser una buena idea hablar con alguien- dije cuidadosamente.

-Estoy hablando con alguien. Estoy hablando contigo.

Continuó:- Fue tonto de mi parte no pensar que ver el cuerpo de tu hermano sería algo horrible de ver, dada la manera en que murió. Me tomó de sorpresa. Lo siento. Tuvo que ser mucho peor para ti. No sirvió de mucho que tuvieras que hacerte cargo de una chica tonta.

-Lo manejaste bien. El examen que yo hice, no sirvió. Debería haberte pedido de que te quedaras afuera o que no entraras.

-No. No habría permitido que lo hicieras solo. No te volveré a decepcionar. – hablar sobre esto, ya había ayudado. Cambiando un poco de tema, preguntó:-¿Qué estabas buscando?

-Lo que no estaba incluido en el informe de laboratorio. El informe que me dio el laboratorio no mencionaba heridas en los miembros, manos y pies. No había fotos de los miembros. – sonrió por primera vez, manteniendo las fotografías fuera de su mente mientras que, a la vez, se divertía por mi referencia del informe como un regalo.

-¿Por qué es tan importante? – preguntó.

-Les faltó mencionar la herida en los miembros ya sea porque no había ninguna o porque las lesiones en la cabeza y torso eran tan graves que fueron la causa obvia de su muerte. Entonces, ¿por qué perder tiempo en lo externo? Resultó ser que no había lesión de importancia en los brazos, piernas, pies o manos.

-¿Qué implicancia tiene en nuestra investigación?

-Fue empujado hacia atrás por la ventana. – dije, tranquilamente pero con seguridad.

-Por favor, explícame por qué crees eso. –dijo mientas me prestaba el cien por ciento de su atención.

-He saltado desde muchos aviones y he visto los restos de aquellas personas que mueren a causa de las caídas. La lesión en el cuerpo de Ron no era consistente a la de una persona que se había suicidado.

Levantó ambas cejas, esperando más información.

-Cuando un paracaidista salta de un avión, pone su cuerpo en lo que llamamos un arco duro. Ambos brazos y piernas se extienden hacia atrás. Esto hace que uno descienda de frente. Estoy seguro que lo has visto en televisión o en películas. Esto es importante porque cuando llega la hora de desplegar tu paracaídas, es mejor que salga de tu mochila que se encuentra en tu espalda y que tu cuerpo no se interponga. Boca arriba puede ser un desastre.

-Cuando alguien se suicida-continué-casi siempre la cabeza sale primero pero sus pies están apoyados. A veces, la persona bicicletea, moviendo sus piernas a lo largo de su caída. Casi siempre, hay un daño considerable en los pies y piernas y a veces, también, en las manos y los brazos. Éstas son las partes del cuerpo que se golpean primero. Ron tuvo el golpe en la espalda. Salió por la ventana de espaldas, sus piernas y brazos arrastrados hacia atrás-su cuerpo en forma de "U". No es cómo lo habría hecho si hubiese querido suicidarse. Fue empujado. Lo que no sé es por qué el laboratorio de criminalística no sacó esta conclusión. –dije.

Lo pensó muy bien, intentando encajar lo que le había dicho con su conocimiento de expertos forenses, con los cuales había trabajado. La dejé con sus pensamientos sin interrumpirla.

Me miró y dijo:- A los especialistas forenses les gusta hacer evaluaciones objetivas y cuantificables tales como tipo de sangre, análisis de ADN, el recorrido de una bala a través del cuerpo o la identificación de un residuo químico. Cuando tienen que dar un testimonio experto o tienen que defender su informe, esto los mantiene seguros. Es más seguro, para ellos, limitar sus pronunciamientos acerca de la causa de una muerte y cada vez que sea posible, aunque a veces sus manos están forzadas, dejar que los detectives deduzcan la forma de una muerte. La manera en la que una persona muere puede requerir cierta especulación y muy a menudo, otra evidencia en la escena, la impacta.

-¿Cuál es la diferencia entre causa y forma?-pregunté.

-La causa es la patología- el por qué el cuerpo ya no está vivo. La forma está obligada a cuatro estados definidos: natural, accidental, suicida u homicida. La manera en que el cuerpo choca contra el piso, después de caer veinticuatro pisos, podría llevarlos a creer algo sobre la forma, con una alta probabilidad de certeza pero no habría ningún test de laboratorio que lo confirmara. Un abogado despierto los haría ver como tontos y a ellos no les gusta eso. En un caso como el de tu hermano, es mejor establecer que la causa de su muerte fue un traumatismo físico, debido al impacto con la acera y deja que la policía explique cómo llegó allí; ya sea que haya sido por sus propios medios o con la ayuda de alguien.

-Aunque deseara mucho que los agentes de la agencia plantearan los hechos como hechos y las opiniones como opiniones, aún considerando ambas opciones, estaría probablemente decepcionada. Dada la forma en la que describiste el laboratorio de criminalística de la ciudad, no creo que ellos se arriesguen. Es bueno tener cierta evidencia física que sustente nuestra teoría de que fue un asesinato. Estoy feliz de que hayas hecho la revisión aun cuando ahora tenga más material para mis pesadillas.

De nuevo, se quedó callada por unos minutos. Estaba luchando con la idea de hacerme una pregunta, una que yo había estado esperando. Decidí darle un pequeño empujón. Más rápido saliéramos de eso, mejor.

-Hay algo más que te está molestando.

-Bueno, es que, realmente, quería preguntarte algo.

-Entonces, hazlo.

-Cuando estábamos en la sala preparatoria, tu comportamiento me sorprendió tanto como el estado del cuerpo. Ni siquiera admitiste que era tu hermano. No mostraste ningún dolor o emoción. Luego, cuando comenzaste la inspección y arrojaste la sábana al piso y moviste el cuerpo para ver esas terribles cosas, me molestó. No eras la persona que yo había conocido. Se me hacia difícil conciliar esas acciones descuidadas y clínicas con el hombre que, anoche, me había contado cosas hermosas del hermano que amaba.

-No era Ron- respondí sin alterar la voz y sin ninguna emoción.

-¿Qué? ¿No era tu hermano?- sus ojos se abrieron bien grande.

-Era sólo un cuerpo. En algún momento, Ron estuvo en él pero ya no.

-¿Es una perspectiva religiosa? ¿una postura espiritual?- preguntó.

-No. Me conoces lo suficientemente bien como para saber que no tengo perspectivas religiosas o metafísicas.

-Eso es lo que creí.- Me miró como si yo estuviera por revelar uno de los secretos del universo.-Será mejor que me expliques.

-A mediados del 1800, un físico francés, llamado Broca, estudió el cerebro buscando una relación entre las características anatómicas y las capacidades mentales, específicamente, la inteligencia. No tuvo éxito. He visto suficientes cráneos como para entender su frustración. No creo que eso fuera lo que hacía que Ron fuera Ron, o lo que hace que tú seas tú, que tenga algo que ver con el cuerpo que lo transportaba o que te transporta a ti. Tú sabes que no pertenezco a ninguna religión y que, ciertamente, no soy una clase de filósofo profundo, pero realmente creo que lo que somos, trasciende nuestro cuerpo. Voy a seguir pensando de esa manera hasta que alguien me demuestre que la parte del cerebro, o cualquier parte, contiene nuestra esencia. No sé las respuestas. Ni siquiera estoy seguro de cómo llamarlo. ¿Es sensibilidad, alma, espíritu, conciencia, sapiencia, identidad? Para mí, es nuestra certeza de lo que somos y que existimos. Pero no es el cuerpo. No habría tratado a Ron de esa manera. Creo que el cuerpo es como otro equipo de soporte. Es como el equipo de buceo o el traje de un astronauta. Lo que vi fue el traje que Ron había dejado. Estaba sobre una pila en una mesa de acero inoxidable. Estaba buscando lo que lo hizo fallar. Su falla hizo que Ron me dejara. Es así de sencillo para mí. Estar en esa sala con los restos de Ron fue un ejercicio objetivo. Ron no estaba allí.

-Bien, Tomás de Aquino, estoy aprendiendo más y más de ti cada día. La fachada que mantiene, Sr. Infante de Marina, es una farsa. Quieras o no, eres más complicado de lo que quieres que la gente piense.

Me mostró una sonrisa por sobre la copa que tenía entre sus manos. Con su dedo índice, frotó el borde de la copa como si pudiera producir alguna nota musical. Se sentía mejor. Otra vez, yo estaba entre la gente que ella entendía.

-¿Recuerdas, Thomas, al jefe del Equipo de Rescate de Rehenes de la Agencia, Andrew Felton? Lo llevé conmigo en un viaje a Tampa.

-Vagamente.

-Él observó uno de los ejercicios en el que tú estuviste; el que tu equipo se infiltró en un entorno urbano para que pudieras llegar a una persona, tomada como rehén, en la cocina de un restaurant.

-Sé de quien hablas.

-Observábamos desde una torre. Se sorprendió muchísimo al saber que eras doctor- el supuesto seguidor que iba a ser entregado en el sitio -y no, el líder del equipo. Dijo que eras un líder natural. Tenías los instintos y los movimientos. Otros reaccionaron a esto y te siguieron, aspirando a ser como tú. Dijo que eras afortunado de tener una forma de canalizar, por lo que él te llamó muchacho de comportamiento malo; el resto de nosotros nos sentimos afortunados de que tus padres no formaran parte de la mafia. Ahí, fue cuando decidí que quería conocerte mejor. Sin embargo, a veces, el muchacho gracioso, comprensivo, tranquilo que conozco, se vuelve alguien completamente carente de sentimientos y capaz de cualquier violencia necesaria. A veces, el muchacho malo me asusta un poco. –hizo una pausa y sonrió– pero no lo suficiente como para ahuyentarme.

LA PREPARACIÓN PARA LA GALA

Teníamos que hacer algunos trámites antes de la gala de la Sociedad de esta noche, para recaudar fondos- un evento al que, realmente, no tenía ganas de ir. Pensé que pasar unos momentos más en el Carlyle era hacer un buen uso del tiempo. Marilena tenía sus pies recogidos hacia atrás y por debajo de ella, una metáfora interesante dado que había estado y todavía estaba sentada. Intenté expresar verbalmente y con lenguaje corporal que yo no estaba para nada apurado y que estaba feliz de estar disfrutando el Chablis. Mi nivel de energía estaba alto y a punto de ebullición. Algún día, sabrá que no soy fan del vino blanco y me llamará la atención por la pretensión del jugo de fruta de hoy. Cuando llegue el momento, me preocuparé.

Había vuelto a tener la confianza en sí misma, en lugar de los miedos. No sólo había superado la ansiedad, que había presentado cuando nos detuvimos en la sala velatoria, sino que también parecía sentirse cómoda después de haber hablado conmigo. Otra vez, el tema de la comodidad. Y, otra vez, demasiada comodidad. De todas maneras, estaba feliz de que estuviera aquí. Su respuesta a mi pregunta acerca del laboratorio de criminalística demostró, una vez más, lo poco que yo sabía sobre procedimientos y posturas de la policía civil. Su contribución acerca de qué motiva al comportamiento de los forenses, comprobó que yo, una vez más, la necesitaba. Su reacción en la casa funeraria ayudó a delinear nuestros roles. Yo, me encargo de lo feo, ella guiará el proceso y el análisis. En el mundo no militar de los chicos buenos versus los chicos malos, ella era una excelente Sherpa.

Me pidió ver la lista de sospechosos que yo había conseguido de O'Dale. Le expliqué que creía totalmente innecesario el código de color mientras ella estudiaba los nombres, los títulos y las afiliaciones de la compañía. Me preguntó a quién conocía y con quién había hablado desde mi llegada a Nueva York. No creo que le haya sido de mucha ayuda. Tomó nota e hizo una lista, dibujando cajas alrededor de los grupos y agregando flechas que incluían algunos nombres lejanos asociados a algunas de ellas. Hizo una lista de preguntas con respecto a los nombres de esa lista que debían ser respondidas y tomó nota de las hipótesis, para reducir más el número de nombres. Le agregó factores adicionales a sus notas. Ya había tachado algunos nombres de la lista; yo no sabía por qué. Podía verla liderando un equipo en una sala de operaciones del FBI, llena de paredes con pizarras, planeando cómo capturar al enemigo número uno, su enfoque era un poco intimidatorio. Después de unos veinte minutos, le sugerí un cambio de dirección. Ella habría estado feliz de pasar horas haciendo esto, planeando cómo eliminar nombres de la lista, hasta llegar finalmente al asesino. Hice que cediera porque teníamos una misión desafiante para el resto de la tarde, que era ajena a la búsqueda del asesino. Teníamos que comprar un vestido, mejor dicho, dos vestidos.

Ambos podíamos tomarnos un descanso después de tanto estrés. Estaba contento de que tuviéramos algo que hacer, que comparado a nuestra búsqueda del asesino de Ron, era una tarea más normal y una tarea que resultaría divertida para la parte femenina de nuestro equipo. Marilena tenía una mirada pícara. Estaba planificando disfrutar viéndome en un ambiente poco cómodo y se divertiría al verme trastabillar en el proceso. Estaba segura de que yo me estaba obligando a mí mismo a tolerar nuestra nueva misión. Yo tenía otros planes.

Hacerle señas a un taxi por segunda vez en el día fue una tarea fácil. Sin dudarlo, le indiqué que fuera a una tienda de ropa al sur de Park Avenue. Marilena se quedó perpleja. Por el nombre de la tienda, ¿era posible que yo le hubiese dado indicaciones para llegar a una boutique de damas?

-Thomas, ¿a dónde vamos?-preguntó un poco desconcertada.

-A comprarte un vestido; mejor dicho, dos. Comenzaremos en esta tienda y si no vemos nada que nos guste, conozco muchas otras.-le respondí como si fuera una pregunta hecha todos los días.

-¿Vas a comprar vestidos a menudo?

-A menudo, no. –contesté, encogiéndome de hombros. –Es algo que surge de vez en cuando.

Me miró con una expresión un poco perpleja y continuó: -Bueno, cuéntame sobre esta tienda.

-Creo que encontrarás una selección sofisticada, aunque a la moda, pero a la vez, sutil.- le respondí seriamente como si me hubiese preguntado sobre un protocolo quirúrgico. Se quedó boquiabierta. Esto iba a ser entretenido. Sin embargo, estaba deseando que las vendedoras hubiesen cambiado, desde mi última visita, y no me preguntasen "¿dónde está su novia?" o que fuesen lo suficientemente amables como para ayudarme, siguiendo las indicaciones de la encargada, a quien yo conocía.

Siguiéndome la corriente, aunque a veces intrigada y otras veces entretenida, Marilena me dejó estar a cargo. Me miró con una falsa seriedad y dijo:-OK, entonces no tengo de qué preocuparme. Estoy en las manos de un profesional.

A diferencia de otros hombres y a pesar de mi estilo de vida cazador, he aprendido a apreciar lo que aparece en mi camino, cuando ayudo a una mujer a elegir un conjunto. No siempre fue así porque, como la mayoría de los hombres, puedo ser muy tonto. Las primeras veces que me forzaron a entrar a una tienda de ropa para mujeres, reaccioné como mis amigos Neandertales. En general, me siento en un sillón incómodo que me designan, afuera del vestidor, miro hacia la pared, hago comentarios forzados acerca de cada vestido o de cualquiera que se vea bien y luego digo "éste es el elegido" mientras miro repetidamente el reloj, como si estuviéramos a punto de perdernos la cobertura en vivo del impacto de un meteorito, que podría terminar con la vida sobre la Tierra. Y, como cualquier otro hombre que tiene un comportamiento infantil, esto no me llevaba a ninguna parte.

Estoy dispuesto, aunque no sirva de mucho, a reevaluar el por qué no me enamoré de una dama atractiva. Realicé algunas investigaciones y formé alianzas con algunas encargadas de tiendas. El lugar al que nos dirigíamos, era el que yo creía que era el mejor para la ocasión. La tienda era sofisticada, tanto en la ropa que ofrecía como en el servicio al cliente.

En otras palabras, allí desplegaban un verdadero show. Lo más importante era que la encargada se había convertido en una amiga. Al principio pensé que estaba motivada, solamente, por el hecho de agregar a la lista a un cliente adinerado, al que no le importaba gastar una importante cantidad de dólares en un desfile constante de vestidos para sus nuevas novias. En conversaciones posteriores, ella corrigió mi ignorante suposición. Estaba realmente conmovida, de una manera extrañamente femenina que nunca entenderé, por el hecho de que una persona tosca como yo, aunque un heterosexual adinerado, era sincero con respecto a la elección de ropa de mujeres. Era una neoyorquina fría pero que se derretía al ver esto. Parecía que yo era una persona poco común. Quería que le hablara a su esposo. ¿Podría yo dar charlas a los esposos y novios de sus clientas? Su suposición era tan errónea como había sido la mía y de igual modo, mis motivos no eran tan inocentes. La realidad era que uno podría sacar mucha ventaja de esto. Hoy mi objetivo no era sexo, sino divertirme con una amiga que necesitaba distraerse. Como un plus, una vez más, logré sorprender a Marilena con respecto a su amigo, el infante de Marina, a quien ella comprendía perfectamente. No sé por qué, pero me gustó.

Escolté a mi cita "de compras", desde el taxi hasta la tienda, de forma caballerosa. Había llamado a Catherine, la encargada, después del desayuno para avisarle de nuestra próxima visita. Nos vio llegar desde la ventana y vino a recibirnos rápidamente, pasando por alto al personal que normalmente cumplía con esta tarea. Su saludo nos hizo sentir, a ambos, como si fuéramos viejos amigos.

-¡Qué bueno es verte de nuevo, Tom! - dijo.

Después de hacer las debidas presentaciones, Marilena preguntó:- ¿Ustedes se conocen?

Catherine respondió: - Sí. Tom es un cliente valioso que no ha venido a visitarnos desde hace mucho tiempo.

Sin embargo, Marilena me miró, con calma, como si estuviera tratando de ver si Catherine me estaba cubriendo por el tiempo que había pasado desde mi última visita. Podría asegurar que ella realmente no podría darse cuenta. ¡Qué bueno!

-Tom dice que necesitas un vestido de noche y un vestido de cocktail para reemplazar uno que fue arruinado. Estoy ansiosa por oír cómo ha pasado. Apuesto a que él tuvo algo que ver con eso.- dijo Catherine. Ambas damas se rieron; habían empezado a crear lazos.

Catherine tomó las medidas de Marilena y le presentó varios vestidos, que fueron vistos con entusiasmo. Pidió ayuda y nos hicieron pasar a una alcoba grande, que inmediatamente fue cerrada con una cortina pesada y una pequeña soga de terciopelo. Marilena era el centro de atención. Mujeres dirigidas por su mentor desfilaban y a su vez la mimaban, trayéndole vestido tras vestido para que ella los mirara. Trajeron champagne con frutillas y eligió los vestidos para probarse. La felicidad femenina fluía en abundancia.

Me alejé de la actividad pero, intencionalmente, no me senté. Asumí una postura contemplativa, una mano acariciando mi mentón a medida que miraba las diferentes prendas. Catherine me guiñaba un ojo cuando una prenda en particular se veía bien, para que yo me involucrara más. Hice algunos comentarios positivos acerca del elegido, hasta sugerí comenzar con un talle 4. Marilena me miró completamente sorprendida. Antes de que ella hiciera algún comentario, me corrí hacia una pared, que conocía de mi visita anterior y que contenía un biombo corredizo para dar más privacidad a las mujeres que se probaban la ropa. Marilena abrió más los ojos. Catherine se apartó antes que su sonrisa se viera.

Volviendo al juego y desbaratando mi pequeña charada, Marilena dijo: -Thomas ¿es necesario?

Debería haberla puesto en evidencia. Ella estaba seguramente fanfarroneando. Estoy seguro de que era una fanfarroneada. Sí, debe de haber sido. Bueno, creo que fue una fanfarroneada. ¡Oh cielos!

UN EXTRAÑO EN UNA EXTRAÑA TIERRA

Salimos de la tienda en medio de una oleada de "adioses" y de "vuelvan pronto". Marilena y Catherine se hicieron amigas para siempre. En general, todo había salido bien. Marilena había disfrutado un agradable momento como centro de atención y Catherine había disfrutado también un agradable momento como centro de flujo de dinero, de mí hacia ella. Una situación beneficiosa para todos. Dejando de lado mi aporte financiero, mi importancia era dudosa. Y, aunque disfrutaba ver las reacciones de Marilena a medida que descubría que todavía le faltaba saber mucho más de mí, éste había sido un juego peligroso. Todo lo que yo había querido hacer era, tomarle un poco el pelo a la vez que la distraía, con la adquisición de nuevas prendas. Casi logró usar mi treta para subir la apuesta en nuestra relación. Debería haberlo sabido. Cuando se trata de este juego de relación hombre-mujer, ya sea si estás intentando tener una relación o, como en mi caso, tratando de evitarla, ir en contra de los pros, es poco sensato.

Parecía estar feliz en el taxi de regreso y en el apartamento, abriendo las cajas y colgando sus prendas nuevas. De alguna manera, habíamos logrado comprar más de dos vestidos y fui obligado a ser la víctima de otro desfile de moda. Me agradecieron con entusiasmo una vez más; esta vez, con un beso. En la tienda, ella se veía increíble con casi toda la ropa que se había probado. Finalmente, el vestido negro que yo le había señalado por indicación de Catherine, había sido el elegido para el evento de esta noche. No intentaré describirlo con mucho detalle, aunque Catherine y sus pares me habían entrenado un poco en la psicología de la ropa femenina, todavía no puedo usar una correcta terminología en lo que respecta a ropa. Era suficiente decir que llegaba hasta el piso con un lazo en los lugares correctos y que era brillante, muy brillante, también, en los lugares correctos, acentuando sus curvas y su piel perfecta. No tenía mucho en la parte superior, sólo dos delgados breteles que desafiaban las leyes físicas que gobiernan el universo y que mantenían todo arriba. Las otras mujeres en el evento de esta noche, la iban a odiar.

Ella dirigió su atención hacia mí y en lo que iba a vestir esta noche. Su voz demostraba un poco de preocupación. Mi plan era usar un uniforme que había guardado en lo de Ron. Nunca puedes equivocarte con los uniformes. Era algo que me había sido marcado de joven en la escuela militar y, desde entonces, lo había utilizado en un acantonamiento tras otro, como oficial y como caballero fingido. Además, esconderse detrás de un uniforme es siempre un lugar seguro en entornos incómodos. Lo estaba sacando del closet cuando ella entró a mi habitación, como si dejarme elegir la ropa apropiada fuera una propuesta muy arriesgada. Se acercó al closet y se quedó allí como mi nueva guardiana.

-¿Vas a usar uniforme?-preguntó sorprendida.

-No es cualquier uniforme. Es el mejor uniforme militar diseñado por especialistas, muy bien pagos, en ropa de gobierno y aprobados por el Cuerpo de Marines de los Estados Unidos, con el consejo y consentimiento de múltiples subcomisiones del Congreso. Es apropiado para todas las ocasiones elegantes, tanto en eventos nacionales como internacionales. —respondí rotundamente. Caso cerrado.

Ella me había ignorado completamente; no había escuchado ni una sola palabra. Mi discurso bien armado garantizaba desviar cualquier pregunta insólita acerca de lo que iba a usar. Malgasté mi saliva.

-¿Qué es esto?-preguntó acercándose al closet, tomando de la manga el esmoquin casi sin uso- un esmoquin que me había esforzado mucho por olvidar.

- No lo he usado en años. Estoy seguro que ya no me queda.

-Pruébatelo.- me lo dijo con un tono de voz que implicaba más una obligación que una petición.

-No soy un tipo al que le gusten los esmóquines. Fue idea de Ron que yo tuviera uno. Creo que él compró dos al precio de uno. Él necesitaba usar esmoquin a menudo. Pero como dije antes, hace tanto que no lo uso que estoy seguro que no me queda.- Estaba contento.

- Por favor, pruébatelo.- dijo, otra vez, sin denotar impaciencia en sus palabras, segura de que su petición se llevaría a cabo.

Sacó la percha y comenzó a separar todas las estúpidas partes que conforman al esmoquin. Las piezas del esmoquin caían, sobre la cama, como paracaidistas en el día D de la invasión aliada en Normandía. Finalmente, llegó a los pantalones.

-Bien, adelante. -dijo. No hizo ningún movimiento. Yo tenía realmente la esperanza de que mi esmoquin hubiese, de alguna manera, cambiado y no me entrara. El problema era que Ron lo había comprado para un evento al que habíamos asistido dos años atrás, yo le había estando dando vueltas al proceso de arreglo pero yo no había cambiado, en tamaño, desde entonces. Ella todavía no se movía. Me desabroché, dejé caer mis pantalones y me puse la parte de abajo del esmoquin. Después de que comencé a luchar con la maldita cosa, ella hacía como que me ignoraba y jugueteaba con las otras partes del esmoquin mientras yo me subía la cremallera y, de alguna manera, lograba poner el uniforme en el closet. Ahora sí, el caso estaba cerrado.

Dándome la parte de arriba, me dijo:-Ahora la chaqueta.

Me la puse, pasó su mano por la tela por debajo de mis hombros; me quedaba demasiado perfecto. No había escapatoria. Hice mi último intento.

- ¿Qué hay de malo con mi uniforme? Me hace juego con mi corte de pelo.

-Nada, si ésta fuera una recepción militar. Éste es un evento de la Sociedad. Hay una cuestión operativa.

-¿Y cuál es?-pregunté con desconfianza.

-Necesitamos saber más de estas personas. Necesitas integrarte. El uniforme no te hace tan accesible.

Tal vez tenía un punto a su favor. No puse mucha resistencia. Nunca pude contra ella. Mi aspecto demostraba que había accedido.

-Además-continuó, esquivando la trampa en la que yo ahora había sucumbido. –Quiero que nos saquen fotos juntos, quiero bailar contigo y quiero que me vean luciendo mi nuevo vestido con un buen acompañante y eso quiere decir, Macho, que ese acompañante eres tú, vistiendo un esmoquin.

¡Uy!, ¿qué fue eso? ¿acaba de llamarme "Macho"? Esmoquin Tommy, pensé. Un extraño llevado a una tierra extraña. Su cita le lleva mucha ventaja.

Como era de esperarse, nuestra llegada al vestíbulo del edificio causó una gran conmoción. Los porteros, dirigidos por el mismísimo Antonio, segundo al mando, se tropezaban unos con otros en su afán de ofrecerle cualquier servicio de asistencia a esta hermosísima Dama. Me corrieron a un lado para que ella pudiera tener un escolta profesional adelante, atrás, a la derecha y a la izquierda durante todo su recorrido hasta la limusina de Ricardo. Creo que si ella lo hubiese pedido, se habrían subido y la habrían provisto de un perímetro de defensa movible por toda la noche, dejando que el edificio se cuide por sí solo. Lo que es más, dejando que yo me cuide a mí mismo. Antonio miró a Ricardo con una mirada cómplice, que estoy seguro que expresó:- Haz lo que puedas, ella sólo lo tiene a él. Yo recibí una mirada que me hizo recordar a la que había recibido del padre de mi primera cita cuando nos íbamos de su casa, hace unos cuantos años. Nada había cambiado.

El Plaza estaba en la esquina sudeste del Central Park entre la 59 y la Fifth Avenue. Yo podría haber ido caminando pero su elección de zapatos frágiles, aunque increíblemente caros, nos obligaron a usar un medio de transporte con ruedas. Me sorprende que cuanto más caros son los zapatos de mujer, menos prácticos son. No hay lógica en los zapatos de mujeres. Comenzamos nuestro pequeño viaje hasta el Plaza en una limusina de lujo. De camino, Ricardo nos dio una conferencia sin parar sobre los peligros de la ciudad, después de haber escuchado sobre la aventura de anoche. Él quería que yo supiera que estaba a mi disposición en cualquier momento y que dejaría a cualquier cliente por nosotros. Era imperdonable no llamarlo. Al cansarme de que mi reputación estuviese en duda, decidí que era hora de meterme un poco.

-Ricardo, he oído que esos paseos en carruaje alrededor del parque son muy divertidos. Creo que después de que termine el evento de esta noche en el Plaza, contrataré a uno para que nos lleve de regreso, tal vez hasta la mitad de la Quinta Avenida y luego por uno de los senderos que bordea el lago.

Inmediatamente mi cita me dio un codazo en las costillas, sabiendo que yo estaba tirando de la cuerda. Sin embargo, de repente parecía que Ricardo no sabía que le estaba haciendo una broma. Detuvo la limusina abruptamente, se dio vuelta y dijo con una tremenda agitación:- Por favor Coronel, ni lo mencione. ¡Ni siquiera lo piense! ¡Esos cachivaches son una trampa mortal! Lo digo en serio, una trampa mortal. No son nada seguros para una dama. Estaré en el Plaza toda la noche para que ustedes no tengan que esperar ni un segundo. ¡Por favor! ¡Por favor no use esos cachivaches! –Otra vez un codazo, esta vez con una mirada y con un pequeño movimiento de cabeza.

-Ok, Ok. Dejaremos que nos lleves de regreso. No es necesario que te quedes esperando toda la noche. Te llamaré veinte minutos antes de que nos vayamos.

-Ricardo, creo que te contrataremos por el resto de la noche en caso de que no me sienta bien y necesite volverme inesperadamente. –Marilena dijo con toda naturalidad y con una sonrisa.

Necesito llevar más efectivo o salir con gente más adinerada. Afortunadamente, seguimos adelante y rápidamente llegamos al Plaza antes de meterme en más problemas tanto cartilaginosos como financieros.

Deliberadamente, llegamos treinta minutos antes. Conocía el diseño del hotel y quería aprovechar el lobby bar para que podamos ver a los invitados a medida que llegaran. Ricardo nos ayudó, es decir ayudó a Marilena a bajar de la limusina y nos fuimos sin protección mafiosa, por primera vez esta noche. No obstante, hubiese apostado que Antonio había llamado al Plaza y nos había dejado bajo la protección de otro sindicato de porteros como cortesía profesional de una familia a otra.

Después de un rápido viaje hasta el segundo piso, llegamos a un bar tranquilo de dos pisos llamado "Rose Club". Fuimos a una mesa que pasaría inadvertida desde el vestíbulo, pero que ofrecía una buena vista de la gente que entraba al hotel, por la entrada de la Quinta Avenida. Pedimos unos tragos y nos instalamos.

-¿Misión de reconocimiento, Señor Infante de Marina?- preguntó, al notar el cuidado que tuve en seleccionar la mesa.

- De vigilancia, Señora Federal-respondí.

Una oleada de juerguistas entró por la puerta del frente, mezclándose con las personas que estaban realizando el check-in. Se podían diferenciar de los que estaban haciendo el check-in porque las mujeres lucían vestidos coloridos y estaban acompañadas por hombres vestidos de pingüinos. ¡Dios mío! ¡Yo también era un pingüino!

Mientras esperábamos y observábamos, Marilena me dio toda la información sobre la investigación que había realizado en la Sociedad contra la CID antes de partir de Washington. Ella tuvo más éxito utilizando los recursos del FBI que yo, curioseando por internet.

-Aunque sé todo lo bueno del trabajo de las AVH y, de ninguna manera, estoy tratando de denigrar el trabajo de tu hermano, cuanto más sé de los grupos de apoyo de enfermedades crónicas, menos dispuesta estoy a contribuir.-comenzó a decir.

-No me sorprende para nada-respondí-Ron estaba enojado con su trabajo y me lo hizo saber en muchas ocasiones.

-Le pregunté a nuestra división de SFL acerca de la Sociedad contra la CID en particular y recibí cierta información alarmante de un agente de alto rango, a quien respeto mucho.-dijo cuidadosamente.

-¿Qué es la división SFL?-pregunté, temiendo de que, tal vez, ya supiera la respuesta.

-Tenemos un pequeño grupo que trata los asuntos de las sin fines de lucro.-respondió.

-¿De verdad?

-Sí. Son menos discretos cuando las SFL son una evidente farsa, básicamente las que roban a los donantes generosos y bienintencionados. Tratan de ser más delicados cuando la SFL es legítima y cuando las partes potencialmente culpables son un pequeño subconjunto de una organización más grande. Lo más triste es que, más a menudo de lo que crees, las legítimas SFL tienen gente que ocupan puestos de responsabilidad que son, lisa y llanamente, delincuentes. Delincuentes con corbata, pero delincuentes al fin.

-¿Dijiste "partes potencialmente culpables"? ¿lo dijiste en plural?

-Sí.-respondió – La participación de la agencia es porque los delitos perpetrados en las SFL son organizados y cruzan las líneas estatales.

-¿Qué información nueva tienes de la Sociedad contra la CID? – tenía un poco de miedo de preguntar.

-Hubo rumores y dos investigaciones secretas. Debes mantener, lo ultimo que te dije, en secreto. Las investigaciones están en curso e implican violaciones a la contabilidad de los fondos de caridad.

-OK. Por lo tanto, el delito involucra a múltiples grupos y está organizado; es por eso, que la agencia participa. Suena a un caso que un abogado de distrito ávido de prensa podría aceptar en representación de los donantes quienes, a su vez, son votantes, que lo podrían convertir en gobernador.

Respondió, ayudándome a ver el problema real.-Es algo que va más allá de robarle al ciudadano. Es un robo de las organizaciones de caridad que están exentas de impuestos. Cada donante considera al gobierno federal como un socio porque la donación reduce la facturación del donante. Al Tío Sam no le gusta la gente que le roba y espera que nosotros hagamos algo. Las entidades sin fines de lucro suelen presentar sorpresas en los informes de auditoría y en los exámenes, debido a la asociación del gobierno con la sede del donante.

-¿Cómo la agencia se involucra con la Sociedad contra la CID?

-Un administrador, del centro de investigaciones académicas, nos pasó el dato. No pregunté quién porque mi fuente no me habría hablado más si lo hubiese hecho. Una mujer detallista notó un desajuste entre el dinero prometido en un subsidio y el dinero recibido. Cuando llenó una solicitud de rutina para pedir más dinero, le dijeron que el subsidio había sido reducido. Aparentemente, no sólo que no era la primera vez que pasaba en la Sociedad contra la CID, sino que nunca había sucedido antes con un subsidio de ninguna otra AVH.

Me quede pensando en sus palabras y me preguntaba qué pensaría Ron si estuviese aquí.

Vimos mucha gente entrar e ir directamente al salón de baile. Busqué a Alison Montgomery pero no la encontré. La mayoría de las personas eran de la tercera edad, lo cual tenía sentido para mí. Los filántropos tienden a ser personas mayores, con suficiente dinero como para ser generosos. Los "hijos de papá" no van a fiestas de ancianos. Localicé a la Mujer Pollo. Llevaba un vestido beige, que para mí, parecía un tubo recto y móvil, un cannoli cortado horizontalmente en la parte inferior y superior. Tenía que ser más largo, ya que mucha "carne" quedaba expuesta y estaba a punto de causar dolor a la multitud desprevenida. Se la señalé a Marilena y le dije lo que pensaba.

-Thomas, no es gracioso.-dijo, con una severidad fingida.

-No. No es gracioso para los pollos.

GENTE DE FIESTA

Pasamos a través de las puertas del tercer salón de baile, de unos 1400 m2, tratando de pasar desapercibidos. La probabilidad de que esto sucediera estando acompañado de Marilena, era extremadamente baja. Al movernos rápidamente, pudimos lograr pasar por las puertas del salón de baile e irnos a una de las puntas del salón, evitando cualquier conversación. Logré agarrar dos copas de champagne de una bandeja cuando el camarero pasó rápidamente por al lado nuestro. Al otro extremo del salón, vi a Suzie hablando con uno de los empleados del hotel; obviamente, todavía estaba trabajando después de su horario de oficina. Sabía que ella no tardaría mucho en venir a hablar con nosotros. Aunque yo sea irresistible, no necesariamente era por mí, sino porque quería analizar a mi pareja. Cuando se trata de evaluar al sexo opuesto, los hombres obtienen merecidamente toda la atención. Sin embargo, el verdadero examen por el que las mujeres pasan es hecho por miembros de su propio sexo. Y mientras que los hombres tienden a ser generosos en su evaluación, especialmente, si ha pasado mucho tiempo desde la última vez que tuvieron relaciones, en mi opinión, las mujeres pueden ser muy críticas. He sabido que cuando una mujer asiste a un evento como éste, un evento en el que van a asistir otras mujeres, se visten y se maquillan, no para su pareja sino para las otras mujeres que estarán observándolas. Estaba bastante seguro, aunque sea mi propio prejuicio, que mi pareja era la excepción. Dado el nivel de confianza en sí misma de Marilena, no creo que se preocupara mucho por las cualidades malintencionadas de su hermandad.

Como había anticipado, Suzie apareció frente a nosotros. Las presenté, asegurándome que Marilena supiera la relación de negocios que Suzie tenía con Ron. No revelé que Marilena era agente del FBI. Cuando estaba hablando, noté las miradas de valoración de Suzie hacia Marilena. En un momento, Marilena miró para otro lado y Suzie me sonrió y asintió con la cabeza, dándome su aprobación. Hasta parecía estar feliz por mí. Imagínense.

-¿Estás solucionando los asuntos de Ron? –preguntó Suzie.

-Tenía las cosas bastante ordenadas. Por lo tanto, no hubo mucho problema. –respondí, esquivando la pregunta.

-Estoy un poco sorprendida de verte aquí-continuó-Fuiste el tema de conversación de toda la oficina después del día que estuviste allí. Habíamos visto a Margaret Townsend enojada antes, en realidad casi todos los días, pero nunca tan enojada e incapaz de hacer algo al respecto. Todo el personal administrativo quería casarse contigo.

-Él causa ese efecto- dijo Marilena. No sabía si se refería al efecto de hacer enojar a las mujeres o al hecho de que se quieran casar conmigo. Ambas me aterrorizaban. Las mujeres se rieron. Las miré con una mirada de "no sé de lo que están hablando". Se rieron aún más.

-¿Conoces a muchas de estas personas?-preguntó Suzie.

-Podría llegar a reconocer una o dos caras. No creo que Marilena conozca a alguien aquí. – Marilena asintió con la cabeza para demostrar que estaba de acuerdo. -¿Quién vino de tu oficina?-pregunté. Marilena dejó de observar el salón y se concentró en Suzie.

-Creo que todo el equipo de directivos está aquí. Son todos los que responden directamente a Alison Montgomery. –Suzie dijo tranquilamente.- Habrá otros de la oficina central pero de puestos más bajos. En esos casos, será porque tienen que cumplir un rol más específico esta noche.

-Como por ejemplo…-preguntó Marilena.

-A veces, alguien tiene que hacer una presentación como parte formal del programa. Pero, la razón más importante del programa o del departamento en un evento como este, es dinero.

Levanté las cejas.

Continuó diciendo:- Debe haber objetivos entre la multitud. Personas que la Sociedad persigue para financiar un programa específico o para hacer una donación familiar. Se encogió de hombros con un gesto de disculpa. –Es lo que Ron me dijo que había comprendido después de venir a trabajar aquí. Una organización sin fines de lucro es una elección impositiva, no un modelo de negocio.

Sus palabras no sorprendieron a Marilena, para nada, pero me hicieron pensar. Yo sabía que Ron estaba desilusionado, después de un año de haber ocupado un puesto de confianza en una AVH, pero no creo que haya cruzado la línea de lo cínico. Pensé nuevamente si Ron no me habría pedido ayuda y yo no lo habría escuchado.

Yo había asistido a varios eventos militares; diría que a demasiados. En esas ocasiones, sabía con lo que me iba a encontrar ya que las interacciones eran en función al rango y al rol de la misión secreta, el producto de una generación tras otra de oficiales obligados a asistir , los grupos formando una pirámide de autoridad que se entrelazaban. Decir que esos eventos eran predecibles al punto de ser increíblemente aburridos, era decir poco. Debido a ellos, no asistía a muchos actos similares del mundo civil a menos que fuera absolutamente necesario. Una cosa en común, entre la tertulia de los civiles y los militares, es que tres personas que intentan tener un tema de conversación delicado y confidencial pueden parecer frente a las otras personas como si estuvieran conspirando. Los tres reconocimos que esto era lo que había ocurrido. Me pareció gracioso que al unísono nos tomamos un descanso de diez segundos para mirar con determinación el salón , mirar a todos excepto a nosotros mismos, antes de reanudar la conversación, con la esperanza de que otros vieran que no estábamos involucrados en ninguna subversión.

Contuve la sonrisa al pensar que una pequeña estructura militar nos ayudaría en ese mismo instante. Si los peces gordos se mezclaran unos con otros, no tendríamos la necesidad de buscarlos entre los trabajadores, para poder reconocerlos. Extrañaba el rango de insignias.

-Hay alguien que deberías conocer.-dijo Suzie.

-¿Quién?-pregunté.

-¿Ves al hombre que está entrando por la puerta? ¿El hombre bajo, de Medio Oriente con la barba prolijamente recortada y que aparenta tener una gran vida? Ese es Omar Sayyaf. Él es Jefe de Operaciones Internas y es un tipo muy astuto. Es graduado de la Universidad de Columbia con honores y tiene una maestría en Economía de la London School of Economics. Es la mano invisible que está detrás de mucho de lo que pasa en la Sociedad.

-¿Está unido a Townsend?-pregunté.

-No, no creo que sean amigos, pero deben de trabajar juntos. Estoy segura de que él hace todo lo mejor que puede. A Ron le caía muy bien y me dijo que Omar era muy bueno y amable para trabajar de manera indirecta y conseguir cosas. En cierto modo, creo que Ron deseaba tener algunas de las habilidades políticas de Omar. Además, Ron y Omar eran los únicos dos hombres de trece personas que respondían a Alison. A la mayoría de los otros ejecutivos de mayor antigüedad no les agradaba Omar. Todas las personas a mi nivel creen que es porque realmente tiene habilidades y es muy inteligente. El "gallinero" debe de haber sido un lugar duro para él. Va a ser peor, a menos que Ron sea reemplazado por un hombre.

Estaba un poco sorprendido por el comentario sexista de Suzie. Había pensado que, como mujer, estaría feliz de que muchas mujeres hubiesen llegado a la cima. Marilena se rió suavemente.

-Suzie, ¿ves la mirada de desconcierto de Thomas?

-Sí. No entiende nada.-Suzie respondió, intentando contener, sin éxito, su risa.

-Thomas, déjame explicarte.- comenzó Marilena-Tus enemigos siempre fueron hombres. Las confrontaciones fueron siempre físicas, directas y violentas. La mayoría de los hombres buscan remedios directos, aun aquellos que no son soldados, y creen que una confrontación directa es el camino correcto. La mayoría de las veces, al final del día, las partes combatientes masculinas se encuentran en el pub de al lado comprándose tragos unos a otros. Se pegan, ponen en claro las cosas y siguen adelante. Es una generalidad y hay excepciones pero este es el típico enfoque machista y simplista de resolver una disputa, por lo menos, desde una perspectiva de mujer. Estos mismos rasgos se ven en mujeres empresarias muy exitosas. Están motivadas y no hay lugar para pequeñeces en sus vidas. Sin embargo, con algunas mujeres, no es así. Nunca has tenido a una mujer de enemigo, es por eso que nunca nos has considerado como adversarios potenciales. Una vez más, estamos hablando de generalidades, pero la mayoría de las mujeres pueden ser mucho más retorcidas que cualquier otro hombre. Suzie y sus compañeros de trabajo lo ven a diario y reconocen el comportamiento. Hay mujeres que no terminan nunca una discusión y esconden sus sentimientos y planes con increíble duplicidad, engañando a su adversario con autocomplacencia. Si sucede algo así, un hombre normal confrontado por un grupo de mujeres ambiciosas, ya sean compañeras o subordinadas, no tiene posibilidades. Para sobrevivir, toma una que tenga las habilidades que Suzie le atribuye a Omar. De acuerdo a lo que me contaste de Ron, él nunca iba a entender las reglas de la hermandad.

Suzie interrumpió los pensamientos que estaba teniendo al respecto.

-¡Mira! Allí está Sylvia Canfield, un ejemplo perfecto de lo que Marilena está diciendo- dijo, señalándola con su mirada, obligándome a abandonar mis pensamientos con respecto a la complejidad de la lucha de poder entre los sexos.

Una mujer, gorda y de mediana edad que llevaba un vestido verde brillante, estaba hablando con una pareja de gente mayor y a su vez, hacía grandes gestos en el aire con sus manos. Estaba poniendo mucha energía para comunicarles algo. Su pelo, peinado hacia arriba, se movía con cada palabra que acentuaba.

-Esta haciendo polvo a los Caruthers.-dijo Suzie.

-¿Quiénes son?-pregunté.

-Su hijo y su nieto tuvieron la CID y tienen muchísimo dinero. Nos entrenan para sacarles lo más que podamos a los miembros de la familia cuando recaudamos fondos. Los miembros de familias ricas obtienen toda nuestra atención. –respondió Suzie.

Supongo que le eche una mirada fuerte porque continuó diciendo:- Lo sé. A veces a mí también me molesta. Pero la dirección de la Sociedad nos dice que si al final la enfermedad se cura, entonces los medios están justificados, no importa cuáles sean.

-¿A qué se dedica Sylvia Canfield?-preguntó Marilena, cambiando el tema de conversación.

-Es la vicepresidenta de la Oficina de Relaciones de las Delegaciones; una especie de Oficial en Jefe de Operaciones para la parte externa de nuestra organización, las delegaciones y es responsable de nuestras relaciones con ellas. ¿Sabían que estamos organizados en setenta delegaciones ubicadas geográficamente, cada una con su propio estatuto, junta directiva y cada una organizada como una entidad separada sin fines de lucro? Las delegaciones llevan a cabo la recaudación de fondos e interactúan con nuestro distrito electoral. Este evento, está auspiciado por uno de ellas, la Delegación de la Ciudad de Nueva York y todos los empleados de mi oficina que están aquí, son invitados. La organización para la que Ron y yo trabajamos.-hizo una pausa breve, con una mirada de dolor cuando se dio cuenta de su error. –Perdón, para la que Ron trabajaba- es la organización central a la que se han unido las delegaciones. Las delegaciones se refieren a nosotros como "la nacional". Nosotros preferimos "oficina central". Tomamos una parte, menos de la mitad de lo que las delegaciones recaudan y gastan en investigación, programas nacionales y los costos, para dirigir nuestras oficinas y pagar a nuestros empleados. Somos un tipo de cámara de compensación para dólares destinados a la investigación. Creo que todos están de acuerdo con el hecho de que no sería eficaz, para ninguna de las delegaciones, tener relaciones propias con investigadores destacados.

-¿Cómo se llevan las delegaciones con la oficina central?

Suzie mostró una sonrisa diabólica y dijo:- No del todo bien. Siempre estamos peleando.

-¿Acerca de qué?-pregunté.

-Todo. Pero el gran problema subyacente al conflicto es que ellos creen que porque nos dan más de cien millones de dólares, casi 50 por ciento de lo que recaudan, se creen con derecho a decirnos qué hacer con el dinero. También creen que deberíamos ser responsables en cómo gastar el dinero. No le digas a nadie pero muchas personas de la oficina central creen que tienen razón; yo también. Los ejecutivos de la oficina central creen que no deberíamos darles una explicación. Puede ponerse muy feo. Tenemos a más de una delegación que está planeando separarse del gremio. Si una se va, otras la seguirán. Se supone que es un secreto, pero todos lo saben.

-¿Qué piensas de Canfield?-pregunté.

-No me agrada.

-¿Por qué?

-Por la manera que trataba a tu hermano. Al principio, eran muy buenos amigos. A diferencia de su antecesor, quien no viajaría a ninguna delegación por ninguna razón, Ron siempre estaba dispuesto a ayudar a cualquiera en la Sociedad. Se subía a un avión siempre que le pedían que fuera a una delegación y explicara todas las cosas buenas que estábamos investigando y lo que hemos aprendido acerca de la CID. Trataba a todas las delegaciones por igual. No importaba si era una gran recaudadora de dinero o una pequeña delegación de Dakota del Norte. Pero, en el final, Sylvia quería más porque estaba por debajo de la media en la recaudación del dinero. Quería que él ignorara a las delegaciones más pequeñas y que fuera, sólo, a donde hubiera mucho dinero. Peor aún, quería que Ron se convirtiera en PT Barnum. Era su estilo entregar un mensaje equilibrado acerca de cuán lejos habíamos llegado en nuestra investigación y nunca engañar. Ella quería una panacea e iba a hacer que él la vendiera. Mira, no era su obligación, era su honestidad. Ella quería, con toda su alma, obligarlo a que mintiera sobre el progreso que se estaba haciendo y que hiciera predicciones acerca de cuándo tendríamos una cura. Solía gritarle y, una vez, la oí decirle que él era el obstáculo más grande que la Sociedad tenía para lograr sus objetivos financieros. Hace dos semanas, en una reunión de directorio, a la cual me llamaron para labrar actas, ella dijo, a todos los presentes, que él tenía que ser reemplazado por una persona que trabaje bien en equipo; que hasta que él no "se retirara o muriese", el Departamento de Investigación y Pruebas Clínicas evitaría que la Sociedad lograra sus objetivos. ¡Lo dijo frente a él! ¡Yo quería pegarle! Tu hermano vio lo enojada que estaba y puso su mano sobre mi brazo para que me quedara sentada. Sólo sonrió y ni siquiera le respondió. Cuando, más tarde, hablamos sobre lo sucedido, me dijo que tenía la esperanza de que todos los que estaban en esa habitación supieran la verdad y que no necesitaba dignificar el ataque de ella. Realmente ella lo odiaba.

Marilena se dio cuenta de mi enojo y me advirtió con un simple:-Thomas.

-Estaré bien. -Me encargaré de hacer una reunión con Canfield. Marilena suspiró como si, de alguna manera, hubiese leído mi mente.

UNA PERSPECTIVA PRESIDENCIAL

Habíamos evitado mezclarnos con el resto de la gente durante el período obligatorio de treinta minutos. Con Suzie, señalándonos a varias personas y dándonos información sobre ellas, el plan de no mezclarnos con el resto, había sido una opción mejor que la de ir a hablar con cada una de ellas. Se hizo un anuncio: -Por favor vayan a sus asientos para que puedan comenzar los festejos de esta noche. –Suzie nos llevó hacia el escenario, al otro extremo del salón, y en dirección general a la mesa de la presidenta. Ella no había sido puesta en la mesa de la presidenta pero sabía que sería honesto y tal como lo expresó :- Los trabajadores, menos importantes, estamos atrás, bien al fondo, lejos de los más importantes. Prometió venir a buscarnos más tarde.

Zigzagueando entre la afluencia de invitados y los benefactores de la Sociedad, llegamos a nuestros asientos asignados, en la mesa asignada, en el área previamente y también asignada, a los seudo-dignatarios consentidos. Me sentía como si estuviese agotado. Esperaba ansiosamente conocer al camarero y pedirle que me llame por mi nombre. Si eso molestaba a mis compañeros de cena, mucho mejor, así reduciría la posibilidad de que me invitasen nuevamente. La mesa tenía lugar para doce y sorpresivamente, fuimos casi los últimos en llegar, mientras que las mesas por las que pasábamos habían empezado a ser ocupadas. Aparentemente, si te invitan a sentarte en la mesa de la presidenta, querrás asegurarte de llegar temprano allí, no sea que un latoso indeseable, tome posesión de tu derecho. No estaba seguro de por qué esto me preocupaba ya que cada asiento tenía una tarjeta con el nombre. Quedaba sólo un asiento libre. La tarjeta en la silla aún vacía decía "Alison Montgomery" escrita con letra inclinada; Mark Wilson, su esposo, que me fue presentado rápidamente, ya se había instalado en la silla de acompañante. Se sentó un poco alejado de la mesa, como un subordinado experto, para no superar a su esposa. Marilena tenía asignado el asiento al lado de él. No me había contactado con la asistente de Montgomery para darle el nombre de Marilena. Su tarjeta decía "Acompañante del Dr. Briggs". Parecía ser el equivalente en la alta sociedad de "Una ligona cuyo nombre sabremos más tarde".

Marilena, gentilmente y de manera agradable, hacía las presentaciones de su lado de la mesa, mientras que yo hacía las mías de una manera menos sociable. Como lo había anticipado, la llegada de Marilena había hecho que los hombres de esa mesa, hasta un octogenario, apreciaran la velada. Sus esposas parecían estar menos felices, aunque intentaban ocultarlo detrás de sonrisas forzadas. Una mujer ni siquiera intentó sonreír y echó una mirada fulminante a su esposo ,que estaba abstraído trazando mentalmente un mapa de las formas de Marilena ,a través de su vestido diáfano. Si lo usara de nuevo, probablemente debería poner empeño en tener una o dos píldoras de nitroglicerina a mano.

Marilena me presentó como el *Doctor* Thomas Briggs. Se quería asegurar de que todos entendieran la conexión entre el fallecido Dr. Briggs y yo y, a su vez, estudiaba sus reacciones a medida que se enteraban de mi relación con Ron, utilizando las habilidades súper especiales del FBI. He tenido otras citas, en las que las mujeres cuyos motivos nunca entenderé, se basaban en algo como "mi cita es un doctor" como si hubiesen atrapado a un pez gordo. El hecho de saber más que ese grupo de doctores, además de que me habían dejado entrar al club de médicos, impidió que me sorprendiera. Marilena estaba, obviamente, por encima de eso. Estoy casi seguro. Por lo menos creo que estoy bastante seguro de eso. Por otra parte, antes de que empezaran las presentaciones, me tomó de la mano y no me soltó. Marcó su propiedad delante de las otras mujeres; hubo una gran desilusión entre los hombres.

Las otras personas de nuestra mesa formaban un grupo heterogéneo. Estoy seguro de que cada uno tenía su propia historia con respecto a lo que habían hecho o probablemente donado, para comprar su asiento en la mesa de la presidenta. Sólo esperaba no tener que escuchar cada una de ellas. Un camarero tomó la orden de las bebidas, permitiéndome segregar a mis compañeros de mesa, basándome en su selección de libación. La escala iba, desde bebedores serios con sus borbones y escoceses, hasta bebedores frívolos que ordenaban piñas coladas, cosmopolitas y otras bebidas cursis habituales de turistas. Algunas de las mujeres estaban en la categoría "A", dándome algún tipo de esperanza. Me resultaba más fácil recordar sus tragos que sus nombres. Marilena ordenó agua con gas; ella estaba fuera de toda categorización.

En ese instante, las luces bajaron y la orquesta, que había estado tocando la música de fondo, comenzó a tocar algo más dramático y a un volumen más alto. Un reflector apareció en la nueva oscuridad y enfocó al atril , que estaba en el escenario a menos de seis metros. Esperábamos la entrada de una figura impresionante acorde a la luz y al show de sonido. Se habían instalado pantallas de televisión. El atril y el lugar vacío detrás de él fueron reproducidos en dos pantallas de quince metros ,suspendidas en el aire por encima del escenario, enmarcando el lugar del orador.

La figura que apareció en el escenario fue un poco decepcionante. Sólo pude determinar que el movimiento ,en las áreas oscuras del escenario, pertenecía a un ser humano de género masculino. Este particular espécimen medía sólo un metro cincuenta. Sin embargo, aparentemente también medía un metro cincuenta de ancho. Cuando apareció a la luz del reflector, entrecerró sus ojos, enceguecidos por la intensidad de la luz. Buscó y encontró el teleprompter. Se había puesto a sudar. Nuestro orador era gordo y estaba transpirado y ciego.

Mark Wilson se inclinó detrás de Marilena y hacia mí. Me dijo, en voz baja , al inclinarme en dirección hacia él:- Ese pequeño dirigible se llama Woodrow Standish. Es el Presidente de la Junta Nacional y es el que incitó al equipo para que vote a Alison como presidente. Asentí con la cabeza, indicando que lo había oído y que le agradecía su ayuda. Hizo una pausa, se echó hacia atrás unos quince centímetros, sonrió y me miró a los ojos. Sin embargo, no puedo evitar pensar que es el "Gordinflón Woody". Aunque había poca luz, pude ver que se reía. Como su nuevo cómplice, involuntariamente respondí de la misma manera. Siempre lo recordaría como "Gordinflón Woody", el "Tipo Redondo" de la Sociedad.

Los ojos de Gordinflón Woody, finalmente, se ajustaron lo suficiente como para leer al teleprompter y dijo: -En representación de la Sociedad contra la CID, me gustaría comenzar agradeciendo a todos los presentes por venir esta noche. -Continuó con los comentarios usuales de presentación acerca de la "noche especial" ,en la "ciudad especial", rodeados de "gente especial" y "el pelear juntos contra las más devastadoras enfermedades de la humanidad"; eso era todo en cuanto a otras enfermedades crónicas. Su discurso era interminable y le gustaba oírse a si mismo. Disfrutaba ser el centro de atención, aunque esto lo hiciera transpirar aún más. Sin embargo, cuando llegó a su verdadero objetivo, presentar a Alison Montgomery, la situación se puso interesante y un poco extraña. Fue más allá de los tópicos normales y recordatorios acerca de lo afortunados que éramos al tener a Alison Montgomery, como presidenta de nuestra Sociedad- la aduló y habló, tan efusivamente sobre ella, hasta el punto de ser inapropiado. Los adjetivos que usó para describir a Alison Montgomery fueron más allá de los que uno usaría para describir a un profesional y se convirtieron en algo personal- casi hasta el punto de ser de carácter íntimo. Podía sentir que el cuerpo de Wilson, que estaba a un asiento de distancia, se ponía tenso a medida que Gordinflón Woody adoraba a su esposa públicamente. Aun con la poca luz del salón, pude ver una o dos sonrisitas de satisfacción hacia nuestra mesa. Algunas personas se miraron con complicidad, como si compartieran una broma interna, riéndose de él y de su fantasía. Wilson, con vergüenza, se hizo hacia atrás, alejándose de mí. Finalmente, y para alivio de varios, su discurso terminó. Gordinflón Woody pronunció el nombre de Alison Montgomery con una reverencia, se dio vuelta y se fue del escenario caminando como un pato.

Una nueva selección de música comenzó a oírse suavemente y de a poco, comenzó a hacerse más fuerte, anunciando la entrada de la Presidenta de la Sociedad contra la CID. A diferencia de la apariencia de Gordinflón Woody en el escenario poco iluminado, varios grupos de luces blancas y brillantes aparecieron. Un telón se abrió de ambos lados y una majestuosa figura ,vestida de blanco, con cabello rubio que enmarcaba su cara bronceada, se deslizaba sobre el escenario, a paso moderado, hasta llegar al atril. En lugar de detenerse detrás de él, se dirigió hasta ubicarse enfrente de la base del parlante pequeño. Debe de haber estado buscando el lugar desde dónde se escuchara mejor ya que no tenía micrófono. Desde este punto cercano de ventaja y debido a la ubicación de los teleprompters, era obvio, tal vez intencional, que nos hablara de manera improvisada o utilizando algunos comentarios estudiados de memoria.

-Estamos nuevamente juntos-comenzó solemnemente, con los brazos levantados y en dirección a su audiencia- unidos por nuestra pasión y esperanza. Nuestros seres queridos esperan que nosotros terminemos con su dolor, con su pérdida de los dones más básicos del ser humano. Estamos bendecidos con la buena fortuna, impulsados por la fuerza interna de vencer cualquier obstáculo. Este don, es una bendición de vitalidad y salud para que podamos ,sin duda, usarlo para ayudarlos. Y lo haremos. Ayudarlos con menos,en esta noble búsqueda ,sería inaceptable para ustedes, mis amigos, mis compañeros.- Bajó un poco la cabeza y volvió a poner sus brazos al costado del cuerpo.

Eran sorprendentes sus habilidades para manejar un salón de este tamaño. Sus palabras afectaron visiblemente a los presentes. Tenía un total dominio de la audiencia. Esto ya lo había visto antes. No creo que sea algo que te puedan enseñar; o naces con él o no. Es la capacidad de llegar ,a cada miembro de la audiencia, a un nivel personal, aun en una reunión grande como ésta. En parte, se debe a las palabras, pero más se debe a cómo son utilizadas. Palabras intensas, dichas con pasión, sentidas con el corazón y expresadas con exactitud. No dejaba lugar al escepticismo, reclutaba a los creyentes, cuyas reacciones palpables, sacarían el escepticismo de la mente de cualquier persona.

Su próximo mensaje intensificó, aún más, la idea por inverosímil que pareciese.

-A ustedes los considero, primero, mis amigos, compañeros de viaje en nuestra búsqueda. Estamos unidos por nuestra causa, nuestra determinación, nuestra acción. No seremos vencidos.

-Quiero agradecerles a todos los que me han dado una mano en este momento de dolor personal. Para todos aquellos que no lo saben, la CID de mi hermana ha empeorado y el enemigo con el que lucho día a día, pronto la arrancará de mi lado.

Un grito de sorpresa y una refutación colectiva se oyó en el salón.

-Me pidió que compartiera con ustedes su amor, su comprensión por el formidable trabajo que hemos logrado, sabiendo que cuando terminemos nuestra misión y LA TERMINAREMOS, será demasiado tarde para ella.

La audiencia se inquietó, aún más, algunos mostraron angustia emocional. Al echar un vistazo rápido a los que estaban sentados en mi mesa, no vi muchos ojos secos con excepción de Mark Wilson, cuya cara estaba impávida. Ahora entendí su motivación, su fuerza interna para llevar adelante esta lucha. Tuve una tremenda experiencia personal con un hermano, que siempre me había hecho formar parte de su vida y que siempre estuvo a mi lado cuando lo necesité, sin titubear. Aunque Alison Montgomery era ,sin duda, una showman, en este momento hablaba con la fuerza del corazón, no se podía negar.

Continuó después de asegurarse de que sus palabras iniciales tuvieran un gran impacto.

-Esta noche es una prueba. No es sólo una prueba para mí, sino para todos nosotros como familia. Puesto que, además de mis pruebas personales, se encuentra entre nosotros alguien que ha sufrido enormemente y necesita de nosotros, de nuestra fuerza. Hace diez días, tuve la triste obligación de anunciarles la muerte de un gran hombre; un hombre que era mi héroe personal y el de todos los que lo conocían. Para todos aquellos que no lo saben, hemos perdido al Dr. Ronald Briggs, líder de los primeros esfuerzos de la Sociedad para ponerle fin a la CID. Las autoridades han dicho que la muerte de Ron fue un suicidio.

Saber que mi queridísimo mejor amigo se había quitado la vida, fue uno de los peores momentos de mi vida. Cuando pierda a Claire, sentiré en ese momento el mismo dolor que el de su antecesor. Ron habrá tenido muchos problemas, habrá sentido una carga terrible para haber tomado esa determinación. Era muy fuerte, muy decidido. Siento una terrible culpa por no saber los demonios que lo perseguían. Habría hecho cualquier cosa por él. Sin embargo, sería egoísta de mi parte, hacerles creer que la mía sería la única pérdida. El hermano de Ron, Tom, está sentado en mi mesa. Tom es una persona de la que Ron siempre hablaba; alguien del que Ron estaba muy orgulloso. Reamente quería conocerlo algún día, pero no en un día como hoy.

Miró hacia donde yo estaba. Sentí que todos en el salón compartían esa intensidad. Poco a poco, se fueron retirando esas miradas hasta que, sólo, quedamos Alison Montgomery y yo. La única incursión agradable fue la de la mano de Marilena, que por debajo de la mesa, tocó la mía. Me apretó la mano como percibiendo lo que iba a venir.

Como si fuéramos los únicos presentes, me dijo con lágrimas que brotaban de sus ojos:

-Lo siento mucho Tom. Trataré de ser una mejor amiga para ti de lo que fui con tu hermano. Fallé. Les fallé a ambos.

Le creí. Todos en el salón le creyeron. No sabía lo de su hermana. Ahora entiendo. Comprendí por qué Ron la seguía, por qué creía en ella. Tenía un aliado para que me ayude a encontrar al asesino de Ron. Alison Montgomery pronto sabría lo que yo sabía- lo que sabía con total y completa seguridad. Se lo haría saber. Su culpa con respecto a Ron se convertiría en energía. Ella se convertiría en la persona de confianza, adentro de la Sociedad, que Marilena y yo necesitábamos.

CERCA Y PERSONAL

El discurso breve pero increíblemente efectivo, terminó. Fue recompensada con un aplauso mucho más grande del que yo hubiera esperado de un evento de la alta sociedad. Cuando se encendieron las luces para cenar, muchos en el salón miraron en dirección a nuestra mesa, intentando identificarme y hablaban intencionalmente con las personas que tenían a su lado, mientras que hacían gestos en mi dirección. Montgomery salió del escenario, pasando a través de las cortinas y reapareció por una puerta cerca de nosotros. Caminó por el área del comedor hasta llegar a nuestra mesa, deteniéndose varias veces para saludar a alguien en el camino. Sentí un gran alivio, al ser ella ahora el centro de atención ,me convertía a mi en noticia vieja. Para cuando Alison Montgomery llegó, los camareros ya habían colocado unas ensaladas pequeñas en nuestra mesa. Ella se dirigió, primero, hacia mi. Me paré y me dio la mano.

-Gracias, nuevamente, por venir esta noche-dijo realmente con mucha honestidad y haciéndome sentir realmente especial.

-Gracias por la invitación y por hacernos un lugar en su mesa.- respondí- Quiero presentarle a mi acompañante, la señorita Marilena Rigatti. –la última parte sonaba un poco extraña ya que parecía ser innecesaria ,debido a que no la conocía lo suficiente como para presentarle a alguien. Había utilizado la palabra "señorita" como Marilena, en el pasado, me había pedido que lo hiciera. En realidad en inglés esa palabra se usa cuando uno no quiere decir su estado civil. No se usa de la misma manera en ningún otro idioma. Si hubiese tenido la mínima oportunidad, Marilena habría dicho lo que pensaba de la palabra "señorita". Menos mal que no la tuvo.

Las dos mujeres se evaluaban una a otra, pero aparentaban no hacerlo. No se perdían ningún detalle. Marilena no se levantó de su silla. Desde su asiento seguía la mirada de Montgomery. Continuó hablándonos a ambos:- Espero que ambos disfruten de una cena muy especial y tengan la oportunidad de conocer a muchos de nuestros benefactores.

Asentí con la cabeza mientras planeaba hacer cualquier cosa, excepto eso. Marilena apenas ladeó su cabeza y respondió con su marcado acento:- Es un encantador evento en apoyo a algo tan importante. Debe ser maravilloso combinar noches, como estas, con un trabajo tan gratificante a nivel personal.

-Sí, soy muy afortunada-dijo Montgomery- Pero lo más importante es que mi trabajo me permite conocer gente muy generosa y maravillosa. Sin embargo, para mí, ponía mucho más énfasis en la palabra "trabajo" que en "gente muy generosa y maravillosa". O, tal vez, sólo estaba oyendo lo que quería oír de ella. Soy siempre muy escéptico. Ahora, su atención fue sólo hacia mí.

-Dr. Briggs, estoy tan feliz de que haya podido venir esta noche y que vea, directamente, nuestro compromiso y conozca a algunos de nuestros colaboradores. Antes de que se vaya de Nueva York, ¿podemos tener una reunión en mi oficina? Mejor aún, mañana el consejo se reúne. Es una reunión de directivos. Ron formaba parte de ese grupo y me gustaría que usted conociera a la gente cercana a él, que trabajaba liderando la organización. Tengo gran esperanza de mantener un gran vínculo con su familia.- ¿Se sorprendería al saber que yo era la única familia de Ron?

Le respondí con una afirmación pero con voz neutral. Nos reuniremos. Iré a la reunión del consejo. Pero le haría saber que no era la única con una agenda. Era un poco presuntuosa para mi gusto, pero debido a la aflicción de su hermana, estaba seguro que era una verdadera creyente. Iba a usar eso para ganarme su participación, para liberar a su amada Sociedad contra la CID de un asesino. No tener conciencia, me permite tomar decisiones como ésta, sin perder el sueño. Sonrió, me soltó la mano y se dio vuelta para hablar con otra pareja. Invitó a todos a comenzar con la cena mientras que ella ignoraba el primer plato y hablaba con cada una de las personas sentadas a nuestra mesa. Imagino que una de las desventajas de su trabajo era que, los eventos sociales que se hacían alrededor de una comida, la dejaban hambrienta. Las otras personas sentadas a la mesa comenzaron a interactuar unas con otras, dándole a Montgomery y a la persona con la que estaba hablando, cierta privacidad. Veinte minutos más tarde, había terminado su vuelta y se sentó al lado de su esposo. Las ensaladas ya no estaban, el primer plato se enfriaba y su esposo se aburría.

La cena era mejor que la mayoría de las cenas que se hacen en este tipo de eventos. A su favor ,puedo decir que los chefs del Plaza habían producido una gran cantidad de comida, sin hacer que tuviera sabor institucional. Era necesario que WESTPAC se robara un par de esos muchachos y que cambiara las cosas en Yokosuka. Sorpresivamente, las conversaciones ,entre las personas de esa mesa, no tenían nada que ver con la CID. Todos estaban más interesados en hablar sobre temas triviales de sus vidas y en renovar conocidos. Hablé con un par de personas de la mesa, pero para la mayoría, incluso Alison Montgomery, estaban mucho más interesados en Marilena que en mí. Aunque no sea para otra cosa, era una demostración de buen gusto.

Una mujer mayor, cuyo nombre ya me he olvidado, comenzó con la investigación colectiva. Me hice hacia atrás, en mi silla, para ver el show.

-Mi querida, tu acento es encantador. ¿De qué parte de Italia eres?

-En realidad, sólo tengo una parte italiana ; he pasado gran parte de mi vida en otros lugares de Europa. Mi abuelo paterno era de Toscana pero se mudó a la parte vasca de España, donde conoció y se casó con mi abuela. La familia de mi madre es de Francia. Pusieron muchísimo esfuerzo en negar de que provenían de Rumania, se rumorea que se los consideraba nada menos que gitanos y gente de circo. Continuó diciendo a la vez que me miraba de una manera despectiva:- Thomas, me llama pichicho europeo. Inmediatamente, recibí unas miradas fingidas de disgusto. Ahora que lo pienso mejor, no eran tan fingidas.

-Varias veces, te he ofrecido subirte al nivel de perro mestizo. – honestamente, conté las veces. Muchas personas rieron, incluida Marilena. Había evitado ser arrastrado y descuartizado por el momento. La matrona de pelo azul mantuvo su puesto de inquisidora en jefe, evitando la risa con determinación. Ella le reveló a Marilena: -Carson y yo hemos viajado por todas partes de Europa. Me resultaba difícil asociar tu acento con tu apellido. Escucho la encantadora influencia francesa en tu acento ,entremezclado con el castellano. Ahora no escucho la influencia italiana. -Sí, correcto. Intentaba no reírme en voz alta ante ese sofismo. Una de las pocas cosas de las que me he burlado de Marilena, era de que su acento parecía cambiar, representando a diferentes países de la costa Mediterránea, tanto del norte como del sur, y ella podía adaptarlo a cualquier situación. Cada vez que se lo dije, lo negó pero juro que ella suena diferente hablando con un ministro de asuntos exteriores que con un emisario libanés.

Después de cierto interrogatorio adicional, se llegó a la conclusión que mi acompañante era una belleza exótica que yo no merecía. Era indiscutible. Uno de los hombres dijo que ella necesitaba "cambiarme por algo mejor" y se ofreció a ayudar, lo cual provocó la risa de todos los presentes ,excepto de su esposa y de Marilena ,que no entendió la expresión coloquial. Le dije que quería decir que ella era muy afortunada de tenerme como su acompañante. Fui completamente rechazado. Una multitud, aunque forme una pequeña mafia, puede ser algo feo.

El postre llegó pero fue completamente dejado de lado, por las mujeres que cuidaban su figura. Ssonreí al ver que las otras mujeres, al ver esto, también abandonaban el postre. Previo a esta noche, habría sido un alimento básico en sus dietas. Bien por ellas.

Marilena se dio vuelta hacia mi y dijo:

-Me prometiste un baile, en realidad, varios.

Estaba seguro que no se lo había prometido. Estaba más seguro ,aún, de que iba a perder esta batalla. Nos excusamos y nos dirigimos a la pista de baile.

-¿No crees que me veré un poco insensible bailando contigo después de la oratoria pública de Montgomery, acerca de la magnitud de mi reciente pérdida? –le pregunté con una sinceridad fingida.

-Nunca te verás insensible bailando conmigo. Si bailas con otra, entonces sí parecerás insensible.

Antes de que pudiera preguntarle qué había querido decir con eso, estábamos en la pista, haciendo ese tipo de baile lento que hacen los adultos. Por lo menos, este tipo de baile tiene el beneficio de contacto físico- una evidente mejora táctica si se está intentando llevar la relación a un nivel más alto. Este no era mi plan esta noche, por lo tanto, me iba a comportar estrictamente de una manera más fraternal. Marilena se movió hacia mí y se deslizó por debajo de mis brazos. Esta forma de baile no requiere de mucha habilidad o movimiento alrededor de la pista. Mi plan era utilizar esto como una ventaja para hablar en privado. Marilena tenía sus propios planes.

-¿Qué piensas de Montgomery y su esposo?-pregunté.

Ella extendió su mano y apoyó su dedo índice, verticalmente, sobre mis labios.

-Podemos hablar de eso después.-susurró y luego se acercó aún más hacia mí, esta vez apoyó su cabeza sobre mi hombro, tomando mis manos y llevándolas a lugares más íntimos, casi rozando lo inapropiado. Demasiado para mis planes. Se balanceó lentamente conmigo, perdida en su propio mundo. Aun cuando tuviera la habilidad de leer la mente, tendría miedo de inmiscuirme en sus pensamientos. Yo no tenía pensamientos. Al menos, ninguno que reconociera.

Luego, por un costado de mi ojo, la vi venir. Era la Mujer Pollo. Parecía que estaba en una misión. Se dirigió a nosotros con una mirada decidida. Oh,oh. No sólo había centrado su atención en mí , sino que también, se había dado cuenta que yo la había reconocido. Su determinación cambió por una gran sonrisa artificial que requirió mucha energía mantenerla. A medida que se acercaba, la luz la iluminaba mejor. Su cabello, teñido de rojo especialmente para el evento, era de un tono rojizo un poco diferente al anterior. Ahora era de un tono rojo difícil de encontrar en un cabello natural.

Me puse tenso y le dije a Marilena, trayéndola de regreso al planeta Tierra:

-Problemas, Margaret Townsend, a mis once en punto, a treinta y cinco metros, viniendo.

-Estoy segura de que quiere hablarte.- Marilena dijo somnolienta y sin ninguna preocupación.

-Bueno, yo también quiero hablarle, pero no ahora, no aquí. Cuando esté listo. La ignoraré.

-Eso no va a funcionar.- Mas somnolencia improvisada de parte de mi acompañante, supuestamente madura, su tono de voz subía a medida que pronunciaba cada palabra de la oración.

-Seguro que sí funcionará.

-¿Todavía viene para acá, Thomas?

-Si, directo hacia nosotros. Estoy intentando no mirarla.

-Planea interrumpirnos para bailar contigo. De esa manera va a poder hablar y no vas a poder escaparte. Las mujeres hacen esas cosas todo el tiempo.

-Maldición. –estaba acorralado. Esto estaba mal. – ¿Estas bromeando?-dije casi con asfixia. – ¡No quiero bailar con ella! - Era hora de continuar con la ofensiva. Dejé de moverme y dije con total determinación.-Esta bien, ahora mismo voy a resolver esto.

Marilena no me soltó. En lugar de eso, apenas se alejo de mí y me miro a los ojos.-Si queremos obtener colaboración de esta gente, no ayudará estar involucrados en un altercado público, con uno de los ejecutivos. – Luego, después de una pequeña pausa continuó:- Lo puedo impedir. ¿Quieres que la mantenga alejada sin hacer una escena frente a todos estos patrocinadores civilizados? -me pregunto de manera calma, con una mirada un poco burlona como si no le importara mi respuesta.

Tenía razón. No iba a ser de mucha ayuda comenzar una guerra. Si ella tenía una solución, yo iba a apoyarla.

-Sí, claro, haz lo que quieras. –Estaba desesperado. Se me notaba.

-¿Confías en mi?

Una pregunta extraña. –Por supuesto. Tú eres más afable que yo en este tipo de cosas. Haz lo que debas hacer.

-Avísame cuando ella este a cinco metros de nosotros.- Marilena me ordenó, sin haber visto nunca a la Mujer Pollo, de una forma tan tranquila, que parecía apenas despierta. Lo que sea que estuviese planeando, no tenía nervios previos al combate.

-Pronto.-dije.-A seis metros. Ahora.

En ese momento, Marilena rápidamente paso su mano derecha por detrás de mi cuello. Sin aviso, ella bajó mi cabeza hacia la de ella y antes de darme cuenta de lo que estaba sucediendo, me besó. Me besó fuertemente. Fue el beso mas intenso que alguna vez haya tenido. Había pasado de ser una compañera de baile soñadora, de movimientos lentos, a ser una tigresa. Su cuerpo entero participó en el acto. "Maldición". Por un momento apartó sus labios de los míos y suplicó: - Necesito tu ayuda.- y luego continúo con lo que yo creía que era un acto, con el mismo nivel de intensidad de energía. Puedo ser lento, pero finalmente lo entendí. La atraje hacia mí y la besé. Ella avivó ,aún más, la pasión al abrir su boca y al deslizar mi mano izquierda, la que no estaba oculta por nuestros cuerpos, por encima de su cintura y cerca de su pecho derecho. Ella apenas se movió, de forma natural, completando la maniobra y logrando un contacto mas intimo entre su cuerpo, insuficientemente cubierto, y mi mano. Para un observador, parecería que era yo el que había hecho ese movimiento. ¿Había sido yo en verdad?

En mi visión periférica, pude ver que la Mujer Pollo se paró en seco. Quedó boquiabierta; su sonrisa fija había desaparecido. Después de unos cuatro largos segundos durante los cuales parecía no estar respirando, se dio vuelta y se marcho mas rápido de lo que le tomo caminar hacia nosotros. La treta de Marilena había funcionado.

Marilena me dio una advertencia: -No te detengas. Ella podría estar observándonos.

No me detuve. Y por un momento, tal vez por un largo, largo momento, me permití a mi mismo dar un peligroso paso. Disfrutaba a esta mujer, su cercanía y la intimidad del momento. Finalmente, nos calmamos y yo trataba de mantener mi respiración bajo control. Marilena me miró y se rio discretamente. Dijo:- Te dije que lo podía manejar, Thomas. Para mi pesar, noté que mi mano todavía estaba en su pecho. Saqué mi mano rápidamente. Se rio de mi otra vez.

Demasiado para un baile fraternal.

INTROSU

Mantuve la promesa que le había hecho a Ricardo. Fuimos llevados de regreso al apartamento en limosina, la cual nos garantizaba seguridad y evitaba, de manera exitosa, los peligros que ofrecían los carruajes. Entre Marilena que esquivaba los compañeros de baile indeseados y Ricardo, que me proveía de un medio de transporte seguro, me sentía la persona más a salvo de Manhattan. Sin embargo, esto descartaba el hecho de que me estaba permitiendo, a mi mismo, estar mas cerca de la única mujer que había considerado un peligro para mi persona, para la vida para la cual había trabajado y que no quería que cambiara. Mis relaciones anteriores con cada uno de los miembros del sexo mas bello habían sido siempre bajo mis términos;sabia que en algún momento esto cambiaria. No me preocupaba alejarme; y así lo hice con cada una de ellas. Con Marilena, habría sido diferente. Estaba completamente seguro de esto y no había cambiado de opinión.

Mas temprano, después de haber ahuyentado a Townsend, inmediatamente ella volvió a su postura de baile somnolienta y satisfecha ,como si nada hubiese pasado. Yo estaba muy consciente de que algo había pasado y sólo podía lograr bailar dos canciones más en la pista. Ella tenía una tremenda capacidad de compartimentar su vida. Cuando se enfocaba en algún aspecto de su trabajo, no había forma de disuadirla. Yo lo había visto bastante seguido. Podría ser algo intimidante de ver. Pero, otras veces, como ahora, ella podía poner todo eso en un frasco, con una tapa ajustada y con los objetivos personales reemplazados por los profesionales.

Desde la pista de baile noté que nuestra mesa ya no estaba ocupada, nuestros compañeros de mesa se habían levantado para mezclarse con otros invitados no dignos de la Mesa Presidencial. Nos escabullimos y nos unimos a Ricardo para nuestro viaje a casa. No necesitó una advertencia de veinte minutos. Se había quedado al pie del cañón con la aprobación de Marilena. Hablamos poco con Marilena en el camino, ya que ninguno quería comenzar una conversación complicada y no tener el tiempo de terminarla. Necesitaba mantener mi mente ocupada con otra cosa, aunque estaba posponiendo un problema que debía tratar en ese momento. Esquive el bulto y racionalice que había otros asuntos tácticos más importantes.

En el transcurso de la noche, había logrado hacer contacto con la mayor parte de su cuerpo, quedando sólo unos pocos lugares sin tocar. "Donde escondía la Glock?"

-¿Dónde está tu pistola?- pregunte a Marilena, trayéndola de regreso de donde estaba, perdida en sus pensamientos. Volvió su cabeza y me miró.

-Guardada con llave en mi maleta, que está debajo de la cama de la habitación de huéspedes.

-¿Qué?

-Tú tienes la tuya. –respondió, una afirmación muy razonable.

-¿Qué?- fui incrédulo.- ¿No se supone que debes llevarla todo el tiempo?

-Si. Y esta noche, te asigné esa responsabilidad a ti. Si necesito dispararle a alguien, estoy segura que lo harás por mí. Prometo pedírtelo amablemente.

-¿Qué?

Ricardo se detuvo frente al apartamento. Antonio abrió la puerta. Debe haber sido su turno trabajar esa noche. Estaba muy contento de que la hermosa Señora estaba de regreso, ilesa.

Cuando llegamos a la puerta del apartamento, era hora de cambiar el protocolo caballeroso, por el del tema de seguridad. Le toque el brazo, indicándole que debería quedarse detrás mío. Abrí la puerta de la manera más silenciosa que pude y puse un pie adentro. Varias lámparas hacían que las habitaciones estuvieran bien iluminadas. Afloje la culata de mi Beretta, la saqué de su escondite y mantuve mi mano en ella. No había ninguna amenaza.

Apenas entré, me detuve en un medio paso. Algo estaba mal. No estoy seguro de cómo lo sabia. Tal vez, mi subconsciente había observado que algo había sido cambiado de lugar; no lo sé. Pero he experimentado esto antes y he aprendido a confiar en mi instinto, sin preguntar. Alguien había estado aquí. Tal vez alguien todavía podía estar aquí.

Puse mi dedo contra mis labios,haciendo la seña internacional de "Por favor no hagas ningún ruido y síguele la corriente a tu amigo, impulsado por la testosterona y encargado de la seguridad-¡POR FAVOR! Tenía la esperanza de que mi internacional amiga viajera conociera el código. Me moví al centro de la habitación, ahora con el arma en la mano y presté atención para escuchar algún movimiento. El código parecía haber sido olvidado o malentendido ya que Marilena fue directamente a la habitación de huéspedes, iba a mirar adentro, ignorando el hecho de que yo era el único armado del equipo. Me moví rápidamente y me puse entre ella y las puertas de la habitación de huéspedes.

-Hey, no tienes arma, ¿recuerdas? Quédate detrás de mí. ¡Por favor! – susurré. Se encogió de hombros y me dijo, articulando para que le leyera los labios: -OK – de una manera, a mi parecer, condescendiente. Iba a tener que darle órdenes sobre los procedimientos tácticos. Me demostraría cierta percepción extra sensorial, que podría determinar la presencia de amenazas o bien, yo la volvería a sensibilizar a un nivel apropiado de paranoia de agresión urbana. Su vida puede haber sido una misión diplomática, pero la mía no.

De repente, en mi visión periférica, vi una figura en un chándal ancho y con capucha, que salió rápidamente del estudio y que fue directamente a la puerta de entrada. Tiré mi arma sobre el sofá, tomé velocidad y fui directamente hacia mi objetivo, con mi cuerpo hacia adelante a medida que la velocidad de interceptación aumentaba. Me lancé sobre el intruso y le hice un medio tacle, mis brazos lo rodearon y puse el hombro contra sus costillas. Era de estatura media y flacucho. Podría decir que por la falta de resistencia a mi inercia, yo pesaba unos veintidós kilos más que él. Caímos juntos sobre el piso- sufrió el impacto tal como lo había planeado. La razón por la que lo derribé ,en lugar de dispararle, fue porque estaba más interesado en hacerle unas preguntas que en matarlo. Mas tarde podía matarlo, sin necesidad de un arma. Era un pequeño riesgo ya que no había visto ningún arma y aunque él la tuviera, una persona que dispara un arma y que sale corriendo es un pobre tirador contra un objetivo en movimiento. Ni siquiera había considerado el hecho de decir "Alto o disparo". No nos enseñaron eso en la Infantería de Marina. Cuando apunto a alguien con una pistola, esa persona debería prepararse para ser baleada- tal vez varias veces.Los cartuchos son baratos; jalar del gatillo es fácil.

Me puse de pie rápidamente y me sorprendió ver que el idiota también se había parado, tambaleándose. La adrenalina misma lo había hecho levantar del piso. El tipo de combate sin armas, que nos enseñan en el Cuerpo de Marines, no es muy elaborado ni tampoco es una misteriosa forma de arte asiático. Esta basado en el boxeo, en la pelea callejera, usando la fuerza de la parte superior del cuerpo. Es sucio, rápido y efectivo. Un puñetazo rápido, un empujón fuerte con todo el cuerpo hasta llegar a su intestino debajo de su esternón, era todo lo que se necesitaba. Le di un golpe que lo hizo volar por el aire. Aterrizo, bruscamente, sobre su trasero y el viento le hizo perder el conocimiento, haciéndolo caer hacia atrás. El sonido final fue su cabeza golpeando contra el piso de parqué.

La capucha todavía cubría su cabeza, pero no creo que haya amortiguado mucho el impacto contra el piso. Me tiré sobre él e inmovilicé sus brazos con mis rodillas. Mis noventa kilos representaban un obstáculo para su huida. De manera violenta, le tiré hacia atrás la capucha y descubrí que no era un hombre sino una mujer. Mi contrincante era una joven mujer. Su rubio cabello rodeaba una expresión de dolor. Era atractiva y tenía alrededor de 20 años. La caché en busca de armas; sin ninguna objeción. Seguía siendo un enemigo a pesar del género.

-Voy a vomitar.- dijo, jadeando sus primeras palabras mientras que su diafragma intentaba reincorporarse al mundo civilizado. Me levante y deje que ella se pusiera de costado. Cumplió con su promesa y vomitó, una reacción esperada.

Marilena miró con consternación.

-¿Alguien que debiera conocer, Thomas?

-Tal vez. Te la presentaré cuando sepa quién es.

-¡Me golpeó!- dijo, agarrándose el estómago y sintiendo todavía mucho dolor.

-Mantén las manos en un lugar donde las pueda ver o te golpeo nuevamente.

Marilena fue a la cocina. Agarró un paño humedecido y un vaso de agua. Mientras hacia eso, yo retire mi arma, pero sin sacar los ojos de nuestra intrusa.

-¿Por qué me golpeó? Siento que tengo las costillas rotas.

Marilena regresó y dijo:- Lo siento, querida. Sus modales son terribles. –La ayudó a sentarse y le secó la cara y el cabello con el paño. Luego le ofreció agua y la muchacha aceptó. No me agradaba que Marilena estuviese tan cerca de ella. Su cercanía parecía ,lo suficientemente substancial ,como para causar algún daño. A pesar de ser delgada, la muchacha era alta para ser mujer. Marilena limpió a la chica y me di cuenta que me tocaría, a mí ,limpiar todo el liquido derramado sobre el piso de parque.

-¿Quién eres?-pregunté.

-¿Quién soy yo? ¿Quién es usted? ¿Qué está haciendo aquí? –respondió. Comenzó a enojarse y le agarró un ataque de tos.

Cuando terminó, hablé de nuevo con cierto tono amenazador:- Responde mi pregunta, muchacha. Como puedes ver, no estoy limitado por las viejas ideas acerca de golpes y restricciones de género. Ella estaba viendo una gran parte del policía malo. Marilena no dijo nada; su parte buena de policía se limitaba a los quehaceres personales de la casa.

Respondió rápidamente con ojos desorbitados:- Soy amiga de Ron, mejor dicho, del Dr. Briggs. Es mi amigo. Era mi amigo.-se corrigió. –Estoy autorizada a estar aquí. Estoy en la lista. ¿Quién es usted? ¿Está en la lista?

-¿Qué lista? –pregunté, olvidando lo que debería haber recordado.

-La lista que está en la recepción abajo. Me dieron una llave. Aquí esta.- dijo, revolviendo los bolsillos de su sudadera. Tomé la llave. Era melliza a la mía. No la devolví.

-¿Por qué intentabas escapar?-pregunte.

-Lo vi desde el estudio. ¡Tenia un arma! ¡Me asustó! ¿QUIÉN ES USTED?

Marilena respondió por mí:- El es Thomas. Es el hermano de Ron.

-¿Thomas? Es decir, Tom? Usted es Tom? Si, ahora lo reconozco. Su hermano me mostró muchas fotos. Usted es militar, ¿no es cierto?

-Te podría dar otro golpe por eso.-dije.

-¿Qué? –dijo retrocediendo, con miedo y desplazando su enojo.

-¡Thomas! – dijo Marilena rápidamente.

Luego miró a nuestra cautiva y le dijo:- No te preocupes querida. No te volverá a lastimar. Es al revés de lo que parece. En realidad, es un hombre muy amable. Lo que sucedió es que tú nos sorprendiste. Déjame ayudarte. Vamos al baño así podemos terminar de limpiarte.

Tomé toallas de papel de la cocina y les rocié limpiador. Sequé el piso mientras ,en el baño, sucedían cosas de mujeres. Poco después, regresaron y se sentaron una al lado de la otra en el sofá. Obviamente, la joven todavía me miraba como si yo fuera algo dañino. Marilena me veía como una fuente potencial de seguridad.

Marilena comenzó:- Thomas, te presento a Abril. Abril Junio.

Miré a la muchacha y dije:- Abril Junio. ¡No me digas! ¿Tu segundo nombre es Mayo?

Respondió sin entusiasmo. Ella había escuchado esa pregunta antes.

–Si, a decir verdad lo es. Mis padres estaban bajo los efectos de drogas cuando me pusieron el nombre.- Hablaba en serio.

Marilena me miró rápidamente; quería que la dejara hacer eso. OK? Volvió a mirar a Abril:- ¿Cómo conociste a Ron? –Ella no había comenzado como yo lo hubiese hecho "¡DIME QUE ESTAS HACIENDO AQUÍ!

-Vine a devolver el helicóptero. –respondió Abril.

Podría haber dicho muchas cosas. Sin embargo, esa no era la que yo esperaba.

-¿El helicóptero? –Marilena preguntó como si hubiese malentendido sus palabras.

Me fui al estudio. Marilena evitaría que se escapara. El estante ya no estaba más vacio. Un modelo del Bell Jet Ranger, verde y blanco, con letras pintadas en un rojo metálico que decían "Bomberos de Cascade" estampadas en la cola, se encontraba en su lugar.

Lo tomé cuidadosamente, lo lleve al salón comedor y lo puse en la mesa, a la vista de las dos mujeres.

Abril dijo:- Lo tenía en mi casa. Se lo estaba guardando a Ron.

Comencé a decir algo pero Marilena me echó una mirada fuerte- todavía era su show.

Siguió investigando:- Abril, ¿el te lo dio para que se lo guardaras? ¿Por qué?

-Realmente no lo sé. No es que a mí me interesen aviones a control remoto u algo parecido. Sin embargo, un par de veces, él me llevó al parque para que lo viera volar los helicópteros.

-¿Sabes por qué te pidió que lo guardaras?-la misma pregunta, una técnica policíaca, pero repetida con voz dulce.

-Realmente no lo sé pero me asustó mucho cuando lo hizo. La primera vez que tuve miedo a su lado. Yo no le temía a él. Temía por él.

-¿Por qué?-Marilena preguntó utilizando una voz un poco mas suave con cada pregunta, atrayendo a Abril, haciéndola sentir confortable, confiada.

-Me dijo que lo guardara y que si algo le sucediera , se lo diera a Tom cuando viniese a Nueva York.-Me miró. –No me dijo mucho, sólo que cuidara el apartamento y que cuando usted apareciera se lo diera. Lo que también me dijo fue que si algo le pasaba, yo no debía involucrarme. Especialmente, no debía llamar a la policía y contarles sobre el helicóptero. Dijo que no estaría en peligro si le daba a usted el helicóptero y si no le contaba a nadie sobre eso. Me dijo también que usted sabría que hacer con él. Ahí fue cuando me asusté. Pero lo hice por él, por lo que había hecho por mí. Todos los días, después de su muerte ,llamaba al mostrador de seguridad. Ayer, me dijeron que usted estaba aquí y que le habían dado una llave. Por eso vine con la maldita cosa. Si hubiese sabido que usted era el que estaba entrando, no habría tratado de escapar. Todo lo que vi fue el arma. Después de todo, esto es Nueva York.

Ron sabía que estaba en peligro. Sabía que habrían problemas. Le dijo a ella que algo podría pasarle. Debería haberme llamado. Yo habría venido de Tokio a Nueva York en tiempo record. Habría hecho que algunos de mis amigos especiales buscaran a Ron y lo mantuvieran a salvo. Ni siquiera me dirían dónde lo ocultarían, en caso de que yo pudiera llegar a estar en peligro. Tampoco yo habría preguntado. Cualquier problema, lo habría resuelto con Ron y el estaría vivo.

Marilena intervino antes de que yo pudiera responder algo.

-¿Qué ha hecho Ron por ti, Abril?

Abril miró hacia abajo por un momento y luego levantó los ojos, no hacia Marilena, sino hacia mí.

-Cuando necesité un amigo, él estaba allí. Es un poco embarazoso. Ron me conoció donde yo trabajaba, en realidad, en donde todavía trabajo, pero ahora no tanto.

-¿Y dónde es eso?

-Playoffs. –dijo en voz baja.

-¿Playoffs?¿Qué es Playoffs?

Dejé que Abril respondiera:- Es un bar de deportes.

Quería oír más, por eso, intenté aproximarme de una manera más delicada:- Es algo más que eso.

-No entiendo. –Marilena estaba, por primera vez, desactualizada.

-Abril me miró. Entonces continué:- Es cierto que tiene una pantalla grande y que a veces proyectan un partido, pero esa no es la atracción principal. ¿No es cierto Abril?

-No.-respondió. Por eso, respondí por ella. –Es un strip club de la periferia del centro. Creo que nuestra nueva amiguita es estríper.

-Es un club de caballeros. Soy bailarina.

Intentando desviar mi insensibilidad para que Abril se sintiera lo suficientemente cómoda para continuar, Marilena me miró y dijo: -Seria más delicado decir danza exótica, Thomas.

-¿Ron te conoció allí? No me lo imagino. –dije. No estaba seguro de creerlo. Intentaba no reírme, al imaginarme a mi hermano Ron en un strip club. Tampoco quería reírme de la caracterización de Marilena como si fuera arte dramático.

Abril sonrió por primera vez. Creo que fue su primera y única vez en un club de hombres e, indudablemente, no fue su idea ir allí. Había sido llevado a la fuerza por unos tipos ricos que, supuestamente, le darían mucho dinero para el lugar donde trabajaba. Ya sabes, para la gente de beneficencia de la Sociedad contra la CID.Me contó sobre eso.

-¿Y tú fuiste la afortunada dama que lo escogió? –Le pregunté, pero Abril no lo tomó como si se lo hubiese dicho con suficiente sinceridad. Con determinación, se defendió a sí misma y a Ron, mostrando, por momentos, desprecio hacia mí.

-Afortunada de muchas más formas de las que usted conoce. OK, hice un par de bailes eróticos en el regazo de él. Sus amigos me alentaron a hacerlo. Pensó que la única forma de escaparse de ellos, era sacarme a mí de su regazo y ponerme en una silla al lado de él. Dijo que quería hablar y que gustosamente me pagaría por no bailar más. Fue algo gracioso pero por lo menos sus amigos nos dejaron solos. Hablamos por dos horas, en realidad yo fui la que habló la mayoría del tiempo. Él sólo me hacia preguntas. Le conté cosas que, en general, no se las contaría a un desconocido. No es fácil, para ninguna de las chicas que trabaja allí ,confiar inmediatamente en un tipo pero fue fácil confiar en él y no me equivoqué. Después de un rato, me dijo que estaba desperdiciando mi vida en ese club. Lo había oído antes, en general antes de recibir una invitación para irme a casa con un tipo que me daría una mejor vida al casarse conmigo, pero sólo por esa noche. Para resumir, me convenció para que me reuniera con él después del trabajo; podría haber sido despedida por eso. Desayunamos a las tres de la mañana. Me pidió que nos encontráramos la semana próxima a la misma hora y en el mismo lugar. Todavía no lo puedo creer, pero le di mi número de celular y acepté. Él también me dio su número de celular. Tenía treinta años más que yo, tal vez más, y no se estaba tirando el lance conmigo; yo no lo sabía. Pero necesitaba un amigo y el resultó ser el mejor. Me hizo aplicar para volver a la universidad; me quedaban dos años en ese momento y ahora tengo los suficientes créditos como para graduarme en el próximo semestre. El pagó mis clases y me acompañó a inscribirme. Me ayudó a tener mi propio apartamento y pagó el depósito de garantía. Nunca quiso nada a cambio. Nunca nada raro.

Me miró, por un instante apretó los dientes y luego continuó:- Me enamoré de su hermano. Yo habría dicho que sí a cualquier cosa, pero su hermano nunca hizo ademán de nada. Ahora, se ha ido. –comenzó a llorar. Marilena puso su brazo alrededor de los hombros de Abril y comenzó a hablarle en voz baja. Me fui para darles espacio. Le creí a Abril. Podía verlo a Ron haciendo eso. No me lo había contado porque temía que me burlara de él. No se lo contó a nadie porque no quería quitarle valor a lo que estaba haciendo. No quería que nadie pensase que estaba presumiendo al respecto.

Las dejé solas y volví a la mesa y al helicóptero. Se veía normal, no había nada especial en ese pájaro. Pero debía haber algo diferente. ¿Qué mensaje estaba intentando enviarme? Este helicóptero tenía el tanque de supresión de incendios con puertas de comportamiento de bombas en funcionamiento y un gancho para una cubeta externa de agua. El tanque se llena con agua de color ,que se transforma en espuma para las simulaciones de extinción de incendios. Recuerdo haber volado uno y recordé como cambiaban las características de vuelo cuando el peso del agua era tirado por control de radio. Fui al estudio y encontré el controlador para el modelo. Encendí el transmisor y moví la palanca que abría la puerta del tanque. Un objeto, que estaba escondido parcialmente por los patines de aterrizaje, cayó a la mesa. Una tarjeta de memoria USB. Las chicas seguían conversando tranquilamente y no vieron lo que sucedió. Tome en mi mano el pequeño rectángulo de plástico y metal y lo puse en mi bolsillo.

UN POCO DE TODO

Después de volver a poner el helicóptero modelo en su estante y escuchar la conversación del salón comedor, pensé que si me iba por unos minutos, no me iban a extrañar. La computadora de Ron todavía estaba encendida y la pantalla mostraba el escritorio de Windows. Me senté, sin hacer ruido en la silla, saqué de mi bolsillo la tarjeta de memoria USB y la introduje en una de las dos ranuras disponibles en el frente de la computadora.

Me mantuve alerta, por si escuchaba voces o pasos femeninos, acercándose. El parlante de la computadora hizo un sonido cuando el sistema operativo detectó un dispositivo nuevo de hardware. A un nivel intelectual, el volumen de alerta fue demasiado pequeño para que se lo escuchara desde el salón comedor. Sin embargo, me sorprendió cuando sonó. Para mí, era como si se hubiera oído hasta en Vermont. El icono de USB apareció y después de una esperada demora de Windows, apareció en pantalla, un directorio con el contenido del dispositivo.

A diferencia de las cosas enigmáticas que encontré en la computadora de Ron de la oficina, los nombres de estos archivos eran más descriptivos. La lista incluía referencias de archivos, que señalaban investigaciones en la ciencia de la salud y notas asociadas. Había archivos de procesamiento de texto, archivos de imagen y base de datos, que ocupaban varios megabytes. Todos los nombres de los archivos comenzaban con una fecha. Reconocía el formato de fecha , como uno que Ron había usado antes. Estaba compuesto por ocho dígitos que representaban AAAA/MM/DD. Ron me había explicado que si se usa este formato, los archivos se clasificarían automáticamente en orden ascendente. Un archivo interesante que encontré a mitad de camino en la lista, fue uno que llevaba el nombre de "Génesis de la CID: Fuera de África - Presentación Ejecutiva versión 3.3". Sería interesante leerlo. Que yo sepa, nadie haba determinado cómo la CID había comenzado.

Mas tarde estudiaré todo esto. Por ahora, me tenía que conformar con el hecho de que estos datos me dirían lo que le causaba miedo a Ron. Miedos que lo obligaron a esconder estos datos con instrucciones precisas de dármelos sólo a mí; miedos que habían pronosticado que algo malo le podría llegar a suceder. Empecé a trabajar rápidamente y envié un email a mi cuenta personal, con todos los datos que estaban en la tarjeta de memoria. Debido a que el apartamento tenia conexión de alta velocidad a internet, hacer esto me llevó menos de cuatro minutos. Después, apague la computadora. Habría sido un error mantener la computadora encendida ya que todavía no había visto la lista de gente que tenia acceso al apartamento. Me iba a encargar de eso tan pronto como pudiera. Después de sacar el dispositivo USB y de volver a ponerlo en mi bolsillo, regresé a la sala de estar.

Las dos me miraron cuando llegué. No quería hablar del helicóptero o de si había descubierto algo acerca de eso, por eso, antes de que Abril hablara, le pregunté: -¿Cómo te sientes? ¿Cómo está tu cabeza?

Se tocó la cabeza y dijo:- ¡Ay! Tengo un chichón. No me había dado cuenta hasta que lo toqué.

-Déjame ver.- dije, intentando hablarle como de doctor a paciente. Desafortunadamente, uso mi voz de médico con los subordinados en el ejercito y tengo muy poca práctica con los estratos más finos de la sociedad.

Me miró de manera brusca. Todavía yo no sabia si, para ella, estaba del lado de los ángeles. Conocerme un poco mejor no ayudaría. Marilena intercedió por mí.

-Abril, Thomas es médico cirujano. Déjalo revisarte. – Sus palabras tenían la combinación correcta de urgencia y sinceridad. El nivel de preocupación de Abril ,bajó pero sólo un poco.

-¿Es cirujano? –preguntó, casi no creyendo que el Gorila que la había golpeado podía ser médico. –Pensé que estaba en el ejército.

-Sí y sí.

Saqué mi siempre fiel luz de LED de 9 voltios y la puse a su máxima potencia. Abril comenzó a darse vuelta para que pudiera revisarle la parte trasera de su cabeza. Todavía yo no quería llegar allí.

-Déjame ver tus ojos primero.-le dije.

Volvió a darse vuelta y alumbré sus ojos con la luz. Sus pupilas eran de un interesante color verde, pero lo más importante, eran sensibles y de igual tamaño. – ¿Te duele algún lugar de la cabeza aparte del lugar donde te golpeaste contra el piso?

-No y sólo duele si me toco.

Puse mi mano en la parte trasera de su cabeza y toque suavemente la contusión. Presioné un poco y ella se estremeció. – Estarás bien. Te seguirá doliendo un poco más. Mañana podrías sentir un poco más de dolor en los lugares donde te golpeaste. Te pido disculpas nuevamente. Si empiezas a tener problemas de visión o a sentir náuseas, tendremos que ir a la sala de urgencias. No creo que eso suceda, pero para estar más seguros, ¿por qué no duermes aquí esta noche? Marilena puede chequear que te encuentres bien de vez en cuando.-dije, ofreciéndole a Marilena un trabajo de enfermera durante la noche, ya que Abril confiaba en ella más que en mí.

-Es una excelente idea, Thomas- añadió Marilena. –Abril, tenemos muchas habitaciones de huéspedes. No he dormido en la mía. Puedes quedarte allí.

-Si crees que es una buena idea, entonces está bien. No quiero molestar a nadie. Gracias. No tengo que ir a trabajar o a la universidad por tres días, por lo tanto puedo descansar.

-¿Cuál es tu horario de trabajo en Playoffs? –pregunté.

-Viernes y sábados. El resto de la semana soy estudiante de tiempo completo.

Marilena llevó a Abril a su habitación. Podía oír su conversación aunque hablaban en voz baja. Marilena hacía todo lo posible para que Abril se sintiera cómoda y hasta pude entender que le hablaba de mí para defender mi prestigio.

Mi teléfono celular sonó. El número tenia 617 como código de área, indicando que era una llamada de Boston. Aunque no reconocí el numero, nuestra casa estaba en Boston, por lo tanto respondí, quebrantando mi protocolo personal sobre teléfonos.

-Briggs.-dije.

-Es usted el Dr. Thomas Briggs? El hermano de Ron Briggs? –preguntó una voz femenina.

-Si. ¿Quién quiere saber? –respondí con una voz un poco áspera. Después de todo, era ella quien me había llamado y la que había relacionado el número marcado con mi nombre.

-Soy la Dra. Caroline Little del Instituto Marklin en Cambridge.- No se sintió para nada ofendida por mi pregunta. Quienquiera que fuera, no le importaba lo que sentía por ella.

-¿Qué quiere Dra. ¿Little?-pregunté. Lo dije sin actitud. A esta altura, ¿para qué gastar energía?

-Dr. Briggs, entiendo que usted es el hermano de Ron. ¿Es correcto? Su número me lo dio la cabeza hueca de Suzie, de la oficina de su hermano.

-Si, soy su hermano. Y conozco a Suzie lo suficiente como para saber que es bastante competente y no merece ser llamada de esa manera. Tengo el presentimiento de que, aunque no la conozca Dra. Little, usted no me importa mucho.

Continuó, ignorando mis comentarios:- Dr. Briggs,fui la última compañera de investigación de su hermano. El me habrá mencionado alguna vez. Lo estoy llamando debido a un tremendo problema con el que me dejó su hermano. Espero que pueda ayudarme.

Ningún mensaje de condolencia, sólo una acusación de que Ron era la causa de algún problema. Si no hubiese estado tratando de descubrir quién había asesinado a Ron, le hubiera cortado el teléfono a esa bruja. Por decirlo de alguna manera, me resultaba difícil mantener mi lengua bajo control.

-No se si pueda o no. ¿Cuál es el problema?-pregunté usando un tono apático.

-Su hermano y yo teníamos acceso compartido a la base de datos de investigación de la Sociedad contra la CID. El día de su muerte, me había comentado que había actualizado su trabajo con componentes claves para la cura de la CID, basado en nuestra investigación conjunta. Desde entonces, he estado intentando acceder a esa información. No hay nada allí. No hay actualización. En realidad, la base de datos completa ha sido borrada, como así también todos los archivos. Todavía tengo mi trabajo aquí pero todos sus archivos ya no están.

-No entiendo cómo puedo ayudarla con eso. ¿Ya habló con la gente de computación de la Sociedad?-pregunté.

-Por supuesto.- respondió indignada.- Es lo primero que hice. ¡Son todos unos idiotas! Dijeron que no hay datos en el directorio y que nunca había habido porque no hay archivo en el sistema automático. Pero sé que había. Lo estuve mirando durante los últimos tres años. Espero que tenga una copia en algún lado. Necesito que usted la encuentre.

-Dra. Little, no puedo creer que un trabajo de tanta importancia como lo describe, fuera guardado en un sólo lugar. Si usted tenia acceso a él, no me diga que nunca hizo una copia de seguridad en su centro.

-Por supuesto que la hice. Hubiese sido estúpido no hacerlo, teniendo en cuenta la extraña granja para la cual Ron trabajaba.

-Entonces, ¿cuál es el problema?

-Dr. Briggs, no me está escuchando y lo último que necesito hoy, es otra conversación exasperante. –Para alguien que necesitaba mi ayuda, tenía una manera extraña de pedirla. –Le acabo de decir que su hermano tenía información importante para documentar en una ACTUALIZACION QUE DIJO QUE HABIA HECHO. Su hermano podía scr fastidioso y difícil, pero era preciso. Dijo que había hecho una actualización a algo que yo ya tenia. Pero no había nada allí.

-Escúcheme bien, Little. No estoy seguro de lo que pueda hacer por usted ,que mi fastidioso, difícil y recién fallecido único hermano podría haber hecho. –le dije subiendo la voz.

-No sea tan susceptible, Briggs. Siento que esté muerto y lamento su perdida. OK? Pero este trabajo es más importante que sus sentimientos. Creo que el hizo un gran avance y no puedo perder lo que descubrió.

-Le sugiero algo. Iré a la oficina de Ron en la mañana. Si tengo oportunidad, preguntaré. Buscaré en su oficina y aquí, en su departamento.

-Perfecto. ¿Cuándo me llamará?

-Voy a Boston mañana a la tarde. Si encuentro algo interesante, ¿quiere que nos reunamos?

-Sí, si es algo que no me va a hacer perder el tiempo. –Era una verdadera joya.

-La llamaré desde el tren. ¿Este es su número? –pregunté.

-Sí. Es mi celular. Estaré esperando su llamada. Realmente espero que entienda la importancia de todo esto.-No había ningún grado perceptible de confianza en su última frase. No me importaba que me hubiese colgado. Me importaba que no había tenido oportunidad de responderle. Mi hermano ciertamente tenía la habilidad de rodearse de mujeres obstinadas. Podría ser un rasgo familiar. Un pensamiento aterrador.

Finalmente, Marilena salió de la habitación de huéspedes y me alegró ver que tenía su maleta. Si no la hubiese traído, yo la habría mandado a buscar. Le sigo el rastro a las armas de fuego y no me había olvidado de que ,ella, llevaba una Glock en su bolso. Abril parecía ser auténtica, por lo menos su historia era creíble, pero no la conocía lo suficiente como para dejarla quedarse en el apartamento conmigo, teniendo acceso a un arma- por lo menos si quería dormir algo. Si no era lo que decía ser, una cerradura de una maleta no iba a disuadirla.

-¿Ya se instaló?-le pregunté a Marilena.

-Si. Le di unos pijamas y la ayude a irse a la cama. Se estaba durmiendo cuando la deje.

Me puse a pensar en mi camiseta y le dije:-¿tenías un pijama aquí?

-Por supuesto. ¿Pensabas que no iba a traer algo para dormir, Thomas? –dijo con una mirada seudo seria, a la vez que intentaba contener, sin éxito, una sonrisa. Se dio vuelta y entró a mi habitación con la maleta. La oí deslizarla debajo de la cama. La puerta quedó entreabierta y podía oír a Marilena sacarse el vestido de fiesta. La miré un par de veces mientras se desvestía y caminaba hacia el closet. Volvió al salón comedor usando, una vez más, mi camiseta de la Infantería de Marina. Chesty se movía a cada paso. Era inútil hacer un comentario y por lo tanto, no lo hice.

-Thomas-continuó diciendo en voz baja mientras me llevaba hacia la banqueta de la cocina. -Le hice a Abril unas preguntas más, sobre la relación que tenia con tu hermano.

-¿Y?

-El le estaba pagando la renta y los servicios públicos. Ella se estaba pagando sus propios estudios y gastos. Me dijo que Ron le había ofrecido pagar todo pero ella sentía que su educación tendría mas valor si hacia el sacrificio por sí sola. Creo que deberíamos seguir en contacto con ella, asegurarnos de que termine sus estudios y de que no trabaje más de dos noches a la semana.

-Por mí, esta bien. Ron tenía buen ojo para juzgar a la gente. Si él creía que nuestra chica calendario valía la pena, entonces valía la pena o ,mejor dicho, vale la pena. De todos modos, estando su graduación tan cerca, este particular proyecto de ayudar a las personas, esta casi listo y completo.

Levantó una ceja y preguntó:- Thomas, ¿cuándo me vas a contar como conociste el club nocturno Playoffs y como es?

-Creo que debería contarte lo que encontré en el helicóptero y de la llamada telefónica que recibí. – dije, esquivando la pregunta.

-¿Ya descubriste algo? ¿Alguien llamó? –su interés en nuestro caso desplazó ,de manera temporaria, su deseo de interrogarme. ¿Por qué todas las mujeres tienen curiosidad con respecto a los clubes de striptease y que les pasa por dentro? Tal vez yo estaba mejorando en esto y eso le pondría final a sus preguntas sobre Playoffs. Aunque este pensamiento se me venia a la cabeza, lo estaba desechando. Podría estar entretenida por un rato, pero finalmente el tema surgiría otra vez.

Saqué la tarjeta de memoria y le dije a Marilena dónde esta escondida. La agarró para poder verla de cerca y preguntó reconociendo lo que era:- ¿Has visto lo que contiene? -

-Sólo he visto el directorio de archivos. Tienen que ver con la investigación y no va a ser fácil leerlos. Quiero estudiarlos en la mañana. Cualquier cosa que sea, Ron estaba lo suficientemente preocupado como para darle una copia de seguridad secreta a una amiga para que se la guarde. Una amiga que ni siquiera sabia lo que estaba escondiendo. Me mandé a mi mismo una copia de todo por correo electrónico.

Pensó por un momento, me miró con complicidad y asintió. Sin duda, había llegado a la misma conclusión sobre la importancia de lo que yo había descubierto antes. Tener una compañera inteligente ahorra muchas palabras. Después de un instante, cambió a preocupaciones más inmediatas.

-¿Tienes hambre, Thomas?

-La verdad que si. No pude comer mucho antes de que me arrastraras a la pista de baile.

-Pobrecito. ¡Qué terrible! Ve a cambiarte- Voy a buscar algo.

Mientras me sacaba el esmoquin y me ponía unos shorts y una camiseta, con la esperanza de que mi esmoquin no volviera a ver la luz nuevamente, ella encontró algunos fiambres en la heladera y una botella fría de vino blanco. Después de sentarme en la banqueta de la cocina, me excusé para no tomar el jugo de uva y opte por agua helada. Hablamos un poco más sobre Abril y de cómo Ron la habría convertido en un proyecto. Una oportunidad para hacer una pequeña mejora en la humanidad, habría sido importante para él. Terminamos nuestro improvisado snack y limpiamos.

-Tú duerme en la cama, yo dormiré en el sofá. –dije –Creo que hay otro juego de sábanas en el closet del hall. Te ayudaré a hacer la cama y luego podremos dormir un poco.

-¿No estarías mas cómodo en la habitación de Ron? –preguntó cuidadosamente.

-Todavía no estoy listo para eso.

-No seas tonto, Thomas. El sofá no es una buena cama. Somos adultos y prometo no morder. Ven conmigo.

Me tomo de la mano y me llevó a mi habitación, mejor dicho, a la habitación de ella. Cumplió con su palabra y no me mordió, ni siquiera una vez.

PESADILLAS, CUELLOS
DE BOTELLAS, MOTIVOS

Me estaba cayendo. Tengo la sensación de que todos los que han manejado un auto, sobre una pequeña colina empinada, saben bien de lo que estoy hablando. Esa sensación de cuando tú estomago parece subirse, al experimentar la gravedad cero y tu cuerpo se vuelve temporalmente liviano. Estaba cayendo boca arriba, mi espalda directo hacia el piso. Iba a morir. Iba a morir exactamente como Ron. Golpee contra el piso, esperaba una oscuridad total, muerte instantánea, sin tiempo para el dolor.

El golpe contra el piso no me mató pero me despertó.

A medida que mis ojos se ajustaban a la luz de la mañana, pude ver mi entorno. Estaba en el piso al lado de la cama, mirando hacia el cielo raso. La mesa auxiliar y de luz se proyectaban por encima mío como rascacielos mobiliarios-una perspectiva en miniatura de una persona que viaja al trabajo a diario. Me dolía un poco la espalda por el golpe contra el piso de madera ,después de caer unos setenta centímetros. La cara de Marilena, enmarcada en su cabello oscuro y desaliñado, apareció de repente sobre mí, cambiando la naturaleza surrealista de la escena y volviéndome a la realidad. Me inspeccionó un poco y sonrió:- Esa es una de las maneras de salir de la cama. Pero la próxima vez, ¿te importaría dejarme por lo menos una cobija o tal vez la sábana?

Miré en dirección a mis pies y vi que estaba atrapado por la ropa de cama y que me había llevado todo en mi inesperado viaje hacia el piso. No recuerdo la última vez que me caí de la cama. En realidad no recuerdo haberme caído alguna vez de la cama. ¿Qué podría haber hecho que me cayera al piso? Miré hacia arriba nuevamente y, tal vez, justo ahí, estaba viendo la razón.

La noche anterior, cuando nos fuimos a la cama, Marilena me había asegurado ,nuevamente, que éramos adultos y colegas y que ella confiaba en mí y yo en ella y que estábamos trabajando y que todo estaba bien y que la cama me permitiría dormir y que el sofá, no y...y...y...

Sin embargo, después de levantar las sábanas y las mantas, extendió su mano y tomó mi brazo, arrastrándome hacia mi lado y haciéndome quedar frente a ella. Sin soltarme, rodó para su lado y se apoyó contra mí. Mantuvo mi brazo alrededor de ella, retrocedió contra mí una vez más, dijo algo entre dientes sobre sentir frío, hizo un ronroneo extraño y, enseguida, se quedó dormida.

Finalmente, me quedé dormido, con el cabello de la chica sobre mi cara y su perfume demasiado cerca. Creo que durante la noche yo me movía hacia atrás y ,cada vez que lo hacía ,ella volvía a ponerse junto a mí. A la mañana, no quedaba más lugar en la cama y mi último retiro inconsciente había terminado en un salto de desamor.

Cuando quité la manta y las sábanas, me sentí avergonzado nuevamente. Me había despertado en un estado de excitación, lo cual se reflejaba en la carpa que se había armado en mis shorts. No era un acontecimiento inusual para un hombre, especialmente, cuando tiene una mujer hermosa tan cerca y apoyada contra él toda la noche.

Se rió y dijo:- Me alegro que estés completamente levantado.

Me incorporé rápidamente. Resultó ser un error ya que ,aun cuando me ayudo esconder mi indisciplinado miembro, quedé cara a cara con Marilena. Me besó rápidamente e inesperadamente, se levantó de la cama, pasó por encima mío y dijo, a medida que se marchaba:- Voy a chequear a Abril. -Se dirigió a la puerta de la habitación. Desde donde estaba sentado, podía ver, a medida que se alejaba, que sus bragas no hacían conjunto con la camiseta de la Infantería de Marina. Había estado despierto por sólo dos minutos y ya había experimentado toda la carga sensorial, que podía tener en un día entero. Realmente necesitaba hablar con ella antes de que yo perdiera el control. Hoy mismo necesitaba hablar con ella. Sin embargo, la vista había sido excepcional. Me preguntaba qué le iba a decir.

Me puse unos pantalones largos y fui a la cocina. Marilena y Abril me siguieron. Serví jugo de naranja para todos.

-Tenía razón, Tom. Me siento un poco más golpeada hoy que anoche.- me dijo Abril. -De nuevo te pido disculpas.

-No te preocupes. Sera mejor la próxima vez que nos encontremos. –las dos damas se rieron. Las probabilidades contra mi no estaban mejorando.

Abril prometió seguir en contacto y todos intercambiamos información de contacto. Se vistió y se fue, un gran abrazo para Marilena y uno rápido y chiquito para mí.

Me duché y me recorté los bigotes rápidamente antes de ahondar en la información. Marilena estaba ocupada haciendo las camas y ordenando las cosas. Después, fue su turno en el baño y se tomó todo el tiempo que necesitaba, sabiendo que yo tenía que leer.

Los datos que estaban en el dispositivo USB mostraban un proyecto de investigación colaborativa para encontrar la cura. Las teorías y los descubrimientos fueron, cuidadosamente, documentados y hubo un progreso significativo. Independientemente de mi actitud con respecto a Caroline Yvonne Little, PhD, MD, era lo suficientemente inteligente como para ser la socia equitativa de Ron. La reciente sección que era, probablemente la información que le faltaba a Little, contenía seis archivos ,que incluían uno intitulado: "Génesis de la CID: Fuera de África". Los otros archivos describían la identificación que había hecho Ron del gen responsable de la CID y la prueba de esto. Se sugería una terapia de droga para modificar este gen.

Abrí los archivos intitulados "Fuera de África" que contenían una tesis escrita y una presentación, para explicar la teoría a una audiencia de alto nivel; con la suficiente ciencia como para proporcionar credibilidad, pero a su vez, para que sea entendida por legos,aunque no de manera paternal. Cuando leí la tesis, me sentí intrigado por la explicación de Ron con respecto a las pruebas genéticas. Él estaba convencido de que tenía razón. Aunque no era mi especialidad, esto era un material muy sorprendente y al parecer, lo había mantenido en secreto, algo muy atípico de mi hermano, ya que era una persona que siempre trabajaba en equipo. ¿Qué era lo que lo había obligado a guardar ese secreto?

La tesis comenzaba resumiendo lo que los genetistas refieren como ,el modelo de la evolución humana, denominado "Fuera de África". Teorizadores evolucionarios y genetistas nos dicen que evolucionamos de primates predecesores en homínidos ,en una región específica en el este de África. Luego evolucionamos, es decir, pasamos por ese proceso evolutivo por el cual se forman todas las especies nuevas y nos movemos por el mundo durante milenios, convirtiéndonos en varias especies de *Homo Sapiens* y recibiendo nombres interesantes como *heidelbergensis* y *neardenthalensis*. Y, aunque todas las personas en el mundo compartimos el mismo género, especie y todos somos una variedad del *Homo sapiens* contemporáneo, no nos parecemos mucho ya que hemos evolucionado en razas que se asocian al lugar geográfico.

¿Cómo sucedió esto? Si nuestro comienzo fue en África teniendo el mismo ADN, ¿por qué entonces no todos parecemos africanos autóctonos? ¿De dónde provienen los blancos, asiáticos y latinos? Aun en África, diferentes pueblos parecen ser notablemente diferentes y los caucásicos pueden ser, fácilmente, identificados con respecto a su país de origen familiar. ¿Qué pasó en nuestro desarrollo evolucionario racial que hizo que grupos de gente se favorezcan de maneras diferentes con otros grupos?

La respuesta se encuentra en un cuello de botella.

Antes de la erupción volcánica del Lago Toba en Malasia, hace alrededor de 71.000 años, la población de *Homo sapiens* se había movido por el mundo de una manera lenta y metódica. La mayoría de los desplazamientos habían sido limitados, tal vez se hicieron en dirección norte hacia la costa o en dirección sur, hacia el valle. Se apropiaron de más tierras para cazar y para reunirse. Tomaron la costa. Éste no es un movimiento relámpago de migración. Sin embargo, dado los cientos de miles de años, tal índice de dispersión, puede todavía cubrir mucho césped.

Genetistas, que estudian las diferentes formas de vida animal , le han dado un nombre a cualquier acontecimiento que cause una reducción, de por lo menos 50% de población. Lo llaman "cuello de botella genético". En el caso de la población humana, es un"Cuello de botella humano". A menudo, cualquier acontecimiento climatológico, astronómico o que, de alguna manera, afecte una especie, afectará a muchas otras, a medida que el medio ambiente sufra un cambio repentino y radical. Varios cuellos de botellas humanos ocurrieron entre 2 millones y 70.000 años atrás, pero sabemos de, solamente , uno que podemos documentar con cierto grado de precisión. Sucedió alrededor de 60.000 o 70.000 años atrás. Para los propósitos de nuestra discusión del latente caso de la CID, lo llamaremos el Cuello de Botella Toba.

No ha habido nunca un acontecimiento que impactara a los humanos como el Toba. Cuando el Toba hizo erupción y acabó con el 99.5% de la población humana, se originaron grandes espacios en la distribución física de la gente, dejando pequeños grupos aislados. No les llevaría muchas generaciones, a estos grupos de humanos, olvidarse de sus vecinos distantes o ,incluso, saber que tenían homólogos en otras partes del mundo. No ha habido un cuello de botella genético humano desde el Cuello de Botella Toba, que desmienta la existencia de una sola pareja de reproducción, Adán y Eva, alrededor de 6.000 años atrás. Además, durante el tiempo de, y muchos años después del cuello de botella, el proceso evolucionario cambia su camino normal de adaptación y selección lenta y moderada, a algo muy diferente.

Los cuellos de botellas genéticos causan variaciones entre estos grupos aislados pero no dentro de ellos. Si realmente somos todos el modelo "Fuera de África", nos vemos diferentes porque estos pequeños grupos aislados fueron "arrastrados" genéticamente después del cuello de botella. La deriva genética es un efecto que causa que algunos rasgos biológicos se vuelvan más comunes o más raros en las sucesivas generaciones. La deriva podría extraer completamente o convertir este rasgo biológico en universal dentro del grupo. Se ha estudiado la deriva genética en ciertos grupos de animales en tiempos modernos. El número de bisontes se redujo a menos de 750 en 1890. En el año 2000 el número creció a más de 360.000 y esto le permitió, a los científicos, observar la aparición de rasgos biológicos dominantes y la desaparición de otros. El chita ha sido cazado hasta casi su extinción. Tanto que la población actual admite un limitado acervo genético y tan poca diversidad, que los injertos de piel de un chita no son rechazados por ningún otro chita. Rasgos beneficiosos como éste ocurrirán, dentro de grupos pequeños, en sólo unas pocas generaciones.

Emparejado con la deriva esta el "efecto fundador". Cuando unos pocos individuos establecen una nueva población, dicha población transporta solamente una pequeña fracción de la diversidad genética de la población original. Si, por casualidad, los miembros fundadores del grupo aislado contienen un número estadísticamente improbable de gente pelirroja, entonces el cabello rojizo será mucho más común en la nueva población.

De muchas maneras, estos efectos son altamente valiosos para cualquier población ,que trata de recuperarse de una catastrófica reducción en número. Muchos de los resultados del efecto fundador y deriva ayudan al grupo, en términos evolucionarios, a adaptarse rápidamente a cualquier cambio que hayan enfrentado. Si una pareja de apareamiento tiene una adaptación biológica, que le permita una mejor resistencia a las temperaturas mas frías, esto será transmitido a sus hijos. Resistencia a la enfermedad, habilidad para comer comidas nuevas y tal vez, únicas y abundantes y muchas otras adaptaciones biológicas pueden evolucionar rápidamente. Algunos efectos secundarios del efecto fundador y deriva, que pueden servir como propósito desconocido, pueden cambiar la apariencia de un grupo. Dentro del grupo, el color de la piel puede adaptarse a la falta de luz solar mientras que en otro grupo el contenido de melanina puede subir, como resultado de exposición generacional a la radiación solar.

Desafortunadamente, esta máquina de cambio puede traer aparejado lo no deseado. En un grupo en Europa del Este, el efecto fundador causó una mutación genética que fue la responsable de la CID. Por miles de años la CID se encontró latente en especies, hasta que un acontecimiento disparador sucedió y lo liberó. Ron, en su tesis, se refiere al "El Año Sin

Verano" como el acontecimiento disparador. Uno de los otros archivos tenía un nombre que hacia referencia a esto. El trabajo de Ron, después de identificar el gen y el tiempo de su mutación original, lo llevó a investigar una terapia de drogas para corregir la mutación.

* * *

Marilena entró al estudio. Yo recién había terminado de leer la tesis y estaba mirando fijamente a la pared y a los helicópteros, pensando en lo que había leído.

-¿De qué te enteraste Thomas? – preguntó, con un porte otra vez serio.

-Ron creía que había descubierto la causa de la CID, su ubicación genética en el genoma humano y había postulado una terapia de drogas específica para corregir la mutación genética.

- ¿Me estás diciendo que había descubierto la cura? –preguntó. Sus palabras reflejaban sorpresa en la naturaleza trascendental del hallazgo.

-Sí. O por lo menos, había llegado lo suficientemente cerca como para decir que, una cura habría sido muy probable en el futuro cercano.

-¿Por qué este descubrimiento motivó a alguien a matarlo? – preguntó.

Ella estaba más adelantada, yo no había llegado ahí ,todavía. Aún estaba pensando en la ciencia, la mutación genética, los volcanes de 70.000 años y las ramificaciones de este descubrimiento para la gente con la CID. Ella ya estaba buscando una conexión entre este descubrimiento y la motivación ,todavía por descubrir, del asesino. Como era de esperarse, estaba bien encaminada. El motivo tenia que estar conectado a su descubrimiento. No conocía nada, más grande o más nuevo en su vida ,que pudiera afectar una relación interpersonal al punto de llegar a un asesinato.

-Echemos un vistazo a tu lista de sospechosos nuevamente.- dijo.

La tomé de la mesa que estaba al lado de la PC. Ella había hecho notas en toda la lista. Había dibujado flechas al lado de un grupo de nombres.

-Para comenzar, -dijo- Creo que deberíamos enfocarnos en los colegas de Ron y, al menos por ahora, ignorar a los empleados de otras compañías que iban al edificio. Además, creo que deberíamos limitar nuestra lista de trabajo a gente cercana a su puesto y no perder demasiado tiempo con el personal administrativo. El motivo debe ser celos profesiones, codicia o alguna interacción con sus pares y no creo que un trabajador de la sala de correos lo haya hecho, o bien, que haya sido un hecho perpetrado al azar por un extraño.

Miré la lista que tenía más de cien nombres y detuve mi vista en los nombres, que ella había marcado. Siguiendo su criterio, las siguientes personas habían sido extraídas de las once que estaban resaltadas en rojo y habían sido identificadas, por la seguridad del edificio, como personas que habían estado en las oficinas de la Sociedad en el momento en que Ron salió por la ventana:

Omar Soya
Jonathan Treece
Margaret Townsend
Woodrow Standish
Sylvia Canfield
Mark Wilson

Y el nombre que me tomó de sorpresa, destacado en amarillo
Caroline Little

UNA FALLA-UN SOSPECHOSO

Ver el nombre de Caroline Little, en la lista, fue realmente una sorpresa y me culpé a mi mismo por el descuido. Me hizo dar cuenta de algo que no debería haber pasado por alto, algo que Marilena no habría pasado por alto. Cuando Little se presentó por teléfono, no relacioné su nombre con ninguno de los que había visto y la primera vez que lo leí en la lista de O'Dale, no me llamó la atención. Su referencia no había ganado un lugar en mi memoria. Más crítico fue que, durante nuestra comunicación telefónica, ella no me dijo que había estado en las oficinas de la Sociedad contra la CID, el día en que murió Ron. Solamente me dijo que Ron le había contado de la actualización. Supuse que había sido una conversación telefónica, ya que ella estaba en Boston y había intentado acceder a la actualización vía internet.

Al ver la expresión en mi cara me preguntó:- ¿Sucede algo malo?

-No te llegué a contar anoche pero Caroline Little me llamó cuando tú estabas llevando a Abril a la habitación de huéspedes.

-¿De qué hablaron?

-Me llamó desde un número de Boston y fue realmente una molestia. No hizo más que ordenarme que buscara datos de la investigación de Ron y que se los diera. Aunque me gustaría mucho descubrir que Margaret Townsend o Sylvia Canfield mató a Ron, creo que Little lleva la delantera. Ella realmente tenía un motivo y no me había contado que había estado en la oficina de Ron el día que murió.

-¿Crees que fue ella la que asesinó a Ron para poder llevarse todo el crédito por curar la CID?-Marilena pregunto.

-Actualmente, es mi hipótesis favorita. –respondí.- Es mejor ganar el Premio Nobel solo, sin compartirlo.

-Entonces, necesitamos encontrar hechos que apoyen tu hipótesis favorita. ¿Podemos reunirnos con la Dra. Little?

-Ya lo organicé. Nos vamos a Boston, después de hacer una parada en la Sociedad contra la CID, y nos reuniremos con ella hoy por la tarde.

-Te mueves rápido. Bueno, en algunas cosas. —dijo con una sonrisa torcida.

-Es la única que conozco que tiene un motivo. Quiero hablar con ella. Pero primero, Alison Montgomery me invitó a una reunión de directivos hoy. Quiero que vayamos juntos.

Pensó por un momento y dijo:- Creo que deberíamos considerar a los otros de la lista. También, creo que ya es hora de ejercer presión. Podemos obtener una reacción que nos ayude a saber si el culpable está entre ellos.

Sonreí.-Me gusta la idea. Presión. Soy bueno presionando.

-Thomas, ahora sólo un poco de presión. Ejerceremos más, después. Si el asesino no es la Dra. Little y es una de las personas de la Sociedad contra la CID, necesitamos que esa persona se ponga un poco nerviosa. La gente ansiosa comete errores, a medida que intentan mantener bajo control una situación que comienza a desentrañarse.

-OK. ¿Qué sugieres?

-Cuéntales la verdad. Diles que soy agente del FBI. Eso solo bastará para meter más presión. Empezare por ahí y les daré una razón para preocuparse pero, a la vez, cierta esperanza porque parecerá que estamos tomando la dirección incorrecta. Necesitamos que estén preocupados pero, al mismo tiempo, que confíen en su habilidad para esconder la verdad. Si hay algún culpable en la sala, él o tal vez ella, no podrá evitar tomar medidas.

-No estoy seguro.- respondí, con voz de preocupado.

-¿Dudas de mis habilidades?-preguntó, fingiendo arrogancia.

Pasé por alto su sentido del humor y fui directamente al grano. —Si hay un asesino aquí, en Nueva York, y se entera que eres más que una amiga, aun peor, agente del FBI, podrías estar en peligro. No voy a hacer eso.

Se rió. –Quieres decir, que podría ser peor que ser atropellada en la calle, solo por el hecho de caminar a tu lado, camino al restaurant?

Aunque ella había utilizado ese pequeño incidente como para restarle importancia, consideré lo que había dicho como un mérito. Ella ya estaba en peligro si alguien venía por mí, otra vez. Daño colateral era una posibilidad real.

-No quiero que salgas lastimada.

Sonrió. –Soy más fuerte de lo que piensas y tú eres muy capaz. Si la situación lo amerita, me protegerás. Si no lo haces, llamaré a la Infantería de Marina y hare que te retengan dos semanas de pago.

-Hablo en serio, Marilena. Esto no es parte de tu trabajo; es un favor. Aprecio lo que estas haciendo por mi, pero si veo que la cosa se pone fea, te llevaré a algún lugar seguro hasta que termine. No seré responsable de que te lastimen.

-Thomas, estamos más allá de eso. Seguramente esto terminará con un simple arresto. Sin embargo, si la cosa se pone violenta, si llega a haber alguna confrontación con el asesino de tu hermano, sabrás que hacer. No obstante, la probabilidad de que tengas éxito será más alta si estoy cuidándote las espaldas. No te voy a dejar.

Empaqué para el viaje a Boston y fui al salón comedor para esperar a Marilena. A ella le estaba llevando más tiempo poner su ropa en la maleta, de lo que me había llevado a mi. Por otro lado, estoy seguro de que cuando desempaquemos, sus cosas estarán menos arrugadas que las mías. Miré alrededor y me puse a pensar cuándo volvería a estar allí. Fui hasta el estudio y le eché un último vistazo a los helicópteros. Eran unos tontos juguetes para adultos que habían proporcionado horas de diversión a dos hermanos, que, a pesar de ser muy unidos, eran muy diferentes. Me gustaría hacerlos volar otra vez, pero no estaba seguro si seria muy divertido hacerlo sin Ron. Tomé la decisión de empacarlos y enviarlos a Boston lo antes posible. Los volaría otra vez allí, en Boston, no en Central Park. No sin Ron.

-Pagaría por saber en que piensas. –Marilena había entrado al estudio. Su frase fue impulsada por el hecho de que había entrado al estudio de manera inadvertida. Algo muy inusual de mi parte.

-Sólo estaba pensando qué hacer con este lugar. Y, acerca de los helicópteros.

-¿Los helicópteros?

-Si, vámonos, tengo hambre. –dije, evitando el tema, al tiempo que pasaba al lado de ella y volvía rápidamente al salón comedor. Necesitaba irme del estudio. Se apuró para alcanzarme, al notar la angustia que yo no había podido esconder.

-Quiero ir contigo cuando hagas volar los helicópteros.-dijo, apurándose y agarrándome del brazo.

No iba a dejar que me fuera inestable y enojado. Esperó mi respuesta, la primera de todas las respuestas que ella quería oír.

-Ser un piloto experto de helicópteros de radio control, lleva dedicación y un serio compromiso. ¿Estás segura de que estas dispuesta a aceptar el desafío?

-Si estás dispuesto a mostrarme como hacerlo, haré lo mejor que pueda.

-Está bien.-Tomé su mano. Creo que Ron lo habría aprobado.

Sonrió. Me hizo una gran sonrisa.

Antonio y un ayudante recogieron los bolsos. Los bajaron a la acera y los subieron a la limusina de Ricardo. Mientras hacían eso, Marilena y yo fuimos al mostrador de seguridad. Modifiqué "la lista" de las personas aprobadas, que podían entrar al apartamento. Ellos admitieron que yo era el único dueño y que podía controlar quien estaba en la lista. Eliminé todos los nombres que estaban y sólo agregué tres: Marilena, Maryanne Straley y Gus Perentanakis. Maryanne y Gus trabajaban para la familia en nuestra casa de Boston. En un futuro cercano, necesitaríamos de su ayuda en el apartamento.

Fuimos caminando hasta Arno's para desayunar y pasamos por el lugar donde casi nos atropella el taxi. El paisaje, que había sido arrancado, ya había sido reemplazado. El incidente se había borrado. Nueva York seguía adelante.

Ricardo nos estaba esperando frente a Arno's, para llevarnos hasta la oficina central de la Sociedad contra la CID. Ayudó a

Marilena a subir a la limusina. Ella vestía un traje conservador, la pollera de un largo modesto. La transformación era interesante y era otro ejemplo de su habilidad para desempeñar cualquier papel que fuese necesario.

EL CONSEJO

Cuando llegamos a las oficinas de la Sociedad, Suzie nos recibió. Alison Montgomery le había dado la tarea de llevarnos a la sala de conferencias. Parecía ser que Montgomery no quería arriesgarse a que me desviara y terminara en un incidente, similar al que había tenido con Margaret Townsend.

-Esto tiene que ser algo bueno.-dijo Suzie.

-¿Por qué?-pregunté.

-Te esperan a ti pero no, a Marilena.

-¿Hay algún problema?-continué. Sin inmutarse, Marilena escuchaba a Suzie.

-No les gustan las sorpresas. Pero no es tu problema. *Tú* eres el guardián del dinero de tu familia. *Tú* puedes hacer lo que *quieras.* –Luego, con una sonrisa pícara, dijo: -Yo soy la que elabora el acta así que ¡tengo que verlo todo!

Subimos por el elevador y caminamos hacia el lobby. Sentada en su escritorio, estaba la recepcionista, a la cual yo le había hecho la broma del acto de desaparición. Le guiñé un ojo y ella se sonrió. Obviamente, era una fan de cualquiera que pudiera engañar a la Mujer Pollo. Suzie nos llevó por un corredor hasta las oficinas más lujosas de la Sociedad, destinadas sólo al personal jerárquico. No me sorprendía el hecho de que la oficina de Ron, estuviese en un área diferente y que el prefiriese funcionalidad por sobre estilo, en los muebles de su espacio de trabajo. Él era más feliz estando cerca de sus tropas y no necesitaba tener una oficina alineada con la de los peces gordos, para alimentar su ego. Los hombres Briggs tienen egos y son independientes.

La sala de conferencias, a la que entramos, era de seis metros por doce metros con una gran mesa rectangular, que cumplía con el propósito de la sala. En uno de los extremos, había una credenza con una cafetera y una variedad de pastelitos que en su mayoría, no habían sido tocados. En la sala ya estaban los miembros del grupo de directivos. Conocía a algunos de ellos.

-Tom, te agradecemos nuevamente de que hayas venido hoy.-dijo Alison Montgomery, acercándose. Antes de que pudiera darle la mano, me abrazó como a un viejo amigo que hacia mucho que no veía. La abracé también, pero sin tanto entusiasmo. No sabía que éramos tan amigos. Luego, giró hacia Marilena y sin vacilar, dijo:-Marilena, estoy muy contenta de que tú también hayas venido. A pesar de que parecía sincera, sólo le dio un apretón de manos a Marilena. Los abrazos parecían, obviamente, destinados a los que éramos más importantes, en los estratos de donantes potenciales.

-Permíteme presentarte al Consejo. –dijo mientras se daba vuelta y miraba hacia el frente. Comenzando por mi izquierda y demostrando su naturaleza igualitaria, dijo:- Por supuesto que ya conoces a nuestra indispensable Suzie.-Luego se dirigió a cada uno de los participantes, comenzando por Sylvia Canfield.

Sylvia Canfield se mostró efusiva; había estado esperando este momento. –Coronel Briggs! Estoy feliz de conocerlo finalmente. Ron solía hablarnos, a todos nosotros, de su hermano, el Infante de Marina y de todas las cosas emocionantes que usted hace. Es un placer ponerle, finalmente, cara a su nombre. – Estaba cumpliendo con su tarea de acercarse a los donantes con un alto poder adquisitivo; el entusiasmo, en sus palabras y en su lenguaje, corporal era palpable. Su forma de dar un apretón de mano podía ser usada en cualquier club de oficiales.

-Gracias. Estoy muy contento de estar aquí. –Mis palabras iban en contra de mis sentimientos, basados en lo que Suzie nos había contado.

Alison continuó con las presentaciones y nosotros estrechamos las manos con dos consultores que no conocíamos, Barry Ledderman y Jonathan Treece. Mi anfitriona los había descripto como personas tan importantes para la misión que eran parte del consejo, al igual que el resto del personal jerárquico. Luego, nos presentó a otros dos miembros, Jennifer Covington, Directora Financiera y Cindy Macguire, Vicepresidente de Recursos

Humanos, ambas nuevas para mí. Llegamos a la última persona que estaba en la línea, Margaret Townsend. Antes de que comenzara a hablar, la interrumpí.

-Señorita Townsend, ¡qué bueno verla otra vez! –Ella estaba al otro lado de la mesa y un poco alejada para que le pudiera dar la mano. Entonces, le dije con una sonrisa:- No llego a darle la mano así que la saludo desde aquí.- continué:- Ella es mi amiga, Marilena Rigatti.

-Es bueno verlo de nuevo, Dr. Briggs. Espero que pueda perdonarme por el pequeño malentendido que tuvimos cuando nos conocimos. Siento no saber quién era y yo solamente…

La interrumpí.-Por favor, no tiene por qué disculparse. – Estaba haciendo lo que Marilena me había pedido; no molestar a nadie y hacer sentir a todos bien. Al mismo tiempo, quería decirle "Te lo deje pasar, pero eso no implica que quiera ser tu amigo'. La dejé hablando, me di vuelta rápidamente y volví hacia donde estaba Alison.

-Presidenta Montgomery, nuevamente, muchas gracias por invitarnos. No queremos retrasar su reunión, así que por favor comience.

-Gracias, Tom. A todos los presentes, quiero contarles que invité a Tom y a Marilena para que participaran de nuestra reunión. Quería que ellos vieran lo que, como lideres de la organización, hacemos. Espero que podamos demostrarles que somos buenos administradores del dinero de nuestros donantes y que estamos dedicados a encontrar una cura. La realidad es que estamos dirigiendo una gran organización y nos enfrentamos a muchos desafíos. Quiero que todos se sientan cómodos compartiendo tanto lo bueno como lo malo. Como todos sabemos, Ron estaba orgulloso de su hermano menor, quien, por cierto, parece ser alrededor de cincuenta centímetros más alto que él y Tom, como has oído, el compartía tus aventuras con nuestro equipo, por lo tanto dudo que cualquier problema que tengamos, te asuste. Soy la primera en admitir que la mayoría de las cosas que Ron me contó que hacías en el ejército, me hicieron preocuparme mucho sobre tu seguridad. Tu hermano era menos diplomático. Dijo que le habías sacado canas mucho antes de lo previsto.- Esto provocó una risa general, apropiadamente conservadora.

Estaba muy tranquila aunque distorsionó la verdad, cuando dijo que había invitado a Marilena, también. Le sonreí y dije:- Desde que tenía diez años, mi trabajo fue preocupar a Ron. Creo que lo hice muy bien.

Alison, sintiéndose apoyada por mí, había logrado rápidamente llevar a todas las personas de la sala a un lugar confortable, donde pudiéramos relacionarnos. Yo había manejado el intercambio con Townsend y había evitado un problema. Ella nos había pasado de una interacción de negocios a una personal, al relacionar sus experiencias con las de Ron con respecto a mí.

La agenda de la reunión cubría varios temas de alto nivel sobre la dirección de la Sociedad. El único ítem, que generaba una conversación real, era el protocolo para relaciones comerciales con compañías farmacéuticas. La postura que Alison apoyaba era que todas las farmacéuticas, debían ser tratadas de la misma manera. No favoritismo; 100% de transparencia. Uno de los consultores, Letterman, quería que ella cambiara de opinión. Creía que algunas de las farmacéuticas merecían más atención que otras. Sus argumentos tenían sentido para mí, pero no para Alison Montgomery. No la convencían.

Cuando llegó la hora de presentar un tema que no estaba en la agenda, esperé un poco en caso de que alguien quisiera hablar y luego dije:- Alison, tengo un tema interesante para tu equipo, ¿me permites?

-Por supuesto, Tom. —contestó, pero con cierta preocupación en su voz. Suzie tenía razón. Las sorpresas no eran bienvenidas.

-Como mucho de ustedes saben, una de las hipótesis de trabajo para las autoridades, ha sido que la muerte de Ron fue suicidio. Desde que llegué a Nueva York, he entrevistado al personal policial y del laboratorio de criminalística para poder enterarme de lo que saben. Me place informarles que las autoridades han decidido mantener la investigación del caso de Ron, abierto. Se ha encontrado evidencia que no apoya la hipótesis del suicidio.

Excepto por una pequeña exclamación de Sylvia Canfield, la sala estaba en silencio. Traté de mirar a todos los que estaban allí para poder percibir reacciones. Dejé pasar un momento antes de comenzar; no quería preguntas todavía.

-Debido a esto y a mi deseo personal por resolver los hechos que rodean la muerte de Ron, conjuntamente con mi lucha personal con respecto a que él pudiera haberse quitado la vida, es que le pedí ayuda a una amiga y conocida profesional con una gran experiencia en investigación criminal. –Asentí con la cabeza en dirección a Marilena y continué:- La señorita Rigatti es agente del FBI.

Decir que capté la atención de todos, es decir poco. El primero en mostrar sorpresa fue Omar Sayyaf.

-Usted es del FBI, señorita Rigatti?

Al recordar que nos había visto la noche anterior en la pista de baile, Townsend preguntó de manera simultánea, fuerte y superflua:- ¿Es agente del FBI? –Su cara mostraba incredulidad.

-Si, lo soy. Fui asignada a la oficina de Washington DC.- Levantó su billetera de cuero, mostrando su insignia y su identificación.

Omar hizo un rápido estudio y dejo de lado la sorpresa:- ¿Nos puede decir el estado de la investigación?-Su tono mostraba un serio interés pero no, preocupación.

-Las averiguaciones que hizo el Dr. Briggs y la información forense que él reunió, reabrieron el caso y establecieron que el Dr. Briggs no se suicidó, saltando por la ventana. Lo empujaron. El Laboratorio de Criminalística Nacional del FBI ha confirmado esta evaluación y es la base de nuestra investigación por asesinato.

Ahora, tenía la atención de todos. Dejó que los presentes registraran las palabras y los miró con tranquilidad, a medida que simultáneamente comenzaban a pedir a gritos su atención. – ¿Qué quiere decir? ¿Cree que fue asesinado? Coronel Briggs? ¿Cómo sabe que el no saltó? –Ella ignoró todo eso y cuando dejaron de preguntar , continuó:

-La investigación del asesinato del Dr. Ronald Q. Briggs es, ahora, un esfuerzo conjunto entre el FBI y el Departamento de Policía de Nueva York. -Su forma de hablar era muy formal, como si estuviera dando testimonio en una corte. –hemos hecho una lista de personas que nos interesan en este caso. Esas personas se encuentran en Boston y Nueva York. Estamos viajando, hoy mismo, a Boston para continuar con la línea de investigación.

Como se esperaba, Omar fue el primero en recuperarse. Dijo:-Están yendo a Boston- una declaración con una implicación; no era una repetición sin sentido de la declaración anterior. Omar había comenzado a agradarme más y más. – ¿Entonces creen que su principal sospechoso se encuentra allí?

No puedo decir que hubo un repentino alivio físico en la sala, como si una mente colectiva se hubiese dado cuenta de que nuestra investigación estaba focalizada en Boston. Pero sí, podría decir que como grupo, ellos estaban centrados en el hecho de que Boston era un lugar mejor que Nueva York para tener un principal sospechoso, especialmente, porque todos ellos estaban en Nueva York. Marilena había logrado el objetivo de hacer creer, a alguien, que estábamos yendo en una dirección incorrecta. Eso, por supuesto, en el caso de que en la sala estuviese el asesino de Ron. Exceptuando a Canfield, a los inocentes personajes de esta pequeña obra dramática no les importaba, siempre y cuando, encontremos al asesino. Inocente por el asesinato o no, ella quería a Ron fuera de su camino. Ahora, era tiempo de poner un poco más de presión y Marilena no me decepcionó. Con un poco de suerte, sus próximas palabras serían el catalizador de algún mal movimiento del asesino de Ron.

Con ese fin, Marilena continuó:- La investigación del asesinato es un proceso de eliminación. Si tenemos éxito en Boston, se lo informaremos. Si determinamos que en Boston no hay ninguna persona que esté relacionada con el asesinato del Dr. Briggs, entonces regresaremos a Nueva York y continuaremos nuestro trabajo. Será determinada la identidad de la persona que asesinó al hermano del Dr. Briggs.

Alguien lo preguntó. Todos querían preguntarlo. Omar, una vez más, dio un paso adelante.

-¿Considera a algún empleado de esta organización sospechoso en su investigación?- dijo, con voz uniforme e indiferente, pero su pregunta fue profesional y argumentada.

Marilena se dirigió a toda la sala. Debe ser algo que les enseñan en la academia del FBI en Quántico. Con su postura y sus palabras, les demostró a todos un completo profesionalismo y les transmitió confianza total en la habilidad del FBI, para develar la verdad detrás de cualquier crimen. La aplicación de talento y una técnica confiable son todo lo que se necesita para resolver el caso. Ella le llevaba ventaja a sus pares de la agencia. Su acento hacía difícil y a veces, hasta imposible para su audiencia, juzgar su sinceridad.

-No hemos eliminado a nadie como sospechoso en nuestra investigación, que estuviera relacionado con el Dr. Briggs. Estoy segura de que podemos contar con la cooperación de todos ustedes. Su asesino será aprehendido, juzgado y condenado.- Sus palabras, declaraciones de hecho, definieron el futuro y no dejaron lugar a la interpretación. Sus palabras destacaron la absoluta seguridad de que todos los que trabajaban en la casa construida por J. Edgar, siempre capturaban a los asesinos.

LA TERCERA OPCIÓN

La mayoría de los miembros del consejo se habían recuperado, lo suficiente, como para desearnos buena suerte en nuestro viaje a Boston y ofrecernos su apoyo incondicional. Noté que Alison Montgomery observaba a sus ejecutivos cuando hablaban. Tal vez, tenía el mismo pensamiento que yo: En una situación como ésta, ¿cómo se determina si el comportamiento o expresión facial es el producto de un intento por esconder algo o sólo una reacción nerviosa de ser un sospechoso? Le podría preguntar a Marilena; ella sabría. Probablemente, Alison no tenía a nadie que le ayudara con esa pregunta. Sin embargo, se sentía triste por el sólo hecho de pensar que alguna persona de su equipo estuviera involucrada en el asesinato de Ron, pero escondía sus emociones detrás de una expresión neutral y cuidadosamente controlada. Como había supuesto, trabajaría intensamente para ayudarme, si realmente el asesino era uno de sus empleados. Tenía dos motivos: primero, sacar de la organización a una persona malvada, a un asesino y, segundo, si esa persona realmente existía en su organización y ella me ayudaría a descubrirla y yo, a su vez, la ayudaría a minimizar el daño público cuando esto se conociera. Quería mantenerme endeudado para que cuando se desenmascarara al criminal, cualquier comentario que yo hiciese, seria positivo con respecto a la Sociedad y limitaría mi condena a un individuo. ¿Tal vez hasta desacreditaría al asesino al mismo tiempo que elogiaría a la Sociedad?

No importaba cómo se sentían, yo estaba satisfecho. Si el asesino se encontraba en la sala, nos habíamos metido en la boca del lobo y yo estaba listo para el contraataque. Si usted esta en esta sala, por favor venga detrás de mi. Por favor.

A pesar de que Omar se había ofrecido para escoltarnos hasta el lobby, Alison vino con nosotros caminando hasta los elevadores. Los otros miembros del consejo parecían haberse quedado en su lugar y conversaban animadamente. Nada como estar en un grupo de asesinos sospechosos para darnos la emoción que deseamos tener, en un día de trabajo.

-Por favor llámenme y manténganme al tanto de lo que descubran.-dijo.

-Por supuesto. Pronto llegaremos al fondo de esto.

-Nada me haría más feliz.-dijo. Y luego, sin vacilar, la presidenta de AVH, recordó su organización y sus objetivos.

-Cuando esto termine, me gustaría que considerara unirse a la Junta Nacional de Directores. Usted no sólo es el hermano de alguien que dedico su vida a nuestra causa, sino que también, es un médico que le aportaría mucho a nuestro liderazgo.

Cuando hablaba, ella llegaba a un nivel personal. Era gentil aunque tenía fuego en su mirada y sus ojos intensos, atraían. Me sorprendí de mí mismo que no rechacé su invitación, con algún comentario con respecto a esperar, por lo menos, hasta que hayamos resuelto la muerte de Ron.

-Esto era importante para Ron y si usted cree que puedo aportar algo, entonces sí, le hablaré cuando regrese. –Marilena me miró fijamente.

Ricardo nos esperaba en la entrada principal sobre la Third Avenue. Nos subimos a la limusina y nos metimos en el tráfico para nuestro viaje, corto en distancia, pero posiblemente largo en tiempo, hasta la estación Penn en la otra punta de la ciudad. Llegar al próximo tren era una opción cercana. Había otro más tarde pero era local y nos llevaría mas tiempo llegar a Boston.

-Ya veo por qué ella es tan eficiente en su rol. –dijo Marilena, a medida que nos metíamos en el tráfico.

-¿Si?

-Ella podría convencer a cualquiera de ayudarla con su causa, hasta al Infante de Marina más duro.

-Yo mismo me sorprendí con la respuesta que le di-dije.

-A mi no me sorprendió.- Es altamente talentosa.

-Me pregunto qué piensa de su personal en este mismo instante.

Marilena respondió:- Está trabajando en su propia lista, eliminando a algunos y considerando a otros. No estará tranquila hasta que se identifique al asesino. Si el asesino estaba en esa sala, él o ella estará inquieto. Tuvimos éxito.

-Señora, usted estuvo impresionante.

-Estaba por felicitarte por tu comienzo. Muy refinado.

Eso era algo que nadie me había dicho. Nadie.

Ricardo había hecho arreglos para que nos ayudaran con nuestros bolsos y un changador nos recibió. Nos despedimos de Ricardo y prometimos volver a verlo. Ya le había pagado y, obviamente, estaba feliz con el precio y la propina. Tomé otra tarjeta profesional suya y le dije que alguien lo llamaría para contratarlo, en el futuro. Le gustó la idea.

Yo había hecho muchos viajes en tren entre Boston y Nueva York, en los dos servicios ofrecidos por Amtrak. Está el local, un servicio de tren convencional que lleva cuatro horas y realiza frecuentes paradas. Por un poco más de dinero, hay un tren rápido que sale varias veces al día. Amtrak llama a ese servicio "Acela Express". Vale la pena pagar un poco más, ya que toma la mitad de tiempo que el local.

Conocía el camino desde la vereda hasta el mostrador, pero el changador insistió en mostrarme el camino y lo dejé. Tomé a Marilena de la mano y estaba contento de que nuestro maletero marcara el paso y supiera que la hora de salida, del Acela de Boston a Nueva York, se estaba aproximando. Además, funcionó como un buen bloqueador con su carrito y nuestro equipaje, precediéndolo. Nos metimos detrás de el y avanzamos rápidamente por los corredores llenos de gente. Marilena tenía que dar dos pasos por cada uno mío y lidiar con sus tacos altos. La señora agente del FBI, quien recientemente había captado la atención de una sala llena de personas inteligentes y ambiciosas, ahora seguía los pasos de dos hombres poco menos que sensibles, uno llevaba el equipaje, el otro la llevaba a ella.

Cuando finalmente llegamos al mostrador de venta de pasajes, dijo, sin aliento:- ¡Considerare esto como mi ejercicio diario!

Note que el changador tenía el pelo muy corto. Me volví hacia el y le pregunté:-¿Infante de Marina?

-¡Si, señor! Me dieron de baja el verano pasado después de hacer dos campañas en Irak. Me aceptaron en la NYU y comenzaré en enero. –respondió mientras se ponía derecho, como un reflejo después de reconocerme como posible oficial. Mi corte de pelo y mi porte era todo lo que él necesitaba para identificarme como un compañero de la Marina.

-Me lo imaginé. Hizo un buen trabajo, trayéndonos aquí a paso ligero. Buena suerte en la universidad y recuerde lo que el Ejército le enseñó. Eso lo ayudará. – El consejo que le di lo puso contento. El había ganado reconocimiento.

Compré dos pasajes para asientos en primera clase del Acela, el cual partiría en menos de diez minutos. Cargué el bolso más grande de Marilena y puse mi bolso más pequeño sobre el de ella, que tenía ruedas. Cruzamos la enorme sala de espera, pasando por debajo del cartel de partidas y nos dirigimos hacia el camino señalado, bajando por las escaleras. Marilena estaba detrás de mí, cargando su bolso más pequeño y una funda para ropa con cierre, que cubría sus vestidos recientemente adquiridos y los mantenía a salvo y protegidos.

Abordamos el segundo vagón del frente. El tren estaba bien para mí, no era un AST y tenía un gran espacio para guardar el equipaje, encima de los amplios asientos. Seleccioné dos en la parte trasera del vagón e, intencionalmente, hice que ella tomara el asiento de la ventanilla. Puse los bolsos en el compartimiento superior y me ubiqué en el asiento al pasillo, al lado de ella. Estábamos listos para el viaje.

El vagón estaba casi vacío. No había nadie a menos de diez filas alrededor nuestro; los contribuyentes estarían subsidiando Amtrak por mucho tiempo más. En ese contexto, estábamos solos y cualquier conversación que tuviéramos sería privada.

-Thomas, ¿cuánto tiempo es el viaje?

-Alrededor de dos horas y media. –respondí. –Podemos almorzar algo en el tren. Llegaremos a Boston a la 1pm.

-Sé que quieres que hablemos de nosotros y te voy a hacer las cosas fáciles.

-¿Ah, si?-pregunté.

-Sí. Sé que estás preocupado por nosotros, por la relación que estábamos construyendo, la forma en que la dejaste de lado y lo que nos está sucediendo ahora.

-¿De verdad?

-Lo he pensado y he decidido que no tienes por qué preocuparte.

-¿En serio?- Eso era poco creíble. Muy poco.

-Cuando dijiste que deberíamos dejar de vernos, la razón fue porque trabajábamos juntos. Eso era, en parte, verdad. Tenías preocupaciones más grandes y no tenían que ver con lo profesional.

-¿En serio?- Parecía que mi vocabulario se había limitado a solo dos palabras.

Ella sonrió ante mi imposibilidad de hablar. –La verdadera razón por la cual quisiste terminar nuestra relación fue porque pensaste que yo era la opción dos.

-¿Qué?-al menos no dije "¿en serio?"

-Sí. Para ti, las mujeres pertenecen a una de las dos categorías, sin excepción. La primera son como un juguete con los que juegas por poco tiempo. Esas mujeres son fáciles de reconocer: son muy atractivas pero sus coeficientes intelectuales compiten con el tamaño de sus zapatos. Al final, te deshaces de ellas porque te aburren rápidamente. En cuanto a las cosas que suceden en la habitación, al principio son un lindo pasatiempo pero no son suficientes a largo plazo. La segunda categoría la componen aquellas mujeres que invaden tu vida, quieren forzarte a abandonar tu apasionante pero riesgoso trabajo y te obligan a convertirte en esposo y padre y se ocupan de que cortes el césped una vez a la semana. Cuando clasificas a una mujer en la categoría numero dos, huyes. Pensaste que yo era una mujer categoría dos. Las primeras veces que salimos, fue sólo para comer algo y hablar sobre trabajo. Cuando te diste cuenta que esas salidas a comer se convirtieron en citas, huiste. Aunque en ese momento me enojé, ahora ya no estoy enojada y estuve esperando para hablar contigo y contarte algo importante acerca de mí.

-Y eso ¿es? –Aunque tenía curiosidad por saber lo que iba a decir, quería actuar como si nunca hubiese pensado de esa manera. La parte desafortunada era que, a pesar de que no podía expresarme tan bien como ella en este tema, ella le había pegado justo en el clavo.

-Eres un hombre afortunado y aunque hayas clasificado a las mujeres en dos categorías, hay una tercera. Yo, soy la tercera opción.

-¿Qué quieres decir?

-No soy una baratija brillante que puedes elegir y jugar con ella hasta cansarte. No permitiré eso y lo sabes. No pertenezco a la categoría uno. Al mismo tiempo, no voy a pedirte que dejes tu apasionante y riesgoso trabajo, te conviertas en esposo y padre, cortes el césped y pintes la cerca de blanco. Eso te cambiaría y te haría menos atractivo para mí. Sin embargo, invadiré tu vida. Quiero que estemos cerca, que nos tengamos el uno al otro, pero no intentaré convertirte en algo que no eres. Me gustas tal como eres.

-¿Si? ¿Y cómo crees que funcionará?

-Simple: exclusividad, amor y pasión. Nada más ni nada menos.

BOSTON

Llegamos a la estación South Boston en hora. Marilena había cambiado de tema. No me presionó para que le diera una respuesta a su "simple" propuesta. Sabía que yo iba a necesitar tiempo para pensar bien las cosas y la mejor opción era que ella tuviera paciencia y no me forzara a darle una respuesta. Eso la hacía diferente. Cada una de las mujeres que conocí, habrían querido que les diera una respuesta de inmediato y lo que era más importante aún: "¿qué lugar ocuparía ella?" En realidad, no recuerdo a ninguna mujer que haya podido haber esperado tanto tiempo para dar a conocer sus intenciones o que tratara de encontrar una manera de convertir esas intenciones en mías. Tal vez, ella, realmente, era la tercera opción. ¿La tercera opción? Me preguntaba cuántas terceras opciones habría. ¿Había conocido a alguna antes? Regresa, Tommy. Concéntrate, Infante de Marina.

Gus Perentanakis nos recibió en la acera. Gus tenía un poco más de sesenta años pero podía pasar por un hombre de cincuenta. Tenía una voz retumbante y si mal no recuerdo, su palabra favorita era: HERMOSOOO! Era útil utilizarla en dos tipos de situaciones: en las que algo era realmente hermoso y en aquellas que eran exactamente lo opuesto. Uno tenía que escuchar cuidadosamente su inflexión para saber su intención. Él había estado en la Marina antes de venir a trabajar con nuestra familia .Luego siguió los pasos de sus padres y se convirtió en la segunda generación de Perentanakis en ayudar a los Briggs en el día a día y sin su ayuda, habríamos fracasado de manera lamentable. Yo solía hacerle bromas, diciéndole que en la Marina donde él estaba, usaban barcos de madera, que funcionaban arrastrados por el viento.

De cara rubicunda, pecho fuerte, grueso y sencillamente de contextura grande, era la roca en la que Ron y yo habíamos dependido por muchos años. Tenía la apariencia de un perpetuo boxeador profesional de mediana edad que nunca cambia, un poco mayor para competir y un poco joven para retirarse. Lo llamé desde el tren para que nos fuera a buscar y le dije que estaba con una dama que se iba a hospedar con nosotros. Se debe de haber dado cuenta, por mi tono de voz, que debía dar una buena impresión, por lo que apareció con el BMW azul oscuro serie 7, un sedán de cuatro puertas que Ron y él habían elegido hace dos años. Sabía que de alguna manera, por alguna participación en algún negocio, habíamos pagado por él, pero Gus lo cuidaba como si fuera suyo y no lo sacaba sin una buena razón. Nadie lo maneja excepto él y en raras ocasiones, yo. Ron no había podido sacarle las llaves. Estoy seguro de que cuando yo salga a manejarlo, él estará preocupado por lo que pueda hacerle a su bebe con ruedas. Cuando vuelva, hará una inmediata y completa inspección del vehículo. Luego hará otros comentarios con respecto a las sucias huellas que habrá del lado del conductor. Si hubiese llegado solo a la estación de tren, habría venido a buscarme en una camioneta. Por mí, eso habría estado bien y él lo sabía. Eso dice mucho de nuestra historia. Él hubiera sido un gran padre sustituto.

-Marilena, te presento a Gus. Él es el responsable de todos mis malos hábitos. Por todos y cada uno de ellos.

-¿Qué? Tommy! ¡No digas eso!- Sus palabras en ese acento irlandés podrían haber indicado que estaba enojado conmigo, pero la gran sonrisa que me hizo, seguida de la forma en que miró a Marilena, me hizo saber que había olvidado todo lo que yo había dicho.

-Hola, Gus. –dijo, a medida que se acercaba a él. Con una gran sonrisa, le dio la mano.-No le haga caso.- Ignoró el auto pero lo miró de arriba abajo y dijo:- Apenas lo conozco pero puedo decir que usted es todo un caballero. Sería bueno que algo de esa caballerosidad se le pegue a Thomas.

-Me gustaría creerlo, Señorita. Lo he intentado por mucho tiempo. Pero, mírelo. Parece triste.

-Todavía hay esperanza. Podemos trabajar juntos para ayudarlo.

-HERMOSOOO!

Se rieron. Hice un gesto fingido de desaprobación. Me había quedado sin armas. El miembro fundador del Fan Club de Marilena, delegación Boston, ya había firmado y aceptado el puesto de presidente, de por vida. El boletín informativo ni siquiera mencionaría mi nombre.

Gus se puso serio y me miró:-Hey, amigo. Siento lo de Ronny. No tenía idea. –lo último lo dijo con una voz tranquila y raramente usada.

-Gracias, Gus. Lo sé. Realmente, vinimos hasta aquí porque existe la posibilidad de que sepamos algo más sobre su asesinato. Un colega de él en el Marklin puede darnos más información.

-¿Asesinato? ¿Quieres decir que no fue un suicidio? – Su mirada se volvió fría y me miró a los ojos, esperando que le diera más información. – ¡Lo sabía! ¡Lo supe desde un primer momento! Ustedes han sido como mis propios hijos y los conozco muy bien. Ronny nunca se suicidaría. ¡Nunca!

-Estoy de acuerdo. Lo que es aún más importante, Marilena está de acuerdo. Marilena es agente especial del FBI. Vamos a descubrir qué sucedió y quién lo mató. –Ojalá me sintiera tan seguro como me oía.

-¿Qué puedo hacer? Puedo ayudar en cualquier cosa. Lo que sea por Ronny! – Su voz mostraba una mezcla de emociones: alivio, ira, resolución.

Nos ubicamos en el asiento de atrás. Luego me cansé de sentarme allí y me cambié al asiento de al lado del conductor; no estaba acostumbrado a hacer eso. Marilena miraba por la ventanilla, a medida que salíamos de la estación y nos dirigíamos a Beacon Hill. Estaba súper feliz de estar en el asiento de atrás.

-No he estado nunca en esta ciudad. –dijo.-Es muy linda.

-Boston es una ciudad fantástica. Hay mucho para ver y hacer: fantásticos restaurantes, increíble arquitectura y si te interesa, la historia que conecta la ciudad con la Guerra Revolucionaria es muy interesante. Las mejores universidades del país están a pocos pasos. Por supuesto que la mejor es la BC.

-BC?

-Boston College.

-Ah, esa debe ser la universidad a la que asististe.

-¿Cómo lo sabes?

-Adiviné de casualidad.

-Cambridge, hogar del Marklin Institute, está al otro lado del río. Ahí es donde nos reuniremos con Caroline Little.

-¿Has estado ahí antes?-preguntó.

-Si. El Marklin Institute dio una gran fiesta de inauguración y Ron y yo asistimos. Ron hizo una donación en representación de nuestra familia y así fue como nos invitaron. Como de costumbre, no estaba entusiasmado por ir, por el tema del esmoquin. Pero cuando llegue allí, estaba contento de haber ido. Es un lugar imponente. Ron dijo que el equipo era el mejor; las personas que habían sido convencidas de trabajar allí, eran las mejores en su campo.

-Te oyes como si estuvieras impresionado. Y, a propósito, me sorprende saber que tienes muchos esmóquines. –No le debería haber contado eso.

-Estoy seguro que ese esmoquin ya ha sido donado a alguna buena causa. –Volviendo al tema importante y habiendo dejado el tema de la vestimenta formal atrás, dije:- Otra cosa acerca del Marklin es la excelente calidad de su ciencia. Han seleccionado temas reales y difíciles para trabajar. El área de Boston alberga muchos institutos de investigación buenos y no tan buenos.

-¿Qué quieres decir?

-La industria de la Biotecnología está principalmente localizada aquí y en el norte de California. En general, los fundadores de estas compañías fueron educados o trabajaron como investigadores en estas dos partes del país. Además, se encuentra disponible un grupo talentoso de empleados potenciales como así también inversores, que entienden los riesgos de la biotecnología. Muchas de estas empresas de Biotecnología descubrieron compuestos increíbles que ya han convertido en productos farmacéuticos, ya sea por medios propios o bien, a través de una asociación con uno de los mejores farmacéuticos. Sin embargo, algunos de ellas parecen ser tapaderas de empresas de marketing y me pregunto si, realmente, hay una diferencia entre el remedio de charlatán y la medicina patentada.

-¿De verdad? –había empezado a parecerse a mí. Era obvio que gran parte de nuestra comunicación estaba basada en estas dos palabras. Si me enseñara la traducción en tres o cuatro idiomas, entonces yo podría fingir cualquier conversación.

-¿Has notado que durante los últimos años los comerciales de televisión nos han estado enseñando o, mejor dicho, sermoneando acerca de nuevas enfermedades y síndromes? Una práctica que es solamente legal en Estados Unidos y Nueva Zelanda. El resto del mundo la considera completamente contrario al bien común y es un delito. Tenemos publicidades que dicen "Crónico esto "o "Irritable aquello". En el hotel de Los Ángeles, donde me alojé antes de ir a Nueva York, vi un comercial para una nueva afección de los miembros. Muchos de los comerciales tienen acrónimos pegadizos para ayudarnos a recordarlos. No se aprende este tipo de cosas en la Escuela de Medicina porque es algo creado por grupos de marketing. Estas empresas han adquirido cierta propiedad intelectual, que pudo haber fracasado como terapia de alguna enfermedad real y focalizada, pero que mostró un efecto secundario que, de alguna manera remotamente discutible, es beneficiosa para alguien. Luego, dieron rienda suelta a sus inescrupulosos abogados en el FDA y de manera sorprendente e inesperada, aparece una nueva enfermedad y casualmente, tenemos la droga perfecta para combatirla. ¡Pregúntele a su médico! ¿Esta cansado de sufrir una afección de los miembros? Debería estar tomando la Supernuevadrogaqueterminaenexium?

-Todo un vendedor ambulante, Thomas. -Se rió y continuó:- No recuerdo haberte visto, alguna vez, tan preocupado porque la población en general sea engañada por los grandes capitales.

-Soy un fanático de los grandes negocios. Todos los negocios: grandes, pequeños y medianos. No sé lo que me desagrada más: la gente estúpida o la gente que se alimenta de la gente estúpida. Y, al final, todo se convierte en una excusa:" No puedo hacer esto, no puedo aprender aquello, no puedo ir a trabajar; tengo esta terrible enfermedad. Eso lo explica todo y yo ni siquiera sabía que la tenía. ¿Vio esa de la TV? Estoy tomando la Pequeña Píldora Color Púrpura. "

-¡Qué manera de tratar a los pacientes, Thomas! Ahora entiendo por qué has estado alejado de la medicina privada.

-Yo vendría a ser la mejor alternativa para atacar a la medicina privada. –contrarresté. Esa absurda declaración nos provocó risa. –Mis pacientes recibirán una dosis completa de "YO le diré las drogas que necesita, no un actor cualquiera de televisión." ¡Al diablo con la "Pequeña Píldora Púrpura" Cuerpo a tierra y deme veinte!

Dejando de lado mi bronca, comencé a hablar en un tono de voz más serio:- ¿Sabes? El mundo me verá como uno de los tres grandes.

-¿Los tres grandes?

-Si. Madre Teresa, Desmond Tutu y yo.

Desde la primera fila, oímos:-¡Dios mío! Cada vez que vuelve a casa, espero que haya cambiado, pero no. ¡Todavía sufre las consecuencias de ser un Infante de Marina!

-Hey, retirado de la Marina, ¿quién le preguntó? -contraataqué.

-Eso es lo mejor que tengo, Marilena. Nunca tiene que pedirme mi opinión. ¡Siempre voy a opinar! Esa es la razón por la que estoy aquí. Pregúntele a Tommy. Siempre estaré cuando me necesites, hijo.

-Ojalá hubiese una droga para el "Síndrome de Falta de Respeto del Cuerpo de Marines". Si la hubiese, la compraría al por mayor.

Gus respondió solemnemente:- Estoy seguro de que yo seria alérgico a esa droga.

Pasamos por el arco de ladrillo y nos dirigimos al complejo habitacional. Es lo que siempre había pensado que era: un complejo habitacional. Ron lo había llamado nuestro hogar y lo era. Pero, además, era una casa de ladrillo y bloque muy grande rodeada de un grupo de edificios de ladrillo y bloque más pequeño, a su vez, rodeados de una pared de ladrillo y bloque. Un complejo habitacional, un inmueble grande y caro en una parte cara de la ciudad.

Gus se detuvo en el pórtico de la puerta de entrada. Los once empleados restantes estaban allí, alineados, para darnos la bienvenida. Habían sido, mágicamente, avisados de nuestro inminente arribo. Eso no me gustó. No eran tropas para que yo examinara ni yo era el General de nadie. Además, había crecido con algunos de ellos y los otros, hacía, por lo menos, más de una década que los conocía. Eran amigos más que sirvientes. Algunos de ellos habían sido padres más que amigos. No quería que ninguno corriera a la puerta sólo porque yo había llegado. No era natural para mí ni para Ron que nos transformáramos en Amo y Señor. Al menos Gus no me tomaba tan en serio. Deseaba que todos ellos hicieran lo mismo. No quería ser el niño rico, mimado, y demasiado consentido que, de adulto, se convirtió en una persona imperiosa e insufrible.

Salí rápidamente del auto y tironeé a Marilena para que se pusiera detrás de mí, antes de que Gus llegara a la puerta y se asegurase de que todos supieran, que yo estaba feliz de verlos de nuevo y de estar de regreso en casa. Al no ser un tipo efusivo, tuve que esforzarme para que me saliera naturalmente. Ellos lo sabían. Cada uno se había enterado de alguna manera de la muerte de Ron y yo estaba sinceramente agradecido, porque de la forma que lo sentían, era real; no era sólo una manera de mostrárselo a su jefe- a su nuevo jefe. ¡Por Dios, ese era yo!

Marilena esperaba pacientemente a un lado, dejándome hablar con cada uno de los empleados, a la vez que reconocía lo que estaba sucediendo y no quería interferir. Después de hablar individualmente con cada uno, les presenté a todos, desde el encargado de las áreas verdes de la residencia hasta el personal doméstico, a Marilena y le conté a ella alguna pequeña historia o hecho concreto sobre cada uno y la relación de ellos con Ron y conmigo. Ella hacía un gran esfuerzo para memorizar sus nombres y los hechos concretos sobre ellos. Todavía no sabían que más tarde formarían parte del club de fans de Marilena. Era sólo cuestión de tiempo, antes de que alguien hablara de su "alta cotización."

Caminamos por el vestíbulo y subimos la escalera principal, que formaba una curva al pasar por los grandes ventanales y estaba iluminada por una enorme araña de cristal. La araña era sorprendente en cuanto a tamaño y calidad. Nunca estaba sucia aunque no había visto a nadie limpiarla. Había decidido que nunca preguntaría cómo lo lograban. Gus estaba dirigiendo el movimiento del equipaje. Envió mi maleta a mi habitación, donde buscarían mi ropa sucia y la retirarían lo más rápido posible. Él, personalmente, acompañó a Marilena y a su hermosa maleta hasta la habitación de huéspedes al final del pasillo. Imaginé una cuerda de terciopelo sobre bases de bronce montadas alrededor de sus valijas.

* * *

Mientras Marilena desempacaba, en presencia de dos mujeres que trabajaban para nosotros, fui abajo nuevamente a una de las habitaciones que más me gustaba en el primer piso. Había varias salas de estar formales, áreas de entretenimiento y comedores en la planta baja. Rara vez entré a alguna de ellas. La habitación a la que entré era diferente. Estaba metida hacia atrás y contigua a la cocina, el lugar que desde niño era donde se hacían las cosas más sabrosas y eran servidas a Tommy por maravillosas señoras. Tenía un vidrio desde el piso hasta el cielo raso, el cual daba a un jardín y al césped que estaba más allá. Me senté en una mesa pequeña y le eché un vistazo a los papeles, que habían sido entregados por nuestro bufete de abogados. Casi de inmediato, como por arte de magia, me trajeron algo de comer y beber.

La mayoría de los papeles requerían mi firma para convertirme en el principal representante de la familia, reemplazando a Ron. Firmé con mi nombre alrededor de dos millones de veces y tomé nota de algunas cosas que quería preguntarles a mis abogados.

Había anuncios de reuniones de directivos con anotaciones, acerca de cuáles yo debería desehechar y cuáles no podía, del abogado de la familia (que era el más caro). Le hablaría para que haga sus definiciones más flexibles y mueva algunas de las reuniones consideradas categoría B a la categoría A. Eso me hizo recordar la última conversación que tuve con Alison Montgomery. ¿Se convertiría, mi vida, en una serie de interminables reuniones de directivos? El último documento de la pila era una carta para mí, de un abogado de sucesiones de la misma firma, que explicaba las partes fundamentales del testamento de Ron. El original estaba adjunto para que lo revisara y lo devuelva a un lugar, que parecía mucho más seguro que mis pertenencias personales. Era más corto de lo que hubiera imaginado que sería. La carta y el testamento parecían acordar en que todo lo que Ron tenía, ahora era mío. El testamento no era extenso. La carta también me aseguraba que el tiempo de sucesión sería lo mas breve posible – mi poderoso equipo legal trabajaba con diligencia para mover las cosas con una formidable eficiencia. Me preguntaba cuál sería el precio de tanta eficiencia.

Marilena entró a la habitación .Le deben de haber dicho donde me encontraba porque una persona podía pasar una cantidad de tiempo considerable, si no se lo orienta, en la dirección correcta, buscando a alguien por la casa de cuatro pisos. Estoy seguro de que vio que estaba leyendo un testamento y no necesitó utilizar ninguna técnica de detective del FBI, para darse cuenta a quién pertenecía. En lugar de hacerme preguntas con respecto a eso, empezó la conversación con algo para alejar mi mente de testamentos y abogados.

-¡Thomas, tu casa es grandiosa! Sólo vi una pequeña parte y me quedé sin palabras.

-Indudablemente, fue una manera diferente de crecer. Cuando era niño, para jugar a las escondidas, necesitaba un mapa y una brújula. Parece increíble que yo sea el último del clan Briggs que pueda ahora disfrutarla.

-La gente que trabaja para ti es maravillosa. Sin embargo, debo decirte que están preocupados, con respecto al plan que tienes para la casa. Son demasiado amables y considerados para preguntarte. Lo verían como si priorizaran su problema y no tuvieran consideración por el hombre, que acaba de perder a su único hermano. Un hombre, que a ellos les importaba, también. La mayor parte de nuestra relación fue obra de Ron. Nunca los hizo sentir como si fueran sólo sirvientes.

-Tú tienes la misma calidad. Se sienten muy cómodos contigo y te respetan mucho. –me sorprendió el comentario. Ojalá fuera así.

-Voy a pedirle a Gus que pase la voz de que no voy a cambiar nada. Además, le haré saber que intentaré venir a casa más a menudo. Les diré a todos que he decidido retirarme aquí algún día. No necesitan preocuparse por nada.

Marilena sonrió y dijo:- Creo que deberías llamarlos a todos y contarles. Necesitan escucharlo de tu boca.

-¿Lo crees?

-Sí. ¿Y qué es eso del retiro? ¿Tú? Hmmm, no puedo imaginármelo. Bueno, si crees que debes hacerlo, cuando llegue el momento, este sería un gran lugar para pasar los últimos años. ¿Podría haber un merecido lugar, para una agente federal retirada, que ha arriesgado su vida, desinteresadamente en innumerables ocasiones, por el bien de su país?

No sé. ¿Cómo es ella?

-¿Es todo lo que te importa? –dijo, fingiendo un insulto.

-Sí.

EL MARKLIN

La Dra. Caroline Little era una sorpresa, un espécimen inesperado. Sus facciones eran bastante simples, pero poco atractivas. Eran extremas. Little era un apodo para una mujer de mediana edad que medía siete centímetros más que yo, que tenía una estatura de alrededor de un metro ochenta y tres. Y no era sólo la altura; el marco de su cara era igual de impresionante, de imponente. Debía pesar más de noventa kilos y se veía como si fuese casi todo músculo. Sus hombros eran casi tan anchos como los míos y sus manos eran grandes y musculosas. Iba seguido al gimnasio. No lo podía evitar. Mi primer pensamiento era que, además de tener un motivo, tenía la habilidad física de tirar personas por la ventana sin importar la altura del alféizar. Con un tipo pequeño como Ron, no iba ni a sudar. Cuando entramos al laboratorio, habló primero, dándonos la mano de manera superflua.

-¿Bien? –exigió.- ¿Encontró la actualización?

-Encantada de conocerla también, Little.- No recibí la esperada mirada de advertencia de mi compañera del FBI. Ella miró fijamente a Little, con una expresión seria.

-Dios, para ser un chico grande, es usted sensible. –respondió irritada. Marilena contuvo la risa al pensar que alguien podía confundirme con un ser sensible, una rápida desviación de una mirada severa. Esto hizo que Little se centrara en ella y observara el traje conservador de mujer de negocios –algo fuera de lugar para un laboratorio.

-¿Le parece gracioso? ¿Quién se supone que es usted, encanto?

-Es la agente especial Rigatti, del FBI. –Marilena mostró su identificación, sin quitar la mirada de Little. Su comportamiento había vuelto a ser absolutamente serio y su voz era la de alguien que debía ser tomada muy en cuenta.

-¿Cuándo tendrá la actualización? -Continuó Little, ignorando a Marilena deliberadamente. Oh, Oh, eso había sido un gran error.

Marilena hablo enérgicamente para no ser ignorada. –Dra. Little, soy responsable por la investigación del asesinato del Dr. Briggs, *su* asociado. Usted es importante en esta investigación. Tengo preguntas que deberá responder. Cuando esté satisfecha, entonces el Coronel Briggs la mimará. Eso será su decisión una vez que yo haya terminado. Si lo desea, puedo traerle una orden de captura y podremos continuar nuestra conversación en un entorno menos confortable. Es su decisión. –Marilena mantenía su mirada fija en la Dra. Little mientras hablaba. Ahora, había adoptado una expresión de aburrimiento y comenzó a examinar sus uñas como si estuviera esperando, con paciencia, la respuesta de una niña que había sido reprendida.

Little pasó de ser una chica muy ruda a una ciudadana amable, pero sarcástica. –OK, OK. Podemos hablar ahora. Me da lo mismo. No me sorprende que haya sido asesinado. ¿Qué quiere saber?

-Para comenzar, ¿por qué no le sorprende que haya sido asesinado?-preguntó.

-Fácil. Nunca lo creí. Aunque era un dolor de cabeza, era un científico brillante, un gran colaborador y yo lo respetaba. Estábamos cerca de descubrir la base genética de la CID. Una cura podría llegar rápidamente después de eso. No me habría abandonado. Lo necesitaba y él lo sabía. Sé que mi reacción, con respecto a su muerte, no fue tan emotiva como la del resto de la gente. No soy ese tipo de persona. No soy tan sensible como usted. Trato de arreglármelas como puedo. Ron entendería. Él me conocía. Voy a extrañar la mente de ese pequeño idiota y su contribución a nuestro trabajo. Me hacía pensar y no tenía miedo de estar en desacuerdo conmigo como la mayoría de las personas. Me hacía enojar a veces, especialmente porque era bueno en eso, pero para mí, era muy agradable. Nunca se lo dije. No necesitaba hacerlo, él lo sabía.

-¿Por qué no me dijo que estaba en las oficinas de la Sociedad cuando Ron murió? –pregunté, cerrando mi ultimo intercambio.

-Porque no estaba allí. Ya me había ido. Había salido del edificio alrededor de diez minutos antes de que muriera.

- No puedo precisar la hora en la que usted se fue. El registro de seguridad muestra que nunca firmó la salida.

-Porque no lo hice. Nunca lo hago. Simplemente me voy. ¿No es lo que hacen todos? Pregúntele a la arpía de Margaret Townsend.

-¿Townsend?-pregunté.

-Estaba conmigo en el elevador y se fue a la misma hora que yo.

No tenia sentido. El sistema de seguridad, que registró su etiqueta de RFID, no mostraba su salida antes de ser puesta en cero a la medianoche. Supuse que ella había estado allí con la policía hasta después de esa hora.

-¿Se fijó si Townsend había vuelto arriba?

-No, sé que no volvió a subir.

-¿Cómo sabes eso?-Marilena se sumó a la conversación.

-Townsend me dijo que se había dejado la cartera arriba y no tenía dinero para el taxi. No quería volver arriba a buscarla porque su etiqueta de seguridad estaba adentro. Además, los guardias de seguridad le harían completar un extenso formulario y la acompañarían hasta arriba porque no la conocían. Dijo que se ocuparía de eso al día siguiente y me preguntó si podíamos compartir un taxi, que yo pagaría, por supuesto. Estuve de acuerdo, sólo por el hecho de que quería que dejara de cotorrear. Nos desviamos del camino para llevarla a su casa. Estábamos juntas en el taxi cuando Ron murió.

Dudó por un momento, pensó mucho y luego llegó a una decisión. Marilena permaneció en silencio porque sabía que había más.

Déjeme mostrarle algo. –caminó hacia su escritorio y abrió un cajón. Puse la mano sobre el arma, por si acaso. Marilena vio lo que hice, pero sus manos permanecieron inmóviles. Little consultó una lista, tal vez un directorio de algún tipo, del cajón abierto y luego tocó torpemente el teclado. La impresora, que estaba al lado de su escritorio, comenzó a funcionar. Tomó la hoja impresa y nos la dio. Marilena la leyó mientras yo observaba a Little. Cuando terminó, me pasó la hoja. Con un movimiento de cabeza en dirección a Little, pasé la responsabilidad observacional a Marilena y examiné la hoja. Era una carta dirigida a su junta de directivos. Leí los dos primeros párrafos, en los cuales les informaba acerca del estado de su trabajo y del hecho de que los elementos críticos a su esfuerzo conjunto con el Dr. Briggs, eran los descubrimientos de él, no los de ella, y que el Marklin estaba en deuda con la Sociedad. Su forma de escribir era sincera y astuta. Caroline Little tenía diferentes personalidades.

Cuando levanté la vista, estoy seguro que mi cara mostraba cierta sorpresa. La Dra. Little, que todavía estaba sentada sin moverse en su silla de escritorio, la notó.

-Necesitaba la ayuda de su hermano. Me aseguré de que todos supieran lo que él había contribuido y no sólo por su beneficio. Al hombre no le importaba quién obtenía el crédito; él sólo quería terminar con la CID. Si es posible, me convertiré en una molestia más grande de lo que él fue, pero no iba a permitir que él no tuviera el crédito que se merecía. Era merecedor de eso y además quería que los demás supieran que, a pesar de los rumores, es posible trabajar conmigo. Un gran hombre, Ron Briggs, trabajó conmigo. Habría sido estúpido enviar esta carta, haciéndoles saber a todos que era crucial para nuestro trabajo y luego asesinarlo para quedarme como la única investigadora de este proyecto. Puede chequear con la junta; ellos recibieron mi carta la semana pasada.

Tenía razón.

-Sé que no soy una persona fácil de tratar pero soy buena en mi trabajo y también lo era Ron. Formábamos un muy buen equipo en otros aspectos también. Creo que era más útil para mí de lo que yo era para él. Era capaz de llamarlo y gritarle para desahogarme, después de que un insolente me pusiera los nervios de punta. Le gritaba y le decía cosas horribles y él sólo ignoraba todas las estupideces, sabiendo que estaba ayudando.

Nuevamente hizo una pausa, me miró y continuó:- Ojalá estuviese vivo para que pudiera volverle a decir esas horribles cosas. – Luego, la mujer grande, fuerte y ofensiva comenzó a perder el control. Sus ojos se llenaron de lágrimas y su labio inferior estaba temblando. Hacía un gran esfuerzo para no llorar.

No es fácil para mí ver una persona cuyas emociones se apoderaron de ella. Esto se debe a que soy una persona que mantiene los sentimientos ocultos y no los demuestro, excepto que sean parte intencional de alguna comunicación, como por ejemplo, cuando le grito a un nuevo recluta, algo que un Infante de Marina hace bien. Afortunadamente, Marilena ya lo había superado y estaba más preparada. Movió una silla hacia al lado de Little y se sentó. Por algunos minutos, por alguna razón que yo desconocía, se quedó en silencio pero haciéndole saber a Caroline Little, Ph. D., M.D., que su cercanía era para demostrarle que no estaba sola. Luego, comenzó a hablarle de una manera suave y tranquila, un tipo de desahogo para Little diferente de lo que había sido Ron, pero igual de importante. Parecía que se iba a recuperar pronto y que un momento embarazoso se iba a evitar. Esperaba tener más consuelo cuando le enviase a ella los datos del USB. Ella puede ser diferente pero no asesinó a mi hermano.

Me fui. Caroline Little y yo teníamos algo en común. Mis sentimientos, con respecto a la muerte de Ron, estaban también muy cerca de salir a la luz.

* * *

Teníamos una punta; era más que un presentimiento. Nos dirigimos al auto. Otra vez estaba sentado en la segunda fila y me había puesto de costado para mirar de frente a Marilena. De la manera que me había sentado, me permitió mirar a Marilena a la cara, a medida que hablábamos sobre Caroline Little, pero también me permitió mirar por la ventana trasera de vez en cuando. Ella sabía lo que yo estaba haciendo, lo que había estado haciendo desde que dejamos a la Dra. Little y no estaba ofendida por mi dividida atención. Imaginé que si alguien estaba interesado en nosotros, nos habría pasado a buscar cuando nos fuimos del complejo .Yo había estado alerta todo el tiempo. No le había contado a nadie en la Sociedad de que íbamos a viajar en tren, por lo tanto, el viaje que habíamos hecho desde la estación fue, probablemente, sin compañía no deseada. Como esperábamos provocar una reacción, era hora de ser más cuidadosos. El fallido atropello con el taxi en Manhattan pudo haber terminado con el otro hermano Briggs y su preciosa novia.

-Gus, nos están siguiendo. –Marilena me oyó pero continuó mirando hacia adelante, para no alertar a nuestro seguidor con una repentina mirada hacia atrás. Para alguien cuya misión era principalmente diplomática, tenia buenos instintos en el campo de batalla.

-¿El Mercury verde que está dos autos más atrás? –preguntó Gus. – Lo vi ponerse detrás de nosotros, cuando salimos de casa. Mucha coincidencia de que esté de vuelta después de tu reunión.

-Ese es el auto y no es ninguna coincidencia.-dije.

-No está siendo muy prudente. Ponerse detrás de nosotros cuando salimos, fue algo obvio. Debe pensar que somos idiotas.

-Él o ella es amateur. -Marilena asintió con la cabeza, reconociendo la referencia a nuestra punta de que podía ser "ella".

Gus preguntó:- ¿Quieres que lo pierda?

-No, lo opuesto. Haz que se quede con nosotros.

-¿Qué estás planeando Thomas?-ella preguntó.

-Creo que deberíamos conocer a nuestro nuevo amigo.- Saqué la Beretta de su estuche y revisé el seguro. Levanté la vista y para mi sorpresa, vi que ella tenía la Glock en sus manos y se estaba quitando los zapatos de taco alto.

-Deberíamos hacerlo en el próximo semáforo. –dijo, de manera tranquila.

No sé por qué me sorprendió. Ella era una agente que trabajaba para la organización policial más respetada de todo el país. Había sido entrenada para enfrentar situaciones que involucren violencia; por lo tanto no se iba a mantener al margen. A pesar de mis sentimientos, no podía hacer ninguna escena, diciéndole que permanezca fuera de esto, justo en el medio de una acción. La oportunidad para mantenerla fuera de todo peligro en nuestro viaje hacia el Marklin se había perdido en el momento que nos subimos al auto.

-Es una calle de un solo sentido. Cuando salgamos, cruza al otro lado de la calle y usa los autos estacionados para cubrirte. Quédate agachada y muévete rápido.

Ella asintió, para demostrar que estaba de acuerdo. Al menos, acataría mis órdenes en una situación táctica.

-Gus, vamos a correr el auto que nos está siguiendo. No importa lo que pase, no permitas que te pase. Si es necesario, usa el auto para chocarlo.

Dejó de lado cualquier comentario acerca de que su "bebe" pudiera ser chocado y dijo:- No me va a pasar.- Y no lo lograría.

El BMW frenó y abrimos las puertas simultáneamente. Yo estaba agachado y corrí en dirección al Mercury. Marilena había logrado llegar al otro lado de la calle, se estaba moviendo paralelamente a mí, un poco más atrás. Me obligué a aceptar el hecho de que ella representaba una ventaja para mí y tenía que usarla. Debía mantener mi preocupación personal fuera de mi mente. Surtiría un gran efecto el hecho de que ambos estuviéramos listos para enfrentar el auto al mismo tiempo y con nuestras armas desenfundadas. Si el conductor estuviera armado y comenzara a disparar a uno de nosotros, el otro podría dispararle. Como estábamos separados, corrernos a ambos iba a ser imposible. Sólo esperaba que Marilena hiciera su parte desde algún lugar donde estuviera protegida.

Todavía no había podido distinguir al conductor del Mercury. Apenas podía ver, entre las ventanillas grandes y polarizadas, que el conductor era una mujer. No me sorprendía. Quienquiera que fuese, nos había visto y se había asustado. Metió la palanca de cambio en reversa y pisoteó el acelerador. Las llantas chillaron, sacaron humo y finalmente se agarraron. La que antes estaba haciendo la persecución, ahora daba marcha atrás, aceleraba rápidamente y huía. El automóvil estaba fuera de control. Se movía a toda velocidad, moviéndose de un lado a otro entre los autos estacionados a ambos costados de la calle, como si estuviera dando volantazos para poder escapar. Ir marcha atrás a toda velocidad es un talento adquirido. Los conductores acrobáticos en las películas lo hacen ver como algo muy fácil, especialmente cuando ejecutan el giro de cola de ochenta grados, pisando los frenos en el momento justo para que las llantas pierdan adhesión y luego la retomen. De la forma en que esta conductora se estaba manejando, no habría ninguna maniobra lujosa al estilo Hollywood.

Salió de la calle llena de gente y se metió en la intersección a una velocidad de más de cien kilómetros por hora. Su velocidad no le dio la posibilidad de frenar al conductor del camión de volcar, que cruzaba en ángulo recto con luz verde. A pesar de que él iba a menos de la mitad de la velocidad de ella, tuvo más momentum debido al peso de su carga. Para el conductor del camión, el auto de ella apareció de la nada. El guardabarros izquierdo de él chocó contra el guardabarros izquierdo de ella. La marcha del auto de ella, instantáneamente, se redujo a cero cuando su tanque de aceite se incrustó en el vehículo más pesado y dio un giro de noventa grados, terminando alineado con y frente al camión. La velocidad del camión no se redujo ni en un solo kilometro; era demasiado pesado. Momentum es el resultado de masa y velocidad. No se alcanza mucha velocidad cuando se tiene tanto peso de tu lado. El camión pasó sobre el auto, aplastándolo sin mucho esfuerzo. El conductor del camión hizo todo lo posible para detener el violento ataque pero no tuvo éxito.

Fui el primero en llegar hasta ella, aunque ella no lo notase. Ella nunca más notaría algo. Como estaba oscureciendo, se hizo difícil ver, por el parabrisas, dentro del auto. Saqué mi linterna de 9 voltios y la encendí.

Allí estaba ella, mejor dicho, allí estaba eso. El airbag no había sido rival para el peso aplastante del camión, como si hubiera intentado impedir que el volante la dividiera en dos partes desiguales, siendo su cuello la línea de división. Su cabeza decapitada, ahora a la luz de la linterna, había sido separada del cuerpo y estaba hacia adelante, todavía recta, sobre el tablero, su sangre formaba un lago alrededor del cuello, un pegajoso lago rojo que escondía la carne y el hueso , a la vez que sostenía una cara pálida debajo de un abundante cabello rojo, sucio y enredado. Sus ojos estaban todavía abiertos, atacando y acusando al mundo en general. Su estilo de vida la había llevado a la muerte; ya nadie nos perseguía. Margaret Townsend estaba muerta, la Mujer Pollo ya no existía más.

REGLAS DE COMPROMISO

Después de abandonar su adorado BMW y de haber corrido una cuadra, hasta llegar al lugar donde Margaret Townsend había muerto, Gus llegó casi sin aliento. Aún así, apostaría que el cerró las puertas del auto y puso la alarma antes de abandonarlo. Un hombre tiene que tener prioridades.

Al darse cuenta de que estábamos ilesos, Gus miró la cabeza suelta sobre el tablero, como si fuera algo de todos los días. Después de recuperar rápidamente su aliento, preguntó con calma: - ¿Quién perdió la cabeza?

-Era miembro directivo del lugar donde Ron trabajaba.- respondí, enfatizando la palabra "era".

-Ya no. –dijo con total naturalidad.

-¿Qué deberíamos decirle a la policía cuando llegue? –le pregunté a Marilena. Ya se oían las sirenas.

- ¿Qué quieren que yo diga? –Gus también preguntó.

Miré a Marilena; era su decisión. Nos habíamos hecho pasar por representantes de una investigación multi-jurisdiccional autorizada oficialmente, no en un estado, sino en dos y yo no quería causarle problemas internos. El FBI y la policía local no siempre se llevan bien.

Simplemente respondió:- La verdad. He tenido que tratar con temas interdepartamentales antes. – Yo debería haberlo sabido.

El conductor del camión, un joven hombre negro con una gorra hacia atrás, finalmente había bajado de la cabina. Se quedó boquiabierto al ver la cabeza de Townsend, objeto de nuestra discusión. Luego, se dio vuelta, dio un traspié, se inclinó y vomitó en la alcantarilla. Se limpió la boca en su manga, luego se dio vuelta para mirarme y dijo:- La ciudad no me paga lo suficiente por esta mierda.-Tenia razón.

* * *

Me preocupaba que las próximas horas estuvieran cargadas de "apúrese ", "espere", policías buenos, policías malos, celdas de detención, abogados e interrogatorios frustrados. Marilena se identificó ante los uniformados, como la primera persona en llegar a la escena, e inmediatamente comenzó a dar órdenes. Quince minutos más tarde, llegó un teniente de un distrito policial, seguramente debido a la participación del FBI y al hecho de que Marilena estaba a cargo. Marilena y él hablaron mientras Gus y yo esperábamos a un costado. Parecían tener una conversación amigable. Después de alrededor de diez minutos, Marilena nos hizo una señal para que nos uniéramos a ellos.

-Thomas, Gus, por favor, ¿podrían darle a este oficial sus licencias de conducir para que pueda identificarlos?

Sacamos nuestras licencias plásticas, que mostraban que éramos ciudadanos locales autorizados para operar vehículos a motor y que estábamos dispuestos a ser donantes de órganos en caso de muerte. Era obvio que Marilena le había informado al teniente del distrito policial, que estaba llevando a cabo la supervisión, quien era yo. Estaba siendo muy amable conmigo.

-Coronel Briggs, gracias por esperar y por cooperar.

Había esperado sólo un poco y no había cooperado con nada ni nadie, al menos, hasta ahora. No parecía acertado señalar eso, por lo tanto dije:- No hay problema. Haremos lo necesario para ayudar. -Todavía yo estaba un poco preocupado. No importaba que él fuese un tipo agradable en ese momento. Eso podía cambiar rápidamente. Mi preocupación desapareció rápidamente cuando él se dirigió a Gus.

-Y usted, borracho, réprobo Griego, de clase baja, ¿qué tiene que decir a su favor?

-Esta vez no fue mi culpa, Kev. ¡Lo digo de verdad! Creí que era otra tipa loca que intentaba sacarme un ojo. ¡Como siempre! – Se rieron y estrecharon sus manos. Parecían ser amigos de algún momento de la vida de Gus, del cual yo no sabía nada. Mi coeficiente de alivio personal crecía, a paso firme.

El teniente me miró mientras movía su cabeza de un lado y a otro indicando que algo estaba mal y dijo: -Coronel, debería tener cuidado con quién se asocia. Este tipo es un problema. A buen entendedor pocas palabras: No dejes que tantee mientras juegas a los bolos.

-Lo tendré en cuenta, teniente. Es sospechoso, ¿no es cierto?

-Digamos que su aritmética es defectuosa, aunque sistemáticamente favorable para él. ¡Dice que es la edad! –Gus asumió una expresión de dolido que no engañaba a nadie.

Marilena sonrió y dijo, empleando su diplomacia: -El Teniente O'Shanlon les ha dado permiso para que ambos vayan a la estación de policía mañana para hacer sus declaraciones. Le aseguré que ambos lo harán. Debido a su consideración, podemos irnos ahora. Gracias nuevamente, Kevin. –Sonrió dulcemente en dirección a él y, de repente, su cara tomó un color rosado, que estoy seguro no era natural de él. Lo que sea que ella le haya dicho o hecho por un canal extraoficial de comunicación, había surtido efecto. Mi preocupación, de que esto se convirtiera en un embrollo que iba a durar toda la noche por la burocracia de hacer cumplir la ley local, finalmente terminó en poco tiempo. Es exactamente lo que habría pasado si hubiese estado solo. La Sherpa Marilena había nuevamente logrado solucionar esto.

* * *

Gus había informado, al personal doméstico, de nuestro pequeño retraso en llegar. Nos dijo que estaban preparando una cena especial para celebrar mi regreso a casa y por primera vez, había llevado a casa a una joven atractiva digna de los esfuerzos conjuntos del personal.

Marilena, una vez más acomodada en la parte trasera del BMW y buscando la manera de animarme, se había dado cuenta de lo que estaba sucediendo. Habló, de manera lo suficientemente fuerte, para que Gus oyera:- Muy lindo, Thomas. Un auto hermoso, un chofer inteligente, talentoso y atractivo, gente maravillosa que esta cocinando una "cena especial" para ti. Realmente, muy lindo.

-¿Escuchaste eso, Tommy? *Inteligente, talentoso, atractivo-* HEEERMOSO!

-Dios mío.- esa fue mi única respuesta.

-Marilena, siga recordándole lo afortunado que es. OK?-Gus realmente estaba disfrutando todo esto. –La Infantería de Marina debe ser un lugar maravilloso para estar, Aun mejor que su vida aquí, en su casa de Boston entre los inteligentes, talentosos y atractivos.

-O en compañía de una mujer atractiva, Gus. Hiere mis sentimientos todo el tiempo, -dijo, deslizando su labio inferior hacia afuera como para que él la viera por el espejo retrovisor.

-¿Quiere que lo enderece, Señorita? Sería un privilegio- Gus ofreció.

-¿Haría eso por mi? –preguntó esperanzadamente. –Podría ser necesario.- su voz enfatizaba la falsa gravedad de la situación. Luego, los dos conspiradores se rieron. Ésta iba a ser una visita larga.

De regreso en la residencia, estaba contento de ver que no estaba la línea formal de recibimiento. Entramos y mientras yo me aseaba en uno de de los baños, perdón, tocadores del primer piso, Marilena se dirigió a la cocina. Oí elogios y voces contentas de mujeres cuando salí del cuarto de aseos o como quiera que se llame. En algún momento después de la ensalada y antes del plato principal, cambié la conversación sobre la comida, que estábamos disfrutando, para volver a nuestro caso.

-Me estoy convirtiendo en un detective bastante malo.

-¿Por qué dices eso? –ella preguntó.

-Veamos. Ítem uno, he pasado de pensar, y ésta era mi "hipótesis favorita", que Caroline Little era nuestra asesina a descubrir que ella no lo era, en menos de veinticuatro horas. Ítem dos, mi hipótesis alternativa con respecto a que había sido Margaret Townsend , fue echada por tierra cuando nos enteramos de que había salido del edificio con Little, antes de que Ron fuera asesinado. Apuesto a que cuando verifiquemos esta información con la compañía de taxis, ellos confirmaran las declaraciones de Little. Ítem tres, es un misterio total el comportamiento de Townsend, siguiéndonos hoy. Si ella no fue la asesina, entonces,

¿por qué nos estaba siguiendo? ¿Ves lo que te digo? No tengo idea de nada. ¿Hay alguna escuela de detectives a la que pueda asistir? ¿Tal vez un curso por correspondencia o por internet?

-¿Por qué esto te desanima? No debería.- dijo. Honestamente sorprendida por mi crítica personal. Creo que has hecho un gran trabajo. Dos personas importantes han sido liberadas de la sospecha de haber asesinado a tu hermano. Desafortunadamente, una de ellas por el hecho de que no podemos hacerle preguntas, está muerta y permanece como cómplice, posiblemente antes y definitivamente después del hecho. Haber logrado esto, después de las veinticuatro horas de las que tu hablas, es un excelente progreso. Un equipo del FBI estaría muy contento de tener empleados dedicados, que los ayuden en la investigación.

-¿Lo estamos haciendo bien?

-Mejor de lo que habría podido predecir. Mañana nos reuniremos con la policía y veremos lo que han investigado sobre Townsend, si ella planeaba encontrarse con alguien más aquí, qué había en su auto y cualquier otra información. Si hay algo de eso que debamos investigar, lo haremos y luego regresaremos a Nueva York. La muerte de Townsend debe ser la preocupación de alguien en este momento.

Pensé lo que dijo. Tenía sentido. Era un nuevo mundo para mí. Marilena tenía razón de que estábamos rápidamente eliminando sospechosos de nuestra lista. En el caso de Townsend, la eliminación era permanente, a pesar de que eso no me iba a mantener despierto en las noches.

Marilena continuó, "Nuestra suposición no cambió, el asesino de Ron está en la lista de sospechosos. La lista ahora se redujo. Les diremos a los que quedan en nuestra lista que nuestro foco no es más Boston. Las que son buenas noticias para nosotros son malas noticias para el asesino: ahora la lista es más corta, él o ella todavía esta en ella. Creo que estamos en condiciones de decir que Townsend está o estaba aliada al asesino. Su presencia aquí es la prueba de que el asesino es simplemente incapaz de hacer algo. Townsend tenía una misión; sólo que no sabemos cuál era. El fracaso de Townsend, su muerte y el anuncio de la eliminación de la Dra. Little, como sospechosa, han cambiado las reglas de combate, de una manera que molestará al asesino. Esto debería ponerte feliz; el factor presión ha aumentado. Felicitaciones, no hay reproches.

* * *

Estaba en mi habitación de arriba. Había sido modernizada cuando me gradué de la universidad. Ya no reflejaba los gustos de un adolescente. Los muebles eran contemporáneos; algún decorador había intentando hacerme más sofisticado. Al igual a la de Ron, la habitación tenía un área de trabajo grande y adjunto que había sido originalmente diseñado, aunque nunca usado, como una sala de estar. Los dos utilizamos este espacio de la misma manera; era donde nos aislábamos del mundo para estudiar algo interesante o algo obligatorio, cada uno de nosotros en su propio santuario. Había bibliotecas, desde el piso hasta el cielo raso, en cada una de las paredes y no había ventanas. Un escritorio y algunas mesas de trabajo no estaban dispuestas de ninguna forma en particular. Los estantes estaban llenos de libros de textos de las escuelas y las universidades a las que había asistido, material de cursos de una amplia variedad de entrenamientos militares y otros libros, que había adquirido en apoyo a otros intereses y hobbies. Caminar alrededor de mi habitación, daría mucha información a cualquier persona que se interesara en saber de mí. Muy pocas personas se interesaron en hacerlo; ninguna de ellas era mujer. A un lado, había un confortable sillón, con mucho relleno, y una lámpara para leer al lado. Me había quedado allí, para leer los últimos documentos de la pila que había comenzado antes. Oí un suave golpe en la puerta, se abrió y entró Marilena.

-¿Thomas, puedo entrar?

-Claro. – no le dije que ya estaba adentro. – Por esta noche, ya he terminado.

-¿Poniéndote al día con los negocios familiares?-preguntó.

-Sí. Ron realmente se ocupo de muchas cosas por mí. Yo no tenia ni idea.

-¿Hay algo en lo que pueda ayudarte?

-Sí, pero no con esto. Puede esperar. – hice una pausa y la miré atentamente. –Sólo tengo una pregunta.

-¿Y es?-preguntó en voz baja, sabiendo que iba a ser para ella más importante el tema de conversación, que para mí la trivia administrativa de mi familia.

Lo había pensado cuidadosamente. Sabía que tenía que llegar a un acuerdo sobre nosotros y debía ser pronto. Necesitaba salir de este mundo ambiguo en el que estábamos. Cualquier camino que tomásemos, debía ser determinado y no accidental.

-Oí lo que dijiste, antes, sobre nosotros. Sólo me preocupa una cosa.

Esperó sin interrumpir.

-¿Qué pasaría si, después de tomar ese camino, te arrepientes? Es decir, lo que defines no es la norma para una pareja con una relación creciente. ¿Qué pasaría si nuestras reglas de compromiso dejaran de funcionar para ti? Algún día podrías desear no estar con alguien que se va por mucho tiempo y que a veces tiene un trabajo peligroso. ¿Qué pasaría si decidieras tener una vida más conveniente con 2 hijos y una familia tradicional? Tú sabes que no puedo hacer eso. ¿Qué pasaría si cambias de parecer?

-¿Eso es todo? ¿Esa es toda tu preocupación? ¿Qué yo podría cambiar las reglas? ¿Las reglas de compromiso? –Se veía aliviada y sonrió.

-Si. Eso es todo. Para mi es algo importante. Muy importante.

-Entonces, quiero que sepas, que lo que prometí no es solamente una promesa. Es lo que quiero. Lo que quiero no va a cambiar, por lo tanto no tengo que preocuparme con respecto a retractarme, ya que me conozco a mí misma bien. Piénsalo desde mi perspectiva. No quiero involucrarme con alguien que quiera que deje el FBI; que abandone todas las cosas que hacen que yo sea quien soy. Quiero tres cosas: exclusividad, amor y pasión. Es simple.

La miré, parada frente a mí. –Hay muchas pequeñas cosas, que hacen a una relación, que no has mencionado.

-Las resolveremos. No hay ninguna garantía de que esto vaya a funcionar. Pero quiero intentarlo. –y me preguntó con voz aún más baja:- ¿Y tú?

Todavía estaba vistiendo su atuendo de negocios pero sin el saco: blusa de seda, falda, medias y tacos altos. Sus ojos estaban entrecerrados observándome, como investigando cuál iba a ser mi próximo paso. Me paré y caminé hacia ella. Lo hice porque creí en ella y ahora era mi turno para actuar, no el de ella. Puse mis brazos a su alrededor; creyó que era para abrazarla, pero en lugar de eso, encontré el cierre de su falda. Lo deslicé hacia abajo y su falda cayó al piso. Traje mis manos al frente y comencé a desabrochar su blusa desde arriba hacia abajo. Suavemente le quité la blusa de sus hombros y ésta se juntó con la falda. Me miró, con una amplia sonrisa y con los ojos bien abiertos, como cuestionándome y a su vez, esperanzada.

-Thomas, esto es diferente. Aunque agradezco tu ayuda para quitarme la ropa, estoy confundida por este cambio en tu comportamiento. ¿Debería leer entre líneas que estás aceptando mi propuesta?

-Sí.

La tomé de la mano y la llevé hacia atrás hasta la cama. Me detuvo cuando cruzamos la habitación. Hasta ese momento, su coqueteo, su burla y su tentación eran para llamar mi atención, para mantenerme enfocado en algo muy importante para ella, para decidir de una manera u otra, si íbamos a estar juntos, como pareja. Y, por primera vez, la confianza, la alegría, la certeza de que ella esta en control total, se evaporaron. Ahora, era su turno de estar preocupada. Yo le había dado la respuesta a su pregunta. La gran pregunta.

Con voz temblorosa e inusitada, dijo:- Thomas, necesito oírtelo decir. Necesito escuchar de tu boca que lo aceptas, que quieres esto y que me deseas.

-La opción tres. Por supuesto. Acepto completamente. Absolutamente. Te deseo. No más preguntas. La respuesta es sí. Comprometido un cien por ciento. Cuenta conmigo.

Y así fue.

ABOGADOS MODERNOS

Me desperté en el ambiente familiar de mi propia habitación, viviendo la experiencia de no estar solo al amanecer. Nunca antes había sucedido en casa, ya que siempre había mantenido esa parte de mi vida, alejada de los curiosos ojos del personal doméstico. Hay algunas cosas que no necesitan saber. De esa manera no harían tantas bromas.

Aunque había disfrutado de intimidades de alcoba muchas veces y en muchos lugares,-algo personal que quería sacar de mi mente-nunca había dormido realmente con mi pareja del momento. Siempre encontraba una razón, una excusa, para continuar después de la diversión, pero siempre sin dormir. Sabía que lo había hecho intencionalmente; una confesión que, en muchos casos, el pensar con interactuar con la joven dama elegida , quien a pesar de ser bonita y de estar dispuesta a tener en cuenta mis necesidades , era algo que yo no quería. No tenía deseos de convertirme en su alma gemela y tener una conversación en las mañanas después de nuestra actividad nocturna. No lo voy a negar. Soy una escoria.

Marilena estaba acostada de su lado y contra mí. Sentí que se estaba despertando:- Buenos días, querido. –dijo. Parecía que en mi nuevo mundo ideal, había adquirido un nuevo titulo.

-Parece que estás despierta.- respondí.

-Si y necesitamos ir yendo. Tenemos una agenda llena y me gustaría ejercitarme antes de salir. –ella había sido lo suficientemente amable de no mencionar que en una ocasión anterior, mi ejercicio había estado limitado a caerme de la cama. Por lo menos, no lo había hecho de nuevo.

-Tenemos un gimnasio muy bien equipado.-dije.

-¿Por qué no me sorprende? – me hizo una sonrisa cómplice. Escapando de mi apreciación, antes de que yo pudiera implementar mi plan bastante obvio de la mañana, dijo:- Me voy a poner algo apropiado para tu gimnasio bien equipado.-Luego se deslizó, desnuda, por las sábanas. Nunca antes la habitación se vio tan bonita. Me podría acostumbrar a esto. Tironeó la sábana superior de la cama y se la acomodó por arriba de su hombro sin dificultad, convirtiéndola en una toga de emergencia. ¿Había hecho esto antes? Pasó por encima de su ropa, abrió la puerta y salió en dirección a su habitación: otro cuarto de huéspedes en la que ella no dormiría.

Afuera de mi puerta y para mi asombro, oí a Marilena decir alegremente y sin ninguna incomodidad:-¡Buenos días, Marianne! –Marilena hizo una pausa y comenzó a conversar con nuestra ama de llaves, totalmente relajada, sin importarle ser vista, saliendo de mi habitación envuelta en una sábana, sacada de mi cama. No le importaba nada.

-¿Haría algo por mi, querida? Dejé ropa en la habitación de Thomas. ¿Estoy segura que él no sabrá qué hacer con ella y si usted fuera tan amable?

-Por supuesto. Me encargaré de eso cuando arregle su habitación. ¿Van a desayunar? Maryanne le seguía la corriente como si verla salir de mi habitación, era algo totalmente esperado.

Marilena respondió:- Muchas gracias. Sí, primero vamos a ejercitarnos un poco. Después seria bueno desayunar algo liviano.

-Les avisaré a todos. – Sí, estoy seguro que lo hará.

...

Llegamos a la costosa sede del Central New England Group, SRL en el piso superior de un edificio de oficinas, en el centro de la ciudad. CNEG era uno de los primeros y más exitosos grupos de capital privado del país. Las letras se pronuncian de manera individual: CE-ENE-E-GE; nunca SE-NEG por razones obvias. Hasta los analfabetos de negocios como yo, que de alguna manera logran arreglárselas sin memorizar el Wall Street Journal todos los días, los conocían y sabían de sus admirables antecedentes. Sus inversiones siempre eran noticias ya que involucraban grandes empresas y a menudo, se fusionaban con feroces competidores, tanto de su propio país como del extranjero. Los rendimientos a sus reservados clientes, algunos de los cuales habían sido revelados como viles jugadores internacionales, eran sistemáticamente impresionantes. Esto me parecía que era muy divertido ya que nosotros éramos clientes también. Si mi jefe, el General F., descubriera alguna vez esto, me sacaría las tripas, las filetearía y las freiría.

Ayer, mientras estaba en el tren, llamé a la persona que había convertido a Ron en un inversionista y organicé una reunión para esta mañana. Había comenzado a disfrutar el poder que tenía, como controlador de nuestra fortuna familiar. Parecía no importar si el movimiento de efectivo era filantrópico o egoísta; yo era el típico tipo al que todos quieren como amigo. Hoy mi nuevo amigo descubriría que, si fuese necesario, yo emplearía algo de ese poder para averiguar sobre un viejo compañero en el CNEG.

Un hombre joven, muy serio, nos llevó hasta la oficina de William Heget. Después de las presentaciones, de expresiones de remordimiento acerca de Ron y ofrecimientos de café, nos pusimos a hablar. Presenté a Marilena como una amiga que me ayuda en mi nuevo rol como jefe de familia, no como agente del FBI. Heget comenzó por describir las preparaciones que había hecho para nuestra reunión.

-Coronel, he preparado un resumen y un análisis de las acciones de su familia, de sus inversiones específicas en nuestras empresas asociadas y los rendimientos hasta la fecha. Se los puedo explicar ahora, o si lo desean, pueden leerlo y nos podemos volver a juntar, o bien hablar por teléfono, como prefieran. Mis socios y yo realmente esperamos que podamos continuar sirviéndoles y proveyéndoles de un excelente rendimiento de la inversión, como han estado disfrutado hasta el momento.

Aunque sus palabras fueron autocomplacientes, me gustó su forma. Nada de tonterías; teníamos un trato y su equipo lo había cumplido. El mensaje era: "Vamos a seguir haciéndolo. Dados los números que estaba viendo, mientras hojeaba los datos asociados con los gráficos de color, yo estaba de acuerdo en continuar la relación. Ni siquiera estaba seguro de cuán difícil sería desasociarnos. Nuestra inversión inicial había crecido a casi diez millones de dólares del valor actual. Era un porcentaje, pequeño y suficiente de la completa carpeta de inversiones, (Dios mío, había comenzado a sonar como un cretino financiero), por lo que no me preocupaba la naturaleza especulativa de lo que las empresas de capital privado hacían y no es que no entendiera completamente de qué se trataba. Le pasé el archivo a Marilena, ayudándola a mantener su rol de asesora. Lo puso sobre su falda sin mirar el contenido.

-Sr. Heget, como puede suponer, todo esto es nuevo para mí. Ron me hizo la vida más fácil al encargarse de los negocios familiares, por eso, le agradezco por su tiempo. Leeré el paquete que me dio y con algo de ayuda (asintiendo en dirección a Marilena), haré lo mejor posible por entender todo. Estoy seguro de que aceptaré su oferta y lo llamaré.

-Adelante, por favor hágalo. Y, si lo desea puede tutearme como su hermano y yo solíamos hacerlo.

-Mucho mejor para mí.-respondí.-Puedes llamarme Tom.

-Soy Bill, pero un par de veces, cuando Ron y yo bebíamos demasiado después de una cena, mi nombre se convertía en Billy. Ninguna otra persona me llamaba de esa manera. – Miró fijamente hacia la ventana, obviamente recordando los buenos momentos que había pasado con mi hermano.

Pensé que lo mejor sería ser tan franco como él lo había sido conmigo.- Bill, tenemos razones para creer que él no se suicidó.

-¿Qué?- dijo en voz baja, sin emoción. – ¿Están seguros? ¿Puedo ayudarlos en algo?-sus palabras parecían sinceras. Una vez más, el impacto que había tenido Ron en otras personas hacía que éstas cooperaran sin problemas.

-No sé si ya has visto las noticias sobre tu ex compañera, Margaret Townsend.

Su cara hizo una mueca. –Si, me enteré de que murió ayer, aquí en la ciudad.

-Nosotros estábamos allí cuando murió.

-¿De verdad? ¿Por qué?

-Si. Nos dimos cuenta que nos estaba siguiendo en su auto cuando volvíamos de nuestra reunión en Cambridge.

-Cuando nos detuvimos y nos bajamos del auto para hablar con ella, para ver si necesitaba algo, rápidamente dio marcha atrás para alejarse de nosotros y provoco el accidente que la mató.

-¿Alguna razón por la que haya hecho eso?

-No. Sin embargo, ella era una persona de interés para la policía, pero se determinó que no estuvo físicamente cerca de Ron cuando murió y no pudo haber sido la asesina. No sé si nos estaba siguiendo o, lo que es más, por qué nos habría seguido hasta Boston y luego habría estado detrás de nosotros por toda la ciudad. ¿Sabes si tenía alguna cita aquí? Tal vez, fue una coincidencia que nos viera.

-Es gracioso que preguntes. Esta mañana, cuando llegaron las noticias aquí, uno de los socios preguntó si ella tenía cita con alguno de nosotros. Chequeó con todos y no, ella no tenía cita. Por lo tanto, no vino aquí para vernos a nosotros, de todos modos, desde que dejó la compañía, no recuerdo que volviese alguna vez. Te lo cuento por la relación que tenía con Ron. Que yo sepa, no tenia amigos en Boston; todo lo contrario.

-¿Todo lo contrario?

-Marilena me permitió seguir hablando, sin querer que nuestra visita se torne oficial. Hacía bien el rol de la novia atractiva, mostrando el interés justo.

-Sí, bueno…, Margaret me da, mejor dicho, me daba vergüenza. Yo fui quien la trajo y presioné al resto, para que la aceptaran como socia y luego tuve que hacerme cargo del lío en el que todo se convirtió.

-Debo admitir que no conozco mucha gente en el mundo de los capitales privados pero ,cuando la conocí en Nueva York , no parecía ser una persona a la que le pudiera confiar mi dinero .-le dije, dándole un ligero codazo.

Asintió con la cabeza y luego dijo:- Hace alrededor de diez años, la prensa nos criticaba por ser un club de hombres, uno de los tantos en este negocio. Una de las primeras y más grandes empresas de capital privado comenzó en el lobby de un hotel céntrico de Manhattan, en una reunión informal entre un par de tipos. Desde entonces, nuestra industria ha tenido la imagen de hombres de negocios, con énfasis en hombres, que se encuentran en hoteles y bares llenos de humo y donde no se permiten mujeres. Yo comencé como abogado bursátil y sé cómo pueden ser los grandes e inconstantes inversores. Sus criterios de inversión no siempre son objetivos. El tema de prejuicio de género podría provocar consultas con la almohada y la esposa de algún cliente podría no querer que trabajemos para ellos. Es por eso que decidimos sumar algunas mujeres a nuestro equipo. Una de ellas resultó ser muy buena, pero la persona que encontré y por la que presioné, no. Margaret era una pesadilla. En un mes de trabajar aquí, descubrimos dos cosas sobre ella: a pesar de tener experiencia laboral y un título en Finanzas, no sabía mucho sobre acuerdos de valoración o análisis de inversión y lo que es peor aún, como no podíamos ocultarlo, ella era una perra hostigadora. En dos meses se ganó el odio de todas las personas, no sólo de las que trabajaban en el edificio, sino también de las que trabajaban en otras empresas y que solamente la cruzaban en el pasillo. Muchos de nosotros intentamos hablar con ella, para que se integre y se tranquilice. Sólo logramos empeorar las cosas. Finalmente, hicimos un trato para deshacernos de ella; un trato muy costoso. Fue promovida a socia y se jubiló el mismo día. Se fue con más de un millón de dólares ,por menos de cinco meses de trabajo, donde básicamente no hizo nada más que arruinar uno de mis proyectos. Parte del trato era que teníamos que atribuirle públicamente, el éxito de una de nuestras más grandes inversiones cuando, en realidad, no tuvo nada que ver con eso. Su abogado dijo que reduciría el daño de su reputación por la que nosotros deberíamos pagar, además del acuerdo de siete cifras. Entiendo que uno de mis socios tuvo que ayudarla a obtener el trabajo en la organización de beneficencia de la CID, donde Ron trabajaba. Ron era lo suficientemente decente como para traerla, aunque estoy seguro que él sabía que nuestro rol era contratarla. Desconozco como estaba formado el equipo de directivos, donde Ron trabajaba. Tal vez, fueron presionados para incorporar algunas damas a su equipo y de esa manera, equilibrarlo. El costo de estar a la vanguardia.

Me puse a pensar en el equipo de directivos de la Sociedad contra la CID y sonreí. Nunca nadie podría acusar a Alison

Montgomery de no contratar a suficientes mujeres. Vanguardista, siempre a la vanguardia.

Nuestra próxima parada fue en la estación de policía. Gus entró con nosotros y él y yo escribimos nuestra declaración. Marilena se fue con O'Shanlon para reunirse con el comandante del precinto y hablar de asuntos policiales. Me dieron una computadora para que escribiera en detalle mi declaración. Les había comentado que mi letra era un desastre y que por eso me había convertido en doctor. Entendieron.

Después de que terminamos, Marilena leyó nuestros informes y sugirió algunos cambios. No pareció importarles a los de allí, lo cual me resultó extraño. Ella había logrado obtener una estrecha cooperación interdepartamental. Firmamos nuestras declaraciones y nos llevaron a una sala de reunión. El teniente O'Shanlon nos estaba esperando y había traído una bolsa que tenía escrita la palabra "Evidencia".

-No encontramos ninguna razón por la que Margaret Townsend tuviera que estar en Boston. No hay registro de que tuviera una reunión con alguien que no hayamos descubierto. Ella vendió su casa de aquí para mudarse a Nueva York. Eso no significa que no tuviera una razón para venir aquí; es sólo que nosotros no pudimos encontrarla.

Tomó la bolsa con la evidencia de la mesa. Quedamos sorprendidos cuando sacó un arma de allí. Era un revólver, una Smith treinta y ocho con martillo cubierto. Una blaster de mano de cinco tiros, con marco de aluminio, que no se traba cuando se saca de un tirón del bolsillo. Pregunté si podía ver la munición que estaba en la bolsa de plástico. Eran balas .38+P , las mejores que el arma podía manipular. Ella había planeando causar serio daño. Es decir, un daño tan serio como el que su arma podía causar.

-Ella tenía esto en el asiento de adelante. ¿Tenía algún motivo para matarlos? – preguntó O'Shanlon.

-Todavía no sabemos cuáles eran sus planes o cuál fue su rol en el asesinato del Dr. Briggs. –Marilena respondió.

-Parece como si no lo hubiera planeado bien, sólo iba detrás de nosotros, esperando la oportunidad de caernos sin que nos diéramos cuenta. –dije.

-Sí. No fue muy inteligente. –dijo O'Shanlon. –Aunque cada vez que intento darle crédito a un criminal al considerarlo astuto, me equivoco. Además, cuanto mas desesperado esté, más loco se vuelve.

No pronuncié las palabras, pero en mi mente oía:- Contamos con eso.

Nuestra última parada fue una reunión con los abogados de la familia. Esto no tenía nada que ver con el caso, pero estaban pidiendo a gritos reunirse conmigo. Su motivación primordial era educarme; la segunda era comenzar una relación como la que habían tenido con Ron.

Gus nos llevó a almorzar a un restaurant de mariscos, con vista al puerto. Entretuvo a Marilena con una serie de historias embarazosas acerca de mi infancia. Ella pedía más y él le prometió que más tarde, le mostraría algunos álbumes de fotos y completaría el resto de mi desperdiciada juventud. Ella dijo que era una fantástica idea. Yo consideré unirme a la Legión Extranjera Francesa.

Llevé a Marilena adentro conmigo para que conociera a Jason Inch, nuestro socio mayoritario en Keeson, Inch, Merrymack and Wynters, una erudita colección de abogados. Me había reunido con Jason más de una docena de veces, principalmente cuando necesitaba mi firma y Ron se aprovechaba de eso, para exponerme a algunos asuntos de negocios familiares. Recordaba que Jason siempre usaba la última moda de GQ, algo de lo que Ron se reiría. Otro abogado a la última moda.

Le preguntó a Marilena su relación conmigo o con la familia; eso hizo que ella se excusara para que pudiéramos estar en privado. No sabía si debería sentirme incómodo por eso o si no debería aceptar que se fuera .No sabía qué hacer cuando, de repente, dijo:- Escucha a tu abogado. Estos son temas confidenciales. Estoy segura que puedo encontrar un teléfono por aquí, ¿verdad?

Jason se sintió aliviado e hizo rápidos arreglos para que tengamos una oficina confortable, con refrescos. Luego me hizo una presentación, de dos horas, acerca de mis intereses con respecto a los negocios y mi nuevo rol como jefe de familia. La mayoría de eso lo había oído antes y tenía una sola sorpresa. Resultó ser que estábamos siendo demandados en dos acciones por separado.

Jason me aseguró que no tenía nada por qué preocuparme. ¡Siempre nos demandaban! Algo común para una familia adinerada pero no era algo preocupante, ya que él o su equipo de pit bulls manejaban todo, para llegar a una conclusión satisfactoria. No me preocupaba demasiado. Sabía que contaba con ayuda talentosa y que trabajarían incansablemente para solucionar todo, evitando que yo arruine las cosas y a cambio, se les pagaría de manera excesiva. Lo que más me sorprendía era que cuando Ron tenía la mitad de mis años, ya había asumido este mismo rol.

Terminamos y fuimos a buscar a Marilena. Los dejé para ir al baño y ella comenzó a hablar con Jason. Cuando volví, después de cinco minutos, me encontré con una sorpresa.

Jason habló primero. Estaba muy contento por algo. –Tom, Marilena hizo una excelente sugerencia. Es muy considerado y comprensible de su parte.

-¿Si ?y ¿cuál es? –dije, sin tener ninguna idea de lo que ella estaba hablando.

-Me pidió que hiciera un acuerdo de pensión alimenticia entre ustedes dos y específicamente me indicó que estableciera que, sin importar la naturaleza de la relación de ustedes o de cuánto tiempo dure, incluso si es para siempre, no tendrá ningún derecho sobre tus intereses personales o de los negocios financieros de tu familia.

-Me quedé mirándolos fijamente.- ¿Pensión alimenticia? ¿Qué es eso?

Marilena le sonrió a Jason y le dijo:- Jason, sería mejor que lo hicieras bilateral. ¡No puedo tener a este sofisticado sinvergüenza legal, desplumándome en un momento de debilidad femenina!- Los dos se rieron a carcajadas. Yo estaba perdido.

-¿Bilateral?

PREOCUPACIONES EN MANHATTAN, APUROS EN MANHATTAN

De vuelta en el asiento trasero del BMW, con Gus, nuevamente, como piloto, avanzamos sorteando los coches de un lado a otro de Boston, a la vez que regresábamos a casa en hora pico. Noté que Marilena estaba un poco más relajada y que se había sentado más cerca de mí que ayer. También había dejado de sentarse oblicuamente, lo cual le había permitido, con anterioridad, mirarme directamente a los ojos, cuando hablábamos. En cambio, se había deslizado y se había apoyado contra mí cuando lo creyó conveniente. La intimidad había reemplazado el escrutinio.

Aunque nuestra relación había pasado a un nuevo nivel, no había dejado de prestarle atención a nuestro caso. –Thomas, he tratado de comunicarme con Abril dos veces pero no tuve suerte. No me ha devuelto las llamadas. Estoy empezando a preocuparme.

-Es una chica joven, estudiante y con un trabajo muy extraño. Quién sabe cuántas horas este cumpliendo en su trabajo o si chequea sus mensajes con frecuencia.

-Seguiré intentando. Me sentiré mejor cuando haya hablado con ella.

-No creerás que esta en peligro, ¿no es cierto?-pregunté.

-No estoy segura.- se la veía pensativa, demasiado seria. No le gustaba estar insegura de nada.

Yo tenía un tema diferente en mente. Dije:- Sin intención de cambiar de tema, pero lo haré de todos modos. ¿Quién es tu favorito en nuestra reducida lista de cinco sospechosos? Canfield, Sayyaf, Wilson, Treece o Standish?

-Te diré cuál es mi favorito cuando hayamos eliminado a cuatro más. –su respuesta era una predicción del futuro. Sé que es cien por ciento europea, pero como detective, tenía un costado inescrutable. Era una Charlie Chan femenina.

El viaje de regreso a casa, por las anchas avenidas de Boston y callejuelas fue, gracias a Dios, tranquilo. Ningún conductor maníaco intento un homicidio vehicular; ninguna mujer demente perdió la cabeza. Estaba contento de considerar las sorpresas de hoy, como pequeños problemas de negocios y acuerdos de pensión alimenticia, o lo que sea que fuesen. A pesar de que los curiosos acontecimientos de hoy habían sido menores en la escala de emociones, eran numerosos y continuaban apareciendo.

Subimos las escaleras y camino a mi habitación, fuimos interceptados por Maryanne en el pasillo.

-Terminamos con la lavandería y el planchado.-le dijo a Marilena. Sin sorpresas hasta ahí. –Llevé toda su ropa a la habitación de Tom. Tenía un closet extra que estaba casi vacío. Avísenme si necesitan algo más.-Gran sorpresa allí.

Como mi boca se quedó probablemente abierta, Marilena tuvo que responder por los dos.- Muchas gracias, Maryanne. Fue muy considerado de su parte e hizo que todo sea más conveniente. ¿Le dijo Gus algo sobre la cena?

-Si. ¡Ambos la estamos esperando con ansia!-dijo Maryanne.

-¿Eh?

Pensé que el mejor camino para tomar era, al menos, el de la resistencia. Seguí el ejemplo de Marilena y me puse ropa más informal. Lo que sea que estaba sucediendo, ella llevaba la batuta.

Bajamos a la planta baja, donde descubrí que la mesa estaba puesta para cinco. Marilena se fue a la cocina, dejándome solo para que mire el periódico que había encontrado en la entrada.

En poco tiempo, la comida comenzó a aparecer por la puerta vaivén que separaba la cocina del comedor. Marilena y Maryanne, con Gus siguiéndolas atrás, traían fuentes y bandejas a la mesa. Las mujeres charlaban como si fuesen viejas amigas. Gus se veía tan desconcertado como yo, pero parecía obedecer órdenes sin quejarse.

-Thomas, pensé que deberías pasar tiempo con Maryanne and Gus antes de que nos vayamos. Les pedí que cenaran con nosotros.

-Buena idea. ¿De quién es el quinto? –pregunté y señalé con la cabeza el plato.

Gus respondió.-Katie Rice de la oficina de Jason Inch. Ya la conoces. Maneja los papeles y paga las cuentas. Maryanne y yo hablamos con ella todo el tiempo. Mientras tú estabas reunido con Jason, Marilena me preguntó quien estaba a cargo de ese trabajo imaginando que era alguien de la oficina de Jason. Le dije; entonces fue y la invitó a cenar.

Justo a tiempo, sonó el timbre y Gus fue a abrirle la puerta a Katie.

-¡Hola a todos! ¡Hola Marilena! ¡Hola Dr. Briggs! – Era una joven mujer menuda, con cabello largo y castaño. Tenía la cara parcialmente escondida detrás de unos lentes, impresionantemente grandes, con un marco de plástico oscuro. Por el grosor de sus lentes, se podría decir que, sin ellos, me vería como un insecto sobre una pared a lo lejos.

-Hola Katie. Calculaste el tiempo perfectamente. –dijo Marilena, a medida que todos saludábamos a Katie y nos dirigíamos a la mesa.

Marilena me condujo hacia la cabecera de la mesa, un lugar ocupado por papá y luego, por Ron. Una procesión poco grata. Marilena se sentó a mi derecha y al lado de ella, Maryanne. Katie se sentó a mi izquierda, con Gus al lado, un poco más alejado.

La comida estaba, como siempre, excelente. Me dije a mí mismo que la debía disfrutar mientras pudiese. Con seguridad, habría más economatos militares y cafeterías en mi futuro. Marilena dirigió la conversación y la mantuvo enfocada en mis tres ayudantes de tiempo completo, para hacerlos sentir más cómodos a medida que la conocían y, en el caso de Katie, para que ella me conociera a mi mejor.

Hasta en algún momento, convenció a Katie para que dejara de llamarme Coronel. Gus nos entretuvo con más historias acerca de mi infancia y, como lo había prometido, trajo un álbum de fotos. Había marcado varias páginas, que imaginaba contendrían fotos embarazosas de mí, cuando era un niño difícil. Estaba completamente equivocado. Estaba en todas las fotos. Eran fotos de Ron y mías de nuestra infancia. Me trajeron muy buenos recuerdos. Tenía algunas que ni siquiera había visto con nuestros padres, antes de que murieran y otras, de nosotros dos, cuando nos estábamos convirtiendo en jóvenes hombres a la vez que interactuábamos con Gus, quien se había convertido en nuestro padre sustituto. A medida que describía las fotos, se le notaba el orgullo en su voz que reemplazaba su hosca forma de ser.

En algún momento mientras comíamos el plato principal, comenzamos a hablar de cómo estaban divididas las responsabilidades domésticas y de cómo lo mantenían a Ron informado, de temas que necesitaban su aporte. Afortunadamente, no había muchos. Sin embargo, ahora esto había sido transferido a mí e iba a ser más que un desafío.

-La mayoría del tiempo, es muy fácil ubicarme ya sea por celular o correo electrónico. –dije.-Además, planeo venir aquí más a menudo. Pero, a veces, el ejército me envía a lugares donde no puedo ser localizado por días e incluso, semanas. Eso sería un problema.

Gus interrumpió con una sugerencia, que yo habría hecho si hubiese tenido la oportunidad de discutirla con Marilena de antemano y en privado. Aparentemente, no se sintió para nada obligado y no tuvo la necesidad de chequear con ella antes de preguntar:- Cuando la Infantería de Marina te mantenga alejado de la civilización, ¿podemos llamar a Marilena? ¡Apuesto a que no puedes esconderte de ella! HEEERMOSO!

Ella sonrió. Sus responsabilidades de pareja ya se habían ampliado.

* * *

A la mañana siguiente, estábamos nuevamente en el Acela Express pero, esta vez, yendo a Nueva York. La noche anterior había terminado bien con todo el mundo feliz, de que nada había cambiado operacionalmente. A la gente no le gustan los cambios. Un Briggs diferente estaba a cargo, pero como su predecesor, tenía sentido común para otorgar poderes, a quienes cuidaban de él. La única parte, realmente fea que ocurrió, fue que Katie me recordó que tenía un poder para firmar cheques de hasta 5000 dólares. Jason podía agregar su firma y subir el monto a 50.000 dólares.

Con anterioridad, me había preguntado cómo se pagaba mi tarjeta American Express. De ahora en adelante, tenían que encontrarme y obtener mi garabato original. Ella quería saber si yo estaba de acuerdo con la forma en que todo se había hecho o si quería cambiar algo. Le dije que dejara todo como estaba y dijo que pronto nos sentiríamos cómodos trabajando juntos, de la misma manera que Ron y ella lo habían hecho. También me dejó una copia del libro de contabilidad con las entradas y salidas de dinero del mes pasado, como lo había hecho siempre con Ron. Me prometió enviármelo por correo todos los meses, conjuntamente con los resúmenes financieros de la familia que alguien en la compañía creó, para que yo lo llame en caso de tener alguna pregunta. Marilena agradeció, a todos y a cada uno de ellos, por todo lo que hicieron para mantenerme alejado de problemas.

La rutina de la mañana cambió significativamente por primera vez: compartimos el baño. Para mí, esto era más inquietante que compartir una cama, por sólo el hecho de dormir. El procedimiento para prepararme es ejecutado con precisión militar y me muevo rápido. Me lleva veintiún minutos ducharme, afeitarme y hacer todo lo necesario para enfrentarme al mundo. Esto, sin embargo, cambia cuando tienes que hacerlo con una mujer alrededor tuyo, que intenta hacer lo mismo. No establecimos ningún record; de vez en cuando chocábamos. Ella se reía cuando veía que yo intentaba estar fuera de su camino. La casa tenía innumerables baños, pero antes de que pudiera sugerir de que alguno de nosotros podría aprovechar eso, me dijo que compartir un baño era una parte importante del crecimiento en pareja. Quería desarrollar su definición de compartir, como utilizar ambos el mismo baño, sólo que no en el mismo momento. La preparación de una mujer puede dar miedo.

-¿Thomas?

-¿Si?

Estábamos en el tren. Ella estaba sentada a mi lado, en el asiento de la ventana, leyendo algunos papeles que había impreso antes de salir de la casa. Como en el último viaje, nuestro vagón de pasajeros estaba casi vacío. No levantó su vista cuando dijo:- Quiero que sepas que entiendo lo difícil que han sido para ti los cambios por los que has tenido que pasar. Y, creo, que estás haciendo las cosas muy bien, a pesar de ser un hombre regimentado, sin el beneficio de la perspectiva y sensibilidad de una mujer.

-Gracias, creo. De alguna manera me acostumbraré a ser el responsable de las pertenencias de los Briggs, aunque tenga sólo un cromosoma 'X" de guía.

Su sonrisa desapareció y se puso seria. –Es más que eso. Aprenderás tus nuevas tareas administrativas sin dificultad. –respondió; esta vez mirándome. No obstante, estas ocupándote de asuntos personales y extremadamente emotivos al mismo tiempo. Además de perder a la persona más importante en el mundo para ti, estás tomando nuevas responsabilidades y al mismo tiempo, estás encargándote de una investigación por asesinato. Eso es mucho, especialmente para alguien como tú.

-¿Cómo es eso? -pregunté, todavía un poco confundido acerca de cómo ella estaba segregando mis nuevas responsabilidades.

-Thomas, no te estoy diciendo nada malo. En tu vida profesional, estás altamente entrenado en varias áreas difíciles. Eres un cirujano que vive en un mundo peligroso y emocionante, rodeado de los mejores militares que hacen cosas que, rutinariamente, un hombre común tendría miedo de hacer. Lo sabes y esto te hace sentir seguro de todo lo que te rodea. Das órdenes, tomas el control, esperas un resultado positivo, no esperas fallas- no las permites. A ti, nada menos que un oficial de la Infantería de Marina , que toma acción decisiva y directa con respecto a todo, descubrir que una persona insignificante te ha quitado a tu hermano, además de que no estás preparado para investigar un asesinato, debe ser desestabilizador, molesto y frustrante. A eso súmale que los dos estamos trabajando juntos, mientras resolvemos nuestros asuntos personales. Has pasado por tiempos difíciles, querido. Las responsabilidades a las que me refería antes, no son los asuntos familiares de negocios. Aprenderás cómo interactuar con abogados y banqueros, sin problemas. Incluso, irás a juntas de directivos y harás que los demás se pongan nerviosos. Los problemas más grandes para ti serán aquellos que afecten a tus empleados y a sus vidas, debido a que realmente eres alguien que se hace cargo, convirtiendo las situaciones en favorables por las personas que te responsabilizas. Quiero que sepas que lo que nos está sucediendo, no es una responsabilidad sólo tuya. Tenemos responsabilidad el uno con el otro y yo estoy más preparada para dar que para recibir. Para mí, descubrir tu situación financiera personal agregó cierta dificultad. Te quiero independientemente de tus recursos financieros. Yo habría estado feliz de compartir mi vida con un teniente coronel. Es por eso que le pedí eso a Jason.

Ella firmó el acuerdo que Jason le había preparado inmediatamente y que yo desconocía. Lo dobló cuidadosamente y lo puso en un sobre que tenía la dirección de la oficina de Jason. Él ya la había pasado por la máquina franqueadora. Si hubiese estado aquí, ya habría hecho diecisiete copias y las habría enviado por correo a siete lugares seguros y diferentes.

MESES PERDIDOS

Ricardo nos fue a buscar a la salida de la Estación Penn a las 2 pm. Sólo nos habíamos ido dos días, pero tanto había pasado que parecía que hubiese sido más tiempo.

-¡Coronel Briggs! ¡Hermosa Señora! ¡Mi corazón se puso contento cuando supe que volvían tan rápido! Coronel Briggs, su Sr Gus es buen hombre creo, pero pienso que está poco loco. Llamó primera vez y nos conocimos por teléfono. Dijo que vendría a Nueva York y que me mostraría la ciudad. ¿Mostrarme la ciudad? "¡Pero si vivo aquí!", le dije. Dijo que no le importaba. Dijo que soy hermoso. Lo dijo dos veces y en voz alta. ¿Por qué diría eso? ¿Es, usted sabe, raro?

-Ricardo, no entiende nada. Sólo vaya con la corriente.

-¿Con la corriente? ¿Cuál es la corriente?

Por una vez, alguien además de mí, estaba desconcertado.

Cuando llegamos al apartamento, Antonio y su asistente Consiglieri vinieron hacia nosotros, como un acto de mafia con una forma de hablar y un gesto italiano, ninguno de los cuales era beneficioso para mí. Dejé que Antonio entre primero al apartamento. Hizo tanto ruido que si alguien estaba adentro, habría tenido mucho tiempo para esconderse. Después de que se fue, chequeé cada habitación. Estábamos solos. Mientras miraba dentro de los closets y chequeaba debajo de las camas, Marilena estaba hablando insistentemente por teléfono con alguien.

-Thomas, estoy muy preocupada por Abril. Tengo el presentimiento de que algo malo ha sucedido. Me temo que hemos cometido un error al no llevarla a Boston con nosotros. – dijo.

-Fue lo suficientemente difícil explicar lo tuyo. Si me hubiese aparecido con ambas, una de cada brazo, Gus y compañía habrían hecho su agosto.

Marilena ignoró mi respuesta. El silencio de nuestra chica calendario, realmente, la estaba inquietando. –Necesitamos encontrarla. Recién, estaba hablando por teléfono con la oficina local del FBI. Estaba intentando de ver con quién de la policía local podían hablar, en representación nuestra para encontrar a Abril. Aparentemente, tu relación con el Capitán O'Dale es mejor a la que hay entre la agencia y el Departamento de Policía de Nueva York. ¿Puedes llamarlo y pedirle que nos ayude a encontrarla?

Por su actitud, podía inferir que había más información, pero tendría que esperar hasta que yo hiciese la llamada. Saqué mi celular y marqué el número de la comisaría 17, que tenía en la lista de números previamente marcados y que habían sido almacenados por el teléfono. La secretaria de O'Dale me recordó inmediatamente y dijo que su obligación, si yo llamaba, era encontrarlo. Su programa para el resto del día no incluía ninguna reunión obligatoria y sugirió que llame de nuevo o vaya personalmente. Opté por ir y le pedí que le avisara.

Marilena había oído la mitad de mi conversación y asintió con aprobación. Sin decir nada más sobre el tema, se dio media vuelta y caminó hacia la habitación de huéspedes, que habíamos compartido. Dio por finalizado este asunto molesto. Necesitaba hacer algo y comenzó a desempacar, colgando su ropa y la mía en el closet. Me miró y dijo:- Podríamos instalarnos. Creo que estaremos aquí por varios días.

-Es un poco gracioso.- dije, sin esconder la creciente sonrisa a medida que entraba detrás de ella.

-¿Qué es lo gracioso? –dijo, en un tono que revelaba no sólo que su frustración con su homólogo de la oficina del FBI de Nueva York no había desaparecido, sino también el hecho de que no iba a dejar pasar esta oportunidad.

-Que mi relación informal con O'Dale podría llevarnos a algún lado donde el conducto oficial FBI-Departamento de Policía de Nueva York no puede.

Sorprendentemente, no contradijo mi comportamiento infantil, en lugar de eso, lo consintió. Comprimió sus labios, bajó los hombros y dijo:- Por si te interesa, estaba hablando con una agente especial que conozco. Ella es insoportable y hace que muchos agentes hombres piensen lo peor del resto de las agentes mujeres. Peor aún. Su unión con la policía local es, desafortunadamente, otra mujer, que a diferencia mía, no tiene que soportarla.

-¿Ah, no es un excelente ejemplo de la hermandad del FBI? ¿Alguna vez la viste en persona?

-Sí, desafortunadamente. Varias veces.

-¿Has podido encontrarle alguna prueba de ave ancestral residual en sus rasgos? ¿Alguna vez notaste si no le gusta comer huevos?

-¿Qué? ¿De qué diablos hablas?

El día se estaba poniendo cada vez mejor.

Fue bueno ver al Capitán O'Dale nuevamente. Congenió con Marilena instantáneamente. No creo que haya ido porque estuviese enamorado del FBI. Para ella, sin embargo, él dejaría pasar por alto quien la empleara. Hasta mencionó que estaba feliz de ver que yo había reclutado a la persona con el talento correcto. Ella me hizo una gran sonrisa y él se derritió aún más; demasiado para un duro comandante del distrito policial de Nueva York.

Lo pusimos rápidamente al día, con todo lo que había sucedido, desde el momento en el que, él y yo, nos conocimos. Asintió con aprobación en los lugares correctos de nuestra historia y mostró signos de sorpresa en los episodios más violentos. Sonrió con referencia a mi encuentro con Michaelson y cuando le contamos de cómo habíamos conocido a Abril Junio; incluso adivinó su segundo nombre. Discutimos la reducida lista de sospechosos con él.

-Este tipo... Wilson... Es el esposo de la Presidenta Montgomery, ¿verdad? ¿Creen que podría ser sospechoso?- preguntó O'Dale.

-Sería bueno, hasta fácil, eliminarlo de la lista.-respondí.

-Me gustaría saber por qué estaba allí y su esposa no.-dijo Marilena.- ¿Trabaja para la Sociedad? Estaba registrado como empleado.

-Esas son muy buenas preguntas.- dijo O'Dale.

-Hay una pregunta más apremiante.-respondió Marilena.

-¿Si? ¿Cuál es?- le respondió O'Dale.

-Hemos perdido contacto con Abril. No ha respondido mis llamadas. Estoy preocupada.

Él hizo una pausa mientras la miraba y se evaluaban el uno al otro, profesionalmente. Otros doctores me habían mirado de la misma manera después de hacer especulaciones sobre un diagnóstico. Él sabía que era sólo un presentimiento de ella, pero no por eso, menos importante. Un policía experimentado, que comprende que otro policía experimentado "tuvo un presentimiento", no era algo que se podía descartar. – ¿Quieres que yo lo diga? –preguntó cuidadosamente.

-Sería de gran ayuda.-dijo, agradeciendo su comprensión.

Él asintió y luego, dando un consejo con sentido común, dijo:-Por supuesto, la mejor manera de encontrarla es ir a su trabajo. Dado a lo que se dedica, te recomendaría que envíes a Tom, en lugar de que yo envíe a un uniformado. Nuestros muchachos tienen una forma de entrar al lugar, que hace que la gente no empiece a hablar rápido.

El día se ponía cada vez mejor. Le acababan de decir a Marilena, que la mejor forma de encontrar a Abril, era enviarme a un strip club, aunque sea del tipo elegante, pero un strip club, al fin. O'Dale le guiñó un ojo y Marilena respondió al desafío sin rodeos.

-Jim, estaba pensando exactamente lo mismo, pero con una mejora.-dijo.- Estoy segura que las chicas que trabajan allí estarían más cómodas y hablarían más si yo fuera con Thomas, también. Estoy segura de que Thomas sabe dónde queda ese lugar. Me puede llevar allí esta noche.

El día acababa de desmejorarse.

Cenamos en un pequeño restaurante de los años 50 en el East Side, que a mí me gustaba y que Ricardo aprobaba. Había invitado a O'Dale pero tenía otro compromiso.

Después de ser acomodados en una mesa, dije:- ¿Realmente, quieres salir conmigo esta noche? No es tu tipo de lugar.

-¿Por qué dices eso?

-Tú sabes.

-No, tú dímelo.

-Escúchame, no es el tipo de lugar a donde yo elegiría llevarte.

-Estaré bien. Vamos a averiguar si alguna compañera de trabajo vio a Abril.

-No es todo lo que vas a ver.

Sonrió.-Thomas, he visto mujeres desnudas antes. Veo a una en el espejo todas las mañanas. Sobreviviré. Además, creo que será muy divertido ver cuán incómodo será para ti verme allí, especialmente cuando mires a las mujeres desnudas. ¿Entiendes lo que digo?

-¿Qué?

Playoffs no quedaba lejos del restaurante. Marilena me ahorró la vergüenza de decirle a Ricardo nuestro destino y le pidió que nos llevara allí. No le explicó por qué estábamos yendo allí, dejándolo colgado y sin la posibilidad de hacer la pregunta obvia. Después de que él la ayudara a entrar al auto, me miró, todavía parado en el cordón de la acera.

Se inclinó hacia mí, como un conspirador compañero y dijo en voz baja, pero con entusiasmo:- Coronel, usted es un hombre afortunado. Cena con esta hermosa Señora y luego ella lo lleva a un strip club lujoso.

Oh, cielos.

Caminamos hacia la entrada principal de Playoffs. Dos gorilas, con esmoquin, nos abrieron rápidamente la puerta. Ambos quedaron sorprendidos al ver a mi cita. Después de volver a la realidad, el que estaba más cerca mío, dijo:- Señor, le recordamos que las chicas no se cubren aunque traiga a una dama.

-¿Ves, Thomas? Ya te estoy beneficiando.

El costo para que se cubran podría haber sido cualquiera y lo habría pagado para evitar esto. Mantente enfocado, Tommy. Sólo entra, obtén la información y sal lo antes posible.

Entramos al club y pasamos por la cajera que, sin Marilena, me habría cobrado unos veinte. La cajera estaba vestida con un ajustado vestido de lentejuelas, con un pronunciado escote. Evaluó a Marilena, llamó a otro gorila y le dio órdenes para que nos ayudara a encontrar un asiento.

La sala a la que entramos era de alrededor de treinta metros de largo por veintidós de ancho y estaba poco iluminada, con excepción de los escenarios. Había un escenario central y otro detrás de la barra, con mesas y cubículos por toda la sala. Las sillas tenían un respaldo alto con apoyabrazos, que le daban mucha privacidad. Ambos escenarios estaban ocupados por mujeres jóvenes, que se iban desvistiendo y moviendo al ritmo de la música. La sala estaba ocupada en sus dos tercios. Le pedí al gorila que nos ubicara en uno de los cubículos redondos, que había contra la pared trasera.

Había alrededor de treinta bailarinas trabajando en la sala, que se turnaban para entrar y salir del escenario. Cuando dije que estaban trabajando en la sala, me refería al hecho de que se movían de manera informal pasando de mesa en mesa, intentando conseguir un cliente que les pagara para que le bailen. Hacían mucho dinero mientras estaban abajo del escenario; más dinero del que ganaban con propinas arriba del escenario. Alrededor de diez mujeres lo habían conseguido y estaban realizando bailes privados de desnudos, además de tenderse encima del cliente por el tiempo que duraba la canción, que había puesto el DJ. Había mucho contacto cuerpo a cuerpo y de mano a cuerpo que, como mi contrato de pensión alimenticia, era bilateral. O'Dale tenía razón, con un uniformado en la sala, el ambiente desinhibido habría cambiado, bilateralmente.

Una camarera, vestida provocativamente, apareció en nuestro cubículo y puso servilletas de papel sobre la pequeña mesa frente a nosotros. Tomó nuestra orden y se fue. Me aseguré de que, los dos, pidiéramos bebidas con alcohol para que se corriera la voz de que no éramos policías. Se lo expliqué a Marilena.

-Thomas, tu entendimiento de las sutilezas, aquí, es impresionante.

Había decidido que la forma de manejar esto era con negación, básica y de amplio espectro, una negación al punto de lo absurdo, a pesar de que ambos sabíamos la verdad.

-Una vez, estuve en un lugar como éste.

-¿Sólo una vez?

-Sí. Tenía dieciocho y mis amigos me obligaron a ir. Realmente no quería. Para hacerla corta, una stripper prometió casarse conmigo. Me rompió el corazón y nunca volví a ir a uno, desde entonces. Estoy siendo honesto. –La miré con mi mejor mirada de cachorrito inocente.

-Por supuesto que no. Aunque han pasado décadas desde tu última y única visita, tu memoria en cuanto a los protocolos correctos, es muy impresionante. –Le era difícil decir esto, a la vez que se reía a carcajadas.

-Bien, dado que recuerdo muy bien cómo funcionan estos lugares, ¿por qué no me dejas tomar la delantera? Si yo estuviera a cargo, podría hacer esto de manera breve y cordial y saldríamos rápidamente de aquí.

-Si crees que tu memoria es lo suficientemente buena , dado el tiempo que hace desde la última vez que estuviste en un strip club, disculpa, mejor dicho, teatro artístico para adultos, entonces yo y, probablemente en poco tiempo , una de las bailarinas estaremos en tus manos. Adelante, Mc Duff.

Mi objetivo era doble: Obtener información sobre Abril lo antes posible y salir de ahí, sin proveerle a Marilena ninguna munición para futuras sesiones tormentosas. Al mirarla, me di cuenta que estábamos trabajando en diferentes cosas.

Se echó hacia atrás en el sillón, sin prisa, intentando juntar, de manera informal, tanto material de chantaje como pudiese. Definitivamente, yo estaba en zona de peligro. Si ella supiese todo lo que había pasado en el asiento que ahora estaba ocupando, habría considerado nuestro cubículo como una zona de peligro biológico y no se hubiese sentido tan cómoda.

Poner mis objetivos al frente de mi mente, me mantuvo ocupado. En un club de hombres, los que te incitan a beber son más inteligentes que las bailarinas. Llegaron nuestros tragos y mi propina, de veinte dólares, llamó la atención de la camarera. Aunque las que sirven son tan bonitas y están vestidas tan provocativas como las bailarinas, generalmente son ignoradas cuando los tipos miran lascivamente el escenario. Cualquier cliente que le presta atención a su camarera en lugar del show, es bienvenido.

Comencé con un acercamiento sincero. –Hola, soy Tom y ella es Marilena.

-Soy Sindy con S-dijo. – ¿Han estado aquí antes?

-Primera vez.

- Oh, creo que les gustará. Muchas parejas vienen aquí. ¡Siempre la pasan muy bien!

Le hice señas para que se siente en nuestra mesa y le dije:-¿Podemos invitarte un trago?

-¡Sería genial! Déjenme ir a buscar uno. ¿Un Jager esta bien? ¿Puede ser doble?

-Lo que quieras.-dije.

Se fue para ir a buscar su trago, dándole esto una nueva emoción a su trabajo que, hasta ahora, había sido letárgico. Otra noche aburrida llevándole tragos a tipos que están allí, para ver a las chicas quitándose la ropa.

Mientras no estaba, Marilena estaba observando el lugar y las diferentes actividades que estaban sucediendo alrededor nuestro, como shows paralelos en un circo para adultos.

-Thomas, ¿puede beber mientras trabajas?-Marilena preguntó.

-Nunca he estado en, quiero decir, nunca he oído de ningún lugar como éste en el que no se pueda.

Sindy con S regresó con su trago, se sentó, nos dio las gracias y luego se lo bebió de un solo trago. No era el primer trago de su vida.

-Gracias, hombre. ¡Lo necesitaba!

-De nada. ¿Cuánto tiempo hace que trabajas aquí?-pregunté.

-Alrededor de dos años.

-¿Te gusta?

-El dinero es bastante bueno y puedo compartir un alquiler en la ciudad. Es decir, no gano tanto como las bailarinas, pero puedo arreglármelas.

-¿Pensaste alguna vez en bailar?- Marilena no me miró muy bien cuando hice esta pregunta, algo de lo que Sindy no se dio cuenta.

-Sí. Una vez, el día de mi cumpleaños, me subí al escenario. Estaba borracha y no me acuerdo mucho. Las bailarinas fueron muy buenas conmigo y se aseguraron de que todos los tipos me dieran propina. A la mañana siguiente me desperté en casa, pero usando la ropa de alguien. Creo que me limitaré a ser camarera.

-¿Conoces a las otras chicas de aquí?

-Oh, si. A casi todas. ¿Estás buscando a alguien en especial con quien jugar?

-Todavía, no. Tal vez, más tarde. –dije. Las cejas de Marilena se levantaron hasta el nacimiento del pelo.

-Sólo házmelo saber. Puedo decirte cuáles son buenas para que no malgastes el dinero en alguna calienta-pavas, o peor aún, una tortillera. Te conseguiré una de las buenas, una más aventurera, especialmente con una pareja.

-En realidad, conozco a una de las chicas que trabaja aquí. Es amiga de mi hermano.

Entre el Jagermeister doble y lo cómoda que se sentía con la charla, no sospechaba. – ¿Quién es? Tal vez este aquí y te la puedo traer.

-Su verdadero nombre es Abril pero no conozco su nombre fantasía. –Marilena me miró otra vez, ya que había revelado más de lo que sabía. Esta vez, acerca de los cambios de nombres de las bailarinas. Le hice a Sindy una descripción de Abril y ella hizo la conexión.

-¡Oh, Abril Mayo Junio! ¡Su nombre de bailarina es Mercedes!

-¿La conoces?

-Por supuesto, todos la conocen. Es tan agradable y tan preparada. Tú me entiendes, va a la universidad y no se la cree. No la he visto esta noche. Déjame chequear su

horario con el DJ y voy a ver si viene hoy.

Luego se fue. Marilena me miró y dijo. –Les voy a decir a todos, los del FBI, que te llamen si tienen una misión secreta en un club de caballeros.

-Pero… ¡muchas gracias!

Sindy regresó.-No viene esta noche. Le pregunté a Mikey, el DJ, y me dijo que ella estaba en el programa de anoche, pero que no apareció. Nunca antes lo había hecho. Estaba realmente sorprendido.

-¿Tiene alguna amiga íntima aquí? –pregunté.

-Sí, Katrina, quiero decir, Porsche. A veces salen juntas. Voy a ver si la encuentro. Sé que esta aquí. La vi hace un rato.

-Thomas, ¿Mercedes and Porsche? ¿Es común que las chicas tengan nombres de automóviles?

-La asociación de nombres de modelos de autos es muy popular actualmente. –dije, con dicción profesoral. Recientemente, estudios publicados indicaron que los nombres actuales de bailarinas tienden a provenir de un número pequeño de categorías. Están las chicas exóticas como Abril; están las que se hacen llamar como las emociones primitivas tales como 'Pasión" y "Furia'; otras se hacen llamar como piedras preciosas tales como "Diamante", "Rubí" y "Zafiro"; hay otras a las que les gusta usar el nombre de pequeños animales como "Bambi" y "Tambor" y así sucesivamente. En el futuro, sin duda, algún antropólogo podrá dar una completa taxonomía de las convenciones que dan nombre a las strippers.-Luego, dejando de lado la voz falsa de profesor universitario, agregué en tono defensivo:- Por supuesto que es lo que me contaron los compañeros de la oficina. No lo sabría personalmente.

-Por supuesto. Aún así, eres una fuente de riqueza de información.

Sindy regresó con una joven alta, rubia y atractiva con rasgos eslavos. Estaba usando una diminuta tanguita en la parte de abajo y una minúscula pieza de lencería, completamente transparente en la parte de arriba. Sindy empujó a la muchacha hacia mí.

Como era habitual aquí, sin ninguna advertencia y tomándome completamente desprevenido aunque debería haberlo esperado; se sentó sobre mis rodillas. OK, admito que esto me había pasado antes, tal vez, en varias ocasiones. Es sólo que era algo que no esperaba esta noche. Yo había llevado conmigo a mi cita y pensé, tontamente, que eso impediría que cualquier chica se siente sobre mis rodillas.

Antes de que pudiera oponerme, escabullirme por debajo de ella o hacer cualquier cosa para lograr salirme, Sindy dijo:- Ella es Porsche. K, ellos son amigos de Abril.

-Hola.-Aunque la palabra de una sílaba fue dicha tímidamente, fue acompañada de una pequeña sonrisa.

-¿Querida, de dónde eres?-preguntó Marilena, simulando ignorar el hecho de que la rubia voluptuosa, noventa y ocho por ciento desnuda, estaba sentada sobre mis rodillas.

-República Checa. Llevo dos años aquí.

Marilena comenzó a hablar en un idioma completamente desconocido para mí. Supuse que eso era lo que hablaban los que provenían del mismo lugar que Katrina. Lo que haya sido, Katrina se encendió como una bengala. Respondió en su idioma natal, ambas hablaban rápido, comenzaron a reírse, inclinándose, una hacia otra, casi sin notar que yo estaba en el medio. La mano de Marilena se extendió hasta apoyarse sobre la muñeca de Katrina. Todavía estaba pensando en una forma de escapar; tal vez podía deslizar a Katrina entre Marilena y yo, pero Marilena se había adelantado a esa posibilidad, al ponerse al lado mío para estar más cerca de Katrina. Esto no estaba saliendo como lo había planeado.

Sindy se inclinó hacia mí y me dijo al oído:- Enseguida vuelvo. Tengo que ir a chequear algunas de las otras mesas. Recuerda, no elijas a otra bailarina, para que te baile encima, hasta que no pruebes primero conmigo.

Prometí no hacerlo, No tenía planes de elegir a otra bailarina aunque la apruebe. Sindy se fue; Marilena y Katrina ni se dieron cuenta. No tenia idea de lo que hablaban y aunque hubo momentos que parecían ser serios, Katrina estaba feliz de encontrar a alguien que hablara su idioma nativo.

Finalmente, y sólo después de haber rezado varias oraciones a mi propio Dios personal, Katrina me sonrió como si me hubiese visto por primera vez, se levantó y se fue. Mis rodillas habían quedado, por fin, vacías.

Marilena continuó, pero ahora con un tono más serio. – Sabe donde está Abril y fue a buscarnos su dirección. Katrina habló con ella hoy y Abril está a salvo. Katrina también dijo que Abril no se sentía bien y estaba tomando un descanso.

-Entonces, tomemos la dirección y vámonos.- Este era un plan que podía apoyar.

-No te preocupes, Thomas. No parece haber ninguna razón por la qué apurarse. Katrina volverá y la haré sentarse en tus rodillas, nuevamente. –Ella se estaba divirtiendo muchísimo. Esto no iba bien. Nada bien.

FRUSTRACIONES, LIMITACIONES, COMPLICACIONES

Cuando Katrina regresó, me aseguré de que se sentara en el asiento del cubículo entre Marilena y yo; no, sobre mis rodillas. Marilena siguió riéndose por mi incomodidad pero no le dijo nada a Katrina, quien se habría sorprendido al saber que yo tenía algún problema con su selección de asiento. Después de todo, ella estaba cumpliendo su rol y si yo me sentía incómodo con eso, ¿por qué había ido? Después de tomar la nota con la dirección y el número de teléfono de donde estaba escondiéndose Abril, me levanté, tironeando a Marilena y obligándola a ponerse de pie. Este pequeño circo muy pronto quedaría atrás. Puse tres billetes de cien dólares en la mano de Katrina y nos dirigimos hacia la puerta. En el camino, nos detuvo el gerente.

-¿Amigos, se van tan rápido?- preguntó, con cierta decepción en su voz.

-Me temo que sí. Tenemos que levantarnos temprano- le respondí, buscando una forma rápida y afable de contestarle.

Cambió su atención hacia Marilena y dijo:- Si deseas alguna vez trabajar en un club, nosotros somos los mejores y siempre tendrás lugar aquí, cariño. No sé a que te dedicas en este momento, pero el dinero, que una chica con tu apariencia ganaría aquí, sería absolutamente sorprendente.

-¿Tú que crees, Thomas? —me preguntó, a la vez que levantaba su ceja y ladeaba la cabeza para un costado. Tragándose su acto, el inmoral gerente me miró de inmediato, como si mi permiso fuera lo que se interponía entre él y su habilidad de utilizar a esta increíblemente mujer sexy, como una nueva y seria fuente de dinero. Estaba esperanzado. Si esperaba diez segundos, comenzaría a caérsele la baba.

Avancé, lo fulminé con la mirada mientras decía con voz calma, pero sin lugar a dudas, mostrándole que estaba disgustado:- Necesitaría otro novio. El hombre, con el que está ahora, es propenso a la violencia, especialmente cuando otros tipos se acercan demasiado a lo que es de él. – El camino hacia la puerta se abrió por arte de magia.

Le había dicho a Ricardo que se fuera a casa, porque no sabíamos cuanto tiempo nos llevaría encontrar a alguien que supiera donde estaba Abril. El club tenía una limusina y el gerente indicó a alguien, que nos llevara. No era mi opción predilecta pero era mejor que hacerle señas a un taxi. El gerente le estaba sosteniendo la puerta a Marilena para ver si cambiara de opinión.

Le dije al chofer que nos llevara hasta le intersección del Central Park West, alrededor de dos cuadras de distancia del apartamento. No quería que informaran, a Inmoral S.A., cuál era nuestra dirección de casa. En el camino, nuestro muy amigable y conversador chofer nos contó historias, de los famosos que estuvieron en el club y en la limusina y de cómo eran. Cuando nos acercábamos a nuestro destino, nos dijo que muchas de las bailarinas estaban disponibles fuera del club y que estaban preparadas para cualquier tipo personal de entretenimiento. Dijo que el podía arreglarlo y que no era realmente costoso. Me rehusé.

Arriba y nuevamente detrás de la puerta completamente cerrada, Marilena me preguntó:- ¿El chofer te estaba ofreciendo bailarinas para tener sexo?

-Sí. Estoy seguro de que muchas de ellas quieren hacer correr la voz, de que no les importa hacer un poco más de dinero, antes de que termine su turno.

-Bueno, estoy orgullosa de que te hayas negado a tener cualquier tipo personal de entretenimiento.-dijo con una seriedad fingida.

-Aunque fue una propuesta muy tentadora, estoy seguro de que sería una violación de la parte uno del acuerdo bilateral, que me propusiste y que yo acepté. Lo de la exclusividad, ¿recuerdas? Y en lo que concierne a tu trabajo en un strip club, fantasía o lo que sea, la misma parte de nuestro acuerdo ha reducido el número de rodillas en las que te puedes sentar y retorcer, a sólo una. Además, traje a casa a la única mujer que esta noche me excita.

Se rió y vino hacia mis brazos. –Aunque tengo dudas de que sea la única que tiene la habilidad de excitarte, gracias por decirlo. En realidad, amable caballero, sus hermosas palabras y su muestra de celos, hacen que tenga suficiente crédito conmigo para que las suyas sean las únicas rodillas en las que me siente y me retuerza por mucho tiempo.

Y luego lo hizo. El gerente tenía razón. Podría hacer una fortuna.

Dormimos hasta más tarde, que lo de costumbre, a la mañana siguiente debido a que regresamos tarde de Playoff y a nuestro jugueteo antes de dormir, que duró hasta altas horas de la noche. Estábamos mejorando en la rutina del baño y compensamos un poco el tiempo al coordinar la ducha, la exfoliación, el secado del pelo, el brushing, el pintado de uñas, el maquillaje y el afeitado. Aunque la preponderancia de esas actividades era de ella, logró hacerlas rápidamente, para que los dos termináramos a la misma hora.

La organización de nuestro día estaba en un estado de cambio hasta que hiciésemos algunas llamadas. Marilena llamó a Abril mientras yo estaba sentado en el estudio y pensaba dónde estábamos parados, con respecto al asesino de Ron, a la vez que pensaba en lo que Marilena había dicho, con respecto a los cambios por los que yo estaba pasando.

Todavía no había tenido tiempo de pensar todo lo que había dicho, pero en un punto ella tenía razón; yo estaba luchando con mi rol de investigador de homicidios. Tenía razón. Esto era sorprendentemente diferente del mundo, donde mi entrenamiento y experiencia, tenían valor y era algo extremadamente frustrante. Cuando decidí, por primera vez, que determinaría si Ron había sido asesinado, creí tontamente que contaba, por lo menos, con las habilidades que se requerían. Con la ayuda de un profesional, triunfaría. En realidad, me había hecho ilusiones de que estaba mejor equipado que un hombre tipo, para trabajar con un investigador civil, porque tenía un amplio entrenamiento en combate militar. Entrenamiento que incluía evaluación de amenaza urbana y técnicas de agresión. Estaba muy equivocado. Lo más triste era que yo no tenía las habilidades que se necesitan para atrapar a un asesino; peor aún, estaba muy lejos de eso.

Al recordar esto, me sorprendí de cuán, increíblemente, estúpido había sido; no había otra forma de expresarlo. Mi arrogancia parecía no tener límites. Como un Infante de Marina, había sido entrenado en combate físico y era bueno en eso. Había aprendido logística y tácticas y cómo debería emplearlas como líder de una sección. Mis enemigos intentarían evadir o aplastar a mi equipo y a mí. Yo sabía que si los enfrentábamos, triunfaríamos y morirían. No lo dudaba ni un minuto. Pero sobre todo, me había convertido en médico, nada menos que en cirujano, lo que le agregaba más valor a mi excesiva evaluación de alto nivel de chicos listos. Esta investigación había sido una experiencia que me había bajado los humos y eso no me gustaba mucho. El pistolero de la Fuerza de Reconocimiento del Cuerpo de Infantería de Marina y cirujano militar, especializado en intersecciones extremadamente peligrosas en territorios enemigos, no era bueno en este tema de cura de humildad. ¿Qué pasaría si hubiese algún tipo de acción enemiga para la cual no estuviese preparado? Sin embargo, este enemigo se estaba ocultando detrás de mentiras e hipocresías y de una fingida civilización, que yo no podía ver con claridad. Toda mi capacidad, para derrotar al adversario, no serviría de nada si no podía identificarlo. Hasta el momento, mi técnica de investigación estaba limitada a suscitar ciegamente al enemigo y a reaccionar después, sólo después, de que él haga su movida.

Mi enemigo estaba al mando y mis únicos avances habían sido cuando él, o recientemente ella, había cometido un error. Marilena no compartía mis frustraciones y me sorprendía, completamente, cada vez que repetía que estábamos avanzando mucho. Ella tenía la habilidad de discernir quién nos estaba mintiendo, cuando interactuaba con nuestros sospechosos y tenía la paciencia, para esperar a que haga la primera movida y cometa errores. Vivía en este juego maquiavélico de ajedrez, sabiendo que la gente es hipócrita y que esconde sus intenciones y acciones con engaños. Mi mundo era simple. Los chicos malos tenían otro uniforme y todo lo que yo debía hacer era ganarles en una pelea violenta. No necesitaba hablar con ellos o tratar de descubrir si estaban diciendo la verdad o no. Todo lo que tenía que hacer, era matarlos. Iba a tener que comenzar a respetar a muchas personas que no eran Infantes de Marina. No me agradaba eso tampoco.

No me importó que Marilena entrara e interrumpiera mi mordaz evaluación propia. Ya había comenzado a deprimirme.

-Thomas, hablé con Abril.

-¡Fantástico! ¿Está bien?

-Sí. Está mejor ahora.

-¿Ahora?

-Creyó que la estaban siguiendo y entraron a su apartamento. Decidió que lo mejor era esconderse por un tiempo. Al menos, hasta que hablara con nosotros.

-Pero no te llamó ni devolvió tus llamadas.

-Huyó de su departamento y vino aquí lo antes que pudo. En el apuro, olvidó su celular. Cuando llegó, ya no estaba en la lista de visitantes aprobados y no le dieron la llave ni la dejaron entrar. Sin saber dónde ir y al tener miedo de volver a su apartamento, se fue al loft que tiene una amiga de ella en el West Side cerca del viejo Meat Packing District. Su amiga está de viaje pero siempre deja una llave debajo del felpudo. Vamos a ver a Abril esta noche. Me gustaría traerla aquí.

-¿Crees que está a salvo? ¿Deberíamos ir a buscarla ahora?

-Si alguien estuvo intentando encontrarla y no ha podido en los últimos dos días, entonces ella está bien donde está. Será más seguro para ella que venga aquí, pero sólo cuando podamos ir a buscarla. Éste es un lugar conocido por todos nuestros sospechosos. Tenemos que ir a la Sociedad contra la CID hoy y no quiero dejarla sola. Al menos, no hoy.

-OK, entiendo tu posición.

Llamé a Jim O'Dale y le dije que se ahorraría algo de dinero de los contribuyentes porque cancelábamos la búsqueda, ya que habíamos encontrado a Abril y la veríamos esta noche. Me preguntó dónde estaba. Quería saberlo en caso de que nos sucediera algo hoy. Se rió y dijo que yo era un pararrayos para acontecimientos peligrosos. Le leí la dirección del papel, que nos había dado Katrina.

Después de llamarlo a O'Dale, marqué el número de celular de Alison Montgomery. Estuvo de acuerdo en reunirse con nosotros a las 2 pm y me invitó a su junta directiva nacional a las 3 pm. Estuve de acuerdo con su plan. Pasé el resto de la mañana leyendo más sobre la investigación de Ron, mientras Marilena hacía llamadas a sus amigos del FBI.

Ricardo nos llevó hasta un restaurante cerca de las oficinas de la Sociedad contra la CID en la 2nd Street, donde almorzamos y planificamos nuestra conversación con Alison Montgomery. Todavía necesitábamos ayuda para mantenernos cerca del resto de los sospechosos. El lugar, donde habíamos almorzado, quedaba lo suficientemente cerca de la oficina central de la Sociedad, por lo que le había dicho a Ricardo que se fuera ya que podíamos caminar hasta allí. Llegamos a la oficina de Alison en poco tiempo.

-Todavía estoy en shock por la muerte de Margaret. –dijo, mostrando dolor en sus ojos. –Trabajó aquí muchos años y aunque en ocasiones podía ser áspera, tenía mucha energía y estaba comprometida con nuestra causa. Creía que realmente la conocía. No estoy segura de que es más escalofriante: su muerte o el hecho de que estuviera involucrada en la muerte de Ron. ¿Realmente creen que ella tuvo algo que ver con eso?

-Sí. Creemos que la podremos conectar con el asesino – respondió Marilena.

-Pero, ¿no era ella la asesina? ¿Estás segura? –preguntó Alison.

-Creemos que no estaba en el edificio cuando el hermano de Thomas fue asesinado. Estamos tratando de confirmar eso, ahora.

-¿Cuál crees que era su relación con el asesino?

-Eso lo descubriremos pronto.-dijo Marilena con la autoridad de un oráculo.

Me interpuse:- Alison, esto todavía no ha terminado. Townsend estaba en complot con el asesino de Ron y descubriremos quién fue y por qué lo hizo. Tu ayuda es de suma importancia.

-Por supuesto que puedes contar con ella, Tom. No descansaré hasta que descubramos quién fue. El hecho de que, probablemente, haya sido otro miembro del equipo directivo es tan devastador para mí y para nuestra causa, que no puedo comer ni dormir. Necesitamos terminar con esto, lo antes posible, para que la Sociedad pueda seguir adelante.

-Lo haremos, Alison. Y, en compensación por tu ayuda, describiremos esto como un problema entre individuos y no, como algo asociado al trabajo que está haciendo la Sociedad.

-Gracias, Tom. Lo necesitamos. No importa lo que haya sucedido, tenemos una responsabilidad mayor con aquellos que sufren esta enfermedad. Tu hermano estaría de acuerdo.

-Sé que lo estaría.

-¿Qué puedo hacer?

Marilena respondió: -Que nos hagas participar en actividades y eventos con el resto de los sospechosos, será de mucha ayuda. Gracias por dejarnos asistir a tu junta directiva esta tarde. Necesitamos hacerle creer, al asesino, que estamos satisfechos con nuestro progreso y no nos preocupa descubrir al asesino de Ron. Finalmente, él o ella tendrá suficiente miedo y hará algo precipitado.

Alison respondió:- Tom, quiero terminar con esto y luego quisiera que ocupes el lugar de tu hermano en nuestra junta. Necesito tu ayuda para encontrar la cura. Nada más importa.

-Podría haber buenas noticias allí. Tenemos en nuestras manos la reciente investigación de Ron, que no sólo indica que ha descubierto la base genética para la CID sino que también, él había propuesto una terapia para curar a los afligidos y para prevenir la aparición en los que tienen un indicador genético. Necesitamos confirmar esta información y si puedo ayudar, lo haré. Éste fue el último obsequio de Ron y eso lo hace importante para mí. Puedes contar con mi participación y con el continuo apoyo financiero de mi familia.

-¡Qué buena noticia! Con todo lo que está sucediendo, no puedo creerlo, ¡me has hecho muy feliz! Ahora, más que nunca, creo que ganaremos. *¡Venceremos a la CID!* Sus palabras no fueron sólo palabras. Las pronunció, con tanta seguridad e intensidad, que te las hacía creer. –Vamos a la reunión para que les pueda decir, a todos, de tu compromiso para seguir adelante con nosotros. Y, en lo que respecta a estos nuevos descubrimientos, una cura potencial y los hallazgos de investigación de Ron, estoy de acuerdo en que necesitamos confirmarlos lo antes posible. Sin embargo, mientras tanto, no le contemos a nadie acerca de esto hasta que no estemos seguros. Revelarlo ahora aumentaría la esperanza de todos y aunque le pidiéramos a esas cien personas en la sala de reuniones que lo mantuvieran en secreto, la noticia estaría dando vuelta al mundo treinta minutos después de levantar la sesión. Si resultara ser que no es el camino hacia la cura, perderíamos mucha credibilidad.

-Es tu decisión, Alison y estoy de acuerdo. No diremos nada aún.

-¿La información está a salvo?-preguntó.

-Sí. Ron dejó una copia con una amiga de confianza. Ella me la dio y yo hice una copia de seguridad además de la original.

-Por lo tanto, no se la han dado a nadie y ha estado sólo en manos tuyas y de la amiga de Ron.

-Sí.

-OK, haré algunas llamadas a científicos por los que Ron tenía mucho respeto y los alinearé para que analicen la información. Te diré mañana cuáles deberían ser nuestros próximos pasos.

Entramos a la sala de reuniones, inmediatamente, detrás de Alison. Habló con alguien que reordenó las tarjetas con los nombres, en la mesa, para hacerme lugar. Parecía haber alrededor de treinta y cinco miembros de directorio, lo cual lo convertía en una junta muy grande. Por lo que yo sabía, estaba llena de hombres de negocios y científicos. Marilena, discretamente, se fue para un lado de la sala y se sentó en una silla contra la pared con otras personas, que no eran miembros directivos.

Se dio comienzo a la reunión ya que se había logrado tener quórum. Alison comenzó anunciando que había un cambio en la agenda que había sido distribuida. Luego, me presentó a otros miembros directivos, muchos de los cuales hicieron comentarios de agradecimiento, con respecto a mi nueva participación como miembro directivo y expresaron sus condolencias. Un par de miembros masculinos, que estaban sentados cerca de mí se pararon y se inclinaron hacia mí para estrechar mi mano.

Las primeras dos cosas tratadas, con el apoyo de la junta, fueron las que podrían disgustar, considerablemente, a las sedes líderes en este tema. Se había propuesto reducir la cantidad de sedes, de sesenta a alrededor de doce. Un comité había estado estudiando cómo hacer esto y cómo deberían verse el resto de las sedes. La razón principal por la que se quiere hacer esto, es la reducción de costos que vendría de la consolidación. Iban a ver muchos presidentes de sedes sin trabajo y muy descontentos. Muy descontentos.

El segundo tema, que causaba angustia entre las tropas en el campo, era el traslado de la casa central a un lugar físico para consolidar las bases de datos de los donantes de las sedes. Esto permitiría a la casa central solicitar fondos, basados en programas a escala nacional. Las sedes se habían molestado por haber perdido el control de donantes muy importantes que se habían logrado tener a través de los años.

No sabía lo suficiente de estos temas para opinar, pero las preocupaciones del campo, las preocupaciones con respecto a las sedes, parecían ser razonables, por lo menos, en cuanto a los pedidos conflictivos de donantes. Tal vez, las objeciones de consolidación de las sedes eran, simplemente, personas preocupadas con respecto a tener trabajo. Sin embargo, lo que vino después, lo entendí completamente y quedé completamente atónito. Quedé tan impresionado que casi me olvido de dejar el mensaje de que estábamos avanzando en nuestra investigación y que el asesino de Ron pronto sería descubierto.

Habían presentado a una joven mujer al final de la mesa como Lindy Price. Aunque no era un miembro directivo, le habían dado un lugar, como a mí, en esa gran mesa. Lindy tenia la CID y era una recaudadora de fondos; una importante recaudadora de fondos. Patrocinó eventos en Nueva York que, de acuerdo a las declaraciones elogiosas de Alison, recaudaron más de quinientos mil dólares cada verano. El problema tácito era que había donado sus fondos directamente al Instituto Nacional de Salud y no a la Sociedad contra la CID. Alison la había invitado a la reunión de directivos, muy probablemente, como un primer paso para que ella juegue en equipo y dé su plata a la Sociedad. Los esfuerzos de Alison estaban por ser aplastados.

Aplastados por Gordinflón Woody.

Gordinflón Woody estaba sentado a tres asientos de distancia de mí y no había sido tan efusivo, como los otros, cuando Alison me presentó. Sobrepasaba su asiento, ocupando tres y su espalda impedía que ocupara cuatro. Realmente era una esfera humana. Estaba sentado un poco alejado de la mesa y leyendo algunos papeles durante la reunión. Esto cambió abruptamente y no, para mejor.

-Señorita Price, mi nombre es Woodrow Standish. Probablemente habrá escuchado sobre mí y mi rol en esta organización. Entiendo que piense que tener CID y más de quinientos mil dólares al año es gran cosa, pero no es realmente mucho, comparado a los veinte años de mi vida, que he dedicado a encontrar la cura para esta enfermedad, que aflige a millones de personas, no solamente a usted. Por favor, mantenga esto en mente y sus esfuerzos en perspectiva.

¿Qué? ¿Qué acaba de decir? ¿Había escuchado bien? Miré a Marilena. Estaba completamente sorprendida.

Lindy Price se quedó perpleja y parecía que la habían golpeado con un bate de béisbol. Rápidamente, su cara de sorpresa había cambiado a ira.

-Sr Standish, gracias por ayudarme a ver cuán insignificantes son mis logros. —después de decir esto, se levantó y se fue. Miré a Alison. Su cabeza estaba inclinada hacia adelante y estaba estudiando sus manos. No hizo ningún esfuerzo para responder o apaciguar a Lindy Price. Muchos de los miembros directivos se echaron físicamente hacia atrás, en sus asientos, obviamente deseando estar en algún otro lugar en ese momento y no estaban sorprendidos por la estupidez y falta de sensibilidad de Gordinflón Woody. Sorprendente; simplemente sorprendente. ¿A qué tipo de organización me había unido?

La reunión terminó en esa nota discordante. Alison se fue rápidamente de la sala. Estoy seguro que lo hizo para no tener que lidiar con la discusión Standish-Price. En lo que respecta a

Gordinflón Woody, se estaba sintiendo muy bien con él mismo, aunque lamentaba el hecho de que siempre era él, el que tenía que poner en su lugar a esos advenedizos, que no apreciaban su liderazgo ni sus años de esfuerzo.

Me paré rápidamente y yo mismo iba a ir a aclarar algunas cosas en persona. Marilena, sabiendo lo que estaba pensando, se movió más rápido de lo que hubiera imaginado y me interceptó antes de que diera dos pasos.

-No, Thomas. Tenemos responsabilidades más grandes que destrozar a ese culo pomposo.- ¡Guau! Ella había dicho una palabrota. Había sido, definitivamente, para causar efecto y había funcionado. Su mano, en mi brazo, me detuvo a la vez que yo trataba de bajar mi presión sanguínea y sacar de mi mente la imagen de Gordinflón Woody, colgado del candelabro con la lengua.

Fue en ese momento que Omar Sayyaf vino hacia nosotros.- Necesitamos hablar, es importante. ¿Podemos cenar?

APOYO ENFERMIZO

El abrupto final de la junta, no había sido más raro que la forma en que los miembros directivos y el personal desaparecieron rápidamente de la escena, donde Gordinflón Woody había hecho su despreciable ataque verbal. La verdad es que mi experiencia con juntas de directorio estaba limitada a la dolorosa descripción que me había hecho Ron de ellas, pero aun cuando no le gustaba el comportamiento tedioso y traicionero, esto debería haberle causado sorpresa no sólo a él, sino también a los ejecutivos más insensibles, como algunos de los que estaban en la junta directiva de la Sociedad. Siguiendo los pasos de Alison Montgomery, los participantes de la junta hicieron su mejor esfuerzo para salir, sin ser enredados en una conversación vergonzosa acerca de lo que recién había sucedido. Sylvia Canfield se había ido detrás de Lindy Price, en un esfuerzo tardío, para reparar el daño. Tenía mis dudas de que tuviera éxito. Probablemente estaría de acuerdo conmigo.

Omar nos condujo hacia los elevadores. Allí, nos encontramos con Barry Ledderman, uno de los dos consultores externos contratados por la Sociedad.

-Le pedí a Barry que se uniera a nosotros, si están de acuerdo.- dijo Omar.

-Por supuesto. —dije, al tiempo que estrechaba la mano de Ledderman. Aunque su saludo fue amable, su expresión era de enojo, lo cual nos mostraba lo que sentía con respecto a la junta directiva. Noté que el otro consultor, Jonathan Treece, se había acercado detrás de Omar para escuchar nuestra conversación. — Tenemos que reunirnos con alguien esta noche en el viejo Meat Packing District. ¿Podemos comer cerca de ahí? —preguntó Omar.

-Tal vez, yo les pueda ser útil.-dijo Treece, interrumpiéndonos y dando un paso hacia adelante. –Vivo cerca de ahí. ¿A dónde tienen que ir después de cenar? –le dije la dirección donde Abril se estaba escondiendo. A esta altura, ya la sabía de memoria. Asintió y dijo:- Hay un excelente restaurante nuevo y a menos de dos cuadras de allí, sobre Little West 12th Street . Realmente lo recomiendo. – Nos dijo el nombre y que estaría feliz de hacernos las reservaciones y se negó a venir con nosotros, debido a que tenía otro compromiso. No recuerdo haberlo invitado pero agradecía su ayuda.

Utilizamos dos taxis para llegar al restaurante, liderando Omar y Barry el camino en el primer taxi y Marilena y yo en el segundo.

-De los dos, probablemente, tú eres el que conoce más sobre juntas de directorio. ¿Lo que pasó te sorprendió? – le pregunté a mi sofisticada novia.

-Fue ofensiva y terriblemente insultante la manera en que ese hombre, el bufón rechoncho, le habló a esa joven. Si no tuviésemos un asunto más importante que tratar con estas personas, te habría permitido que dejaras inconsciente a ese idiota insufrible. Creo que muchos otros te habrían ayudado, y ¡me incluyo! –La sofisticación se había tomado unas vacaciones temporarias.

-¿Por qué Alison no lo detuvo?

-Porque está en deuda con él o le tiene miedo.

Llegamos al restaurante que había abierto recientemente. Era un lugar lujoso que estaba dividido en dos, una parte era restaurante y la otra un club nocturno. Después de sostenerle la puerta a Marilena, fuimos recibidos fríamente por un figurín de moda que nos guió, sumisamente, hasta nuestra mesa. Me preguntaba cómo alguien tan joven y cuyo derecho a la fama era guiar a la gente a su mesa, ya se había convertido en una persona molesta y arrogante.

Nos acomodamos y ordenamos unos tragos. Omar remarcó que muchos amigos le habían dicho que ese restaurante valía la pena probarlo. Yo sólo esperaba que la comida fuera mejor que la actitud de la anfitriona. Llegaron los tragos y después de escuchar la letanía de las "exclusividades del chef" que estaban fuera del menú, ordenamos.

Omar comenzó:- Nuevamente gracias por reunirse con nosotros. Tenemos que hablar. Le pedí a Barry que nos acompañara porque él, su hermano Ron y yo, estuvimos colaborando para hacer cambios en la Sociedad. Si, realmente, planea unirse a la junta directiva y hacer un impacto en la Sociedad, quisiéramos compartir con usted nuestras preocupaciones y lo que habíamos estado haciendo con Ron para hacer cambios.

-Barry, ayúdeme a entender su área de experiencia y su rol con la Sociedad. –Marilena preguntó a Ledderman.

-Soy consultor tecnológico y de negocios. Mi pequeña empresa- soy el dueño de la compañía donde somos sólo cinco- ayuda a grandes organizaciones a adquirir tecnología y entidades de negocios en transacciones estratégicas. Hemos trabajado para la Sociedad por más de diez años para, principalmente, el predecesor de Alison Montgomery. Trabajar para una organización benéfica no es el negocio primario de la empresa, pero tenemos habilidades que no se encuentran dentro de la Sociedad y hacemos todo lo que podemos, para ayudar. El presidente, antes de Montgomery, era un almirante retirado quien a su vez era, verdaderamente, un gran hombre. Trabajar para él fue un gran placer aunque era un tirano. Siempre priorizó la misión de la Sociedad.

-Barry y su equipo nos han ayudado, en innumerables veces, a negociar en representación nuestra con los vendedores y con la implementación de tecnología, para desarrollar nuestro programa de filantropía empresarial.

-¿Filantropía empresarial?- pregunté.

-Seria fantástico siempre y cuando impidamos que Alison Montgomery la arruine. –dijo Ledderman, con un poco de disgusto en su voz.

Omar se metió de prisa para que la conversación siguiera su rumbo. –es necesario que entiendan un poco de nuestro modelo tradicional de negocio para que vean cuán emocionante es la filantropía empresarial.

-¿Cómo describiría su modelo de negocio?-pregunté.

-Arcaico, frustrante, y para ser honesto, es un obstáculo para encontrar la cura a la CID. No me malentiendan. La mayoría de las otras organizaciones benéficas enfocadas en la salud sufren, de la misma manera, a pesar del hecho de que mucha gente buena trabaja para ellos. Las organizaciones benéficas, que no están en el campo de batalla de una enfermedad crónica y están enfocadas a causas no relacionadas con la salud, tienen mejores empresarios que nosotros y han tenido mucho éxito.

-Deme un ejemplo-dije.

-Me vienen a la mente la NRA o la AARP- dijo Omar. Apoyan una cuestión parroquial; no se avergüenzan de eso, son administradas profesionalmente y son operadas como verdaderos negocios, que buscan obtener resultados sin culpa. En comparación, nuestros éxitos, incluso teniendo en cuenta las considerables sumas que recaudamos, son minúsculos. Si nuestros congresistas, aquellos que tienen CID o que tienen a un ser querido que lo esté sufriendo, supieran cuán ineptos somos cuando se nos compara con una organización que promueve los derechos a las armas, estarían indignados y con todo derecho. Después de todo, nuestra misión no es una causa política, como ejercer presión contra el congreso para ayudar a un grupo de granjeros. Estamos luchando contra una enfermedad que quita la vida y que aflige a inocentes. Nuestra causa es irreprochable. Tenemos la autoridad moral. El problema es que, debido a nuestra arrogancia, somos en gran parte incompetentes.

-¿Cómo y por qué te parece que la Sociedad es arrogante?-pregunté.

-Creo que es la combinación de dos cosas. Primero, nuestra misión esta basada en la ciencia, con científicos muy listos en el medio. Y segundo, como dije antes, somos moralmente superiores. Los dos juntos nos ponen en un lugar en el que, ciertamente, no podemos aprender nada de simples hombres de negocios, que no pueden ser tan listos como nuestros científicos y desde luego, no tan confiables al ser tan codiciosos. –Omar sonrió cuando dijo esta última parte y miró a Barry. –Barry es un ejemplo perfecto. Ha hecho una increíble cantidad de dinero, pero no debido a su inteligencia. ¡Es porque los principios equivocados de la Sociedad recompensan financieramente al sector lucrativo, aunque no sean tan listos o tengan principios como humanitarios superiores! ¡No es justo! –Sus palabras estaban llenas de cinismo, las puñaladas a su amigo fueron comprendidas por Ledderman sabiendo que Omar, en realidad, estaba estableciendo que la organización para la que él trabajaba no podía basarse en la arrogancia.

-Vuelve a tu modelo de negocio.-dije.

-Si, disculpen. Mi antipatía personal actual por la organización, no debe interponerse. Nuestro modelo de negocio es simple. Enviamos niños a jugar en los semáforos. Muchos cumplen su tarea y sus números nos aseguran dos cosas: cincuenta centavos y un dólar, por cada kilometro patrocinado, lo cual suma mucho dinero pero, lamentablemente, uno o dos niños mueren al año, apoyando nuestra causa.

-¿Qué quiere decir? –Marilena preguntó, en un estado de shock al escuchar lo que Omar había dicho.

-Organizamos cientos de eventos de caminatas y carreras de bicicletas para recaudar fondos cada año. Nuestro donante promedio, el que nos da de comer, no es alguien de la alta sociedad que nos hace un cheque por cien mil dólares, sino un vecino de la pequeña Kathy o el pequeño Jimmy que patrocina la carrera de bicicleta de niños, apoyando nuestra causa. Los cheques de vecinos son, en general, por quince dólares. El tema es que obtenemos grandes cantidades de ellos. Cientos de millones de dólares.

-¿Dijo que algunos mueren?- pregunté.

-Si. Cada año, una o dos personas mueren al ser atropellada por un auto o camión mientras participa en el evento. Este último año ha sido particularmente difícil. Perdimos dos niños en dos eventos diferentes pero en el mismo día, ambos a la vista de sus padres, que también estaban participando. Lo que digo es que dado el intenso trabajo y en algunos casos los sacrificios de nuestros donantes, deberíamos ser capaces de manejar el dinero que obtenemos.

-¿Y no lo son?- Marilena dijo, mostrando aún más sorpresa.

-Gastamos una parte mínima del dinero en nuestra investigación. El resto se gasta, misteriosamente, en lo que se llama contabilidad de fondos, costos relacionados al programa y administración. Tenemos una buena vida. Los salarios son altos. Algunos ejecutivos viajan en primera clase, nos alojamos en hoteles muy lujosos e incluso, el dinero que tenemos para hacer nuestra investigación, es mucho. Comencemos con lo que gastamos en investigación. Se entrega el dinero a centros educativos en forma de subsidio para investigación. Es, principalmente, un programa institucionalizado para mantener a los estudiantes, empleados. La verdad es que se logra hacer muy poca investigación sobre la CID. Lo que es aún peor, si fueran al principal centro de investigación como el Marklin y les pidieran que les comenten sobre el trabajo de investigación subvencionado por nosotros, les dirían que, con demasiada frecuencia, la ciencia es mala. La última parte de nuestro subsidio se gasta fácilmente en ciencia, que el resto de la comunidad médica no sólo ignoraría, sino que también, se mantendría alejada. Para decirlo con más claridad, el modelo de subsidio tradicional gasta mucho dinero y, en retribución, obtenemos documentos, no terapias. Y si los documentos tienen valor, ¿por qué no existe un mecanismo que los promueva a otros investigadores? Ni siquiera hay una base de datos disponible que informe sobre qué documentos han sido escritos con el dinero de nuestro subsidio y una sinopsis de sus conclusiones. Eso se debe a que una parte muy pequeña tiene verdadero valor. Nosotros informamos sobre la cantidad de documentos escritos, no sobre los descubrimientos que se han hecho para ayudar a encontrar la cura para la CID.

-Eso es terrible. – dije, en voz baja mientras pensaba en el dinero que nuestra familia dona para el apoyo a la asistencia medica.

Ledderman se unió a la conversación:- Eso es lo que hemos tratado de arreglar con la filantropía empresarial.

-¿Cómo funciona eso? – preguntó Marilena que, como yo, estaba fascinada y a la vez, afligida por lo que estaba escuchando.

Ledderman continuó:- Es una simple, aunque poderosa, desviación del modelo de subsidio académico. Tomamos el dinero del donante y lo invertimos en iniciativas comerciales, que desarrollan terapias o herramientas de diagnóstico para personas con CID. Nuestro dinero tiene un impacto tremendo y verdadero. Por ejemplo, hay más de cincuenta complejos que prometen a alguien con CID, que tienen los medicamentos de compañías farmacéuticas pioneras en el tema, pudriéndose en cajas debido a la falta de recursos para hacer pruebas clínicas. En más de sesenta años desde que se formó la Sociedad, hemos visto la entrega de solamente cinco drogas aprobadas para personas con CID. Ninguna de ellas es una cura. Tratan solamente algunos síntomas y los efectos secundarios pueden ser peores que la misma enfermedad. Más de la mitad de nuestros afiliados no toman ninguna.

-No entiendo. ¿Qué es lo que los detiene? ¿Por qué ustedes no ponen en práctica más de su filantropía empresarial? ¿Por qué no empiezan las pruebas para los otros complejos? –Estaba seguro de que se me estaba escapando algo.

-Como todas las organizaciones, nos resistimos al cambio. Hay departamentos llenos de gente bien paga, que administra esos subsidios. Desviar el dinero de los subsidios disminuye la influencia política y el valor de sus departamentos. Sus argumentos son ilógicos.- continuó Omar.- La respuesta de la Sociedad a la filantropía empresarial fue que el codicioso negocio comercial se alinea, demasiado, con el dinero del donante. Quedémonos con un modelo que no funciona, en vez de cambiar algo que nos puede hacer ver como socios de una empresa comercial.

-¿Es una broma?

Omar me miró y dijo, seriamente:-Ojalá lo fuera.

-¿Cuál es el rol de Alison en esto?

Los labios de Omar se comprimieron hasta tornarse en unas líneas delgadas mientras que Ledderman exhaló, con indignación. Omar dijo:- Aquí es donde Barry y yo estamos en desacuerdo. Creo que Alison no entiende del tema y que está siendo manipulada por aquellos en la Sociedad, que han construido imperios alrededor de los programas actuales. Barry piensa que ella conoce perfectamente el tema y que por alguna razón desconocida, nos enfrenta.

Marilena dijo:- El hecho de que ustedes tengan puntos de vista diferentes y discutan, es muy prometedor. Barry, ¿qué razones tiene para sospechar de la mala conducta de Alison?

Omar asintió y dijo:- Contarles es una buena idea, Barry. Estamos entre amigos. Cuéntale a Tom y a Marilena lo que te ha estado molestando. Aunque todavía no he decidido si Alison no es más que una persona increíblemente ingenua, hay algunas cosas que he visto últimamente y que me molestaron.

Ledderman miró hacia su trago, organizó sus pensamientos y dijo:- Desde que perdimos al almirante, la Sociedad ha tomado decisiones que no entiendo. Cometemos errores y en lugar de arreglarlos abiertamente, como tendríamos que hacerlo, los escondemos. No somos más la organización central que dirige los recursos entregados por las sedes a su nombre. Parece ser que estamos más interesados en el control del dinero, que en la lucha contra la enfermedad. Omar está nadando entre dos aguas, con respecto a si se debe a la inexperiencia del equipo ejecutivo o si saben lo que están haciendo y eso, por alguna razón, no concuerda con nuestra misión. Yo no estoy en la misma situación. Déjenme darles algunos ejemplos de lo que está sucediendo en la Sociedad contra la CID.

-El año pasado la oficina central peleó una guerra contra las sedes, para que transfieran las bases de datos de sus donantes a un depósito nacional por seguridad. Por lo general, las sedes son tan o más sofisticadas que el depósito nacional , con respecto al manejo de información. No había riesgo. Era, lisa y llanamente, un intento para agarrar la información de contacto para los donantes. Ahora, el depósito nacional les envían un correo solicitándoles dinero, directamente.

-Montgomery, la directora ejecutiva menos calificada hoy, toma malas decisiones regularmente. Hace dos meses, decidió llevar a los tres mejores recaudadores de fondos de eventos en bicicleta a un viaje como premio. ¿A dónde decidió llevarlos junto con sus amigos directivos? ¡A Italia! Dos semanas en hoteles de lujo. Si esto llegara a salir a la luz, se vería realmente muy mal.

Imagínense si su hijo hubiera muerto recaudando fondos, que luego se gastó en un despilfarro italiano.

-Estamos tratando de esconder otros asuntos, debido a la mala prensa que podrían generar. Una antigua empleada, de nuestra oficina, nos estuvo robando más de ciento cincuenta mil dólares de dinero donado en los últimos dos años. La despedimos pero no le sacamos el pase al edificio. Ha estado viniendo todos los sábados y revisando el correo, que el cartero deja en la puerta de nuestra oficina y retirando los cheques. Incluso, ha estado enviando cartas de agradecimiento para que no haya sospechas. Después de que esto se descubrió, la energía se puso en mantenerlo secreto y no solucionarlo con protocolos y salvaguardias.

-Además, está ese idiota de Treece. Es el consultor sentimentaloide de Montgomery; uno de esos tipos de ciencia maleables, cuyo trabajo no puede ser medido con objetividad- un chamán de hoy en día. Organiza reuniones, donde la gente describe a qué personajes de historieta la Sociedad les recuerda y dónde tienen sus personalidades retratadas, para que los otros puedan entenderlos mejor. Es un chiflado. La semana pasada tuve que asistir a uno de sus manoseos de grupo porque Montgomery creía que eso nos uniría. Qué mierda.

-Pero la parte que, realmente, no entiendo es por qué dos de los miembros de personal de Montgomery más influyentes son tan malvados y ella los ve como personas claves, para el éxito de la Sociedad. Bueno, uno todavía lo es; el otro murió recientemente.

-Supongo que se refiere a Townsend. ¿Quién es el otro? –pregunté, pero supongo que ya sabía.

-Canfield y es tan mala como era Townsend, con la diferencia que ella es más artera y no tan provocadora. Y por sobre todas las cosas, ¿qué trato hay con el gordo de Standish? ¿Se enteraron de lo que pasó en la reunión con Lindy Price? Y Montgomery no hizo nada. ¿Qué tiene con ella?

En ese momento mi teléfono celular sonó. Lo miré y era Jim O'Dale. Pensé que lo mejor era atender esa llamada:-Hola Jim.

-¿Tom, dónde estás? –Su voz tenía un tono ansioso, como nunca lo había oído antes.

-Estamos cenando en un restaurante en el Meat Packing District.

-¿Entonces están cerca de la dirección que me diste más temprano?-preguntó.

-Si, a la vuelta. ¿Qué sucede?

-Después de que me llamaste hoy, he comenzado a pensar en la seguridad de Abril. Por eso, llamé a mi homólogo del distrito policial en el que estás ahora. Lo puse al tanto de todo y le pedí que mandara a algunos uniformados al apartamento y que no la pierdan de vista hasta que tú llegues.

-¿Y?-pregunté rápidamente, sin gustarme el rumbo que eso estaba tomando.

-Han estado ahí dos veces en la ultima hora y llamaron a su puerta, pero nadie respondió. No tienen una orden judicial o una causa probable para irrumpir. Se volvieron, pensando que más tarde pasarían por ahí nuevamente. Tengo un mal presentimiento y ahora estoy en mi auto, dirigiéndome hacia allí.

-Estoy a dos cuadras. Llegaré allí en menos de cinco minutos. – colgué.

El tema de que si Alison Montgomery, a pesar de su personalidad carismática e inspiradora, era fundamentalmente ingenua y posiblemente incapaz de cumplir un rol ejecutivo o que si sólo era inexperta y necesitaba más tiempo y apoyo para cumplir su función, debía tener que ser pospuesto para otro momento. Desconcertantes o importantes, las noticias de O'Dale no podían ser ignoradas.

ANGELES SALVADORES,
DEMONIOS VOLADORES

-Ése era Jim O'Dale. Hizo que algunos policías fueran al apartamento de Abril. Ella no está allí y él está preocupado. También lo estoy. – Tenía un presentimiento que no podía ignorar.

-¿Qué pasa con Abril? –Ledderman preguntó, después de haber entendido parcialmente lo que yo había dicho. Él estaba sentado a nuestra mesa junto a Omar y Marilena. Habían estado esperando la cena y estaban a punto de descubrir que se iba a posponer.

Ya estaba de pie y les grité:- ¡Vamos! ¡Abril esta aquí a la vuelta! ¡Necesitamos ir ahora!

-OK. Estoy perdido. Abril esta a seis meses de distancia ahora. – dijo Ledderman, con voz resignada. No tenía tiempo de explicarle. Pronto descubriría de qué se trataba.

Saqué un billete de cien de mi billetera, lo hice una bola y se lo tiré al mozo, que estaba volviendo con otra ronda de tragos. Entre strip clubs y cenas suspendidas, los billetes de cien dólares se me estaban esfumando. El billete le dio en la cara y rebotó en su bandeja, cayendo en un vaso que contenía un líquido color ámbar- probablemente era la cerveza de Omar. Tomé a Marilena de la mano rápidamente y guié a los otros hacia la puerta. Ignoré a la anfitriona sin alma y ella también nos ignoró cuando salimos velozmente por la puerta. Una vez afuera, agarré la nota de Katrina y le eché un vistazo a la dirección, para confirmar mi memoria.

Doblé a la derecha. Por momentos caminaba ligero y en otros corría, pero siempre agarrándole fuertemente la mano a Marilena. Me movía tan rápido como podía, sin perder a mis tres compañeros: Marilena hacía su mejor esfuerzo para mantener sus zapatos de taco alto puestos, ya que yo la estaba arrastrando; Omar y Barry quedaban con la lengua afuera en cada paso que daban al intentar mantener el ritmo . Estábamos tan cerca que, si los dejaba y corría para adelantarme, solamente ganaría veinte o treinta segundos en llegar a la dirección donde Abril se estaba escondiendo y eso sucedería, sólo, si podía encontrar el lugar de inmediato. Era mejor mantenernos unidos.

-Abril era una amiga de Ron y podría estar en peligro. Necesitamos encontrarla ahora.-le grité a Omar y a Barry cuando doblé a la derecha en Greenwich Street y me dirigí hacia el sur. La puerta, que estaba buscando, estaba a menos de treinta metros y de nuestro lado de la calle. Mi pequeña fuerza expedicionaria se había quedado sin aliento, como para expresar su alegría por haber llegado. Sin embargo, sus esfuerzos todavía no habían terminado.

La puerta no estaba cerrada con llave así que entré. La dirección de Abril indicaba un apartamento en el cuarto piso y había que subir por escalera. Sin esperar a oír alguna queja, comencé a subir de a dos escalones a la vez. Los otros me siguieron. Al llegar al descanso del tercer piso, mientras que los otros recién habían llegado al segundo piso, disminuí la velocidad y subí las últimas dos mitades del tramo de escaleras tan silenciosa y rápidamente, como pude. Al terminar de subir, sólo se podía doblar a la izquierda e ir por el pasillo. El corredor tenía una luz tenue, con lámparas de poca potencia cada seis metros aproximadamente. La puerta de Abril era la tercera a la derecha.

Me paré en la puerta y pegué mi oreja a la madera, ignorando la textura áspera y astillada. El edificio no tenía tanto mantenimiento como tenía el de Ron. No podía oír nada adentro de la unidad. Marilena llegó y detrás de ella, los muchachos. Les hizo señas para que no hagan ruido.

-¿Sabes si está adentro?- me preguntó bajito, con sus labios cerca de mi oído. La atención que Marilena le prestaba a hacer ejercicio, había valido la pena. Era la única de los tres que había recuperado el aliento.

-No sé. Todo está en silencio.

Puso su mano en la perilla y la probó cuidadosamente. Estaba cerrada con llave. Tomó su cartera y rápidamente sacó un pequeño sobre de cuero, del tamaño aproximado de un naipe grueso. Le iba a tener que dar más crédito a la capacidad de contenido de su cartera. Abrió la solapa, seleccionó dos pequeñas herramientas, cada una con punta delgada .Una de ellas estaba curvada en la punta. Las deslizó en la cerradura y con mucho cuidado las movía, hacia adelante y hacia atrás, rotando una mientras empujaba la otra contra algo. La cerradura no hizo el esperado click, cuando parte del mecanismo volvió a su lugar. Al parecer mi nueva novia podía forzar una cerradura. Dudo que pueda olvidarme de eso.

Cuando finalmente la cerradura cedió a la hábil manipulación de Marilena, di vuelta la perilla, abrí la puerta con cuidado y entré con la Beretta en mi mano, aunque no recordaba haberla sacado de su estuche. La pequeña sala de estar, con pocos muebles, estaba vacía. Había una ventana abierta y la brisa de la noche movía una cortina finita, hacia adelante y hacia atrás. Sólo había una entrada a una habitación y caminé rápidamente hacia ella. Entré en la pequeña habitación y descubrí que estaba vacía, también. El closet y el área debajo de la cama estaban repletos de cosas, pero no había indicios de Abril.

-Tom, venga rápido.- dijo Omar.-Marilena salió por la ventana.

Corrí hacia la ventana, saqué mi cabeza afuera y encontré una escalera de incendios. Podía ver la parte de abajo de Marilena, bien contorneada, que ya estaba subiendo.

Omar y Barry todavía estaban recuperando el aliento y, probablemente, no les parecía atractivo el hecho de que tenían que subir más escaleras. Puse la cortina a un lado y coloqué un pie sobre el descanso. A diferencia de las películas, donde los personajes pasan una considerable cantidad de horas en la noche sentados sobre una escalera grande y segura, este artilugio era pequeño y tembloroso. Subí las escaleras hasta llegar a un tramo, antes de subir a otra escalera de hierro oxidado bien sujeta a la pared del edificio. Para subir tenía que guardar el arma en su estuche. Cuando llegué a la parte superior de la escalera, miré con cuidado por encima de la pared del edificio y el techo, que estaba lleno de caños y ventiladores. Marilena estaba agachada con su arma desenfundada.

El cielo estaba cubierto pero el resplandor de las ventanas de los edificios de talleres iluminaban, de manera tenue, la escena frente a mí. A quince metros de mi posición de ventaja había un área despejada, cerca del otro lado del edificio. Sylvia Canfield estaba parada detrás de Abril, ambas lejos de mí, mirando hacia el borde del viejo edificio. Tenía su brazo izquierdo alrededor de la parte superior del cuerpo de Abril y sostenía un cuchillo con su mano derecha; su punta apuntaba a la sien derecha de Abril. La brisa, que antes había movido la ventana, ahora se había convertido en algo lo suficientemente fuerte, como para que yo no pudiera escuchar lo que Canfield le decía a Abril.

Miré hacia abajo a Barry y Omar y les hice señas para que se quedaran allí. Me deslicé hacia la parte superior de la escalera y sobre el techo. Pasé por al lado de Marilena, y fui derecho hacia Canfield y Abril, tan silenciosamente como pude. Tenía el arma en la mano, el centro de la espalda de Canfield ahora era un telón de fondo para mi vista de frente. Si no hubiesen estado tan cerca del borde, podría haber disparado. Estaba seguro de que no le daría a Abril. Pero debido al lugar, donde estaban paradas, no quería que la energía cinética de la bala tire a Canfield hacia adelante y por encima del borde, llevándose a Abril con ella. Seguí moviéndome.

Ahora podía oír a Canfield amenazando a Abril.

-¿Crees que soy estúpida? ¡No me digas que el no te dio una copia! ¡Quiero los datos de su investigación! Tiene que haberte dado un disco, un CD, ¡algo! ¿Dónde lo escondiste? ¡Dime o te sacaré el cerebro, puta!

-¡Sólo me dio el helicóptero! ¡Es la verdad! ¡Sólo el helicóptero!

-¿Qué? ¿Qué quieres decir? ¿Dijiste helicóptero?

Fue en ese momento, cuando estaba a cinco metros de ellas, que Omar se bajó de la escalera, pisó el techo y se ubicó al lado de Ledderman. Marilena estaba a cinco pasos detrás de mí, con el arma en la mano. Omar se resbaló y cayó boca abajo. El ruido alertó a Canfield. Ella giró pero sin soltar a Abril. Se enojó y se sorprendió al ver a los cuatro.

-¡Aléjense! ¡No se acerquen! ¡Le cortaré la garganta! Se los juro, ¡la mataré! -Desde mi posición de ventaja podía ver que había quitado el cuchillo de la cabeza de Abril y lo había presionado en su sien. Un pequeño río de sangre, impulsado por un movimiento instintivo, había empezado a bajar por el cuello. La sangre había empapado el hombro derecho de la blusa de Abril. Canfield sostuvo la hoja del cuchillo contra la garganta de Abril, presionando el borde contra su piel. Abril inhaló fuerte ante el dolor que le causó la repentina incisión.

Después de adoptar una posición equilibrada, sostuve mi arma con ambas manos y lentamente y con cuidado, la apunté a la cabeza de Canfield, la única parte del cuerpo que no estaba tapada por Abril. Aún, no quería disparar. Estaba seguro de que podía pegarle en el centro de la cara y no tocar a Abril, pero si se iba hacia atrás y se caía del edificio, tal vez, podía aferrarse a su rehén y, en ese caso, ambas morirían. Puse mi pulgar derecho en el percutor y lo jalé hacia atrás. Hizo un click que fue oído por Canfield.

-¡No estoy bromeando, Briggs! ¡Mataré a la joven perra de tu hermano!

Sostuve el percutor hacia atrás sin sacar el pulgar. Jalé el gatillo, hizo un click y la expresión de Canfield pasó de desafiante a, por primera vez, miedo. El percutor no cayó en el cartucho cuando el mecanismo del gatillo lo liberó- mi pulgar todavía lo retenía.

-He jalado el gatillo.- dije, con voz calma, a medida que me acercaba más y más. Lo que te está salvando, de no tener un hueco grande en tu cabeza, es mi pulgar sosteniendo el percutor. Cuando salga, no podré hacer nada. Éste arma se disparará y tú morirás.

-La mataré.- dijo, pero esta vez, de forma mucho menos convincente. Me acerqué un metro y me detuve.

-No podré evitarlo. Voy a mantener el arma apuntando a tu cabeza. Tarde o temprano, mi pulgar se cansará y morirás. Ya puedo sentir que mi dedo comenzó a debilitarse contra el resorte del percutor. Está un poco sudado. Es gracioso, no puedo decirte cuánto tiempo podré sostenerlo allí. No puedo decirte cuándo morirás. Sólo puedo prometerte que, a menos que afloje el percutor, morirás.

Sylvia Canfield no tenía opción y lo sabía. Cerró los ojos. Sin advertencia, empujó a Abril hacia mí, se dio vuelta y saltó del edificio.

Con cuidado, bajé el percutor para que el arma no se dispare y agarré a Abril, apoyándola en el piso tan rápido como pude. Marilena estaba ahí para agarrarle la cabeza; Abril estaba desvaneciéndose rápidamente. Le entregué mi arma a Marilena, quien la agarró de manera instintiva, sin ni siquiera preguntar por qué.

Corrí, rápidamente, hacia el borde del techo y miré hacia abajo. Para mi sorpresa, allí estaba Canfield, tres metros abajo, sobre una parte marcadamente inclinada del techo, que yo no sabía que existía. Este pequeño contrafuerte estaba cubierto de lata ondulada y tenía, por lo menos, un ángulo de cuarenta y cinco grados y varios caños, que sobresalían a través de él. Había logrado caer sin clavarse ninguno de ellos. De hecho, se estaba resbalando y abriendo camino, a medida que se deslizaba por el metal inclinado. No veía mas partes de techo salidos; si los hubiera habido, habrían evitado su camino hasta el suelo.

Di tres pasos hacia atrás, luego respire hondo y corrí hacia el borde del techo. Marilena gritó:- ¡Thomas! ¡No! ¡No! – desaparecí de su vista al saltar.

La pequeña corrida me había propulsado lo suficiente lejos y pude aterrizar sobre mi trasero al lado de Canfield, a cuatro metros del borde del edificio, donde ella estaba inmóvil, deslizándose lentamente antes de la caída final. Rápidamente, nos estábamos acercando al borde a medida que, ambos, nos deslizábamos. Rodé hacia mi lado y me enganché con el brazo de un caño. Con la otra mano libre, agarré a Canfield. Su brazo se movía de un lado a otro, hasta que finalmente logró hacer contacto con mi mano. Agarré su muñeca. El brazo de Canfield se estiraba a medida que continuaba resbalándose hacia el borde. Su cuerpo fue hacia abajo pero yo continuaba sujetándola de la muñeca. Su brazo se rompió debido a que se dobló hacia atrás, a la altura del codo. Gritó en una repentina agonía. Su peso me empujó más al borde; mi cara terminó por encima del mismo, mirando hacia abajo.

-Sostente. Te voy a subir.- le grité.

-¡No me dejes caer! ¡Dios mío, duele!

-¡No te voy a dejar caer! ¡Sostente!

-¡No puedes hacerlo! ¡Siento que me están arrancando el codo! ¡Dios! ¡Oh, Dios! ¡Duele! —sus palabras, intensificadas por espantosos gritos de dolor, llenaron el aire de la noche.

Nos mantuvimos allí por un minuto o dos. Canfield gritaba de dolor mientras me concentraba en no dejarla caer. Vi la cara de Marilena, asomada sobre el borde del edificio. Estaba aterrorizada. De repente, desapareció.

-La agente Rigatti fue a buscar ayuda. ¡Aguanta! Tu brazo no se cortara a la mitad. ¡Es más fuerte de lo que piensas!

Marilena reapareció arriba y miró hacia abajo. Omar y Barry se unieron. Dijo en voz alta pero temblorosa:- ¡El cuerpo de bomberos viene en camino! ¡Tendrán una cuerda! ¡Thomas! ¡Por favor no te caigas!

Canfield había dejado de gritar, de repente se quedó en silencio, excepto por su respiración profunda y dificultosa. Me miró. Su cara estaba pálida y brillaba por el sudor. Estaba apenas lúcida, su cuerpo comenzaba a entrar en shock.

-Yo no fui.

-¿Qué? ¡Sostente! ¡El equipo de rescate está en camino! – me preguntaba por cuánto tiempo más podía sujetarla. Sería mejor que se apuraran.

-¡No asesiné a tu hermano! –dijo, por momentos consciente y con lágrimas. – ¡Yo no lo hice!

El salvarle la vida, arriesgando la mía, no había sido la única razón por la que había saltado. Necesitaba saber. Tenía que saber. – ¿Quién lo mató?- exigí. – ¡Dime!

Me respondió inmediatamente y dijo, tan enérgicamente como pudo y con voz áspera:- ¡Fue Townsend! ¡Margaret Townsend!

Y, con eso, como si aceptara la acusación con sorpresa, una mentira, otro intento de desvío, el caño, del que me estaba sosteniendo, se rompió en la base y nos caímos tres pisos abajo al callejón. El único sonido que oí, a medida que nos desplomábamos, fue el grito de Marilena.

Canfield estaba debajo de mí y golpeó contra una barrera, que se metió en la parte más pequeña de su espalda. Instantáneamente, caí sobre ella, y la caída me desvió hacia un lado, giré y me estrellé de frente, contra una pila de cajones de madera. Todavía tenía su muñeca sujetada con mi mano y, de manera inconsciente, la había arrastrado encima de mí. Miré su cabeza y hombros que estaban tendidos de un extremo al otro de mi pecho y luego miré hacia lo que había, originalmente, detenido su caída. Era una valla de hierro forjado con púas decorativas, que apuntaban hacia el cielo, bloqueando el acceso al callejón. La valla la había atravesado a lo largo de la cintura y la cortó en una laceración irregular; la fuerza de la caída y mi forma de sujetarle el brazo, la separaron en dos partes. Sólo la parte superior de Sylvia Canfield me había seguido contra las cajas, al lado de la valla. No podía ver la otra mitad. Al parecer, estaba desarrollando una tendencia. Cuando sospechaba que alguien había asesinado a mi hermano, pronto alguien moría y la causa de la muerte era la separación del cuerpo en dos partes.

REPERCUSIONES

Había sido lo suficientemente listo como para permanecer inmóvil, después del aterrizaje, hasta que llegara la ayuda profesional para que evaluara mi condición. Mi cuerpo estaba cubierto de sangre y, aunque hubiese querido que fuese toda de Canfield, no había forma de estar seguro. A pesar de que no había perdido el conocimiento, después de haberme estrellado contra el piso, me sentí tan mareado por el impacto, que ni siquiera pude evaluar mi condición.

Tras haber bajado las escaleras a toda velocidad, Marilena fue la primera en llegar hasta donde yo estaba. Debido a la oscura ubicación del callejón y del hecho de que no había nadie cerca cuando caímos, nuestro incidente todavía era confidencial. Como ella estaba sola, supuse que Omar y Barry habían quedado al cuidado de Abril, con instrucciones rápidas y explícitas, sin duda.

-¡Thomas! ¡Thomas!-gritó, mientras saltaba la valla del callejón. Se detuvo, con incredulidad, en el retablo macabro. Yo la miré, cubierto con la sangre de una asesina trastornada, cuya parte superior y cabeza parecían ser los únicos restos visibles. Se puso pálida; parecía estar luchando una guerra interna entre la necesidad casi incontrolable de apartar la mirada y su fortaleza para determinar mi condición. Su preocupación por mí, ganó, pero sólo por poco. Si nuestra cena no hubiera tenido que ser suspendida, yo me habría visto mucho peor. Los acontecimientos de los últimos días podrían fortalecer nuestra relación o bien, alejarla a ella de mí.

-¡Dios mío! ¡Hay tanta sangre! Por favor, dime que toda esa sangre es de ella, no tuya.

-No estoy muy seguro, pero creo que no estoy goteando. No me muevo porque no quiero alterar la escena del crimen.

-¡Al diablo con la escena! ¡Estás vivo y ella está muerta! ¡Salvar tu vida es más importante que los forenses! ¡Necesito ver cuán herido estas!

-Tranquila, querida. Tenemos que tomarlo con calma. Las tropas están en camino. Realmente, no creo que esté sangrando. Y, en ese mismo instante, oímos la sirena. Marilena, tal vez, se sentía más aliviada pero eso no se reflejaba en su cara. Corrió hacia el final del callejón, que daba a la calle y le hizo señas, desesperadamente, a la camioneta de rescate, que venía en sentido contrario. Por mi parte, no pudieron llegar lo suficientemente rápido; yo había empezado a coagularme.

Llegaron los paramédicos y, aunque parecían ser fuertes, ver la mitad superior del cuerpo de Canfield teniendo una hemorragia y el tejido dañado sobre todo mi cuerpo, hizo que tanto el paramédico como la paramédica, palidecieran. La forma tranquila con la que les hablé, agregaba un elemento surrealista a la llamada de emergencia. Después de encontrarnos fácilmente, Jim O'Dale estacionó su auto al lado de la enorme ambulancia. Lo que antes era un callejón oscuro, ahora se había convertido en un show de luces estroboscópicas. Se bajó y corrió rápidamente hacia mí. A diferencia de Marilena y los paramédicos, me miró rápidamente a mí y a la mitad del cuerpo de Canfield, como si hubiese visto algo parecido miles de veces antes. Se unió a la conversación de cómo manejar esta situación tan inusual.

Los paramédicos y O'Dale estuvieron de acuerdo con Marilena, que apenas se podía apoyar en su profesionalismo y proponía una sugerencia que podía ser objetada, en que averiguar mi condición era más importante que la conservación de la evidencia. Por mí, estaba bien. Lo único que importaba era que otra persona tomase esa decisión y luego, que le dijera a todo el mundo que yo no había alterado la evidencia. Como no había un protocolo de cómo sacar un cuerpo vivo por debajo de los restos parciales de otro, tuvimos que improvisar. Deslizaron la parte superior del cuerpo de Canfield, sacándola de encima mío .Lograron ponerla sobre una bolsa de plástico sin ninguna dificultad, ya que yo me había convertido en un gran charco resbaloso, por no querer cambiarla de posición. El arribo del camión de bomberos a la escena, nos ayudó en el próximo paso. La única forma de ver lo que me había sucedido, era removiendo la mugre. Se conectó una tubería de agua al camión, la cual se fue haciendo más angosta, pasando de ser una manguera de diámetro grande para incendios, hasta parecerse a una manguera de jardín común, tanto en presión como en caudal. Cuidadosamente, pero con el agua a una temperatura parecida a la de un lago Alpino, me manguerearon. Un río rojo se dirigió directamente hacia la alcantarilla más cercana. A menudo me preguntaba, por qué el departamento de bomberos mandaba un camión de bomberos a una llamada de emergencia médica; ahora lo sabía. Podría ser necesario manguerear a la victima y el camión transporta varios cientos de litros de agua. Le mencioné esto a Marilena para ver si podía alegrarla un poco. No resultó. Una rápida revisión de mis heridas confirmó que yo no era el contribuyente principal de ese lío; mi goteo era bastante limitado. Marilena se hizo cargo de mi reloj y mi billetera; me quitaron la ropa y la pusieron en una bolsa de plástico. Aunque el examen in situ no indicaba daño espinal alguno, deslizaron una tabla de inmovilización debajo de mí para transportarme. Estuve de acuerdo. O'Dale le dijo a Marilena que vaya en la ambulancia conmigo al hospital y lo autorizó con los paramédicos, cuyo protocolo permitía solamente familia directa.

Mientras me preparaban para subirme a la parte trasera de la enorme ambulancia, Jim le dijo a Marilena que era necesario que se mantuvieran en contacto durante la noche, para que pudieran turnarse para ir a la comisaria local. Ella estuvo de acuerdo pero no le prestó mucha atención a sus palabras, ya que intentaba apurar a los paramédicos. O'Dale se volvió hacia mí, se meció sobre sus talones y dijo:- ¡Otro lío en el que me has metido!

Le respondí:- Creo que la frase adecuada debería ser "otro *agradable* lío" pero se arruinó por los papeles.-Ambos nos reímos.

-¿Se podrían callar?-Esto provino de mi actual exasperada novia, que obviamente no apreciaba las meditaciones sofisticadas de Oliver Hardy. Tendríamos que trabajar en eso.

-¿Siete puntadas? ¿Eso es todo?

-Sí. respondí.- Te dije que estaba bien.

Habían pasado diez horas desde que me había caído del techo con Canfield. Los médicos me habían sacado radiografías y tomografías buscando un trauma oculto, pero no encontraron nada. Marilena me miró con escepticismo, moviendo la cabeza de un lado a otro, con asombro. Eran las 6 AM y ella estaba parada al lado de la cama, donde me habían tratado en la sala de emergencias. Estoy seguro de que yo había fastidiado a los médicos de emergencia y a las enfermeras al brindarles, bueno, tal vez brindarles no es una palabra lo suficientemente fuerte, servicios de supervisión con respecto a mi caso. Después de que los médicos terminaron su trabajo, desaparecieron. Marilena había pasado la mayor parte de la noche conmigo; sólo se había ido, una vez, para ir al apartamento donde Abril se había escondido, el callejón, el departamento central de policía local , el apartamento de Ron, para luego volver al hospital, donde Abril y yo estábamos siendo tratados. O'Dale trató de minimizar la participación de ella para que pudiera quedarse a mi lado. En gran parte, lo logró. Estaba contento de que ella había llamado a Ricardo y no se había tomado taxis, para ir de un lado a otro, a la mitad de la noche. Oí al personal del hospital comentar acerca de sus frecuentes llamadas para saber cómo estaba yo, durante el corto tiempo que se fue. Cuando regresó, no sabía si ella había mostrado su identificación para pasar al área de visitantes o si a los de la entrada no les importaba quién venia a visitarme. Algunas personas no me aprecian.

Continué:- Los cajones y pales de madera me ayudaron enormemente a amortizar la caída, pero un par de tablillas se me clavaron cuando se rompieron.

-¿En dónde?

-En la parte izquierda de mi trasero. Fue difícil enderezar la sutura. Tuvieron que utilizar dos espejos.

-¿Y no les importó hacer eso?

-No dije eso.

Los médicos del hospital querían internarme; no porque las ecografías e imágenes mostraran daños, sino simplemente por el hecho de que me había caído casi diez metros y debería haberme lastimado más de lo que se notaba. Me negué. Había tenido muchísima suerte.

Marilena me había traído ropa de mi apartamento. El daño residual y los moretones en múltiples lugares, desbarataron mi plan de saltar de la cama del hospital y ponerme la ropa sin ayuda. Contaba con la ayuda, no solicitada, de mi nueva novia. Aunque me movía más lento de lo normal, nadie excepto Marilena parecía notarlo. Me permitieron salir del hospital después de firmar muchos documentos en los que los liberaba de toda responsabilidad real o imaginada.

Marilena también hizo que le dieran el alta a Abril, después de una noche de observación, exámenes y pequeñas curaciones. La ayudó a firmar la salida y la llevó en una silla de ruedas hasta la acera, donde yo estaba esperando. Abril me sonrió y yo le sonreí.

Otra vez, Marilena había llamado a Ricardo, quien nos llevó hasta Central Park West. Cuando llegamos, tuvimos que aguantar el circo del portero. Antonio dejó en claro que iba a poner un guardia en la puerta y que seríamos acompañados a cualquier lado que fuésemos, ya que no se nos tenía confianza sin la supervisión de algún adulto. Me sentí más aliviado cuando finalmente me pude tirar en el sofá del comedor. Marilena llevó a Abril a la habitación de huéspedes y la ayudó a acostarse.

-Necesitas dormir.- le dije cuando volvió y se sentó al lado mío. Se debería haber ido a la habitación.

-Esa es mi intención.- respondió y de inmediato, se echó hacia atrás en el sofá y luego sobre mí. La miré. Me sonrió, me apretó el brazo, cerró los ojos y en menos de veinte segundos, se durmió.

Había estado despierto toda la noche y aunque tuve mucho en qué pensar, dormir era algo que yo también necesitaba. La gran pregunta era si todo había, realmente, terminado. Esperaba que así fuese. Estaba seguro de que Canfield había asesinado a Ron y que Townsend estaba implicada de alguna manera. Todavía tenía algunos puntos abiertos que debía considerar. El problema más grande en mente era si había otras personas aliadas a ellas. Además, me preguntaba si Canfield odiaba tanto a Ron como para asesinarlo. Aunque era interesante saber por qué Townsend había ayudado, también era importante saber cuál era su relación con

Canfield y cuál había sido su participación. Creía que cuando Canfield y Townsend fueran investigadas en profundidad, tendríamos las respuestas. Mientras tanto, podía sólo especular y eso, realmente, no tenía mucho valor.

Deslicé a Marilena hacia abajo para que apoyara su cabeza sobre mis rodillas, puse una cobija sobre ella, me eché hacia atrás y cerré los ojos.

INTROSPECCIÓN

Ya habían pasado tres días desde mi vuelo improvisado desde el techo, con Sylvia Canfield. Marilena quería tiempo libre para pasar con Abril, quien seguía siendo nuestra huésped, y lo tuvo. Al principio, pasaron tiempo juntas a puertas cerradas. Sin embargo, desde ayer a la tarde, Abril había reaparecido con una predisposición, prudentemente, alegre y había empezado a sentirse más cómoda, mejor dicho, un poco más cómoda conmigo. Marilena había hecho magia. Los tres estábamos sentados en el sofá, con Abril en el medio. Otra cena traída por Antonio y esta noche había sido comida china.

-Nuevamente gracias por haber venido tras de mí, de la manera que lo hizo. Marilena me contó cómo corrió hasta el apartamento, sacando a todos a las rastras del restaurante. Recuerdo que usted estaba en el techo enfrentando a esa malvada mujer loca. Le hizo creer que le dispararía en la cabeza. ¡Yo también lo creí! Eso hizo que ella me dejara ir. Y luego, cuando saltó del edificio, no sabía qué pensar. Podía volar o sabía algo de gravedad, que yo no sé. Ella me tenía al borde del edificio y a punto de tirarme. ¡Estaba aterrorizada! ¡Pero usted no lo dudó y saltó! De todas maneras, después de eso, cerré mis ojos y traté de no pensar en nada. Realmente estoy feliz que usted se encuentre bien.

-No habrías estado en esa situación si no fuese por tu relación con los hermanos Briggs. Lo siento, otra vez. – Mientras me escuchaba, Marilena sonreía dulcemente y miraba a Abril.

Abril comenzó a hablar nuevamente:- No tiene por qué lamentarse. Si tuviera que pasar por cosas peores para tener a Ron de vuelta, lo haría. -Lo decía en serio. Estaba mirando a la persona, que Ron creía, que valía la pena salvar. Continuó:- Ron tenía razón sobre usted.

-¿Si? ¿sobre qué?

Abril pensó por un minuto. Yo sabía que me estaba metiendo en otro monólogo interior, como el que tuvo el día en que nos conocimos y defendió a Ron. Me preparé para no tomar en serio lo que estaba a punto de decir.

-Hablaba mucho de usted; casi siempre sobre su carrera y de las cosas militares locas que hacía. Estaba orgulloso, realmente orgulloso, de que usted se había convertido en doctor pero lo que más le sorprendía eran las otras cosas. Él tenia razón en, como yo decía, que ustedes eran dos tipos diferentes pero en el mismo cuerpo. Usted, el Sr Doctor Civilizado y el otro, un tipo completamente diferente, que salía sólo cuando algo se ponía peligroso. Una vez, después de que habló con usted por teléfono, se puso pensativo y me contó que, en una oportunidad, cuando estaban juntos, unos tipos intentaron hacerse los duros y meterse con usted. Dijo que fue en Florida. Me contó que usted agarró a uno de los tipos que estaba en una motocicleta y lo tiró contra una pared de ladrillos y luego dejó a los otros dos tipos, apilados uno encima de otro, sin conocimiento y con los huesos rotos. Dijo que usted manejó todo con mucha calma, como si estuviera aburrido y sin emoción, y que después no hablaría del tema, como si no hubiese existido realmente. Ahora sé de lo que estaba hablando. He conocido la otra parte de usted.

* * *

Marilena había escuchado el discurso de Abril atentamente. Miró a Abril y dijo cuidadosamente:- Abril, Thomas, debido a su trabajo, vive en un mundo violento, más que el de un soldado raso. Lo que Ron sabía, que yo sé, y lo que tu también debes saber es que, para que Thomas pueda sobrevivir en ese mundo, debe dejar de lado las sensibilidades normales que para ti y para mí, lo convierten en una persona fría y distante. A veces, puede ser desconcertante pero no debes tenerle miedo.

-Ya no tengo más miedo. –Abril me miró y sonrió. – No asustó a Ron, no asusta a Marilena, no voy a permitir que me asuste a mí.

–Se inclinó hacia mí y me abrazó.- Sólo quiero agradecerle de nuevo.

-Ustedes dos son demasiado sensibles para mí. –dije, intentando restarle importancia a la situación y salir de la sesión de psicoanálisis.

-Y, como solía hacer con Ron, no quiere hablar de eso.-Abril dijo sin dejar el tema. –Estoy muy contenta de que esté de mi lado.- Y así, recibí un beso rápido en la mejilla.

Más tarde, esa noche, después de que Abril se acostó, Marilena y yo, por primera vez en el día, estuvimos solos en la cama, acostados frente a frente. Desde que volvimos del apartamento, tres días atrás, habíamos estado las veinticuatro horas juntos, con la excepción de cuando estuvo sola con Abril. No sacó el tema de mi salto desde el techo para salvar a Canfield. La verdad es que no estaba de humor para recibir un sermón, sobre lo tonto que había sido en descuidar mi seguridad personal y de cuánto la lastimaría si yo me lastimaba. Estaba cumpliendo con su parte del trato y no me hostigó con el tema de las cosas peligrosas que hago y con el hecho de que debía tenerla en cuenta a ella, a nosotros y crecer. Tal vez, ella era, realmente, la tercera opción.

-Algún día, deberás decirme que pasó en Florida. –dijo, en voz baja.

-Ok. Algún día.

-Lo digo en serio.-susurró.

-¿Qué?

-Sé quien eres.-cerró los ojos.

Esperaba que lo supiera. Algún día, tal vez, me lo haría saber.

Llamé a Billy Sanchez a su teléfono satelital. Billy todavía estaba en Yokosuka y el llamado fue a alrededor de las 2.30 am su horario. A pesar de la hora, sabía que atendería.

-¿Qué? ¿Quién es?

-¿Es esa una buena manera de atender tu teléfono? Yo podría ser el General F.-dije.

-¿Quién diablos es? –dijo, despertándose. – ¿Eres tu Briggs? ¿Dónde diablos estás? ¿Por qué me llamas a mitad de la noche? – Se estaba convirtiendo, como siempre, en alguien muy presumido.

-Estoy al otro lado del mundo.

Se despertó aún más y recordó mi situación actual, dejó de lado su mal genio, hizo una pequeña pausa y me preguntó:- Hey, Tom, ¿estás bien?

-Si, tratando.

-¿Está Marilena contigo? –preguntó, probando una vez más que , sin importar cuán reservados Marilena y yo habíamos sido, no se podía mantener un secreto en nuestro pequeño grupo.

-Esta aquí.

-Bien, bien, ¿qué necesitas? –su rudeza desapareció y se convirtió en un amigo y un profesional dispuesto a ayudarme, como sabía que lo haría. Como yo lo habría hecho por él.

-Necesito una lección en geofísica.

-Hey, no hago milagros. Después de todo, ¡eres un Infante de Marina!

-Usa palabras fáciles.

-OK. ¿Qué necesitas saber de la geofísica?

-Erupciones volcánicas. Necesito saber sobre la formación de ácido sulfúrico y cómo una erupción baja la temperatura de la Tierra. Pensaba que todo el gas carbónico que una erupción mete en la atmósfera, aumentaría los efectos invernaderos.

-No es el dióxido de carbono. Aunque un volcán puede escupir una tonelada de porquerías, es el dióxido de sulfuro el que causa el enfriamiento.

-¿Qué hace el dióxido de sulfuro? -El trabajo de Ron hablaba de ácido sulfúrico, no dióxido de sulfuro.

-Bueno, primero la columna de ceniza debe ser lo suficientemente alta para llegar por encima de la troposfera y dentro de la estratósfera. En la estratósfera, el dióxido de sulfuro del volcán se convierte en acido sulfúrico. Existe como aerosol de sulfato y aumenta el albedo de la Tierra. –Sabía que yo había asistido a muchas clases de química, por lo que no necesitaba diagramar la transformación química de dióxido de sulfuro a acido sulfúrico. Sólo me tenía que decir los compuestos.

-¿Qué es el albedo?

-La reflectividad de la Tierra. Significa blancura, tan blanco como eres tú y contrario a mí, un caballero hispánico propiamente pigmentado. Tú tienes un albedo más alto que yo. Un albedo alto causa que la radiación del Sol se refleje en el espacio. Más reflectividad implica menos fotones absorbidos, menos calor. Una erupción volcánica, repito, si es lo suficientemente grande como para llevar el dióxido de sulfuro a la estratósfera, protegerá al planeta del calor del sol en una gran parte.

Pensé un momento en esto. Me quedé en los escritos de Ron, donde describía el evento desencadenante de la CID. Como la base genética de la enfermedad, estaba vinculada a una erupción volcánica. Me había sorprendido el hecho de que una erupción podía enfriar el planeta; no sumar al efecto invernadero. Necesitaba conocer el mecanismo. Sin embargo, Ron creía que no era el enfriamiento del planeta lo que había disparado la CID, sino el efecto del acido sulfúrico en algunas partes de la población de Europa del Este. Necesitaba que Billy me explicara cómo había sucedido.

-¿El ácido sulfúrico vuelve al suelo?

-Seguro. Es empujado hacia abajo y si en el camino hace contacto con agua condensada, se convierte en lluvia ácida. ¿De qué se trata todo esto, Tom? –El uso de mi primer nombre era otro indicio de que estaba intentando ser amigable.

-Mi hermano estaba trabajando en la teoría acerca del génesis de una enfermedad neurológica y el disparador fue la dispersión volcánica del acido sulfúrico.

-Un gran disparador de dióxido de sulfuro fue la erupción del Monte Tambora, a comienzos del 1800. Aunque, una de las preocupaciones acerca del Monte Pinatubo, que hace poco hizo erupción en las Filipinas, es que fue un gran generador de sulfuro y la nube de humo subió hasta la estratosfera. Todavía no sabemos los efectos que tuvo en la gente, pero no son buenos.

Marilena había hablado varias veces con la policía local. Pasamos por el tema de la declaración otra vez. Y, ella una vez más, nos orientó. Firmamos formularios y un uniformado los vino a buscar. Le pasé una copia, por fax, a Jason Inch. Estaba enfurecido cuando llamó y me suplicó que no me metiera en problemas.

Jim O'Dale vino a visitarnos al cuarto día de nuestro confinamiento. Había estado intercediendo en representación nuestra, aunque el hecho había ocurrido fuera del distrito policial. Yo estaba bastante seguro de que la falta de interés en mí, del abogado de distrito, se debía a Jim y a Marilena.

Después de que nos sentamos alrededor de la mesa del comedor, dijo:- ¡No se podrían ver peor! –Se rió y dirigiéndose a mí, dijo:- Oí que se golpeó en un área delicada.

-Me duele el trasero.-dije.

-¿Alguien le dijo lo tonto que fue en saltar del edificio detrás de Canfield?

-Estamos bien, Capitán. Gracias por su preocupación.- Marilena le respondió como si no hubiese escuchado su pregunta. Abril sonrió.

-Bien, déjenme ponerlos al tanto de algunas cosas, que me enteré, con respecto a Canfield y Townsend. Cada vez está más claro que fueron responsables de la muerte de su hermano. Hemos encontrado suficiente información, con respecto a cada una de ellas, como para establecer el motivo de no sólo la muerte de Ron, sino también del ataque a ustedes tres. No hemos descubierto a nadie más en complicidad con ellas, con lo cual su calvario ha terminado.

-¡Qué buena noticia!-dijo Abril. Marilena estaba en silencio.Yo, definitivamente, quería saber más antes de creerlo.

-Primero, les voy a contar sobre Townsend. Parece ser que nadie se molestó en chequear sus antecedentes penales antes de contratarla, tanto en su anterior trabajo en la empresa de Capital de Riesgo en Boston, como en su puesto en la Sociedad contra la CID. Mis muchachos investigaron su pasado y descubrieron que escondía algo grande. Hace unos veinticinco años, ella vivía en los suburbios de Washington,DC. y tenía un bebe extramatrimonial. Maltrató al infante y murió. Aun peor, intentó esconder el cuerpo en el freezer en su casa. Evitó una condena de delito grave al aceptar internarse en una institución psiquiátrica. En menos de una semana de estar allí, hubo un incendio en el hospital y ella salió caminando por la puerta principal. Como resultado de ese caos, el caso no volvió a la corte. Si hoy fuese desenmascarada, el abogado de distrito habría reabierto el caso. Y aquí es donde Sylvia Canfield entra en escena.

-Aparentemente, Canfield es bastante buena en indagar en el pasado de la gente. De forma habitual, le echaba el ojo a un donante potencial para descubrir sus bienes o cualquier cosa personal, que pudiera usar para obtener una contribución para la Sociedad. Realmente, parecía ser una persona muy persuasiva, por lo que no me sorprendería si algunos de sus donantes fue victima de alguna extorsión. En algún momento y por alguna razón que desconocemos, decidió investigar a Townsend y descubrió su secreto. En realidad, se puede encontrar en internet información de que Townsend, como paciente, desapareció después del incendio en el hospital psiquiátrico. Es un enlace a un artículo de un periódico digitalizado y subido a un servidor de internet, hace alrededor de cinco años. Saber el motivo de su encarcelación implicaba hacer un par de llamadas. Mi detective, Sento, llamó al hospital y obtuvo el nombre del administrador al momento del incendio. Lo envié a Maryland para entrevistar al tipo. Recordaba a Townsend, por qué estaba en el hospital e incluso remarcó que una mujer lo había llamado dos años antes, haciéndole las mismas preguntas. Pensó que todavía era una fugitiva. Estamos seguros de que Canfield amenazó a Townsend con esto, para obligarla a hacer lo que ella quisiera.

-¿Entonces, era Canfield la que llevaba la batuta?-pregunté.

-Eso creo. Hemos entrevistado a todos los de la Sociedad dos veces. Además de un arrebato en una reunión de personal, donde Canfield atacó a su hermano por no apoyar sus esfuerzos para recaudar fondos y de querer que su hermano se fuera, no hubo acciones o declaraciones obvias o abiertas de su parte acerca de Ron. Sin embargo, con un interrogatorio cuidadoso, reconstruimos el odio genuino que ella le tenía a Ron. Tenía un evento organizado con algunos donantes potenciales, en el cual Ron estaba citado para hablar sobre el estado de la investigación de la cura. En la oficina de Canfield, encontramos una agenda para ese evento, con uno de los subordinados de Ron agendado para hablar sobre el tema, en lugar de Ron. Esto era nuevo para todos y sólo habría sucedido si Ron no hubiera podido. El subordinado, de acuerdo a lo que nosotros sabemos, estaba más dispuesto a vender la historia de la manera que Canfield quería. Incluso, había un memo en el archivo de personal de Ron, reprendiéndolo y obligándolo a ser conservador y a decir sólo los hechos en cualquier foro, público o privado, donde se hable sobre la CID. Para nosotros, el factor decisivo fue el plan de bonos que Canfield cobró. Estaba cerca de entrar a una entidad de recaudación de fondos, que le habría dado un bono importante. Creemos que necesitaba el dinero. Cuando registramos su apartamento, encontramos evidencia de que ella consumía drogas. Consumía Oxycontin y Vicodin en grandes cantidades. Incluso, pudo haber estado chantajeando a Townsend por dinero, hasta lo que yo sé.

Marilena había estado callada, asimilando la información, categorizándola y asignándole importancia a cada parte, a su manera. Más tarde, la dejaría encargarse de eso en privado. Le preguntó a Jim: -¿Cómo supo Canfield donde se estaba escondiendo Abril?

Jim hizo una pausa y dijo:- Tengo que ser honesto con ustedes. No lo sé. Todavía no tenemos todas las piezas del rompecabezas. Sabemos que estaba buscando a Abril. Pudo haber sido por medio de alguien, que iba a la misma universidad que Abril o del mismo lugar donde trabaja, exactamente de la misma forma que ustedes hicieron. Tal vez, nunca lo sepamos.

-¿Entonces, quién intento atropellarnos a Marilena y a mi? ¿Quién era la persona en el taxi? –pregunté.

-Estamos casi seguros de que fue Townsend. Canfield estaba en Denver y Townsend no aparecía por ningún lado, cuando ustedes fueron atacados. Conseguir una chatarra, en este caso un taxi viejo en un deshuesadero, no habrá sido difícil. Creemos que Canfield envió a Townsend a matarlos a ustedes en Boston, también.

-Cuando estaba sosteniendo a Canfield, antes de que el caño se rompiera y nos cayéramos, intentó convencerme de que ella no fue la que mató a Ron, sino Townsend. De acuerdo a nuestras investigaciones, Townsend estaba fuera del edificio cuando Ron murió. ¿Qué opina de eso?

Respondió:- Me gustaría recibir un centavo por cada criminal que haya mentido en el último instante de su vida. Yo no le daría mucha importancia a lo que dijo. –Lo pensé mucho pero igual, era algo que me preocupaba. Bueno, ya no tiene ninguna importancia. Sus mentiras eran sólo una parte de una vida perturbada.

-Entonces, fue algo tan simple como el dinero para drogas.- le dije a Jim, con voz que denotaba depresión. Había perdido a Ron para que alguien pudiera hacer un bono y así comprar drogas.

-Desafortunadamente, eso parece ser.

-¿Cuál es la parte de Alison Montgomery en todo esto? –preguntó Marilena.

-Está devastada. Creyó que conocía a su personal. Me dijo que estaba casi avergonzada de tener que llamarlo a usted.

-La llamaré. No fue su culpa. Nadie puede conocer completamente a sus subordinados, independientemente del tiempo que haga que trabajen juntos. –respondí.

-¿Tiene la información de la que me habló? ¿Está en un lugar seguro? –preguntó.

Me levanté y fui al estudio. Volví con el dispositivo USB. –Aquí es donde Abril se involucró.-dije.

Abril miró al pequeño pedazo de plástico y me dijo:- Nunca antes había visto eso.

-Estaba en el helicóptero.

Jim parecía estar confundido y preguntó:- ¿Cuál helicóptero?

-Ron le había pedido a Abril que le guardara uno de sus helicópteros a radio control. Le dijo que me lo diera a mí si algo le pasaba. La tarjeta de memoria estaba en el compartimiento de bombas de lanzamiento de agua para combatir incendios. Abril no lo sabía. Canfield debe de haberse enterado del descubrimiento de Ron y debe de haber querido tanto esa información, que casi mata a Abril para obtenerla. Habría sido difícil obtener donaciones si algo sobre una cura salía a la luz. Si hubiera podido impedir que esa información se conociera al matarnos a los tres y asegurar la única copia, entonces podría haber continuado recaudando fondos y obteniendo su parte. Una cura la podría haber sacado fuera del juego.

Los ojos de O'Dale se abrieron aún más y su boca quedo boquiabierta. Después de un instante, puso en palabras algo que nadie quería decir, menos creer:- Es muy repugnante que alguien, que trabaja para curar una horrenda enfermedad, impida la cura para obtener una ganancia personal. ¡Dios mío! ¡A esta altura de mi vida creía haber visto y escuchado todo!

INVITACIÓN

Después de que O'Dale se fue, llamé a Alison. Respondió su teléfono celular en el segundo ring.

-Hola.

-Alison, soy Thomas Briggs.

-¡Ay, Tom! Me alegro de que hayas llamado. He querido mucho hablar contigo pero estoy muy avergonzada, por lo que dos miembros de mi personal le hicieron a tu familia. Realmente tenía temor de llamarte.

-Nada de eso es tu culpa.

-No puedo decirte cuánto significa para mí que no estés enojado conmigo.

-Alison, no hay razón para estarlo. Ahora que todo terminó, necesitamos reunirnos y hablar de cómo manejar la información sobre la investigación de Ron. Estoy tentado de mandársela a Caroline Little del Marklin. Parece ser espabilada y su trabajo muy impresionante.

-No, eso sería un error. Necesitamos diseminarlo a una audiencia más grande, después de que terminemos un trabajo preliminar. Es fundamental que no ofendamos a ninguna de los centros de investigaciones académicas. No queremos enemigos.

-¿De qué te preocupas? -pregunté, pensando que estábamos a punto de convertir a Caroline Little en enemiga.

-¿Alguna vez leíste cómo ocurrió la cura de la polio? Acerca de la rivalidad entre Jonas Salk y Albert Sabin?

-No.

-Deberías. Hay un libro acerca de eso llamado *Poliomielitis: Una Historia Americana* y te dará asco saber cuán cerca estuvimos de no conocer la cura. La comunidad científica y médica debe ser manejada correctamente o todo el trabajo de Ron no valdrá nada.

Esto es algo con lo que estoy familiarizada y tendrás que confiar en mí.

-OK. ¿Qué quieres hacer?

-He estado preparando a la comunidad científica, utilizando nuestra propia junta asesora de investigación, desde que me contaste sobre los hallazgos de Ron. Esto es importante. ¿Le has dado la información a alguien?

-No, yo tengo la única copia.

-Excelente. Mantengámoslo así. Estoy muy ansiosa de verla. Hablando de eso, quisiera hacerles una invitación, a ti y a Marilena. Necesito salir de Nueva York y me imagino que ustedes deben sentirse de la misma manera. Tengo acceso a una casa de vacaciones de un donante, muy adinerado, en Barbados. ¿Les gustaría relajarse y acompañarme allí? He ido varias veces. Es un lugar fantástico justo frente a la playa, con un enorme yate de pesca deportiva, una piscina y todos los lujos que puedan imaginar. No hay personal residente pero la cocina está siempre bien equipada y hay unos excelentes restaurantes cerca si nos cansamos de hacer filetes a la parrilla. Creo que pasar un tiempo, sin ser molestados, para hablar sobre el trabajo de Ron y sobre un plan para continuar su trabajo, será beneficioso para todos. Además, sé que hay una jovencita a la que Sylvia hirió. De acuerdo al capitán O'Dale, ella estaba aterrorizada y casi la asesinan. Por favor, dile que nos acompañe también. Algún tiempo en la playa podría ayudarla a recuperarse también. La Sociedad pagará los gastos de su viaje.

-OK. Yo voy y les diré a las damas. Si están de acuerdo, iremos en uno o dos días. Te enviaré nuestra información de viaje por correo electrónico.

Dos días después fuimos al aeropuerto de Teterboro, en el norte de Nueva Jersey. Habíamos hecho planes para volar a Barbados, en un jet privado. Ricardo nos dejó en el hangar donde operaban los taxis aéreos.

-Me podría acostumbrar a esto. —Marilena dijo con una sonrisa, mientras miraba al jet de tamaño mediano; en este caso era un Hawker 800XP.

Después de terminar el papeleo con el encargado, nos llevaron hasta el avión. Nuestras maletas ya habían sido cargadas cuando subimos al avión. Cuatro de las maletas eran nuevas y contenían ropa que Marilena había descripto como ropa de vacaciones para damas. Las maletas y sus contenidos habían sido adquiridos el día anterior en una compra desaforada, la cual yo había logrado evitar, teniendo la legítima excusa de que tenía que terminar de leer la investigación de Ron. Mi única maleta permanecía sin cambios y sin ropa nueva. Mi aburrido traje de baño color caqui y las remeras de la Infantería de Marina serían suficientes. Ambos teníamos un bolso de mano, el mío contenía mi equipo normal de médico de viaje. Mi Beretta y mi cargador extra estaban en el bolsillo del costado. Suponía que la Glock de Marilena estaba en su bolso, pero con ella nunca se sabe. Una vez adentro, la azafata nos mostró nuestros lugares. Los asientos estaban dispuestos como un comedor, en lugar de las filas de asientos típicas de un avión comercial.

Abril miraba con sorpresa a su alrededor. –¡Guau!¡ Realmente Guau! –dijo, mientras se acomodaba en un sillón reclinable frente a una televisión de pantalla de plasma. Mi reacción fue más reservada ya que había estado en jets privados muchas veces. Siempre que podía los usaba porque no importa cuán buena sea primera clase, esto es siempre mejor. Marilena se sentó a mi lado, ladeó su cabeza a un costado y estudió el entorno.

Cuando el avión estaba siendo remolcado fuera del hangar, la azafata nos dio instrucciones sobre el equipo de seguridad y los procedimientos. Después del arranque y carreteo, comenzamos nuestro viaje directo de seis horas hasta el sur del Caribe.

-¿Sabes que esta vida lujosa e indulgente podría crearme un hábito? – dijo Marilena. Veía que Abril nos escuchaba. Cada vez se interesaba más y más en nuestra relación. Marilena me dijo que era cosa de chicas.

La miré a Marilena y dije:- Ha sido un hábito para mí por mucho tiempo. Como soy un tipo humilde, estaba tratando de mantenerlo en secreto. Abril revoleó los ojos hacia arriba y se inclinó, sin querer perderse una sola palabra.

-Bien, ya no es ningún secreto. Nadie puede decir que no tengo ojo para elegir novio. Mansión en Boston, apartamento en el Central Park West, lujosos jets, ropa de diseño de tiendas de moda, ¡Realmente sabes cómo tratar a una dama!

-No nos olvidemos de que casi nos matan unos asesinos dementes pretendiendo ser taxistas; hemos comido en pizzerías en lugar de restaurantes lujosos, asistido a reuniones aburridas, pomposas y de la alta sociedad para recaudar fondos y hemos tenido intervenciones nocturnas en el techo, con más asesinos dementes.

-Todas esas pequeñas cosas por las cuales estoy feliz de haberlas soportado contigo. A propósito, cuando quieras compañía, en el caso de que te obliguen a soportar un vuelo a algún lugar, en uno de estos, ¿recordarás invitar a tu humilde novia, empleada pública, cuyo empleador sólo paga por el precio de pasaje con descuento?

-A ti y a nadie más. – esto hizo que ambas sonrieran.

-¡Ustedes dos son tan lindos!- dijo Abril. Marilena rió. Hice una mueca y metí la cabeza detrás del periódico. Tener novia era suficiente. Lo último que me faltaba era que tuviera una fastidiosa hermanita.

Después de comer un excelente almuerzo, Abril se quedó dormida. Aproveché esa privacidad temporaria para hablar sobre un par de temas, que me estaban preocupando.

-Todavía no se qué hacer con respecto a la Sociedad.

-¿A qué te refieres?-preguntó.

-No importa cuán buenas sean las intenciones de Alison, la organización que dirige está dañada. Estoy dividido en dos partes: entre apoyar, sin decir nada, una causa que era importante para Ron y exigir algunos cambios o bien, cortar los fondos.

-Creo que tienes que hablar con Alison de eso. Estoy contenta de que esté fuera del país.

-¿Por qué?- Pregunté, mi alarma interior comenzó a sonar.

-Falta terminar algo en todo esto. Si hay otro jugador en este juego de múltiples asesinos, Alison podría estar en peligro.

Yo no había pensado en eso.

DISPARADORES

De acuerdo al tiempo que habíamos estado en el aire, calculaba que habíamos volado el sur de Florida y estábamos entrando al Caribe; todavía nos faltaban mil seiscientos kilómetros ya que Barbados se encuentra bien al sur, al noroeste de Granada y casi en Sudamérica. Habíamos terminado nuestro almuerzo servido por nuestra propia azafata personal, cuyas obligaciones estaban limitadas a tres pasajeros. Nuestra joven azafata tenía unas hermosas piernas, que podían ser apreciadas por encima de su cortísima falda. Hice mi mejor esfuerzo para ignorarlas. Marilena ignoraba deliberadamente mis esfuerzos y me controlaba con su mirada.

Después del almuerzo, mientras Abril exploraba la programación que se ofrecía en la televisión, Marilena revisó la presentación en PowerPoint y el resumen ejecutivo que Ron había escrito, sobre la base genética de la CID. Cerró la carpeta que contenía los documentos que yo había recopilado, miró hacia el libro cerrado en su falda y suspiró:

- Mucho de esto estaba rondando mi cabeza; sé que es estereotípico pero esta chica no asistió a clases de matemáticas ni ciencia. Al no saber mucho sobre ciencia, yo odiaría tener que leer un material dirigido expresamente a especialistas y no a ejecutivos. Chequeé algunos de los documentos que leíste y en los que has escrito notas. Ahora entiendo cómo se siente la gente cuando yo hablo con otra persona en otro idioma. Todavía me quedan algunos espacios en blanco. Tal vez me puedas ayudar. Vamos a ver si puedes concentrarte a pesar del estímulo visual presente.

-Si puedo…No te sorprendas si miro por encima de tu cabeza. Ron era el genetista. Tuve que trabajar mucho en esto y hacer mucha investigación para mantenerme en el juego.

Marilena comenzó diciendo:- OK, Ron creía que la CID tenía dos partes: un cambio genético, que le sucedió a algunas personas de Europa del Este y que tuvo lugar hace 70.000 años y la otra, una acción disparadora más reciente. Entiendo, un poco, el primer acontecimiento pero el modelo Fuera de África, ¿qué fue? ¿Un éxodo genético?

-Correcto. El cuello de botella causa un éxodo genético y un efecto fundador. En algún lugar en Europa del Este, se produjo un cambio en el ADN del *Homo Sapiens*, que se convirtió en una bomba de tiempo a la espera de ser detonada.

-Todavía no he llegado al evento desencadenante. –dijo-y no sé si podré leer otras cincuenta páginas. ¿Has leído esa parte?

-Sí. He terminado de ojear todo y algunas cosas las estudié en profundidad.

-Entonces, hazle un favor a tu novia, quien, a propósito, es más sexy que la joven que nos sirve y explícale en pocas palabras, el efecto desencadenante. Me encargaré de que seas recompensado apropiadamente.

-Creo que eso molestaría a Abril.

-¡Tranquilo! –dijo en voz baja, pero con una sonrisa. –Edúcame ahora y yo te recompensaré más tarde.

De repente y suficientemente motivado, organicé mis pensamientos y comencé:- Los volcanes jugaron un rol importante en la comprensión de Ron sobre la CID. Ya leíste sobre el ADN que sentó precedente debido al cuello de botella genético, causado por la erupción del Lago Toba hace 70.000 años.

-Sí.

-Bien. Ron creía que una segunda erupción, en 1815, indirectamente disparó la CID al siguiente año. Un año conocido como *El Año Sin Verano*.

-¿Este *Año Sin Verano* afectó Europa? Nunca he oído de eso.- dijo sorprendida.

-Sí y en gran medida. El año después de la erupción, 1816, fue también conocido como la última gran crisis de subsistencia en el mundo occidental. La civilización, en su totalidad, pasó momentos difíciles con cosas básicas como comer. Los días eran oscuros, las temperaturas bajaron y las cosechas se perdieron.

-¿Eso duró un año entero?-preguntó.

-En realidad, un poco más.

Comencé mi discurso, rápidamente elaborado, sobre el evento disparador de la CID y le comenté sólo la información, que había podido establecer en mi mente.

-En esa época, nadie sabía lo que estaba sucediendo ni con el clima ni con la cantidad reducida de luz del día. Algunas personas culparon a Benjamin Franklin porque en ese entonces, era sabido que él estaba experimentando con los relámpagos y la electricidad. Tal vez, había hecho algo que arruinó la atmósfera. Un climatólogo norteamericano, William Humphreys, lo sacó del apuro. Humphreys fue el primer tipo en entender lo que pasaba, pero desafortunadamente para Franklin, quien continuaba probando, no fue hasta 1920. Humphreys dijo que El Año Sin Verano pudo haber sido causado por la actividad volcánica y por lo que la erupción expulsó al aire. Irónicamente, su trabajo estaba basado, de alguna manera, en un escrito hecho por nada más ni nada menos que Benjamin Franklin. La premisa de Franklin era que el clima frío y los días sombríos, en 1816, fueron el resultado de una erupción volcánica en Islandia en 1783. Año equivocado, volcán equivocado pero Ben estaba en el camino correcto.

-Lo que causó *El Año Sin Verano* fue la erupción del Monte Tambora, del 5 al 15 de Abril de 1816 en la isla de Sumbawa, en lo que es ahora Malasia. Al igual que la erupción del Lago Toba 70.000 años antes, generó una gran cantidad de desechos; es decir todo ese tipo de cosas que el volcán escupe. Los químicos, que el volcán del Monte Tambora insertó en la parte superior de la atmósfera, hicieron que una gran parte de luz solar se refleje en el espacio.

Tambora fue un gran acontecimiento con cuatro veces más la energía del Krakatoa, con tsunamis y una columna de ceniza de más de 42000 metros, llegando así hasta la estratósfera. Unas 10000 personas en Sumbawa murieron en los flujos piroclásticos con otras 50000 que murieron de hambre y enfermedades en los meses siguientes. La erupción del Monte Tambora también transportó una inmensa cantidad de sulfuro, a las partes más altas de la atmósfera. Decenas de millones de toneladas de dióxido de sulfuro aerosolizado. Esto causó una anomalía en el clima global, debido a que refelejaba la luz del sol en el espacio, reduciendo tanto la luz del día y las temperaturas. No quiero aburrirte con la parte química pero el dióxido de sulfuro se convirtió en acido sulfúrico y cayó sobre el suelo y la gente. Éste fue el disparador de la CID. Ron creía que las condiciones y la genética para que el monstruo de la CID se desatara, estaban dadas en un área al norte de la Península Balcánica. Hay evidencia histórica de que cayó nieve marrón en Hungría durante 1816.

-Es sorprendente.-dijo, en voz baja- que la gente se haya olvidado de esto.

-Además del comienzo de la CID, un par de otras cosas interesantes sucedieron durante 1816.

-¿Por ejemplo?-preguntó gentilmente.

-Mary Shelley estaba vacacionando en Suiza y debido a las condiciones, se quedó adentro y se unió a una competencia de escritura con unos amigos. Escribió *Frankestein*. El libro está lleno de escenas con un clima terrible y frio.

El horrible clima también motivó el asentamiento rápido del Medio Oeste de los Estados Unidos. Había mucha hambruna en Nueva Inglaterra. La familia de Joseph Smith, el eventual fundador de la Iglesia Mormona, se mudó de Sharon, Vermont a Palmyra, Nueva York después de que varias cosechas se echaron a perder. Fue allí que alegó haber experimentado eventos que lo llevaron a fundar La Iglesia de Jesucristo de los Santos de los Últimos Días.

-¿Entienden los mormones el impacto de este particular volcán en su región?-preguntó con una seriedad fingida.

-Probablemente no. No fue mejor en Europa. Los países de allí todavía estaban sufriendo los efectos secundarios de las Guerras Napoleónicas y la escasez de comida. En Suiza, la escasez de alimentos causó mucha violencia y el gobierno declaró la emergencia nacional.

-Y no te olvides que en Europa del Este la nieve es amarronada ya que cae desde el cielo. Muchos húngaros se enfermaron por la exposición que tuvieron al ácido sulfúrico y fueron, sin saberlo, los progenitores de la CID. Las generaciones siguientes de húngaros reportaron síntomas consistentes con la CID.

Dos horas más tarde, aterrizamos en el aeropuerto internacional de la isla y, de mala gana, nos bajamos del lujoso Hawker y nos subimos al equivalente, una limusina, en Barbados. Cambié de lugar mi pistola; la saqué de mi bolso y la puse en su funda, dentro de la pretina de mis pantalones. Algunos hábitos son difíciles de dejar como ir a buscar las maletas cuando llego a un aeropuerto. Viajamos veinte minutos en el lado izquierdo de la carretera desde el aeropuerto hacia la costa oeste, la más desarrollada de la isla, hasta llegar a la casa de vacaciones, cortesía de Alison Montgomery y de un benefactor desconocido de la Sociedad contra la CID.

Tocamos el timbre y el marido de Alison, Mark Wison, vino a recibirnos. – ¡Era hora de que llegaran!-dijo. –Pasen. Dejen sus maletas aquí y nosotros las llevaremos a sus habitaciones más tarde. – fuimos detrás de él por dentro de la casa y nos detuvimos en una sala grande, justo a la salida del vestíbulo. Wilson llamó a su esposa y entró a la sala, por la entrada de la parte trasera de la casa. Por el pasillo, se podía ver el océano a través de las ventanas, que estaban al final de la casa. Apareció Montgomery y junto a ella, entró Jonathan Treece, que supongo que había estado afuera al lado de la piscina, ya que llevaba puesto su traje de baño y una camisa floreada. Tenía una toalla en el brazo. Estaba un poco sorprendido de ver a Treece. Montgomery no había mencionado que él estaría con nosotros.

-Tom, pareces sorprendido.-observó lo obvio. Luego con voz firme y sin emoción dijo:- ya deberías estar acostumbrado a las sorpresas. En este tema, lamentablemente, has sido un completo ignorante.-Y así, Treece, rápidamente, sacó una automática de calibre pequeño, escondida debajo de la toalla y la apuntó directamente a mi cara; su dedo en el gatillo.

ABOGADO DEL DIABLO

Demostrando mucha más inteligencia que su esposa, Mark Wilson se movió hacia mi derecha, moviéndose de la línea de fuego que había entre Treece y yo. Lentamente, Marilena se desplazó hacia atrás de él, moviéndose a un costado mientras se ponía de frente a la habitación, intentando pasar desapercibida, fingiendo estar enfocada en Montgomery y no en Wilson. Abril estaba detrás de mí. El shock de la situación parecía haberla anclado en el lugar. A pesar de que Treece había logrado apuntar el arma directamente hacia mí y de que Montgomery había recitado sus expertas palabras con éxito, intentando estar tranquila, ellos eran amateurs y esa era mi mayor preocupación. Por lo menos, con un profesional, el arma no se dispara accidentalmente. Era una presumida. Había visto muchos shows televisivos y películas. La brillante pistola automática con largo cañón en la mano de su compañero, le garantizaba total autoridad. O eso era lo que ella creía.

La situación táctica era bastante sencilla y la mejor forma de proceder era contraatacar inmediatamente; un movimiento que los amateurs no iban a creer, debido a su actual estado mental talante. Justo en este momento, Montgomery estaba confiada de que estaba a cargo y lo más importante, creía que yo habría estado de acuerdo con ella. Para cuando se diera cuenta de que no compartía su creencia, sería muy tarde para que Treece me disparara. Yo sabía esto y Marilena lo sabía bien, también. La razón por la que todavía se estaba moviendo lentamente hacia Wilson era porque planeaba derribarlo, cuando yo fuera detrás de Treece y su pistola. Todavía estaba a tres metros de Wilson, quien se había parado al lado de una chimenea. Tomó el atizador de su base y lo levantó. Creo que creyó que el atizador era mejor arma que el cepillo o la pala. Eso respondió a mi pregunta de que si él estaba armado.

La razón por la que no había actuado, era porque quería respuestas. Era egoísta de mi parte. Tal vez, mi innecesaria necesidad de saber me hacía tan amateur como Montgomery, ya que esto ponía, aún más en riesgo, a Marilena y a Abril. Pero en tanto que Montgomery creyera que tenía ventaja, yo lograría hacerla hablar. Eso sería fácil. Probablemente, yo no podría haberlo evitado. Hasta ahora, sus únicas palabras con respecto a que yo era obtuso, la habían etiquetado de amateur. Cuando llega el momento de sacar un arma y apuntarle a alguien, un profesional no juega, saca el arma y mata. Montgomery no era una profesional y al faltarle profesionalidad, tenía un plan diferente. Se moría por decirme lo lista que era. Aun cuando hubiese planeado matarnos, lo cual obviamente había hecho, primero saciaría su necesidad de regodearse y disfrutar el momento y revivirlo una y otra vez.

El segundo indicio era que, independientemente de lo que pensaban de ellos mismos, no le llegaban ni a los tobillos a alguien con experiencia en este intercambio de disparos. Deberían haber elegido un arma con poder de detención real. Treece sostenía una Ruger Competition Mark II. Probablemente, desconocía que era una arma utilizada principalmente en práctica de tiro; las balas eran pequeñas, calibre.22 y era un arma económica. La miré, un poco más, para hacerles creer que estaba enfocado en la fuente de su control. Tenía que parecer estar preocupado por el arma que me estaba apuntando, aunque lo más probable era que ese arma se dispararía sólo por accidente. Quería que ellos estuviesen confiados, no quería accidentes. El arma estaba muy limpia pero un reflejo oleaginoso no era la razón por la que brillaba. Mi única preocupación real era si el arma alguna vez había sido disparada. Era seguro que no había sido mantenida. Me preguntaba si la habían cargado correctamente. El cargador, que contiene las pequeñas balas, es propenso a atascarse cuando es nuevo y requiere atención extra. No era probablemente un problema que Treece me disparara. Aun cuando intencionalmente disparase, pegarme seria dudoso. Yo estaba cerca y me estaba moviendo rápidamente. Ser herido por una bala de calibre pequeño, probablemente, no sería fatal. Existía la posibilidad de lo que los pilotos llaman "el tiro de suerte", refiriéndose a una bala pequeña que impacta contra algún componente pequeño y vital de un avión, derribándolo. Una bala que atraviese mi ojo y entre al cerebro, no importa cuán pequeño sea el calibre, lo más probable es que sea fatal. Es en verdad, el tiro de suerte. Pero a menos que él tenga mucha suerte, yo podría absorber muchos de los disparos y aún así matarlo. Yo sabía esto, pero Treece y Montgomery no. Yo tenía tiradores, ellos no. Yo había sacado plomo de víctimas fatales en un campo de batalla, ellos no.

La tercera y el indicio más obvio de lo amateur que eran Montgomery y compañía, era el hecho absolutamente sorprendente de que no habían chequeado si Marilena o yo teníamos arma. Siempre le había dicho a Montgomery, Treece y Wilson que yo era nada más que un doctor militar y en su mundo, los doctores no llevan armas. Pero sabían que Marilena era agente del FBI y deberían haber sabido que un agente lleva arma. Un profesional nos hubiera revisado detenidamente a los dos y a Abril también, sólo para asegurarse.

Como lo predije, no le tomó mucho tiempo a Montgomery salir a escena:- Todavía tengo el mismo problema que pensé que había arreglado cuando maté a tu hermano. –Sus palabras, su tono y su mirada me hacían ver que disfrutaba contarme, que fue ella, quien había asesinado a Ron. –La cura que destruye mi imperio no desapareció con él. Sigue contigo. Pero creo que este es el final. Y esas, son buenas noticias. –Sonreía mientras hablaba. Parecía un gato jugando con su comida antes de devorarla.

-¿Fuiste tú quien lo mató?-pregunté, tranquilamente, ignorando sus otros comentarios y con suficiente emoción agregada intencionalmente, demostré tristeza para hacerle creer que me estaba lastimando.

-Fue fácil. Era tan cobarde. Retrocedió hacia la ventana y casi se cae solo. Hasta cerró los ojos. Todo lo que tuve que hacer fue empujarlo un poco y se cayó. Y ahí se me ocurrió. Un suicidio resolvía todos mis problemas. –Hizo una pausa.-Eres su hermano.

Esperaba que también cerrases los ojos cuando Jonathan te apuntó.

-Tal vez estoy demasiado cansado y ya no me importa. Una desilusión más de muchas. –Dejé que mis hombros cayeran, intentando asumir una postura de derrota.

-El condenado debería saber todos sus errores. ¿Te gustaría conocerlos antes de que dé la orden para que te maten?-Como era de esperar, estaba disfrutando demasiado todo este teatro, como para terminarlo de manera rápida.

-¿Cómo hiciste para que Canfield y Townsend hicieran todo tu trabajo sucio?

Se rió nuevamente. –Fue fácil. Ese imbécil de O'Dale ya te contó sobre el pequeño secreto de Margaret y que Sylvia la estaba chantajeando. Le llevó bastante tiempo descubrirlo. El pasado oculto de Margaret resultó de utilidad para mí porque controlaba a Sylvia y pude usar a Margaret a través de ella. Margaret nunca supo que la mayoría de las cosas que Sylvia le hizo hacer eran, en realidad, para mí. Tenía una buena racha y yo no la detuve. Nominé a Margaret para nuestro Premio de Valores Fundamentales para solidificar su puesto en la Sociedad. ¿No crees que es un poco irónico? ¿Una asesina de bebés ejemplificando nuestros valores fundamentales? Y hablando de Margaret, era hora de sacarla del medio y tú fuiste de gran ayuda.

-¿A qué te refieres?

-Margaret se estaba yendo de mis manos. Estaba perturbada. Yo necesitaba a Sylvia para que la envíe a Boston. Ella tenía una amiga allí, una antigua compañera de trabajo, que sabia que tu familia había invertido en Synap Therapies. Tenía miedo de que Ron hubiese compartido su información con ellos. Margaret se reunió con su contacto afuera de la oficina. No era bienvenida allí. En realidad, su mentor, el hombre que la había contratado, la odiaba tanto que había dado órdenes en la empresa para que todos la evitaran. Ella descubrió que Ron no había hablado con Synap Therapies, lo cual era un alivio. Sylvia también le ordenó que los siguiera a ustedes y si había oportunidad, que terminase lo que había intentado hacer con el taxi en Manhattan. Su muerte, aunque se produjo en forma accidental cuando escapaba de ustedes, no sólo nos sacó de encima un problema cada vez mayor, sino que también, sería señalada como sospechosa en la muerte de tu hermano, en el caso de que la policía alguna vez abandonase la teoría del suicidio.

-¿Qué problema tenías con Canfield?

-Le estaba robando a la Sociedad. Le tendí una trampa. La puse en un lugar, donde los salvaguardias internos parecen ser poco estrictos, para que ella pudiera desviar el dinero donado a su propio bolsillo. Mordió el anzuelo.

-No entiendo cómo te ayudó eso.

-Dejé que ella robara el dinero donado por varios meses y durante ese tiempo, fue observada y grabada por Jonathan. La llamé a mi oficina y le mostré la evidencia. Al principio, entró en pánico; fue divertido ver eso. Pensó que la iba a despedir y a denunciar. Imagínate el alivio que sintió cuando le expliqué un plan alternativo. Hice posible que tomara aún más dinero, algo para ella y mucho mas para mí. Me debía pagar en efectivo. Todo rastro de papel tenía su nombre escrito, con lo cual no podía hacerme a mí lo que yo le estaba haciendo a ella. Nunca hubo ningún problema. Ella estaba feliz con el trato. Obtuvo suficiente dinero para pagar su estilo de vida, lo cual incluía las drogas que le había plantado a Margaret.

-Siento que hayas perdido a un cómplice tan valioso-dije con un poco de sarcasmo.

Sin querer que yo obtuviera ni siquiera una pequeña victoria, Montgomery negó con la cabeza y parpadeó como si se estuviera preparando para dar una clase a un niño. –Eres tan ingenuo cuando se trata de la condición inferior humana. Conseguir a alguien para que tome el lugar de Sylvia, es fácil. Ya tengo a alguien en mente. Tu hermano tenía un subordinado que era muy maleable y me enteré que le gusta apostar. Permitirle que complemente sus ingresos será tan fácil como con Sylvia. Ya he probado que los pasos son fáciles: primero tientas, luego atrapas y luego posees. Ya estoy esperando con ansias nuestra reunión después de que él pase algunos meses, creyendo con total seguridad, que no lo van a atrapar.

-¿Por qué Canfield me dijo que Townsend había matado a Ron?

-Porque le dije a Sylvia que yo creía que ella era la culpable. Además le dije que había perdido el control sobre ella. Le dije a Margaret que creía que Sylvia lo había matado. Si alguna vez la carátula cambiaba de suicidio a asesinato, yo quería que ambas se estuvieran señalando. Inteligente, ¿no?

No creía que fuera, para nada, inteligente. Otra vez, su lógica demostraba que era una amateur. O'Dale y sus hombres le habrían preguntado a ambas por qué creían que la otra era la asesina y eventualmente, ellas implicarían a Montgomery como la fuente de sus sospechas. Sin embargo, su táctica había hecho que Canfield me dijera, en sus últimos momentos de vida, que Townsend había asesinado a Ron. No tuvo tiempo de decirme que Montgomery le había dicho eso y yo asumí, erróneamente, que eran dos ladronas peleándose. ¿Quién sabía cuál era la que estaba mintiendo? Y, por error, yo había creído la hipótesis limitada de Canfield y Townsend.

-¿Cómo entraste al edificio de la oficina sin aparecer en el sistema de seguridad RFID?

-Simple. Entré con Mark que tenía una identificación. Esa cosa tonta hizo un click y los guardias supusieron que nos habían registrado a ambos. Salimos de la misma manera. Mantenme alejada de tu preciosa lista y yo te permitiré perseguir a todos los demás.

-¿Por qué soportas a Standish?

-Ese cerdo. –dijo, con disgusto.- Controla la junta, por lo menos por un rato y yo trabajo para ellos. Eso cambiará pronto. Mientras tanto, tengo que soportar su comportamiento baboso y libidinoso. Aunque darle falsas esperanzas y permitirle creer que, algún día, me podría llegar a tener, es divertido. El hecho de que la fábrica humana de gordos podría llegar a creer que yo podría llegar a estar interesada en él, desafía cualquier lógica. Míralo a él y mírame a mí. Realmente. Bueno, no importa, eso terminará pronto y él desaparecerá.

-¿Cómo descubrió Canfield el escondite de Abril?

-Tú nos dijiste.

-¿Yo? ¿Cómo es posible? –Luego, me cayó la ficha. Cuando estábamos afuera del elevador escuchando la recomendación de Omar, con respecto al restaurante. Treece te preguntó la dirección a la que nosotros fuimos esa noche. Se la pasó a Montgomery, quien, a su vez, se la pasó a Canfield.

-¿Por qué era tan importante encontrar a Abril? ¿Cómo sabías de ella? –pregunté.

Montgomery se rió y dijo:- Ustedes los hombres pueden ser tan fáciles; especialmente un tipo tímido como tu difunto hermano. Esperaba tener poder sobre él. El dueño de esta casa me ayudó. Forzó a Ron a ir a un club nocturno una noche. Lo vio hablando con una de las bailarinas pero, como era de esperarse, el gran Dr. Briggs nunca sacó ventaja de esa situación, por lo menos durante todo el tiempo que los estuvimos observando. ¡Qué altruista hacerla volver a la universidad! ¡Qué inocente! – Montgomery nunca reconoció a Abril como el sujeto de sus palabras. Abril estaba por debajo de ella. –Entonces, tuvimos que asegurarnos que su joven proyecto no tenía otra copia de los datos de su investigación. Todo esto es bastante obvio, ¿no es cierto? – Me miró, su cara todavía mostraba placer pero sus ojos, enfado. Estaba enojada por no estar enfrentando a un oponente mejor. Por eso, yo también estaba un poco enojado.

No me desilusionó cuando dijo:- Sabes menos de lo que suponía. Eliminar a ustedes tres concluiría esto de una buena manera.

-Realmente necesito oírlo de tu boca; que me digas que tú asesinaste a mi hermano, que impediste la cura de una horrible enfermedad, el foco de nuestra organización, la que tu propia hermana tuvo y que lo has hecho por dinero.

-Sí, siento desilusionarte pero no hay más que eso. Necesito dinero. Me gusta el dinero. Necesito más que la miseria que me pagan por mi puesto y que es considerablemente menor a lo que valgo. –Pensé en su salario de trescientos cincuenta mil dólares y los honorarios que le daban otros doscientos cincuenta mil. Otra vez, lanzó una risa pequeña pero que denotaba superioridad y dijo:- Ya debes saber. Seguro que ya lo has resuelto; especialmente desde que te conté sobre el plan de mejoramiento financiero personal que Sylvia y yo, bueno mejor dicho, que Sylvia, Jonathan, Mark y yo tenemos y que es el dinero. Me gusta y quiero mucho de eso. Curar la CID habría puesto fin a un estilo de vida que no estaba dispuesta a abandonar.

-Pero, ¿tu propia hermana?

Inmediatamente, Alison me interrumpió. –Mi hermana nunca tuvo la CID. – se dio vuelta y miró a la desconocida mujer, que la había seguido hasta la sala. –Les presento a mi hermana, Caitlin.

La joven mujer ser veía, ciertamente, saludable. Era alta y delgada con pelo largo y castaño y sólo se parecía a Montgomery en la cara. Tenía la misma sonrisa hipócrita.

-Algún día, alguien descubrirá esto.-dije.

-Lo dudo. Caitlin y Mark se irán a una hermosa isla en el Pacifico Sur. Tienen mucho dinero debido a nuestro pequeño esfuerzo y tendrán una buena vida. Creo que les gusta la idea ya que empezaron a gustarse y mucho.

Esto me dio la excusa de examinar a Wilson. Estaba sonriendo mientras blandía el atizador. Lo miré e intenté no advertirle con mi cara que, con seguridad, Montgomery no los dejaría seguir viviendo. Volviendo mi mirada hacia ella, por primera vez, vi en su rostro que no podía mirarme a los ojos. Su hermana y Wilson morirían pronto.

Montgomery habló nuevamente. Con una autoridad recuperada, dijo.-Es suficiente. Todos vamos a ir a dar un paseo en el bote que esta detrás de la casa. Ya sabes, en ese lindo bote grande en el que prometí llevarlos de pesca. Desafortunadamente para ustedes, mis planes han cambiado. ¡Vamos!¡ Jonathan, vigílalos!

Suspiré después de que se comunicó la capitulación. Di un paso hacia adelante de manera obediente como si fuera a seguir a Montgomery hacia afuera. Sabía que no iba a poder agarrar mi arma sin que lo notasen, por lo tanto, me tenía que acercar. Pasé por al lado de Treece, tosí una vez, dándome un poco vuelta para quedar de frente a él y levanté mi brazo izquierdo como si me fuera a cubrir la boca. Se creyó mi subterfugio. Vivía en un mundo civilizado y en él, las personas se cubren la boca cuando tosen; supongo que hasta los que van camino a la ejecución. A mi mundo le falta esa urbanidad. Simultáneamente, dejé caer mi mano izquierda, desviando el cañón hacia el piso mientras que la palma abierta de mi mano, chocó contra su cara. Con toda mi fuerza, llevé mi mano a su nariz, realmente levantando su cuerpo del piso. Sentí que se rompió el cartílago y que le llegó hasta el lóbulo frontal del cerebro. Treece murió instantáneamente.

Antes de que se cayera, tomé rápidamente su arma y giré hacia Marilena y Wilson. Después de esperar a que yo hiciera mi movida, ella se le abalanzó justo en el momento que di mi golpe. Vi que él la empujó, casi derribándola. Antes de que ella pudiera reaccionar y como yo estaba a medio camino de ellos, él la golpeó con atizador, rompiéndole la clavícula izquierda. Sentí el ruido. Ella se cayó de rodillas y luego al piso. El centro de atención de Wilson estaba sobre ella y nunca me vio a mí, acercándome hacia él. Tiré el arma, probablemente inútil, de Treece para poder agarrar su brazo, el cual había levantado, nuevamente, el atizador. Iba a volver a golpear a Marilena. Detuve su brazo justo antes de que pudiera pegarle otra vez. Lo giré para que su espalda quedara hacia mí, puse el atizador con las dos manos frente a él a la altura del cuello y se lo apreté con la barra de metal. Mientras le apretaba la tráquea y se ahogaba, él intentaba, en vano, poner sus manos debajo del atizador para detenerme. Marilena rodaba por el piso totalmente dolorida y me miraba. Solté una mano de la barra de metal y agarré la parte de atrás del cuello de él. Pasé rápidamente una pierna por debajo y empujé, tan rápido y fuerte como pude, su cabeza contra el piso y sus pies volaron hacia arriba. No lo solté. Mis rodillas se doblaron y lo seguí hasta el piso de baldosas. Su frente hizo un ruido muy satisfactorio y debido al ángulo de su cabeza con el resto de su cuerpo y la fuerza que yo había utilizado para que su cráneo se conectara con el piso, su cuello se partió, exactamente como se suponía que fuera.

Me levanté rápidamente y me di vuelta hacia Montgomery. Su hermana huyó de la habitación. Había presenciado dos muertes brutales y no quería ser la tercera. Sin embargo, Montgomery se mantuvo firme y sacó de su bolsillo un pequeño revolver con borde de aluminio. Era una Colt o una Smith & Wesson, una .38 y a diferencia del arma que había usado Treece, ésta podía causar daño. Que haya sacado una pistola no fue del todo sorpresivo, pero ahora era el momento de actuar antes de que ella me apuntara y jalara del gatillo. Estaba a tres metros pero necesitaba ganar tiempo para poder sacar mi arma. Todavía tenía el atizador en mi mano izquierda. Rápidamente lo cambié a mi mano derecha, igual que un pitcher de béisbol y se lo arrojé tan fuerte como pude.

No iba a necesitar mi arma. La punta del atizador dio en su torso medio y la atravesó completamente. Tiró el revolver y se desplomó, retorciéndose en el piso. Corrí hacia ella. La punta del atizador se veía por donde había salido en la espalda. Tocó la sangre, un poco caliente al tacto y gritó. Me arrodillé al lado de ella, no como un cirujano con las habilidades que ella necesitaba en ese momento, sino como el hermano de un gran hombre al cual ella había asesinado a sangre fría. Agarré su cabeza y la miré a los ojos. Semanas de ira se habían transformado en odio. Estaba perdiendo el control por primera vez en la vida. Quería que ella me viese, quería que viese a su verdugo.

-¡Asesinaste a mi hermano! ¡Ahora irás al infierno!

-¡Thomas! ¡Detente! ¡No! ¡Por favor! – las palabras vinieron de Marilena que había estado luchando contra el dolor que le producía su clavícula rota. Se había puesto de pie. Podía verla en mi visión periférica mientras venía hacia mí lo más rápido posible, su pálida cara mostrando dolor, gritando en pánico. Sin embargo, yo apenas registraba la voz que escuchaba a la distancia. Apreté la cabeza de Montgomery entre mis manos y le di instrucciones a mis brazos para que retorcieran su cabeza hasta que se partiera. En ese mismo instante, Marilena se desplomó sobre mí, su cuerpo golpeó el mío y su brazo derecho me rodeó a medida que se deslizaba en el piso. Su otra mano utilizable se había encontrado con la mía, que todavía estaba sosteniendo la cabeza de Montgomery; su brazo izquierdo colgaba inútilmente del hombro. El tocarme con la mano derecha, de alguna manera logró detenerme. Sorprendentemente, mis brazos y mis manos siguieron las órdenes de mi cerebro. La solté y me senté. Marilena me agarró fuerte y me miró a los ojos.

Me habló suavemente y sostuvo la mirada. –No eres un asesino. No eres como ella. Recuerda a Ron. Haz lo que sea correcto. Deja que el mundo arregle el resto.

Sus palabras, las palabras de Ron, me golpearon como si me hubiesen dado un golpe físico. Hice que nos alejáramos de Montgomery, que nos alejáramos del mal y sostuve a Marilena con ambos brazos, la bajé al piso para poder sostenerle el brazo izquierdo mejor y protegerla. Apretó los dientes, conteniendo el dolor.

Había matado muchas veces en cumplimiento del deber, había asesinado para defender a mis amigos durante las guerras, pero ella tenía razón. Marilena tenía razón. Me había detenido justo a tiempo. No deseaba ser un asesino.

Miré alrededor de la habitación y, de repente, vi a Abril, quien parecía no haber respirado desde que Treece había sacado el arma. Se desmayó.

QUOD ERAT DEMONSTRANDUM

Los días siguientes al intento fallido de asesinarnos de Montgomery, fueron difíciles. Llamé a los servicios de emergencias desde la casa y me sorprendió ver que el 911 funcionaba en Barbados, pero no estaba tan contento con respecto al tiempo de respuesta de los paramédicos. Sorprendentemente, Montgomery sobrevivió. El atizador había pasado entre los órganos principales y sólo había dañado algunas partes del intestino delgado. No me ofrecí para hacer la cirugía de intestino para reparar el daño. Ella ya no me importaba más. Me daba lo mismo si vivía o moría. Mi segunda llamada fue a Jim O'Dale. No tenía idea a quien recurrir en Barbados, dado que había matado a dos personas y el número podía ascender a tres. Lo ubiqué en su celular y le conté una versión corta de los hechos. Me dijo que mantuviera la fe y colgó. Finalmente, escuché sirenas.

Mi centro de atención estaba puesto en Marilena y, en menor grado, en Abril. Supervisé, otra vez sin que me lo pidieran, a los médicos de la sala de emergencias que estaban a cargo de la evaluación y tratamiento de la clavícula rota de Marilena. Sin estar seguro de cómo se encontraba Abril y, como no quería que se alejara, la mantuve cerca de mí. Es muy raro que para arreglar una clavícula rota se requiera cirugía, y en la caso de Marilena como en el de la mayoría, no era necesario. El cabestrillo traído del hospital, que finalmente le pusieron, no era mejor que el que yo había improvisado en la casa. Su recuperación tomaría unas doce semanas durante las cuales, el brazo izquierdo debería permanecer inmóvil el mayor tiempo posible. Sabía que me presionarían para que me convirtiera en asistente personal de mi novia, que temporariamente tenía un solo brazo. Abril se estaba recuperando bastante rápido. La convencí para que se convirtiera en la asistente del asistente. No podía creer que se hubiera acostumbrado a la violencia que ya formaba parte de su vida, debido a los hermanos Briggs; pero al poder enfocarse en ayudar a Marilena, le dio la posibilidad de pensar en otra cosa.

Barbados era considerablemente más tranquilo que EEUU, donde yo habría sido llevado a prisión a la espera de una condena. La policía nos acompañó hasta el hospital y después de que llegamos, fuimos vigilados de cerca por oficiales uniformados. El teniente se fue con nuestros pasaportes. Se nos había ordenado no salir de la isla y yo les aseguré a las autoridades que no lo haríamos. Hice reservaciones en un hotel resort en la costa sudoeste y les pasé la información a los uniformados. Me sentí muy aliviado cuando, en menos de diez horas después de llamarlo, Jim O'Dale entró a la sala de emergencias justo cuando estábamos por firmar la salida de Marilena. Estaba acompañado de dos personas del FBI y de un abogado asistente del distrito de Nueva York. Nos entrevistaron a cada uno y fueron a conferir con sus homólogos de Barbados. Intenté presionar a O'Dale con respecto a nuestras posibilidades como extranjeros en el tribunal de Barbados. Todo lo que recibí fue una sonrisa y órdenes para que me sentara, sin moverme, e intentara no matar a nadie más.

Durante los próximos tres días, Jim y su equipo, reunido rápidamente, iban y venían al resort, a veces con policías locales y otras veces solos. Al final del tercer día, apareció solo y nos anunció que ya podíamos dejar la isla. Los habitantes de Barbados se habían convencido que un juicio seria muy costoso, y lo que era aún más importante, dañaría la industria turística. Ninguna isla del Caribe quería prensa como la que tuvo Aruba por la desaparición de Holloway. Básicamente, era un asunto de los representantes de la oficina del abogado de distrito de Nueva York, quienes habían venido a escoltarnos en nuestro regreso a EEUU. Invité a Jim y a sus amigos a acompañarnos de regreso a casa en el Hawker. Él me aseguró que al hacer eso, yo había reducido la posibilidad de un arresto de regreso en Nueva York. El abogado asistente de distrito también había resuelto el regreso de Montgomery unos días más tarde, cuando fuese seguro que viaje. La policía local nos prometió que no la perderían de vista hasta que estuviese en forma para irse. No ofrecí enviarle un jet.

Cuatro meses pasaron desde lo de Barbados. Cuatro meses que continuaron trayéndome cambios a mi vida, cambios que habían comenzado el día en que Montgomery asesinó a mí único hermano.

El Cuerpo de Infantería de Marina extendió mi licencia y el FBI hizo lo mismo con Marilena. Necesitábamos tiempo para solucionar los problemas legales, problemas que se habían trasladado desde Barbados hasta Nueva York, tiempo para ayudar a la Sociedad contra la CID, con una transición no planificada en vista a la mala publicidad, y lo que era más importante para mí, tiempo para que Marilena se sane.

Una vez más, los tres nos quedamos en el apartamento de Nueva York. Era la primera vez que yo había pensado en él, simplemente, como "el apartamento" y no, como el apartamento de Ron. Les prometí a las damas regresar al Caribe en circunstancias mejores. Fuimos a la universidad de Abril y con ayuda del FBI, que había escrito una "Carta de Agradecimiento" para ella, conseguimos que le perdonaran las últimas dos semanas de clases que había faltado. Rindió sus finales y se graduó. Ayudarla a estudiar durante las noches nos dio algo para hacer después de los largos días de trabajo con la policía y el FBI, que estaban concluyendo el asunto de Montgomery.

La Sociedad contra la CID había sufrido un serio golpe debido a la prensa sobre Alison Montgomery, Margaret Townsend, Sylvia Canfield, Mark Wilson, Caitlin Montgomery y Jonathan Treece. Me reuní con la junta y nos pusimos a trabajar para dar vuelta las cosas. Marilena y yo tuvimos una conversación con Gordinflón Woody sobre lo extraño que sería que sus sentimientos, con respecto a Montgomery, se conocieran públicamente y llamaran la atención del FBI. Le aseguramos que, si queríamos, podíamos hacer que el abogado de distrito considerara su relación como parte de la inspección de Montgomery mientras se la llevaba a juicio. Los reporteros judiciales sacarían mucho provecho; probablemente su esposa no entendería. Discretamente, renunció a su cargo de presidente. Probablemente era la primera vez que hacía algo de manera discreta. Se seleccionó un reemplazo y la junta, rápidamente, eligió a Omar Sayyaf como nuevo presidente y a Barry Ledderman como el nuevo Director de Operaciones. Me pidieron que forme parte de la junta como Vicepresidente. Omar tuvo una conversación privada con un antiguo subordinado de Ron, el que era adicto a las apuestas. También él renunció.

Caroline Little había validado el trabajo de Ron y estaba en contacto permanente con dos compañías farmacéuticas, que estaban involucradas en pruebas clínicas y evaluaciones para la nueva terapia de la CID. Ambas empresas me llamaban constantemente para suplicarme que controle a la "Mujer Loca del Marklin". Les dije que era *su* problema. Omar, Barry y yo le dimos una nueva cara a la Sociedad contra la CID. Lanzamos una gran campana publicitaria, posicionando a la Sociedad como el facilitador de la, ahora descubierta, cura. Omar reestructuró la Sociedad contra la CID para preparar esto y hubo muchos cambios de programa y personal. Como equipo, hemos convencido a algunas personas y con un capital inicial aportado por la familia Briggs, se creó una fundación para que la cura esté al alcance de todos los que tengan la CID, de manera gratuita. Caroline Little, en honor a la memoria de Ron, presentó un documental acerca de cómo había sido descubierta la cura de la CID. El programa fue emitido varias veces en canales educativos de cable. Me envió una nota y una copia del programa en DVD, junto con copias de sus cartas a la comunidad científica maximizando la participación de Ron y minimizando la suya. Todavía la mujer es un enigma para mí. Hacía bromas con respecto a que tendría que ir a Estocolmo para recibir el Premio Nobel, en representación de Ron. Le dije que iríamos juntos. Por segunda vez, la oí luchar con sus emociones. Otra vez me dijo cuánto deseaba que Ron estuviera vivo para que pudiera gritarle un poco más.

Cuatro semanas después que nosotros, Montgomery regresó para ser enjuiciada por el asesinato de Ron y una multitud de otros crímenes. La unidad operativa del FBI estaba luchando con la oficina del abogado de distrito de Nueva York por la jurisdicción. No importaba; nos habían dicho que independientemente de quién la tenga, el caso contra ella era roca solida. Eso esperaba. La jurisprudencia en Norteamérica es cualquier cosa menos predecible y a menudo, no justa.

Fiel a su palabra, Marilena se había involucrado en mi vida en gran manera. Se había convertido en la jefa de hecho de la residencia de los Briggs en Boston para mi gran alivio y para el personal, que se había sumado a su club de fans- la sede de Boston. Ella remodeló el apartamento de Nueva York, combinando la habitación de Ron con una de las habitaciones de huéspedes y haciendo los cambios necesarios para que podamos dormir en la vieja habitación de él. No cuestioné sus razones para remodelarla. Necesitábamos más lugar y un baño más grande, pero ambos conocíamos la verdadera razón por el trastorno del lugar. Limpiamos completamente el estudio y de nuevo, se convirtió en un estudio. Debido al tiempo que pasaríamos en Nueva York, tenía sentido mantener el lugar. Marilena puso fin al contrato de su apartamento de una habitación en Washington DC cerca del Cleveland Park. Elegimos un apartamento grande a la vuelta de la Universidad George Washington y ella lo amuebló. Leí sobre el gasto de los muebles en el resumen financiero mensual. No se había limitado mucho.

Ella llevó a Abril a Boston y la ayudamos a inscribirse en la Facultad de Derecho. Abril viviría en la residencia y viajaría hasta la Facultad. Jason Inch le ofreció un trabajo, de medio tiempo, en la biblioteca de la facultad después de la visita de Marilena. Gus, con ayuda de Marilena, no la perdía de vista y me prometió que ahuyentaría a cualquier tipo, si él no lo aprobaba, que quiera salir con ella. Abril creía que era lindo. ¿Dónde estaba él cuando ella trabajaba en Playoffs?

Marilena y yo dividiríamos nuestro tiempo entre Washington DC y Boston y yo viajaría ocasionalmente a mi oficina, la cual visitaba de vez en cuando, en Tampa Bay. Compré una acción fraccionada para hacer uso frecuente de los jets privados, para los viajes interestatales. Marilena agregó el número del proveedor del jet al discado rápido de su oficina, celular y casa. De todos los extras que obtenía por soportarme, éste compensaría todos mis rasgos menos deseables. Ella nunca me devolvió la remera del

Cuerpo de Infantería de Marina aunque reaparecía en forma periódica, animación incluida.

Con respecto a mí, reflexioné sobre mis esfuerzos como detective y decidí que no debía abandonar mi trabajo actual. Había fanfarroneado y había metido la pata en todo este asunto. Si hubiese dejado esto en manos de Marilena y de otros como ella, creo que, eventualmente, la verdad hubiera sido descubierta y los malos muchachos hubieran sido atrapados. La única diferencia habría sido que habría menos cuerpos, tapando el panorama. Marilena era lo suficiente amable para no estar de acuerdo conmigo.

Era una tarde de domingo tranquila en Boston. Faltaban pocas semanas para el verano y los pronosticadores decían que éste iba a ser muy caluroso. Tomando esto en cuenta y sabiendo que pasaríamos mucho tiempo en los meses siguientes adentro con aire acondicionado, le pregunté a Marilena si quería salir conmigo.

-Por supuesto. Thomas, ¿dónde vamos?

-Sígueme la corriente. Necesito que tú y Gus me ayuden con algo.

Gus nos esperó afuera y le sostuvo la puerta del BMW a Marilena. Ella le sonrió pero no le preguntó nada porque deducía que, por nuestro comportamiento de complicidad, no le contaría nada. Se acomodó tranquilamente en el asiento trasero.

Fuimos hasta un parque cerca del mar, donde Ron y Gus me habían llevado poco tiempo después de que murieron nuestros padres. Ese día, volamos un barrilete y jugamos a lanzar un balón de un lado a otro- la formación de una nueva familia.

La ayudé a bajarse del auto. Gus fue hacia el baúl y lo abrió. Yo fui y saqué el helicóptero, verde y blanco, a radio control con la inscripción "Bomberos de Cascade" en el fuselaje secundario y el cual había tenido el dispositivo USB. El mismo que Abril había guardado para Ron. Marilena abrió los ojos grande.

-¿Es el mismo?- preguntó Marilena.

-Si. Le pedí a Antonio que me lo enviara.

-¿Vas a volarlo?

-Es por eso que estamos aquí.

-¿Quieres estar solo? –preguntó en voz baja.

-No. Quiero que tú y Gus se queden conmigo. Tenemos algo importante que hacer.

Había discutido mi plan con Gus y él había estado completamente de acuerdo. Habíamos preparado el modelo antes de chequear el motor y todos los sistemas. Hasta lo había volado un poco en el patio trasero mientras Marilena y Abril estuvieron fuera de la casa. Gus sacó una pequeña botella plástica de un estuche en el baúl. La botella era pequeña y solamente contenía dos o tres onzas de cenizas. Gus me ayudó a dar vuelta el helicóptero. Moví la palanca en la caja de control y abrí las puertas del compartimiento de donde se lanza el agua y cuidadosamente, puse la ceniza dentro, protegiéndola del viento con una mano ahuecada. Moví la palanca otra vez y cerré las puertas.

-¿Thomas, son las cenizas de Ron? –Marilena preguntó, sabiendo que era una pregunta retórica.

-Un poco de la urna que está en la casa. No son todas, pero son suficientes.

Gus me ayudó a encender el helicóptero. Nos alejamos y yo levanté la caja de control. Manipulé los controles y el modelo se elevó. En los próximos minutos, volé el juguete que le había brindado muchos buenos momentos a dos hermanos adultos, volando de un lado a otro y dando grandes vueltas por encima del océano y de regreso a la tierra. Luego puse el helicóptero un poco más alejado, encima del agua y lo sostuve en el aire unos siete metros. Sabía que tenía que terminar con esto pronto ya que, por alguna razón, se estaba haciendo difícil ver con claridad. Debe de haber sido un poco de rocío salado del mar que entró en mis ojos por el viento. Miré al hombre que había sido nuestro padre sustituto y a la mujer, que ahora, significaba tanto para mí.

Ambos, sin decir palabra, asintieron con la cabeza. Me centré en el hombre mayor, el padre que estaba siempre a mi lado y dije:-Quiero que me ayudes con esto. Era tanto tu hijo como mi hermano. –La cara de Marilena se iluminó y agregó de manera entusiasta:-¡Sí, Gus! ¡Ron era su familia también!

Gus me miró y dijo:- Amigo, yo pude haber ayudado en tu crianza cuando eras pequeño pero, a medida que crecías, necesitabas a Ronny más que a mí. ¡Diablos! Entro en pánico cada vez que desapareces de mi vista. ¡Todavía necesitas a alguien que te mantenga a raya y ella está justo aquí! Miró hacia Marilena. Su cara había dejado de mostrar seriedad y una gran sonrisa se dibujó mientras hablaba.

Le hice señas a ella con mi cabeza. Su mirada, demostrando gran sorpresa, cambió de él hacia mí. Mi novia, usualmente la que aprende muy rápido, era esta vez, la que se había quedado atrás.

-Thomas, ¿estás seguro?

-Sí.

-Se apartó, levantó la mano hasta tomar la caja de control y su dedo índice movió la palanca. Luego dudó, me miró y luego miró a Gus:-No, no puedo hacer esto sin ayuda. Gus, ¿por favor me ayuda?

Noté que el hombre griego, mayor, que nunca envejeció, que nunca cambió, había estado mirando hacia sus zapatos. Levantó la mirada cuando ella le pidió ayuda; su sonrisa, poco a poco, volvía a aparecer. Gus se acercó a ella, tomó su mano y la ayudó a poner su dedo nuevamente en la palanca. No le soltó la mano. –Es ésta.- dijo suavemente, sabiendo que ella no necesitaba que la guíen.

-¿Ahora?- preguntó, un poco temerosa de cometer un error por pequeño que fuese.

-Es ahora. –respondí.

Juntos movieron el interruptor que abría las puertas del compartimiento de bombas y las cenizas blancas y grises explotaron en el aire debajo del helicóptero, cayendo sobre las olas del mar. Adiós hermano mayor.

Mientras traía de regreso el helicóptero y lo depositaba sobre la tierra, Gus abrazó a Marilena. Él se destacaba sobre la cabeza de ella, como yo. Le dio un beso sobre la cabeza. Ella lo abrazó más fuerte. Ella sabía que ya formaba parte de la familia.

EPÍLOGO

Su nombre era Betsy McClure o como era mas comúnmente conocida, Empleada de Correcciones Federales No 427734. Se sentía cómoda con el número de su identificación. Los últimos cuatro dígitos, 7734, habían sido los últimos cuatro dígitos del número de seguridad social de su hija Rebecca. Betsy siempre pasaba sus dedos por encima de estos números especiales, su única conexión física que le quedaba con Becca. Se había negado a traer una foto de ella a prisión, para decorar su locker, para volver a mirarla mientras se ponía su uniforme. La imagen de una hermosa niña no pertenecía a un lugar tan lleno de odio. La llegada de Betsy había aumentado el odio.

Pensaba en Becca todo el tiempo. Su hija era la niña más adorable y linda que Betsy jamás haya conocido; que cualquiera en el Condado de Four Points, Texas haya conocido jamás. Era amiga de todos y todas las vecinas en la comunidad rural decían que tenía "el corazón más grande de todo el mundo". Pero Becca ya no estaba, fue abatida mientras trabajaba para otros. Robada del lado de su madre soltera mientras Becca emprendía un acto de altruismo.

Becca tenía una amiga en la escuela con una terrible enfermedad; una pobre niñita llamada Connie. Connie tenía la CID y eso hizo que sus nervios no funcionaran de la manera que debían. Becca no sabía por qué, pero los demás, sí. La mamá de Connie la había llevado a Nueva York a ver a un doctor que sabía de la CID.

Después de regresar de Nueva York, su escuela había recibido un DVD con un pedido de ayuda de una mujer maravillosa, llamada Alison Montgomery. La señorita Montgomery dirigía una organización en Nueva York dedicada a terminar con la CID. El

médico que diagnosticó a Connie trabajaba para esta gente. La
señorita Montgomery iba a vencer la CID, pero para eso
necesitaba la ayuda de todos. Al mirar el DVD, Becca pensó que la
señorita Montgomery le estaba hablando directamente a ella. ¡Un
ángel hermoso y valiente que podía ayudar a Connie! Entonces,
cuando la escuela patrocinó al equipo de ciclistas para recaudar
fondos para pelear contra la CID, una pelea que sería ganada por
esa maravillosa señorita Montgomery, Becca fue asignada a hacer
su parte. Dejó prácticamente sin dinero a un condado,
económicamente deprimido, para conseguir que casi todos
patrocinaran su carrera de bicicletas. Diez centavos, veinticinco
centavos, a veces hasta cincuenta centavos el kilómetro, la gente se
comprometió a ayudar y su único deseo era que Becca estuviera
bien. Becca no defraudaría a Connie. Ella no defraudaría a la
señorita Montgomery.¡ Ella recaudaría mucho dinero para la
señorita Montgomery y para Connie!

A las 3.14 pm del lluvioso sábado en el que se hizo la carrera
de bicicletas para recaudar fondos, en el cruce de Farm to Market
1924 y la carretera nacional 116, la bicicleta de Becca fue chocada
por una furgoneta, que estaba entregando paquetes atados con
papel marrón y que provenían de todas partes del país. Becca
murió en el lugar. Su cuerpo pequeño pero lleno de energía no
combinaba con el acero del camión y la inercia de los paquetes no
entregados. Fue un accidente en el sentido más honesto de la
palabra. El conductor no había estado bebiendo ni conduciendo a
alta velocidad. Tenía un impecable historial como mensajero; era
sólo que no había visto a la pequeña ciclista, pedaleando con
fuerza por su amiga. Él tenía hijos y los espectadores tuvieron que
contenerlo mientras intentaba quitar el camión de encima de la
niñita, por sí solo- su vida cambió para siempre.

Betsy llegó al hospital para identificar a una pequeña niña
aplastada, ahora cubierta por una sábana blanca. El mundo de
Betsy había terminado.

Dos semanas después, las noticias de los crímenes de Alison
Montgomery y su diabólica vida se había convertido en la historia
principal de las noticias de la tarde. Betsy se enteró que su hija
había muerto en vano. Al momento de la muerte de su hija, ya se

conocía una cura aunque fue suprimida por el asesinato del investigador en jefe, un hombre llamado Dr. Briggs al que la doctora Montgomery había asesinado por dinero. El mismo doctor que había visto a Connie en Nueva York. Montgomery no había necesitado la ayuda de Becca. La muerte de Becca no había tenido ningún sentido. Montgomery era una persona malvada, cuya codicia había asesinado a su hija.

Betsy dejó su trabajo de contaduría, en la compañía de silos para granos de la ciudad. Su jefe, el viejo señor Kincaid, le dijo que volviera después de que lo pensara un poco. Siempre tendría un lugar en Wilkerson Silos y Granos. Betsy sabía que se iría para siempre y que pronto, otras personas no le permitirían volver.

Había hecho la tarea. Había estudiado los juicios de Montgomery y seguido las noticias sobre la encarcelación. Betsy solicitó trabajo en la misma prisión en la llanura de Nebraska, a más de mil seiscientos kilómetros del hogar que ella había mantenido con orgullo. Betsy no tenía experiencia en el orden público, por lo tanto el único puesto que podía solicitar era en la enfermería como mujer de limpieza a tiempo completo y enfermera de medio tiempo. Había trabajado allí por tres semanas y había desempacado sólo una de las dos maletas en la habitación del segundo piso, que rentaba por semana.

Betsy trabajaba en el turno de 4pm a 1 am. La enfermera de tiempo completo trabajaba solamente de día y el médico sólo iba los lunes y jueves. Betsy estaba, la mayor parte del tiempo, sola y llenaba sus noches, recordando a su hija mientras afilaba una tira de metal que había arrancado de una litera de la pequeña sala médica. No pudo llevar a la casa la tira de acero, que pronto se convertiría en una hoja, ya que los detectores de metales la encontrarían. Por ser la primera vez que hacía un cuchillo en prisión, ella había hecho un muy buen trabajo, afilando el metal contra el áspero piso de concreto, formando una hoja de cinco centímetros de largo con una punta filosa. Hoy, más temprano, había terminado el cuchillo. Esta noche lo probaría. Se sentó detrás del escritorio de admisión y miró por el corredor. Su paciencia sería pronto recompensada. Como casi todas las noches desde que Betsy había llegado, Alison Montgomery, con su cara desprovista de emoción, pasó por al lado de ella cuando se dirigía a la ducha. Nunca la había visto o reconocido. Era como si Betsy fuese sólo otra presa y su oficina, otra celda, que encerraba otra alma atormentada. Betsy habría estado de acuerdo con la descripción.

Betsy salió al corredor y con una sonrisa, la primera en meses, siguió sigilosamente a Montgomery. El improvisado cuchillo estaba escondido en su camisa. El frío metal contra su piel, le dio confort a una madre, cuyo corazón había sido destrozado sin necesidad; destrozado por alguien que fue el asesino de una esperanza.

EL AUTOR

Por más de veinticinco años, Steve Jackson se ha desempeñado como consultor tecnológico y gerencial, ayudando a organizaciones de todos los tamaños con la evaluación y asimilación de nueva tecnología y outsourcing de competencias secundarias. Como un experto internacionalmente reconocido en varias áreas de tecnología de punta y sus mercados, Steve Jackson le ha brindado a líderes empresariales la perspicacia necesaria para adquirir e integrar tecnología complementaria y su organización de mantenimiento. También ha aconsejado a las compañías Fortune 100 en el análisis de tecnologías emergentes, ayudándolos a tomar decisiones estratégicas.

Continúa brindando ayuda a la industria tanto como consultor y como experto en crecimiento estratégico a través de la adquisición, desinversión y outsourcing tanto en el país como en el extranjero.

Steve Jackson vive con su esposa en la Florida, donde actualmente esta trabajando en la próxima novela de Thomas Briggs.

Visite el sitio web: http://www.stevenhjackson.com

www.ingramcontent.com/pod-product-compliance
Lightning Source LLC
Chambersburg PA
CBHW051238210726
48287CB00002B/300